◆ 세계 미스터리 걸작선 ◆

II

모래시계

외

로버트 바 외 지음
이정아 옮김 박광규 기획·해설

코너스톤
Cornerstone

차례

거브 탐정,
일생일대의 사건

E . P . 버틀러

Philo Gubb's Greatest Case

거브 탐정, 일생일대의 사건

파일로 거브 씨는 목욕 가운을 걸친 채 도배 및 인테리어 사업장을 겸한 탐정 사무실의 문을 빠끔 열어보았다. 아직 꼭두새벽이었지만 점잖은 거브 씨였기에 그런 차림의 모습을 누가 볼세라 문틈으로 내다본 뒤 부리나케 현관으로 나가 〈리버뱅크 데일리 이글〉을 낚아챘다. 잉크 냄새가 채 마르지 않은 신문을 무사히 챙긴 거브 씨는 간이침대로 돌아와 읽기 편한 자세로 드러누웠다.

아이오와의 아침은 무더웠다. 장사가 어찌나 불경기인지 여덟 개씩 묶어 파는 각양각색의 가짜 수염을 꺼내 정성 들여 손질하지 않으면 나방들이 야금야금 먹어치울 것만 같았다.

거브 씨는 조간신문을 펼쳤다. 순간 첫눈에 들어온 글귀 때문에 침대에서 벌떡 일어났다. 1면에 실린 첫 번째 기사 제목은 이랬다.

헨리 스미츠의 기이한 죽음
오늘 새벽 미시시피강에서 뱃사공이 시체를 발견. 살인으로 의심됨.

거브 씨는 펼쳐놓은 신문에 빨려 들어갈 기세로 해당 기사를 꼼꼼하게 읽어 내려갔다. 살인이 일어났다면 12강좌의 수칙들을 한 번 더 이용할 기회가 올 수 있다는 뜻이었다. 그 수칙들을 생생하게 기억하고 있는 거브 탐정은 〈리버뱅크 데일리 이글〉이 제기한 어떤 의혹이든지 당장 해결하고 싶은 마음이 간절해졌다. 기사의 자세한 내용은 다음과 같았다.

본지는 막 편집을 마감하려는 시점에 마이클 오툴 경찰관에게서 유명한 홍합 채취자이자 뱃사공인 (일명 장다리 샘) 사무엘 플리기스가 지난밤에 다리 아래서 홍합을 따던 중에 최근까지 이 지역에 살던 헨리 스미츠 씨의 시신을 발견했다는 소식을 입수했다.

스미츠 씨는 그간 사흘째 실종 상태라 부인이 크게 걱정하던 참이었다. 고인이 근무했던 브라운슨 포장 회사의 사장 브라운슨 씨도 며칠 동안 스미츠 씨의 소재가 불명했음을 시인했다.

시체는 자루에 담겨 꿰매어놓은 형태로 발견됐다. 살해됐을 가능성이 높다.

"자루에 넣어 꿰맨 채로 미시시피강에 죽게 됐다면 당연히 살인이라고 볼 수밖에."

파일로 거브 씨가 그렇게 소리치며 침대 발치에 펼쳐놓은 신문을 한창 읽고 있을 때 누군가 문을 두드렸다. 거브 씨는 목욕 가운을 꼼꼼히 여미고 문을 열었다. 문간에는 눈물로 눈이 부예진 젊은 여인이 서 있었다.

"파일로 거브 씨인가요? 이렇게 이른 아침부터 폐를 끼쳐서 죄송합니다만 밤새 잠을 잘 수가 없어서요. 용건이 있어서 찾아왔습니다. 몇 가지 부탁드릴 일이 있어서요."

"도배 일로요, 아니면 탐정 일로요?"

"둘 다요. 제 이름은 스미츠… 에밀리 스미츠예요. 제 남편은…."

"남편분 소식은 들어 알고 있습니다, 부인." 도배장이 탐정이 조심스럽게 말했다.

"많은 사람들이 그 소식을 알고 있죠. 아마 모두가 알고 있겠지요…. 제가 경찰에 헨리를 찾아봐달라고 말했으니까 모르는 사람이 없을 거예요. 그래서 말인데 당장 오셔서 저의 집 침실을 도배해줬으면 좋겠어요."

거브 씨는 남편을 잃은 고통이 너무 큰 나머지 실성했나 싶어 그 젊은 여인을 쳐다보았다.

"그런 다음 헨리를 찾아줬으면 해요. 듣자 하니 거브 씨께서는 찾는 데 도사라면서요."

거브 씨는 문득 이 가련한 사람이 남편을 잃은 현실을 완전히 깨닫지 못하고 있다는 것을 깨달았다. 측은한 마음에 날랜 눈으로 미망인을 훑어봤다.

"이상하게 생각한다는 거 저도 알아요. 남편을 잃은 마당에 가장 먼저 해달라는 게 침실 도배니까요. 하지만 정말 남편이 죽었다면 제가 못돼먹고 고집이 세서 그리된 거예요. 거브 씨,

우리는 침실 벽지를 고르기 전까지는 평생 싸워본 적이 없는 부부였어요. 헨리는 침실 벽에 우산만 한 커다란 앵무새와 극락조와 열대 꽃들이 있다면 무시무시할 거라고 말했어요. 그래서 제가 북부 독일인 취향밖에 없는 사람이라고 한마디 했더니 화가 난 그 사람이 '좋소, 당신 마음대로 하시오'라고 말하더군요. 결국 저는 스캐그스 씨에게 그 벽지로 도배를 맡겼고 다음 날 헨리는 집에 들어오지 않았어요. 거브 씨, 저는 그이가 그 일을 그렇게 받아들일 줄 알았다면 차라리 맨 벽으로 놔뒀을 거예요. 전 울고 또 울었어요. 그러다가 어젯밤에 결심했어요. 모든 게 다 제 탓이고 헨리가 집에 왔을 때 침실 벽에 제대로 된 벽지가 붙어 있는 모습을 보게 해야겠다고 말이지요. 정말이지 거브 씨, 벽지를 막상 발라보니 둘둘 말려 있을 때보다 더 못 봐주겠더군요. 너무 이상했어요."

"그랬을 겁니다, 부인. 흔히 있는 일이랍니다. 하지만 먼저 부인께서 남편분에 대해 당장 아셔야 할 게 있습니다."

거브 씨가 그렇게 말하자 젊은 여인은 눈을 동그랗게 뜨고 잠시 그를 빤히 쳐다보았다. 곧이어 그 부인의 낯빛이 그녀가 입고 있는 블라우스처럼 새하얗게 변했다.

"헨리가 죽었군요!"

부인은 악을 쓰며 외치더니 거브 씨의 기다랗고 얇은 두 팔에 풀썩 쓰러졌다.

거브 씨는 몸을 가누지 못하는 젊은 부인을 양팔에 안은 채 놀란 눈으로 주위를 살폈다. 어쩔 줄 몰라 딱한 모양새로 서 있던 거브 씨의 눈에 불쑥 저 아래쪽에서 그의 집으로 다가오고 있는 오툴 경관이 보였다. 오툴 경관은 손목에 절꺽거리는 수갑을 찬 어떤 남자의 팔을 끌고 오고 있었다.

"지금 이건 뭡니까?"

거브 씨가 목욕 가운 차림으로 기절한 여인을 그러안고 있는 모습을 보고 오툴 경관이 그다지 친절하지 않게 물었다.

"경관님이 오셔서 천만다행입니다. 이게 어찌 된 상황이냐면, 미망인인 스미츠 부인께서 제 뜻과 기대를 어기고 저한테로 기절해 쓰러진 것뿐입니다."

"그냥 물어보는 겁니다." 오툴 경관이 아주 깍듯하게 말했다.

"물어보라는 요청이 있을 때 그리 묻는 것이겠지요." 거브 씨가 대답했다.

오툴 경관은 거브 탐정의 방에 도망갈 구멍이 없는지 자세히 살펴본 뒤 죄수를 그 방에 밀어 넣고 거브 씨에게서 축 늘어진 스미츠 부인을 받아 들었다. 그제야 거브 탐정은 방에 들어가 문을 잠갔다.

수갑을 찬 남자는 거브 씨와 단둘이 있게 되자 기다렸다는 듯 입을 열었다.

"하고 싶은 말이 있는데 얼른 해버릴게요. 거브 탐정님 얘기는 오가며 여러 번 들었습죠. 그래서 이번 문제에 휘말리자마자 제가 그랬습니다. '날 꺼내줄 수 있는 사람이 있다면 그건 거브 씨일 거다.' 저는 허먼 위긴스라고 합니다요."

"만나서 반갑소이다." 기다란 다리를 바지에 밀어 넣으며 거브 씨가 대답했다.

"도움이 될지 모르겠지만, 맹세컨대 전 이 사건에서 전적으로 무죄라고요."

위긴스의 말에 거브 씨가 물었다.

"무슨 사건이요?"

"그거야, 헨리 스미츠 살인 사건이지요…. 달리 뭔 사건이겠
어요? 내가 고작 그런… 거 때문에 사람을 죽일 사람으로 보이
쇼?"

위긴스가 왠지 주저하자 앙상한 어깨에 멜빵을 걸치던 거브
탐정이 날카로운 눈으로 쳐다봤다.

"그러니까, 그냥 장난으로 그치와 내가 말싸움 좀 한 걸로 말
이오. 탐정님이 대답해보쇼, 사람이 그래 가끔 농담도 못 합니
까?"

"당연히 할 수 있죠." 거브 씨가 대답했다.

"내 말이요. 말만 그렇게 하지 진짜로 하진 않는다는 걸 다 아
는구만. 내가 헨리 스미츠에게 가서 기필코 죽이고 말겠다고
한 건 그냥 농담이었습죠. 그런데 저 멍청한 경관이…."

"오툴 씨요?"

"예. 저 사람에게 헨리 스미츠 사건을 조사하라고 시킨 모양
인데 저치가 맨 먼저 한 게 바로 날 살인죄로 체포한 겁니다. 뻔
뻔하다고 할 수밖에요."

그때 오툴 경관이 문을 빠끔 열더니 안을 들여다보았다. 경
관은 거브 씨가 옷을 순조로이 갖춰 입은 것을 보자 문을 좀 더
활짝 연 뒤 스미츠 부인을 부축해 의자에 앉혔다. 젊은 부인은
여전히 축 처져 있었지만 작은 체구에도 당찬 여인은 흐느낌을
억누르려고 애쓰고 있었다.

"끝나셨나? 끝났으면 얼른 감옥으로 돌아가셔야지." 오툴이 위긴스에게 말했다.

"나한테 그런 목소리로 말하지 좀 마쇼. 그리고 나 아직 안 끝났소이다. 경관 나리야 신사를 신사답게 대하는 법을 알 턱이 없겠죠."

위긴스가 거브 씨를 향해 입을 열었다.

"요점만 말하겠습니다요. 헨리 스미츠를 살해한 혐의로 체포되긴 했지만 난 그를 살해하지 않았으니 탐정님께서 내 사건을 맡아서 날 감옥에서 꺼내주길 바랍니다요."

"아이고, 저 헛소리! 댁이 그를 살해했고 본인이 그랬다는 걸 댁도 알고 있으면서. 말해봐야 입만 아프지."

순간 스미츠 부인이 의자에서 엉거주춤 일어서며 소리쳤다.

"헨리를 살해했다고요? 저 사람은 절대 헨리를 죽이지 않았어요. 내가 그이를 죽였어요."

"자자, 부인. 숙녀의 말에 반박하긴 싫지만 부인께서는 결코 남편을 살해하지 않았습니다. 여기 있는 이 사람이 남편을 살해했고 제게 그 증거도 있지요."

오툴 경관이 공손하게 말하자 스미츠 부인이 다시 소리쳤다.

"내가 그이를 죽였다니까요! 나 때문에 그이가 나쁜 마음을 먹고 자살한 거예요."

"그런 거 아니라니까요. 위긴스 이자가 남편분을 죽인 거라고요."

오툴이 딱 잘라 말하자 위긴스가 분개하여 외쳤다.

"나 아니라니깐! 딴 사람이 한 거라고."

거브 탐정, 일생일대의 사건 13

저마다 확신에 차 있으니 내내 제자리걸음만 하는 것 같았다. 거브 탐정은 의심에 찬 눈초리로 한 사람씩 쳐다봤다.

곧이어 위긴스가 입을 열었다.

"좋습니다요, 날 다시 감옥에 처넣으시오. 거브 씨, 선생께서 이 사건을 좀 알아봐 주시겠습니까? 그 말을 하러 여기 왔습니다요. 그렇게 해주시겠습니까? 샅샅이 파헤쳐 달라고요, 예?"

"정상 가격대로 지불하신다면야 기꺼이 그리하죠."

거브 씨가 대답하자 오툴이 죄수를 끌고 나갔다.

스미츠 부인은 손깍지를 낀 채 몇 분 동안 아무 말 없이 방바닥만 빤히 쳐다봤다. 이윽고 고개를 든 부인은 거브 씨의 눈을 응시하며 간절히 말했다.

"거브 씨, 이 사건을 맡아주실 거죠, 그렇죠? 가진 돈은 별로 없지만… 선생님께서 전력을 다할 수 있도록 전부 다 드릴게요. 잔인한 일이에요… 저 때문에 화가 나서 그이가 자살한 걸 뻔히 아는데, 저렇게 가엾은 사람이 살인자로 오해받아 고통을 당하다니요. 선생님이라면 그이가 자살했다는 걸 밝혀주실 겁니다… 저 때문에 그랬다는 걸요. 그렇게 해주실 거죠?"

"사건을 맡은 탐정이 하는 일이란 무슨 특별한 걸 밝혀내는 게 아니랍니다. 단서를 찾고 그 단서들이 어디로 이어지는지 그 뒤를 밟는 거죠. 그런 일이라면 제가 기꺼이 해드리겠습니다."

"제가 바라는 것도 바로 그거예요."

스미츠 부인은 감사의 뜻을 표한 뒤 힘겹게 의자에서 일어나 비틀거리며 현관문으로 걸어갔다. 거브 씨는 계단을 내려가는 부인을 도와주었다. 그런데 부인이 돌아가고 나서야 남편의 시신이 자루에 담겨 꿰매진 상태로 강기슭에서 발견됐다는 사실을 그녀가 모른다는 게 생각났다. 알려진 바로는 젊은 남편들은 침실 벽지 같은 사소한 일로 아내들과 말다툼을 벌인다고 한다. 화가 나면 며칠 동안 집에 들어오지 않기도 한단다. 극단적인 경우, 스스로 목숨을 끊는 일도 있을 수 있다. 하지만 며칠 동안 집을 나가 있던 젊은 남편이 냉혹하게 자신의 몸을 자루로 꽁꽁 싸맨 채 강물로 뛰어드는 것은 결코 흔한 일이 아니다. 몇 가지 이상한 점들을 들자면 이렇다. 첫째, 굳이 자살을 하겠다면 더 쉬운 방법들도 많다. 둘째, 사람은 괜히 힘들여가며 자루로 자기 자신을 싸매지 않고도 아주 쉽게 강으로 뛰어들 수 있다. 셋째, 사람이 자루로 들어가 그것을 직접 꿰매기란 지극히 어렵다. 아니, 거의 불가능하다.

혼자서 자루에 들어가 그것을 단단히 꿰매려면 적지 않은 기술이 있어야 하는 데다 아주 크고 낙낙한 자루가 있어야 한다. 그러니까 헨리는 넉넉한 길이의 노끈을 꿴 자루용 대바늘을 들고 자루로 들어가서 머리께까지 자루를 끌어올린 다음, 머리 위로 양손을 뻗어 한 손으로는 자루 입구를 움켜쥐고 다른 한 손으로 꿰맸다는 말이다. 화가 머리끝까지 난 상태에서 그러고 있기란 거의 불가능할 것이다.

파일로 거브 씨는 그런 모든 전후 사정을 생각하면서 이번 사건에 딱 맞는 변장 도구들을 고르기 위해 훑어보았다. 그리고 마침내 '13번, 장의사 가면'으로 결정하고는 머리털이 짧은 검정색 가발과 길게 늘어진 콧수염을 골랐다. 그러다 또 다른 생각에 잠겼다. 양손과 양팔을 자유로이 움직일 만큼 충분히 낙낙한 자루라면 화가 많이 난 상태에서도 스스로 꿰맬 수 있을 것 같았다. 자루를 뒤집어쓰고 자살할 생각에 여념이 없는 상태에서 자루 입구를 막은 뒤 자루 정면에 사람이 기어들어갈 수 있도록 커다랗게 틈을 내놓았다고 치자. 그런 다음 자루로 기어들어 가 곧바로 양손 위치에 있는 그 틈을 꿰매면 될 터였다. 충분히 가능한 일이었다! 파일로 거브 씨는 옷장에서 검정색 프록코트와 넓은 상장(喪章) 띠를 두른 실크 모자를 꺼냈다. 그리고 단단히 문단속을 하고 큰길로 내려갔다.

그날처럼 무더운 날에는 프록코트와 실크 모자는 괴로울 만큼 불편할 게 뻔했다. 집 밖으로 나와 모퉁이를 돌 때까지 제각각 다른 여덟 명의 주민들이 파일로 거브 씨의 이름을 부르며 말을 걸었다. 사실 리버뱅크 주민들은 변장한 거브 탐정의 모습을 익히 봐왔다. 따라서 몇몇 어린아이들이 변장한 거브 탐정을 보고 관심을 보일 뿐, 어른들은 대체로 은행원 제닝스가 하루는 분홍색 셔츠를 입고 다음 날에는 파란색 줄무늬 셔츠를 입고 나온 모습을 보는 것만큼이나 대수롭지 않게 여겼다. 이제껏 누구도 제닝스가 셔츠를 바꿔 입으면서 정체를 숨기려 한다고 비난하지 않았듯, 그 누구도 파일로 거브 씨가 변장을 통해 본색을 숨기려 한다고 생각하지 않았다. 주민들은 정육점 주인이 판매대 뒤로 가기 전에 하얀 앞치마를 동여매듯 그런 변장 또한 일과 관련된 단순한 습관으로 여겼다.

그래서 은행원 제닝스도 검정색 옷을 입은 그 낯선 꺽다리를 보고 누구냐고 묻는 대신 거브 씨와 선선히 인사를 나눴다.

"아이고, 거브 씨! 이번 스미츠 사건으로 일 보러 가시는군요? 맡은 일 잘되길 바랍니다. 꼭 진범을 찾아서 제대로 콩밥 먹게 해주세요. 스미츠 씨가 금전적으로 쪼들렸다는 소문은 신경쓸 거 없습니다. 우리 은행에서 돈을 빌려주긴 했지만 그걸로 부담을 준 적은 결코 없으니까요. 이자도 요구한 적이 없답니다. 제가 수차례 말했는걸요. 합당한 범위 내에서 원하면 얼마든지, 언제든지 더 빌려줄 수 있으니까 그 양반네 발명품이 시장에서 팔리면 그때 갚아도 된다고 말이죠."

"그런 소문이 돈다는 이야기나 보도는 아직 들은 바 없지만 먼저 얘기를 해주시니 별거 아닌 걸로 알고 있겠습니다."

"손톱만큼도 별거 아니랍니다. 그건 그렇고 무슨 단서라도 찾았나요?"

"지금 찾으러 가는 중입니다."

거브 씨가 그렇게 대답하자 은행원 제닝스가 이어 말했다.

"그럼 제가 조언 하나 드리지요. 허먼 위긴스나 그 패거리들의 뒤를 파보세요. 제가 그러더라는 말은 하지 마시고요…. 괜히 이번 사건에 말려들고 싶진 않으니까요. 어쨌든 스미츠 씨는 위긴스와 그 패거리를 무서워했어요. 그 양반이 제게 그렇게 말했다니까요. 위긴스가 죽이겠다고 협박했다던데요."

"위긴스 씨는 현재 헨리 스미츠를 고의로 살해했다는 혐의로 유치장에 수감되어 있답니다."

"오, 그래요? 그러면 다 해결된 거네요. 경찰에서 그자가 그랬다는 증거를 잡은 모양이죠. 그럴 줄 알았어요. 그럼 탐정님도 할 일이 별로 없겠네요. 가발에 바람이나 쏘여주고 그러시면 되겠네, 그렇죠?"

은행원은 파일로 거브 씨에게 유쾌하게 손을 흔들어준 뒤 은행 건물로 들어갔다.

거브 탐정은 여러 친구들과 팬들에게 환대를 받으며 중심가로 들어섰다. 시체가 발견된 강으로 이어진 도로에 이르렀을 무렵에는 심심풀이로 즐겁게 탐정 수사를 지켜보겠다는 일념으로 많은 이들이 떼 지어 거브 씨의 뒤를 따랐다.

거브 탐정이 강 쪽으로 걸어가는 사이 다른 주민들도 무리에 합세했지만 모두 무례가 되지 않을 정도로 거리를 두고 뒤따라갔다. 거브 씨가 강변도로에 도착했을 때 가짜 콧수염이 떨어지자 세 발짝 정도 뒤에서 따라오던 구경꾼들도 일제히 멈추고 그가 콧수염을 주운 다음 콧구멍에 철사를 걸어 잘 고정할 때까지 서서 기다렸다. 이윽고 탐정이 다시 앞으로 걸어가자 구경꾼들 또한 앞으로 나아갔다. 아마 범죄 역사상 그보다 더 공손한 구경꾼들을 데리고 다닌 탐정은 없었을 것이다.

강가에서 거브 씨는 장다리 샘을 발견했다. 홍합 채취꾼인 플리기스는 빈 타르 통을 타고 앉아 앞에 늘어서서 귀를 쫑긋 세우고 있는 구경꾼들에게 헨리 스미츠의 시신을 발견한 이야기를 마흔 번째 늘어놓고 있었다. 파일로 거브 씨가 다가가자 장다리 샘이 말을 멈추었다. 플리기스의 구경꾼들과 거브 탐정의 구경꾼들은 한데 어우러져 거대한 원을 만든 뒤, 거브 씨가 그 홍합 채취꾼에게 질문하는 동안 시선을 고정한 채 공손히 경청했다.

장다리 샘이 코웃음 치며 대꾸했다.

"자살이요? 지나가던 개가 웃겠수다. 살해됐다는 거 말고는 말이 안 된다니까 그러시네! 내 평생 자살한 사람들도 몇몇 건져봐서 아는데, 확실히 가라앉도록 돌을 묶었거나 돌멩이 따위 없어도 가라앉을 거라고 생각한 치들은 봤어도 자루에 들어가 꽁꽁 꿰맨 채 자살한 인간은 한 번도 본 적 없거든."

이어 플리기스는 확신에 차서 말을 이었다.

"내 장담하는데, 누군가 꿰매주지 않았다면 헨리 스미츠가 그 마대 자루를 뒤집어쓰고 꿰맬 수는 없었을 거요. 그렇다면 자루를 꿰매준 그 인간은 자살을 도와준 셈인데 꿰매놓은 모양새를 딱 보아하니 자살을 도와준 그치도 살인자나 진배없더라이거요."

구경꾼들이 맞장구를 치며 웅성거리자 거브 탐정은 조용히 손을 들어 보였다.

"특정한 종류의 마대 자루라면 그 안에 들어가서 직접 입구를 꿰맬 수 있소이다."

거브 씨가 논리적으로 그럴듯한 말을 하자 구경꾼들이 흥분을 억누르며 살며시 박수를 쳤다.

"탐정 나리가 꿰맨 모양새를 못 봐서 그런 소리를 하는 모양이구려."

"그래요, 아직 못 봤소이다. 허나 사건을 해결할 단서를 찾으면 곧장 볼 생각이오. 명색이 좀 한다하는 탐정이라면 단서를 찾을 때까지 섣불리 움직이지 않는 법이오. 그게 이 바닥 법칙이라오."

그러자 장다리 샘이 물었다.

"탐정 나리는 어떤 단서를 찾는뎁쇼? 그 단서란 게 뭐냐고요?"

"고인과 관계된 것이라면 뭐든 단서가 되지만 대체로 탐정 말고는 누구도 어떻게 무슨 관계가 있는지 생각해내지 못하는 아주 중요한 것이라오. 가끔은 단추 하나가 아주 중요한 단서가 될 때도 있소이다."

"그것참, 내가 가진 단추라고는 이 옷에 붙은 단추들밖에 없소만 여기 이 자루용 바늘이 도움이 된다면…."

플리기스가 호주머니에서 두툼한 자루용 대바늘을 꺼내더니 파일로 거브 씨의 손바닥에 올려놓았다. 거브 탐정은 그 물건을 주의 깊게 살펴봤다. 바늘귀에는 아직도 몇 센티미터의 노끈이 걸려 있었다. 장다리 샘이 자진하여 말했다.

"시체가 들어 있던 자루에서 내가 잘라낸 거요. 작게나마 멋진 기념품 정도로 갖고 있을 생각이었소. 탐정 나리가 찾는 단서로 더는 필요가 없어지면 도로 줬으면 좋겠수."

"꼭 그리하리다."

거브 씨는 흔쾌히 동의한 뒤 바늘을 요모조모 살펴봤다.

보통 많이들 사용하는 자루용 대바늘은 두 종류다. 둘 다 거의 꽉 채운 마대 자루에 손쉽게 넣었다 뺐다 하도록 바늘 끝이 휘어져 있다. 또한 두 종류 모두 바늘을 꿰어 잡아당길 때 단단히 잡고 있을 수 있도록 휘어진 부분이 약간 납작하다. 하지만 한 종류는 바늘귀가 손잡이 끝에 있는 반면 나머지 다른 하나는 바늘 끝 근방에 바늘귀가 있다. 거브 씨는 장다리 샘이 준 바늘에서 또 다른 특징을 찾아냈다. 바늘귀에 걸려 있는 것은 삼으로 느슨하게 꼰 일반 노끈이 아니라 카펫용 실처럼 부드러운 면사로 단단하게 꼰 노끈이었다.

"고맙소. 이제 다른 데로 가서 좀 더 조사해봐야겠소. 여러분, 원치 않는데도 전부 이렇게 날 따라다닐 필요는 없소이다."

파일로 거브 씨가 그렇게 말했지만 모두 거브 씨의 뒤를 따라가고 싶은 모양이었다. 장다리 샘과 그의 구경꾼까지 합세한 데다 십여 명이 새로 합류해 구경꾼들의 수는 훨씬 많아졌다. 그렇게 모인 구경꾼들은 적당한 거리를 두고 거브 탐정을 따라서 두 블록 정도 떨어진 강둑에 위치한 브라운슨 포장 회사의 공장을 향해 걸어갔다.

그곳은 바로 헨리 스미츠가 다니던 공장이었다. 크기가 제각각인 예닐곱 개의 건물들이 전부 포장 회사 공장이었다. 그중에서 가장 큰 건물이 강둑 끝에 바로 붙어 있었다. 공장을 빙 둘러 판자 울타리를 높게 쳐놓아 그 안에 있는 '마당'은 마치 우리 같았다. 거브 탐정이 정문 앞에 나타나자 그가 들어갈 수 있도록 경비원이 한쪽으로 비켜서며 기분 좋게 인사를 건넸다.

"안녕하십니까, 거브 씨. 오실 줄 알고 있었습니다. 범죄가 일어나면 언제나 출동하니까요, 안 그렇습니까? 본관에 가시면 메르켈과 브릴과 조코스키는 물론이고 나머지 위긴스 패거리도 만나볼 수 있을 겁니다. 아마 그 친구들은 경찰에게 했던 말을 그대로 되풀이하겠지요. 죽을 맛인가 보던데 달리 어쩌겠습니까? 그게 사실인걸요."

"뭐가 사실이라는 거죠?" 거브 씨가 물었다.

"위긴스가 홧김에 헨리 스미츠를 죽였다는 거요. 위긴스가 헨리에게 '너 때문에 우리가 일자리를 잃으면' 자기가 말한 대로 해버리겠다고 한 거요. 그게 사실이라고요."

거브 씨는 경비원에게 막혀 정문에 멈춰 서 있는 추종자들을 뒤로한 채 본관으로 들어가 위긴스 씨의 부서가 어디인지 물었다. 그리고 건물 1층의 강 쪽 지점에서 해당 부서를 찾았다. 엄청나게 넓은 공간인 그곳의 한쪽 면은 회사 냉동실로 이어져 있었고 반대쪽 면에는 길지만 좁은 독(Dock)이 그 건물의 폭을 따라 나 있었다.

독의 바깥쪽 가장자리를 따라 두 대의 바지선이 묶여 있었고, 위긴스 패거리 가운데 일부가 바로 그 바지선에 양고기를 싣고 있었다. 그런데 그 양고기 형태를 보니 다리가 아닌 양 한 마리를 통째로 삼베에 싸서 깔끔하게 꿰맨 모양새였다. 그 커다란 공간은 포장 및 선적실로, 위긴스 패거리가 맡은 일은 도축되어 냉동된 양고기를 삼베로 싸서 단단히 꿰맨 뒤 선적하는 것이었다. 한쪽 벽에는 삼베 꾸러미가 쌓여 있었고 벽과 위층을 지탱하고 있는 기둥에 박아 놓은 못마다 바늘에 꿸, 삼으로 꼬아 만든 노끈들이 걸려 있었다. 냉동실 쪽에 가까울수록 공기가 기분 좋을 만큼 시원했다.

거브 씨는 예리한 눈으로 사방을 훑어봤다. 여기저기에 마대 자루와 바늘과 노끈이 있었다. 저쪽으로 헨리 스미츠가 내던져진 강이 보였다. 거브 탐정은 푸른 강에 떠 있는 좁은 독 건너편을 응시했다. 곧이어 다시 독으로 시선을 돌리자 직원들 중 한 사람이 빗자루로 꼼꼼하게 독을 쓸고 있었다. 가만 보니 유리 조각들을 강으로 쓸어버리는 중이었다. 실내에 있는 직원들이 호기심 가득한 시선으로 지켜보는 와중에 거브 씨는 삼베 조각 하나를 주워 주머니에 찔러 넣고 손가락으로 노끈을 한 줄 감아채서 역시 주머니에 쑤셔 넣었다. 그런 다음 벽에 송곳으로 구멍을 뚫어 임시변통으로 만들어놓은 바늘집게에 걸려 있는 바늘들을 유심히 살펴본 뒤 독으로 걸어가 유리 조각을 하나 집어 들었다.

"찾았다."

거브 탐정은 이 말을 내뱉은 뒤 직원들을 심문하는 일에 집중했다.

위긴스 패거리는 마지못한 기색이 역력했지만 그래도 솔직하게 위긴스가 여러 차례 헨리 스미츠를 위협한 적이 있다고 인정했다. 위긴스가 헨리 스미츠에게 직장을 잃을 위기에 처한 사람이 품을 법한 증오심을 지니고 있었다는 것도 시인했다. 거브 탐정은 헨리 스미츠가 본관 건물 전체를 관리하는 위치에 있었다는 사실을 알게 되었다. 위긴스 패거리가 귀띔해준 바로는 그 정도 위치라면 편안히 놀고먹으며 절대 권력을 휘두를 수 있었다. 헨리 스미츠는 그 건물 직원들이 작년보다 올해 생산성을 더 높였는지 아닌지만 따지면 될 일이었다. 그가 '효율성'이라는 말을 달고 살아서 직원들은 '효율성'이란 말만 들어도 진저리를 쳤다고 한다.

거브 씨의 팬들은 정문에서 그가 돌아오기만을 기다리면서 거브 탐정이 그동안 어떤 일을 해왔는지를 놓고 열띤 토론을 벌이고 있었다. 마침내 거브 씨가 모습을 드러내자 그들은 즉시 말을 멈추고 탐정의 뒤로 헤쳐 모였다. 그러고는 거브 씨를를 따라 포장 회사를 나와 중심가에 있는 홀워디 바트먼의 장의 업체로 향했다. 그곳에 도착하자 호기심에 일찌감치 모여 있던 또 다른 무리들이 합세하는 바람에 거브 탐정이 안으로 들어가는 사이 구경꾼들은 밖에서 기다릴 수밖에 없었다. 거브 씨는 이제 불쾌하지만 꼭 필요한 일을 처리할 차례였다. 바트먼 씨가 운영하는 업체 뒤편에 있는 자그마한 '시체 안치소'에 들러야 했다.

가엾은 헨리 스미츠의 시체는 그때까지도 발견 당시 그대로 자루에 들어 있었다. 그 자루야말로 거브 탐정이 가장 세심하게 주의를 기울인 물건이었다. 자루의 형태를 살펴보니 자루를 찢은 게 아니라 잘라서 사체의 신원을 확인한 듯싶었는데, 갈라진 솔기가 한 군데도 없었다. 순간 거브 씨는 헨리 스미츠가 자루에 담겨 죽은 게 아니라는 점을 깨달았다. 헨리 스미츠는 장사꾼들이 말하는, 이른바 '마(碼) 단위로 파는' 올이 굵은 삼베에 싸여 꿰매진 모양새였다. 더구나 그 삼베는 위긴스와 그 패거리들이 쓰는 것과 일치했다. 시체는 헐렁하게 마대 자루에 담겨 있는 게 아니라 윤곽이 드러날 만큼 단단하게 포장돼 있었다. 다시 말해 선적을 위해 양고기를 삼베로 단단히 싸서 포장했듯이 헨리 스미츠의 시체 역시 삼베로 단단하게 동여매어 마치 미라를 싸매놓은 것처럼 보였다.

그런 형태라면 양팔이 몸에 꼭 붙어 있을 수밖에 없을뿐더러 삼베가 랩처럼 단단하게 덮고 있기에 외부에서 꿰매는 방법밖에는 없다. 따라서 스스로 그런 포장 형태가 나오도록 꿰맨다는 것은 절대로 불가능했다. 이로써 자살설은 완전히 물 건너간 셈이었다. 그렇다면 과연 '누가 살해했는가'가 문제였다.

파일로 거브 씨가 관에서 물러나자 장의사 바트먼이 안치소로 들어서며 장의사다운 부드러운 목소리로 말을 걸었다.

"거브 씨, 밖에 있는 구경꾼들의 인내심이 슬슬 바닥나고 있나 봅니다. 점심때가 다 돼가니까 제 사무실로 밀고 들어와서 거브 씨가 뭘 알아냈는지 밝혀낼 기세네요. 어찌나 세게 문을 미는지 저러다 유리문을 부술까 걱정입니다. 일하는데 재촉하고 싶지 않지만 나가서 위긴스가 범인이라고 말해주면 해산할 것 같네요. 본인 입으로 재고품 관리자에게 전구를 부탁했다고 시인했으니 당연히 위긴스가 범인이겠지요."

"전구라니요?"

파일로 거브 씨가 묻자 바트먼이 대답했다.

"우리가 이 삼베를 잘라 펼쳐봤더니 안에 전구가 들어 있더라고요. 실은 헨리의 손에서 찾아냈죠. 오툴 경관이 그걸 단서로 가져갔으니 위긴스는 꼼짝없이 살인자로 찍힌 거고요. 그 재고품 관리자 말이 위긴스가 자기한테서 받아갔다더군요."

"그럼 위긴스는 그 물건에 대해 뭐라 말하던가요?"

"아무 말 안 하던데요. 그 작자 변호사가 입도 뻥긋하지 말라고 했다니 아무 말도 안 할 겁니다. 아이고, 저기 구경꾼들 소리 좀 들어보세요."

"지금 당장 가서 다 보낼게요. 위긴스 씨가 왜 전구를 시체 있는 데 넣어 꿰맸는지만 빨리 말씀해주세요."

거브 씨가 단호하게 청하자 바트먼이 대답했다.

"우선 그 작자는 시체 있는 데다 전구를 넣고 꿰매지 않았답니다. 왜냐, 위긴스가 먼저 익사시킨 게 아니라면 헨리 스미츠가 삼베로 꽁꽁 싸매져서 꿰매졌을 때는 아직 시체가 아니었을 테니까요. 모티머 박사님 말씀이 헨리 스미츠의 사인은 익사랍니다. 그리고 또 만약 살아 있는 사람을 삼베로 싸서 꿰맸다면, 꿰매는 동안 그 안에 들어 있는 사람을 꼭 붙들고 있어야 하니 정작 범인은 아무것도 꿰맬 수 없었을 겁니다. 그래서 제 생각에는 말이죠, 위긴스와 그 패거리 몇몇이 헨리 스미츠에게 달려들어 쓰러트린 다음 몇 놈이 그 양반을 삼베로 싸매고 꿰매는 동안 나머지 놈들이 붙들고 있었겠지요. 위긴스는 나간 전구를 갈려고 새 전구를 받아가는 길에 헨리 스미츠를 만나 말다툼을 벌이다 끝내 치고받고 싸웠을 겁니다. 그 와중에 헨리 스미츠가 전구를 움켜잡았는데 마침 다른 패거리들이 몰려와 이 양반을 삼베에 싸서 꿰맨 다음 강물에 던져버렸을 테고요. 그러니까 이제 나가서 사람들에게 위긴스가 헨리 스미츠를 죽였고 공범이 밝혀지는 대로 알려주겠다고 말하세요. 창문이 다 부서지기 전에 얼른요."

거브 탐정은 돌아서서 시체 안치소를 나갔다. 장의업체를 떠날 때 구경꾼들이 가볍게나마 환호해줬지만 거브 탐정은 서둘러 유치장으로 걸어갔다. 그곳에 도착하니 마침 오툴 경관이 있어 거브 씨는 전구에 대해 물었다. 그렇게 많은 구경꾼들의 관심을 한 몸에 받자 우쭐해진 오툴 경관이 호주머니에서 전구를 꺼내 거브 씨에게 흔들어 보였다. 그러면서 바트먼에게 이미 들은 이야기를 좀 더 자세하게 되풀이했다. 거브 탐정은 잠자코 전구를 살펴본 뒤 물었다.

"위긴스 씨가 재고품 관리자에게 전구가 나갔으니 같게 새 걸로 하나 달라고 했다고요?"

"예, 맞아요. 그런데 그건 왜 물으시죠?"

"이 전구는 나가서 못 쓰는 거니까요."

정말 거브 씨 말 그대로였다. 전구 안쪽 면이 약간 거무스름 했고 탄소 필라멘트는 절단돼 있었다. 오툴 경관이 전구를 낚아채 이상하다는 듯 요리조리 살펴보더니 말했다.

"거참 이상하군요."

"탐정이 아닌 사람의 사고방식으로는 그럴지도 모르지만 탐정이 보기에는 이상할 것 하나 없습니다."

"아니지, 아냐, 그렇게 이상할 일도 아니네. 한번 잘 생각해보세요. 위긴스가 나간 전구를 새 걸로 바꾸기 전에 헨리 스미츠가 이 전구를 움켜잡았든, 아니면 새 걸로 간 다음에 그랬든 크게 차이는 없는 거 아닙니까?"

"탐정이 볼 때 이 전구는 경관님이 생각하는 그 전구가 아니고, 결과적으로 위긴스 씨가 재고품 관리자에게 받은 것이 아니라면 큰 차이가 있소이다."

거브 씨가 후다닥 뛰쳐나가자 구경꾼들도 따라 나갔다. 거브 씨는 곧바로 원래의 전구를 찾으러 간 게 아니었다. 그보다 먼저 집으로 돌아와 제6번 변장, 그러니까 파란색 모직 셔츠를 입고 긴 갈색 턱수염을 붙인 노동자로 변신했다. 그런 다음 다시 포장 공장으로 향했다.

또다시 구경꾼들은 정문 앞에서 제지를 당했지만 파일로 거브 씨는 안으로 들어갔다. 재고품 관리자는 양철통에 싸온 점심을 먹고 있었다. 그 사람은 기다렸다는 듯 기꺼이 대화에 응했다.

"어찌 된 일이냐면, 우리는 요 아래 부서에서 야근하고 있었는데 위긴스와 그 패거리도 헨리 스미츠가 살해된 날 밤에 야근을 해야 했습죠. 헨리와 위긴스는 사이가 나빴다고 해야 하나, 아무튼 듣자 하니 헨리가 위긴스에게 길게 못 갈 것 같으니 다른 직장을 알아보라고 하니까 위긴스가 헨리더러 직장을 잃으면 죽여버리겠다고 했대요…. 그러니까 위긴스가 헨리를 죽이겠다고 했다고요. 당시에는 그냥 아무렇게나 지껄인 거다 싶어 대수롭지 않게 생각했습죠. 헌데 헨리도 그때 야근을 하고 있었거든요. 2층에 있는 그 쪼끄만 자기 작업실에서 한참 동안 늦게까지 일하고 있었어요. 그런데 그날 밤 위긴스가 제게 오더니 헨리가 32광도짜리 새 전구를 달라고 했다고 하더라굽쇼. 그래서 저는 위긴스에게 그걸 주고 퇴근했습죠. 그런데 나중에 알고 보니 위긴스가 그 전구랑 헨리를 같이 싸서 꿰매버렸더라고요."

거브 탐정은 장다리 샘이 준 바늘을 꺼내 보이며 말했다.

"아마 물품 창고에도 이와 비슷한 자루용 대바늘이 있지 싶은데…."

재고품 관리인은 그 바늘을 받아 들고 자세히 살펴보더니 대답했다.

"이렇게 생긴 건 처음 보는데요."

"그럼 만약에 말입니다. 헨리 스미츠와 함께 꽁꽁 싸매져서 발견된 그 전구가 새 전구가 아니라면, 그런데 위긴스 씨가 헨리에게 새 전구를 가져다줬다면, 그래서 헨리가 나간 전구를 새 전구로 갈았다면, 헨리는 그 전구를 어디서 갈아 끼웠을까요?"

"2층에 있는 작업실에서 했겠죠. 거기서 늘 자기가 만든 기계들을 어설프게 손보고 있었으니까요."

"실례가 안 된다면 그 작업실 좀 잠시 볼 수 없을까요?"

거브 씨가 부탁하자 재고품 관리인이 일어나 남은 점심을 저녁 도시락 통에 옮겨 담고는 앞장서서 계단을 올라갔다. 그러고는 헨리 스미츠가 작업실로 썼던 공간의 문을 열어주자 거브 씨가 들어갔다. 작업실 안은 약간 어수선했지만 한두 가지 특별한 점을 제외하면 흔한 작업실 같았다. 헨리 스미츠가 만들고 있었다는 발명품은 다소 부담스러울 크기의 기계로, 살해된 고인이 두고 간 그대로 레버, 바퀴, 팔, 톱니 등의 장비를 모두 갖춘 채 서 있었다. 바닥에는 의자 하나가 쓰러져 있었다. 기계 옆 롤러에는 삼베 두루마리가 세워져 있었다. 천장을 올려다보자 조명 기구와 그 안에서 맑고 밝게 빛나는 32광도짜리 전구가 보였다. 그와 비슷한 전구가 다른 소켓에 꽂혀 있었을 법한 자리에는 플러그가 하나 있었다. 그런데 분명 전력 공급용으로 보이는 절연선이 그 플러그부터 시작돼 헨리 스미츠가 작업 중이었던 기계와 연결된 작은 모터까지 이어져 있었다.

재고품 관리인이 먼저 입을 뗐다.

"저기 좀 보세요, 누군가 저 창문을 깼어요!"

사실이었다. 누군가 창문을 깼을 뿐만 아니라 판벽과 창틀까지 모두 부숴버린 상태였다. 하지만 거브 탐정은 그런 것에 관심이 없었다. 그는 전구만 뚫어져라 쳐다보며 12강좌의 제6과

제2부에 나오는 '베르티용식 인체 식별법(키나 신체적 특징 또는 피부색이나 지문 등으로 범죄자를 식별하는 법 – 옮긴이) 총설에 따라 지문으로 식별하는 법'을 생각하고 있었다. 거브 탐정은 머리에 매달린 전구를 손에 넣을 방법을 찾고 있었다. 언뜻 쓰러져 있는 의자가 눈에 들어왔다. 의자를 똑바로 세운 뒤 한 발로는 헨리 스미츠가 만들고 있던 기계의 틀을 밟고 나머지 한 발로는 의자 등받이를 딛고 서면 전구에 닿을 수 있을 것 같았다. 거브 씨는 의자를 바로 세우고 좌석 부분을 밟고 올라섰다. 그런 다음 헨리 스미츠의 기계 틀에 한 발을 올려놓은 뒤 다른 한 발을 아주 조심조심 의자 등받이 꼭대기로 가져갔다. 마침내 위로 손을 뻗은 탐정은 전구를 돌려 빼내는 데 성공했다.

재고품 관리인이 의자가 흔들리는 것을 보고 잡아주려고 재빨리 튀어나갔지만 너무 늦었다. 거브 탐정은 허공에 대고 손을 허우적거리다가 헨리 스미츠가 만들던 기계 중간 부분에 해당하는 넓고 평평한 판 위로 떨어졌다.

결과는 즉각 나타났다. 기계 톱니들과 바퀴들이 빠르게 회전하기 시작했다. 곧이어 강철로 만들어진 두 개의 팔이 털썩 내려오더니 거브 탐정을 판에 고정시키는 바람에 양팔은 꼼짝없이 몸 옆에 찰싹 붙어버렸다. 이어 삼베 두루마리가 풀리자 거브 씨의 몸 아래로 흐늘흐늘한 삼베 끝자락이 끼는가 싶더니 미끄러지듯 서서히 밀려든 삼베가 그의 몸에 돌돌 말리면서 팽팽하게 당겨졌다. 거브 탐정은 순식간에 포장된 양고기처럼 꽁꽁 싸매졌다. 강철 팔이 아래로 내려갔다가 앞뒤로 오가며 바느질하는 모양새로 거브 씨의 머리에서 발끝 쪽으로 움직이며 지나갔다. 마침내 그 팔이 발치에 다다르자 칼이 나와 거브 씨를 돌돌 싼 삼베를 잘라 삼베 두루마리에서 분리시켰다.

다음 순간, 가장 놀라운 일이 벌어졌다. 거브 씨가 누워 있는 판이 마치 투석기처럼 느닷없고 난데없이 거브 탐정을 들어 올려 뚫린 창문 밖으로 휙 던져버린 것이다. 재고품 관리인이 숨 죽인 비명에 이어 첨벙 하는 커다란 물소리를 듣기 무섭게 창가로 달려갔지만 그 위대한 도배장이 탐정은 미시시피강 속으로 사라져버렸다.

헨리 스미츠가 그랬던 것처럼 거브 탐정도 의자 등받이를 밟고 서서 천장으로 손을 뻗으려고 했다. 그리고 헨리 스미츠와 마찬가지로 거브 탐정도 새로 발명한 포장 겸 선적 기계 위로 떨어지고 말았다. 그 결과 헨리 스미츠와 마찬가지로 거브 탐정도 꽁꽁 포장되어 창문을 통해 강으로 날아가 버렸다. 하지만 헨리 스미츠와 달리 거브 탐정은 삼베에 꿰매져 갇히는 꼴은 당하지 않았다. 파일로 거브 씨의 호주머니에는 양쪽이 다 뾰족해 좌우로 움직이는 바늘이 들어 있었기 때문이다.

라이징 선 탐정 사무소 산하 탐정통신학교 12강좌 중 제11과 17페이지에는 다음과 같은 내용이 나온다.

해결하기 아주 어려운 사건을 맡았을 때는 탐정 스스로 예상되는 범죄 행동을 가능한 한 가장 똑같이 재연해보는 것도 많은 도움이 된다.

파일로 거브 씨는 그대로 했다. 그 결과 이 도배장이 탐정은 사람이 고의적으로 자살하거나 살인 사건의 희생자가 되지 않고서도 자루에 담겨 꿰매진 채 강물에 빠져 죽을 수 있다는 것을 입증해냈다.

두 개의 양념병

로드 던세이니

The Two Bottles of Relish

두 개의 양념병

내 이름은 스메더스다. 나는 이른바 소시민으로 소소하게 방문판매업을 한다. 구체적으로 말하자면, 고기류 및 짭짤한 음식용 양념인 넘누모를 팔러 다닌다. 세계적으로 유명하다고 자부하는 이 넘누모는 해로운 신맛이 없어 심장에 나쁜 영향을 주지 않는 정말 좋은 양념이라 판촉하기도 아주 쉽다. 팔기 쉽지 않았다면 선뜻 방문판매에 나서지 못했을 것이다. 하지만 언젠가는 팔기가 좀 더 힘든 제품을 취급해보고 싶다. 팔기 힘들수록 수입은 당연히 더 많아지기 때문이다. 현재 겨우 자리를 잡은 터라 빈손이지만 나는 아주 비싼 아파트에서 살고 있다. 내가 지금부터 들려줄 이야기를 시작하려면 어떻게 그 집에 살게 됐는지부터 설명해야 한다. 사실 나 같은 소시민이 할 만한 이야기는 아니지만 달리 말할 사람이 없다. 이래저래 알고 있는 사람들이 있지만 모두 쉬쉬하고 있기 때문이다. 어쨌든 아파트에 얽힌 사연은 이렇다. 방문판매에 뛰어든 이상 런던 중심가에 살아야 해서 집을 구하러 나선 참이었다. 아주 음침해 보이는 어느 아파트 단지의 중개인 사무소를 찾아 침실 하나에 벽장

같은 게 딸린, 이른바 원룸이 없는지 물었다. 당시 중개인은 신사라는 말로는 부족한 어느 손님에게 집을 보여주려던 참이라 나는 거의 안중에도 없었다. 그래서 얼떨결에 두 사람을 뒤따라가 온갖 집을 구경하면서 내 처지에 맞는 집을 보여줄 때까지 기다렸다. 그러다 침실과 욕실과 거실에다 문간방까지 딸린 아주 근사한 집에 들어갔다. 그리고 바로 거기서 린리 씨와 안면을 트게 되었다.

집을 둘러보던 린리 씨가 말했다.

"조금 비싸군요."

중개인이 창가로 고개를 돌리더니 이를 쑤셨다. 그런 단순한 행동으로 그렇게 많은 뜻을 전달할 수 있다니 희한했다. 중개인은 셋집은 턱없이 모자라고 세를 얻으려는 사람들은 줄을 섰으니 싫으면 관두라는 식이었다. 괜한 엄포는 아닌 듯했다. 중개인은 더 이상 한 마디도 하지 않고 눈길을 돌려 창밖을 보면서 이만 쑤셨다. 그때 내가 조심스럽게 린리 씨에게 말했다.

"선생님, 제가 집세의 반을 낼 테니 공동으로 빌리면 어떻겠습니까? 제가 방해되지는 않을 겁니다. 하루 종일 밖에서 일하는 사람이라 선생님과 부딪힐 일도 없을 겁니다. 정말이지 고양이만큼이나 방해가 안 될 겁니다."

어떻게 그런 제안을 했는지 놀랄 수도 있지만 그 신사분이 내 제안을 받아들였다는 사실보다 더 놀라울까 싶다. 나는 그저 소규모 방문판매업에 종사하는 보잘것없는 사람에 불과했으니까 말이다. 하지만 그 신사분이 창가에 있는 중개인 말보다 내 말에 더 솔깃해한다는 것을 단번에 알 수 있었다. 린리 씨가 말했다.

"하지만 침실이 하나뿐이지 않습니까?"

"저기 작은 방에 침대를 들이면 되지요."

내가 말하자 창가에서 시선을 돌린 중개인이 여전히 이를 쑤시면서 대꾸했다.

"문간방 말이로군요."

"선생님께서 그 방을 쓰실 일이 있으면 언제든 침대를 치워 벽장에 넣어두겠습니다."

린리 씨가 생각할 시간을 갖는 사이 중개인은 런던 시내를 내다봤다. 마침내 린리 씨는 내 제안을 받아들였다.

"서로 아는 사이요?" 중개인이 물었다.

"그렇소."

중개인의 말에 린리 씨가 대답했다. 참 친절한 신사분이었다.

그때 나는 왜 그런 제안을 했을까? 당시 그 정도의 집세를 감당할 수 있어서? 물론, 아니었다. 린리 씨가 중개인에게 했던 말 때문이었다. 옥스퍼드대학교를 갓 졸업한 린리 씨는 런던에서 몇 달 동안 지낼 집을 찾고 있었다. 여건이 허락하는 한 시간을 두고 상황을 지켜보면서 직장을 잡을 때까지 아무 일도 하지 않고 그냥 편안하게 머무를 만한 집 말이다. 그 말을 듣고 판매할 때 옥스퍼드를 나온 사람처럼 굴면 어떤 이득을 볼까 생각해봤다. 답은 간단했다. 백전백승. 린리 씨에게서 옥스퍼드 졸업생 같은 분위기를 4분의 1만큼만 익혀도 판매량을 두 배로 늘릴 수 있을 터였다. 그럼 곧 좀 더 팔기 어려운 제품을 취급하면서 매상을 세 배나 올릴 수 있다는 뜻이었다. 언제 어디서든 쓸모가 있을 터였다. 아울러 조심한다면 실제 학력보다 훨씬 더 많이 배운 사람처럼 굴 수 있겠다 싶었다. 밀턴의 《실낙원》을 읽은 척하기 위해 '지옥' 편에 나오는 시를 전부 암송할 필요는 없다는 뜻이다. 반 구절만 읊어도 될 테니까.

자, 그럼 이제 본론으로 들어가야겠다. 나처럼 별 볼 일 없는 사람이 해봤자 얼마나 오싹한 이야기일까 얕봤다가는 큰코다친다. 아무튼 새로운 보금자리에 정착하면서 옥스퍼드 프로젝트는 까맣게 잊고 말았다. 린리라는 사람 자체가 수수께끼 같았기 때문이다. 린리 씨는 어디로 튈지 모르는 사람이었다. 길들여지지 않는 정신의 소유자였다. 심지어 고등교육을 받은 게 맞는지 의심스러울 정도였다. 린리 씨에게서는 늘 기발한 생각들이 솟구쳤다. 그뿐만 아니라 어떤 생각이든, 누구의 생각이든 용케도 잘 알아챘다. 번번이 내가 무엇을 말하려고 하는지 알고 있었다. 독심술이 아니라, 이른바 직관력이었다. 저녁에 퇴근하고 나서 그저 넘무모 생각을 잠시 접어두기 위해 체스를 조금이라도 배워보려고 했지만 제대로 되지 않았다. 어느새 린리 씨가 나타나 힐끗 내 묘수풀이를 보고 말했다.

"그 말을 맨 먼저 움직이려는군요."

"어디로 말입니까?"

"거기 세 눈 중 한 곳으로요."

"하지만 여기 세 눈 모두 어디에 두든 말을 빼앗길 텐데요."

더구나 어디에 두든 잃는 말은 퀸이었다. 린리 씨가 말했다.

"그러게요, 좋은 수가 아닌데 그러시네요. 지려고 작정한 사람처럼요."

그러고 보니 그의 말대로 될 뻔했다.

이렇듯 린리 씨는 다른 사람이 생각하고 있는 것들을 끝까지 추적해냈다. 그리고 그게 린리 씨가 여태 해왔던 일이었다.

어느 날 언지라는 곳에서 무시무시한 살인 사건이 일어났다. 기억할지 모르겠지만 스티거라는 남자가 어떤 아가씨와 노스 다운스의 단층집에 내려가 살림을 차리려고 했던 일이 있었는데, 그때 처음 스티거의 이름을 들었더랬다.

당시 그 아가씨는 200파운드를 들고 갔지만 스티거가 동전 한 닢까지 다 가져가고 아가씨는 쥐도 새도 모르게 사라지고 말았다. 런던 경찰국까지 나섰지만 그 아가씨를 찾을 수 없었다.

그런데 우연히 스티거라는 남자가 넘누모 두 병을 사 갔다는 기사를 읽었다. 아더소프 경찰서가 스티거 주변을 샅샅이 조사한 끝에 알아낸 사실이었다. 스티거와 관련된 일들은 전부 알아냈지만 그자가 사라진 아가씨에게 무슨 짓을 했는지는 끝내 밝혀내지 못했다. 아무튼 나로서는 당연히 그 기사에 관심이 갈 수밖에 없었다. 하지만 그 사건에 대해 두 번 다시 생각하지도 말고 린리 씨에게 전해주지도 말았어야 했다. 매일 넘누모를 팔러 다니다 보니 항상 그 양념 생각뿐이라 그 사건도 쉽사리 잊지 못했다. 그래서 어느 날 내가 린리 씨에게 말했다.

"체스 묘수풀이에 훤하고 별별 생각을 다 하는데 그런 재주 썩히지 말고 아더소프 미제 사건을 한번 해결해보시지요. 그 사건은 체스 못지않게 고도의 묘수풀이잖습니까."

"살인 사건 열 건보다 체스 한 판이 더 풀기 어렵답니다."

"스코틀랜드 야드(런던 경찰국의 별칭-옮긴이)도 두 손 들은 모양입니다."

"그래요?"

"완전 망신살이 뻗친 거죠."

"그러면 안 되는데." 린리 씨가 거의 곧바로 이어 물었다.

"어떤 사건이랍니까?"

함께 저녁을 먹는 자리에서 나는 린리 씨에게 그 사건에 대해 신문에서 읽은 내용을 그대로 들려주었다. 낸시 엘스라는 이름의 그 아가씨는 예쁜 금발에 체구가 작았고 200파운드를 갖고 있었다. 두 사람은 단층집에서 닷새 동안 살았다. 이후 남자는 2주나 더 그 집에 머물렀지만 아가씨를 본 사람은 아무도 없었다. 스티거는 아가씨가 남미에 갔다고 말했으나 나중에는 그렇게 말한 적이 없다고 발뺌했다. 은행에 넣어둔 아가씨의 돈은 한 푼도 남아 있지 않았지만, 그 무렵 스티거에게는 150파운드가 생긴 것으로 드러났다. 당시 스티거는 모든 먹을거리를 채소 가게에서 구입하는 채식주의자로 밝혀졌다. 채식주의자가 생소했던 언지 마을의 경관은 그때부터 스티거를 의심하여 감시에 들어갔다. 어찌나 감시를 잘했는지 스코틀랜드 야드에서 스티거에 대해 물었을 때 딱 한 가지만 빼고 뭐든 술술 대답해줄 정도였다. 하여간 경관이 8~9킬로미터 떨어진 아더소프 경찰서에도 감시 사실을 알리자 그쪽 경찰관들도 합세해 스티거를 감시했다. 그 결과 알아낸 한 가지 사실은 아가씨가 사라진 후부터 스티거가 그 단층집과 깔끔한 정원 밖으로 한 발짝도 나오지 않았다는 점이다. 누군가를 감시하면 당연히 그러듯, 감시를 지속할수록 스티거에 대한 의심이 커지다 보니 곧 스티거의 일거수일투족을 감시하는 데까지 이르렀다. 하지만 스티거가 채식주의자가 아니었다면 애초에 그를 의심하지 않았을 테니 린리 씨가 보기에도 충분한 증거가 되지 못할 터였다. 결국 아더소프 경찰은 스티거에게 출처를 알 수 없는 150파운드가 생겼다는 사실 말고는 알아낸 것이 없었다. 더구나 그마저도 아더소프 경찰이 아니라 런던 경찰국이 알아낸 사실이었다. 그런데 언지의 경관이 알아낸 게 있었다. 바로 런던 경찰국은 물론이고 린리 씨까지 무릎을 치게 만들었던 낙엽송에 관한 것이었다. 단층집의 정원 한쪽에는 열 그루의 낙엽송이 있었다. 스티거는 그 집을 빌릴 때 집주인과 모종의 합의를 거쳐 그 나무들을 마음대로 할 수 있었던 모양이다. 그래서 어린 낸시 엘스가 죽은 게 틀림없는 즈음부터 낙엽송을 한 그루씩 베어버렸다. 스티거는 하루에 세 번씩 거의 일주일 동안 계속한 끝에 나무들을 모조리 베어낸 뒤 다시 60센티미터에 불과한 통나무로 잘라 전부 차곡차곡 쌓아놓았다. 해괴한 일이 아닐 수 없었다. 과연 왜 그랬을까? 도끼의 성능을 점검하느라 그랬다고 볼 수도 있다. 하지만 도끼보다 더 큰 이유가 있는 것이 분명했다. 2주 동안이나 매일같이 땀을 뻘뻘 흘리며 그 짓을 했기 때문이다. 게다가 낸시 엘스같이 가녀린 아가씨라면 그자가 도끼를 쓰지 않고도 얼마든지 죽여서 토막 낼 수 있었을 터였다. 또 다른 가능성은 스티거가 시체를 태우기 위해 장작을 만들었을 수도 있다는 것이다. 하지만 그 역시 앞뒤가 맞지 않았다. 통나무는 한 개도 줄지 않은 채 쌓아놓은 그대로였기 때문이다. 정말이지 귀신이 곡할 노릇이었다.

린리 씨에게 들려준 이야기는 여기까지였다. 아, 물론 스티거가 커다란 푸줏간 칼을 샀다는 말도 빼놓지 않았다. 하나같이 이상한 정황들뿐이지만 그 칼만큼은 전혀 이상하지 않았다. 죽은 여자를 토막 내려면 반드시 그런 칼이 필요할 테니까. 하지만 그렇게 단정 짓기 어려운 점들이 있었다. 스티거가 시체를 태우지 않았기 때문이다. 드문드문 작은 화로에 불을 피우긴 했지만 순전히 요리용이었다. 언지의 경관과 수사를 도와주러 왔던 아더소프 경찰들이 아주 영리한 방법으로 그 사실을 밝혀냈다. 단층집 주변에는 나무가 우거져 동네 사람들이 잡목 숲이라 부르는 곳이 있었다. 경찰들은 손쉽게 나무에 올라가 어느 방향에서든 들키지 않고 연기 냄새를 맡을 수 있었다. 그렇게 수시로 확인한 결과 그저 요리할 때 나는 보통의 냄새일 뿐, 살이 타는 냄새 따위는 전혀 맡을 수 없었다. 아더소프 경찰이 나름 머리를 썼지만 스티거를 교수대에 매다는 데 아무런 힘도 보탤 수 없었다. 나중에 런던 경찰국에서 내려온 수사팀이 또 다른 사실을 알아냈다. 비록 확실한 단서로 이어지지 못했지만 덕분에 내내 제자리에 머물던 수사망을 좁힐 수 있었다. 런던 경찰은 단층집 정문 아래쪽과 작은 정원 입구 쪽에 분필로 표시를 해두었다. 그런데 한참 후에도 표시가 전혀 훼손되지 않았다는 점을 근거로 낸시가 사라진 이후 스티거가 밖으로 한 발짝도 나오지 않았다는 것을 알아냈다. 그뿐만 아니라 스티거는 푸줏간 칼 외에도 커다란 서류 보관함을 갖고 있었다. 하지만 보관함 어디에도 뼈 같은 것을 담았던 흔적이 없었으며 칼에도 핏자국이 전혀 없었다. 당연히 스티거가 닦아냈을 터였다.

나는 이 모든 내용을 린리 씨에게 들려주었다.

이제부터 더 자세한 내막을 들려줄 텐데, 다시금 별 볼 일 없는 사람이 알고 있는 이야기라고 만만하게 생각하고 긴장을 늦췄다가는 큰코다친다는 말을 해줘야겠다. 살인범이 스티거든 아니든, 명색이 살인 사건인데 어찌 끔찍하지 않겠는가. 순진한 어린 아가씨를 죽인 놈이 더한 짓은 못할까! 살인을 저지를 정도로 흉악한 놈이라면 점점 조여오는 수사망에 자포자기의 심정으로 무슨 짓을 저지를지 알 수 없는 노릇이었다. 살인 사건을 다룬 추리소설이라면 여자 혼자 난롯가에 앉아 재밌게 읽을 수 있을지도 모른다. 하지만 진짜 살인 사건은 그렇게 재미난 게 아니다. 전에 아무리 좋은 사람이었다 하더라도 살인자가 되어 필사적으로 추적을 피하는 상황이라면 어떻게 돌변할지 모르는 법이다. 그러니 이런 점을 명심하고 내 이야기를 듣기 바란다.

내가 린리 씨에게 요청했다.

"자, 이제 다 들었으니 어떻게 생각하는지 얘기해주시죠."

"하수관은 뒤져봤답니까?"

"이런, 잘못 짚으셨네요. 런던 경찰국에서 이미 조사해봤답니다. 그전에 아더소프 경찰들도 뒤져봤고요. 조그만 하수관이 정원 너머에 있는 정화조까지 이어져 있었지만 어떤 것도 흘려보낸 흔적이 없더랍니다. 어떤 거라는 게 뭔지는 굳이 말 안 해도 알 겁니다."

린리 씨가 한두 가지 의견을 더 내놨지만 전부 런던 경찰국이 조사를 끝낸 것들이었다. 이런 표현을 써서 미안하지만 정말 거지 같은 사건이었다. 돋보기를 들고 사건 현장으로 달려갈 탐정이라도 나타났으면 싶을 만큼 말이다. 추리소설 속 탐정이라면 누구보다 먼저 사건 현장에 도착해 발자국을 조사해서 단서를 찾고 경찰이 놓친 칼을 발견할 텐데…. 하지만 린리 씨는 사건 장소 근처에도 가보지 않았고 이제껏 내가 지켜본 바로는 돋보기도 갖고 있지 않았다. 더구나 매번 런던 경찰국이 린리 씨보다 한발 앞섰다.

실제로 이 사건을 제대로 파악할 수 있는 단서들을 가장 많이 보유한 곳이 바로 런던 경찰국이었다. 종류를 불문하고 모든 단서를 종합해서 판단한 결과는 다음과 같았다. 스티거는 그 가련한 어린 아가씨를 살해했고, 그자가 시체를 처리하지 않았지만 시체는 그곳에 없다. 그렇다고 그 시체가 남미에 있을 것 같지는 않고 남아프리카에 있을 가능성은 더더욱 없다. 그런데 항상 걸리는 단서가 하나 있었다. 바로 누가 봐도 아주 분명한 단서인데 아무런 도움이 안 되는 거대한 낙엽송 장작더미였다. 어쩌면 더 이상의 증거는 필요 없기 때문에, 린리 씨가 사건 현장 근처에 얼씬도 안 하는지 모른다. 문제는 단서를 어떻게 다루느냐였다. 나는 완전히 혼란에 빠졌다. 런던 경찰국도 마찬가지였다. 린리 씨도 별반 다른 것 같지 않았다. 그 수수께끼 같은 사건이 내내 머릿속을 떠나지 않았다. 그 사소한 일이 우연히 기억나지 않았다면, 그래서 린리 씨에게 우연히 그 이야기를 하지 않았다면 이 사건은 영원히 미궁에 빠진 채 잊힌 다른 미제 사건들과 운명을 같이했을 것이다.

사실 처음에는 린리 씨도 별 관심을 보이지 않았다. 하지만 나는 린리 씨라면 분명 이 사건을 풀 수 있다는 확신에 넘쳐 계속 그를 설득했다.

"체스 묘수풀이도 거뜬히 해내잖습니까."

"체스가 열 배는 더 어렵죠." 린리 씨가 소신을 굽히지 않고 말했다.

"그런데 이 사건에 왜 나서지 않는 겁니까?"

"그럼 제 대신 그 체스판 좀 보고 오든가요."

린리 씨는 늘 그런 식으로 말했다. 2주를 함께 살아보니 절로 알게 됐다. 린리 씨의 말은 언지의 단층집에 갔다 오라는 뜻이었다. 자기가 직접 가면 될 일을 왜 나를 시켰을까 궁금한 사람들이 많을 것이다. 그와 관련해 있는 그대로 말하자면 이렇다. 린리 씨는 시골을 이 잡듯이 뒤지고 다니며 뭔가를 알아내는 사람이 아니었다. 그 사람은 아파트 난롯가에 가만히 앉아 있을 때 무한대로 생각의 나래를 펼칠 수 있었다. 따라서 다음 날 나는 기차를 타고 언지로 내려갔다. 언지 역을 나서는 순간 노스 다운스가 불쑥 솟아오른 듯 한눈에 들어왔다. 내가 짐꾼에게 물었다.

"저거군요?"

"예, 맞습니다. 이 길을 따라 쭉 올라가시면 됩니다. 오래된 주목나무가 나오는 데서 오른쪽으로 돌면 나올 겁니다. 나무가 아주 크니까 금방 눈에 띌 겁니다. 그리고…"

짐꾼은 혹여 내가 엉뚱한 데로 갈까 봐 자세히 말해줬다. 과연 모든 게 기꺼이 나서서 친절하게 도와준 짐꾼의 설명대로였다. 물론 옛 언지의 모습은 그때가 마지막이었다. 이제는 모르는 사람이 없을 만큼 유명한 동네가 되어 우편번호나 주(州) 이름을 쓰지 않아도 언제 어느 때든 수신인에게 편지가 도착할 정도다. 언지의 위상이 그만큼 달라진 것이다. 감히 말하건대, 언지야말로 물 들어올 때 노 젓는다는 말을 제대로 실천한 곳이 아닐까 싶다.

아무튼, 나는 마침내 봉긋 솟아올라 햇살을 듬뿍 받고 있는 언덕에 도착했다. 그곳에서 들었던 봄의 소리를 어찌 다 설명할 수 있을까? 만발한 산사나무 꽃들과 뒤이어 사방에 펼쳐진 알록달록한 색깔들과 그 모든 새소리를 어찌 잊을 수 있을까? 하지만 그 와중에도 나는 '아가씨를 데려오기 안성맞춤인 곳'이라고 생각했다. 그러고 나서 나도 비록 별로 내세울 게 없는 남자지만 놈이 그런 곳에서 아가씨를 죽였다고 생각하니, 다시 말해 아가씨가 그런 언덕에서 지저귀는 새소리를 들었을 것을 생각하니 혼잣말이 튀어나왔다.

"결국 놈이 아가씨를 살해한 걸로 밝혀지면 능지처참을 당해도 이상할 거 없겠네."

나는 곧장 단층집으로 다가가 집 안을 기웃거리고 울타리 너머로 정원을 둘러봤다. 역시나 경찰이 이미 알아낸 것 말고는 눈에 띄는 점이 없었다. 하지만 정면에 보이는, 차곡차곡 쌓아 놓은 낙엽송 더미가 왠지 아주 이상해 보였다.

한참을 울타리에 기대어 산사나무 꽃향기를 맡으며 낙엽송 더미의 맨 꼭대기를 쳐다봤다가 정원 맞은편에 자리한 아담한 단층집도 둘러보면서 생각을 정리했다. 최선의 가설에 도달할 때까지 여러 가능성들을 따져봤다. 그러다 문득 그렇게 안 돌아가는 머리를 굴리고 있는 것보다 생각일랑 옥스퍼드와 케임브리지에서 공부한 린리 씨에게 맡기고 나는 그냥 내가 알아낸 사실들만 전해주는 게 나을 것 같다는 생각이 들었다. 사실 아침에 런던 경찰국에 먼저 들렀더랬다. 뭐, 거기서도 딱히 말할 만한 게 없었다. 경찰은 나도 알고 싶어 죽겠는 것들을 물어봤다. 더구나 내가 제대로 대답하지 못하자 그들도 내가 물어보는 말에 시큰둥하게 반응했다. 하지만 언지에서는 전혀 달랐다. 모두가 자기 일처럼 적극적으로 나서서 도와줬다. 동네 경관은 어떤 것도 손대지 말라는 조건을 달고 집 안에 들여보내준 데다 집 안에서 정원 쪽을 바라보라고 가르쳐주기까지 했다. 그루터기만 남은 열 그루의 낙엽송이 있던 자리를 보다가 린리 씨가 말했던 한 가지가 내게도 아주 분명하게 보였다. 딱히 쓸모 있는 것은 아니었지만 어쨌든 최선을 다해 관찰했다. 그루터기 모양새를 보니 낙엽송을 아무렇게나 베어냈다는 것을 알 수 있었다. 스티거의 나무 베는 솜씨가 시원찮은 모양이었다. 경관 역시 그 추론에 동의했다. 그래서 내가 날이 무딘 도끼를 썼을 거라고 말하자 경관도 그렇게 생각하는 것 같았다. 물론 경관이 직접 그렇다고 말한 것은 아니었다. 앞서 낸시가 사라진 이후 스티거가 정원에 나무를 베러 나왔을 때 말고는 밖으로 한 발짝도 나오지 않았다고 말했었다. 그런데 그 말이 정말이었다. 밤낮으로 스티거를 감시한 경찰과 언지의 경관이 직접 확인해줬다. 덕분에 수사망이 상당히 좁혀졌다. 다만 평범한 경찰이 아니라 린리 씨가 그런 사실들을 알아냈더라면 좋았을 텐데 그러지 못한 게 아쉬울 따름이었다. 린리 씨라면 충분히 알아내고도 남았을 텐데 말이다. 이런 사건에는 남녀의 사랑 이야기가 관련돼 있기 마련이다. 아울러 남자가 채식주의자라 채소 가게만 이용했다는 정보 덕분에 경찰의 수사가 그나마 그 정도까지 진행될 수 있었다. 심지어 그 정보 또한 스티거를 불만스러운 눈으로 지켜본 푸줏간 주인 덕분일 터였다. 사소한 것들이 모여 한 사람을 쓰러트리다니 얄궂을 따름이다. 정직이 최선이라는 것이 내 신조다. 갑자기 엉뚱한 소리를 한다 싶겠지만 가능하다면 지금까지 했던 말은 모두 잊고 이렇게 딴 이야기만 했으면 좋겠다. 하지만 그럴 수 없다는 것을 나도 잘 안다.

어쨌든, 나는 이런저런 이야기를 듣고 모든 정보를 모았다. 내 딴에는 그런 게 전부 단서라고 생각했지만 사건을 푸는 데 아무런 도움이 못 됐다. 예컨대, 나는 스티거가 그때까지 동네에서 구입한 물품들을 전부 알아내서 애용하는 소금의 종류까지 맞출 수 있었다. 소금 제조사에서 가끔 깔끔한 맛을 내기 위해 인산염을 첨가하는데 스티거는 인산염이 없는 소금을 구입했다. 또한 생선 가게에서 얼음을 샀고 머진 앤 선즈라는 채소 가게에서 채소를 구입했다. 이런 사실들을 모두 슬러거라는 이름의 그 경관에게 말해줬다. 그러면서 아가씨가 사라진 직후 왜 그런 장소들을 조사하지 않았는지 직접 물어봤다.

"음, 선생이라도 못 했을 겁니다. 처음부터 아가씨와 관련된 일일 줄은 몰랐으니까요. 우리는 그자가 채식주의자라는 정보에 따라 남자만 수상하게 생각했거든요. 스티거는 그녀가 마지막으로 목격된 후에도 2주나 잘 지냈습니다. 이후 우리가 몰래 그 집에 들어갔을 때도 아무도 아가씨 행방을 물어보지 않았답니다. 영장이 없었으니까요."

"그럼 그때 들어가서 뭘 찾았나요?"

"커다란 서류함 한 개와 놈이 여자를 토막 낼 때 썼을 게 분명한 칼과 도끼요."

"하지만 그 도끼는 나무를 베는 데 썼잖습니까?"

"그야, 그렇죠." 경관이 약간 떨떠름하게 대답했다.

"그런데 대체 그 통나무들은 뭐에 쓰려고 그랬답니까?"

"그거야, 당연히 높은 분들만 아시겠죠. 우리 같은 사람들한테까지 알려줄 턱이 없죠."

보아하니 통나무 더미 때문에 윗분들도 골머리를 앓고 있는 모양이었다. 이어서 내가 물었다.

"하지만 그자가 아가씨를 토막 냈다면서요?"

"그게, 그자 말로는 남미에 갔다더군요."

정말이지 참으로 순진한 경관님이었다.

슬러거 경관이 또 어떤 말을 했는지 잘 기억나지 않는다. 하지만 스티거가 모든 그릇과 접시들을 아주 깨끗하게 설거지해서 정리해놓았다고도 말했다.

나는 그렇게 모은 정보들을 가지고 해가 지기 시작할 무렵에 기차를 타고 런던으로 돌아왔다. 언지에서 본 늦봄의 저녁은 그야말로 장관이었다. 그 음산한 단층집 위로 고요히 황혼이 내려앉더니 마치 축복을 내리듯 사방을 감쌌다. 하지만 살인 이야기가 궁금한 사람들에게 이런 이야기가 귀에 들어올 리 없을 것이다. 아무튼, 런던에 돌아온 나는 린리 씨에게 대부분 쓸모없는 것들이지만 그래도 나름 있는 그대로 다 들려줬다. 그러나 한두 가지를 빼먹고 대충 넘어가려다가 린리 씨에게 들켜서 곤란해지고 말았다.

"정말 결정적인 단서인지 아닌지 쉽게 판단하면 안 됩니다. 하녀가 치운, 주석으로 도금된 압정 한 개 때문에 살인범을 잡기도 하니까요."

린리 씨가 말했다. 구구절절 맞는 말이었다. 하지만 명문대를 나온 사람이라도 앞뒤가 맞아야 한다. 내가 넘누모를 언급할 때마다 결국 이야기는 처음으로 돌아갔다. 내가 넘누모를 파는 사람이 아니라서 스티거가 그 양념을 두 병이나 사갔다는 것을 알아채지 못했다면 린리 씨는 넘누모에 대해 들어볼 기회도 없었을 것이다. 그런데도 린리 씨는 그런 사소한 이야기는 그만두고 주된 쟁점에 집중해야 한다고 말했다. 그래도 나는 넘누모 이야기를 할 수밖에 없었다. 바로 그날 언지에서 넘누모를 거의 오십 병이나 팔았기 때문이다. 살인 사건은 분명 사람들의 관심을 끌 만한 일이다. 따라서 나는 스티거가 넘누모를 두 병 사갔다는 점을 십분 활용해 이득을 챙겼다. 하지만 당연히 린리 씨에게 그런 사정 따위는 전혀 중요하지 않았다.

사람의 생각을 볼 수 없고 마음을 꿰뚫어볼 수도 없기에 세상에서 가장 흥미로운 것들은 결코 떠벌려지지 않는 법이다. 그런데 그날 린리 씨와 초저녁부터 시작해 저녁 식사를 거쳐 이후 난롯가에 앉아 담배를 피우면서까지 한참 동안 이야기를 나눴지만, 어쩐 일인지 린리 씨의 생각이 넘을 수 없는 장벽에 부딪힌 것 같았다. 더구나 장벽에 부딪힌 이유는 스티거가 어떻게 그리고 어디에다 시체를 처리했는지 알아내기 어려워서가 아니었다. 린리 씨가 정작 혼란에 빠진 이유는 스티거가 2주 동안 매일 통나무를 잘라 쌓아놓으면서 그 일을 허락받는 대가로 집주인에게 25파운드를 지급한 이유를 도무지 알 수 없었기 때문이다. 내가 볼 때 스티거가 시체를 어딘가에 숨기려고 했어도 경찰의 감시에 막혀 꼼짝도 못 했을 것 같았다. 또 분필로 표시해둔 것들이 전혀 훼손되지 않은 점에 비춰볼 때 땅에 묻었다고도 할 수 없었다. 그렇다고 다른 곳으로 옮겼다고 할 수도 없었다. 경찰이 감시한 결과 집 밖으로 나간 적이 없기 때문이다. 화장했을 가능성 또한 앞서 연기가 어느 방향으로 불든 모조리 확인했다고 설명했기 때문에 두말할 필요가 없었다. 나는 린리 씨의 능력에 완전히 반한 상태였기 때문에 그런 사람에게 엄청난 지혜가 있는지 알아보려고 굳이 공부할 필요가 없었다. 린리 씨라면 충분히 해결할 수 있을 것 같았다. 다만 경찰이 그런 식으로 선수를 쳤는데 딱히 그들을 앞지를 방법이 보이지 않자 정말 안타까웠다.

린리 씨는 내게 그 집에 누가 들어오지는 않았는지, 누가 그 집에서 가져간 것은 없는지 한두 번 물어보았다. 하지만 그런 식으로 해결될 문제가 아니었다. 그렇게 서로 답답해하고 있을 무렵 내가 시답잖은 의견을 제시했거나 다시 넘누모 이야기를 꺼냈던 것 같다. 그러자 린리 씨가 날카롭게 내 말을 자르고 들어왔다.

"스메더스 씨, 당신이라면 어떻게 했을 거 같습니까? 네?"

"내가 그 불쌍한 낸시 엘스를 죽였다고 가정했을 때 말입니까?"

"예."

"제가 어찌 그런 흉악한 짓을 한단 말입니까?"

내 말에 린리 씨가 한숨을 내쉬었다. 마치 나를 한심하게 보고 그러는 것 같았다.

"전 탐정을 하면 안 되는 사람인가 봅니다." 린리 씨가 고개를 저으며 말했다.

이후 린리 씨는 한 시간가량 깊은 생각에 잠겨 있었다. 그러고 나서 다시 한 차례 고개를 저었다. 이후 우리는 각자의 방으로 들어가 잠을 청했다.

평생 잊지 못할 그 이튿날이 밝았다. 나는 저녁때까지 밖에서 넘누모를 팔았다. 9시쯤에 린리 씨와 저녁을 먹기 위해 식탁에 앉았다. 그런 셋집에서 요리를 해 먹기가 쉽지 않은 터라 우리는 찬 음식을 먹었다. 린리 씨가 샐러드를 먹기 시작했다. 지금도 그 장면은 하나도 빠짐없이 눈에 선하다. 그때까지도 나는 언지에서 넘누모를 판 일로 마음이 약간 들떠 있었다. 그 상황에서는 바보가 아닌 이상 누구라도 넘누모를 팔았을 테지만 그래도 기분이 좋은 건 어쩔 수 없었다. 상황이 어쨌든 작은 동네에서 자그마치 오십여 병, 정확히는 마흔여덟 병을 팔았다는 것은 대단한 일이었다. 그래서 나는 또다시 슬쩍 넘누모 이야기를 꺼냈다. 그러다 린리 씨는 넘누모에 전혀 관심이 없다는 게 퍼뜩 떠올라 부리나케 입을 다물었다. 그러나 린리 씨는 정말 배려가 깊은 사람이었다. 내가 말을 멈춘 이유를 단박에 눈치챘는지 린리 씨가 손을 뻗으며 내게 말했다.

"샐러드에 뿌려 먹게 넘누모 좀 주시겠습니까?"

나는 너무나 감동을 받은 나머지 정말로 넘누모를 건네줄 뻔했다. 하지만 알다시피 샐러드에는 넘누모를 뿌리지 않는다. 넘누모는 오직 고기류나 짭짤한 음식에만 뿌리는 양념이다.

그래서 나는 "고기와 짭짤한 음식에만 뿌려 먹는 겁니다"라고 말했다. 하지만 대답을 하고 보니 짭짤한 음식이 정확히 무엇일까 하는 의문이 들었다. 한 번도 먹어본 적이 없었기 때문이다.

순간 린리 씨가 생전 처음 보는 표정을 지었다.

린리 씨는 그 자리에 얼어붙은 듯했다. 표정 외에는 달리 그때의 린리 씨를 설명할 방법이 없다. 군이 표현하자면 마치 유령을 본 사람 같았다고나 할까? 하지만 이런 설명도 한참 부족하다. 지금껏 그 누구도 보지 못했던 것, 다시 말해 설마 그런 게 존재하리라고는 꿈에도 생각하지 못했던 것을 눈앞에서 본 사람의 표정이었다.

마침내 완전히 마음을 가다듬은 린리 씨가 더 나지막하고 점잖으면서 조용한 목소리로 물었다.

"그러니까, 채소에는 적절하지 않단 말이지요?"

"티끌만큼도요."

내 대답에 린리 씨가 목이 멘 듯했다. 린리 씨가 그런 감정에 젖을 줄은 생각도 못 했다. 물론 전부 그런 것은 아닐 테지만 린리 씨처럼 명문대를 나오고 많이 배운 사람은 그런 정서가 메말라 있을 줄 알았다. 린리 씨는 눈물을 글썽이지는 않았지만 치가 떨릴 정도로 엄청난 감정에 휩싸여 있었다.

잠시 후 린리 씨가 아주 띄엄띄엄 말하기 시작했다.

"잘 모르고 넘누모를 채소에 뿌려 먹을 수도 있겠네요."

"그래도 두 번은 안 하죠."

나는 그렇게 말할 수밖에 없었다.

린리 씨는 마치 내가 세상이 끝났다고 말하기라도 한 것처럼 내 말을 따라 했다. '두 번은 안 하죠' 소리를 어찌나 오싹하게 힘주어 말하던지 어느새 무시무시한 의미가 담긴 아주 으스스한 말처럼 들렸다. 린리 씨가 다시 한번 '두 번은 안 하죠'라고 말하면서 고개를 저었다.

이후 린리 씨는 입을 꾹 다물고 있었다. 내가 물었다.

"왜 그러는 건데요?"

"스메더스 씨."

"예."

"스메더스 씨."

"나 참, 예."

"저기요, 스메더스 씨, 언지의 그 채소 가게에 전화를 걸어서 알아봐줘야 할 게 있어요."

"뭘 말입니까?"

"스티거가 내 예상대로 며칠 간격을 둔 게 아니라 같은 날에 그 양념을 두 병 다 샀는지를요. 설마 그렇게까지는 안 했을 테지."

나는 더 할 말이 없는지 기다렸다가 밖으로 나와 부탁받은 대로 실행에 옮겼다. 밤 9시가 넘은 탓에 처리하는 데 시간이 조금 걸렸다. 그마저 경찰의 도움을 받아서 가능했다. 방에 들어섰을 때 린리 씨가 한껏 기대에 부푼 표정으로 나를 쳐다봤다.

때문에 스티거가 엿새 정도의 간격을 두고 양념을 사 갔다고 말하자마자 린리 씨의 눈빛에서 바라지 않던 대답임을 금방 알 수 있었다.

그렇게 일일이 마음 아파하다가는 병이 나지 싶어서 아무 말 없는 린리 씨에게 내가 말을 걸었다.

"브랜디라도 한 잔 마시고 일찍 자는 게 어떻겠어요?"

"아뇨. 런던 경찰국 사람을 만나봐야 합니다. 지금 전화해서 당장 와달라고 해주겠어요?"

"하지만 이 시간에 경찰국 사람이 우리를 만나러 올지 모르겠군요."

내가 그렇게 대답하자 린리 씨가 눈을 반짝였다. 정신이 완전히 돌아온 모양이었다.

"그럼 전화해서 낸시 엘스를 절대 찾지 못할 거라고 말해요. 그 이유를 알고 싶으면 우리 집으로 경관을 한 명 보내달라고 하세요."

이어 린리 씨는 순전히 나를 위해서 이런 설명을 덧붙였다.

"경찰에서 스티거를 감시해야 합니다. 언젠가 다른 증거로 그자를 붙잡을 때까지 말입니다."

과연 런던 경찰국에서 사람이 왔다. 그것도 얼른 경위가 친히 와주었다.

전화를 하고 기다리는 동안 린리 씨에게 말을 걸어보았다. 어느 정도 호기심 때문이기도 했지만 그보다는 난롯가에서 골똘히 생각에 빠져 있는 린리 씨를 구해주고 싶었다. 도대체 뭐가 문제인지 물어봤지만 돌아온 대답은 이 말뿐이었다.

"살인은 끔찍한 일이죠. 더구나 살인자가 살인의 흔적을 덮으려 하면 더 끔찍해질 뿐이죠."

린리 씨는 다음과 같은 말을 끝으로 더 이상 내게 말을 하려고 하지 않았다.

"결코 듣고 싶지 않은 이야기들도 있답니다."

정말 그랬다. 나도 그 이야기를 결코 듣고 싶지 않았다. 그래서 정말로 그렇게 했다. 하지만 린리 씨가 얼튼 경위에게 마지막으로 한 말을 우연히 엿들으면서 전모를 알아버렸다. 그래서 이쯤에서 독자들도 내 이야기를 그만 읽었으면 한다. 아무리 살인이 나오는 이야기책을 좋아하는 사람이라도 전모를 알고 나면 충격이 꽤 클 테니까 말이다. 그런데 연애에 얽힌 반전이 살짝 들어간 살인 이야기보다 정말 잔혹한 살인 이야기를 좋아하는 사람이라면? 그럼, 제대로 만난 셈이다.

얼튼 경위가 들어서자 린리 씨는 말없이 악수를 한 뒤 침실로 안내했다. 두 사람은 방 안에서 나직하게 이야기를 나눴기 때문에 한 마디도 들리지 않았다.

방으로 들어갈 때 얼튼 경위는 전혀 거리낌이 없어 보였다.

방에서 나온 두 사람은 아무 말도 없이 거실을 지나 현관으로 걸어갔다. 그리고 그곳에서 두 사람은 딱 한 번 내 귀에 들리게 이야기를 나눴다. 얼튼 경위가 먼저 입을 뗐다.

"그런데 놈은 왜 나무를 벤 걸까요?"

"단지 식욕을 돋우려고 한 짓이겠죠." 린리 씨가 대답했다.

백작의
사라진 재산

사라진 재산

로버트 바

Lord Chizelrigg's Missing Fortune

백작의 사라진 재산

"오 나의 예감대로, 숙부가!"[1]

돌아가신 치젤리그 경의 이름을 떠올리면 곧바로 토머스 에디슨 씨가 생각난다. 돌아가신 치젤리그 경은 한 번도 본 적 없는 데다 에디슨 씨도 내 평생 딱 두 번밖에 못 봤지만 두 사람은 늘 함께 기억되곤 한다. 언젠가 에디슨 씨가 했던 한 마디가 치젤리그 경이 남긴 수수께끼를 푸는 데 결정적인 역할을 했기 때문이다.

당장은 수첩이 없어서 에디슨 씨와 두 번 만났던 때가 무슨 연도인지 말하긴 어렵다. 당시 파리 주재 이탈리아 대사가 대사관으로 와서 자신을 도와달라는 내용의 쪽지를 보내왔다. 알고 보니 다음 날 대사관에서 최고급 호텔에 묵고 있는 그 위대한 미국인 발명가에게 공식으로 사절단을 보내서, 이탈리아 국왕이 내린 특정 작위와 함께 각종 훈장을 전달할 예정이었다. 그 자리에 이탈리아의 여러 고위급 귀족들도 초청했다고 했다.

---

1) 셰익스피어의 〈햄릿〉에 나오는 대사 - 옮긴이

그런 고관대작들은 신분에 어울리는 의복을 갖춰 입는 데 그치지 않고 더없이 귀한 보석들로 휘감고 올 게 뻔했다. 따라서 자기 자랑을 조금 보태자면, 그런 보석을 노리고 몰려들 손기술 좋은 패거리를 얼씬도 못 하게 해서 뜻밖의 사고를 막을 수 있는 사람이 나다 싶어 부른 모양이었다. 당연히 에디슨 씨는 사절단이 방문할 시간을 오래전에 통보받아 알고 있었다. 하지만 미리 배정해둔 커다란 객실로 들어갔을 때 한눈에 그 유명한 발명가께서 해당 행사를 까맣게 잊어버렸다는 것을 알 수 있었다. 에디슨 씨는 탁자 옆에 서 있었고 벗겨진 탁자 깔개는 구석에 팽개쳐진 모양새였다. 탁자에는 톱니, 바퀴, 도르래, 볼트 따위의 거무스름한 기름투성이 기계 부품들이 널려 있었다. 탁자 다른 쪽에는 그 기계들의 주인인 듯한 프랑스인 기술자가 더러운 손에 부품 하나를 든 채 서 있었다. 에디슨 씨의 두 손도 깨끗하지 않았다. 본인이 직접 부품들을 살펴보면서 소규모 작업장의 철강 기술자들이 흔히 입는 긴 작업복 차림을 한 그 프랑스인과 이야기를 나누고 있었던 것 같았다. 프랑스인 기술자는 어느 뒷골목에서 작은 가게를 차려놓고 한두 명의 숙련된 조수와 몇 명의 수습생을 부리면서 기계와 관련된 잡다한 일들을 할 법했다. 근엄한 행렬이 들어서자 에디슨 씨는 정색하고 문가를 쳐다봤다. 에디슨 씨의 복잡한 얼굴을 보니 방해를 받아 짜증이 난 데다 화려한 광경에 영문을 몰라 당황한 기색이 역력했다. 행사에 임할 때 스페인 사람들 못지않게 유난스러울 정도로 격식을 차리는 이탈리아 사람들답게 벨벳 쿠션에 올린 훈장을 화려하게 장식된 상자에 담아 든 관리가 어리둥절해하는 미국인 앞으로 천천히 다가갔다. 곧이어 대사가 낭랑한 목소리와 정중한 말로 미국과 이탈리아의 친선 관계를 언급한 뒤 양국이 인류를 이롭게 하는 방향으로 경쟁하길 바란다고 말했다. 그러면서 명예로운 훈장을 받는 에디슨을 가리켜 평화적인 기술로 전 세계에 축복을 선사한 인류의 가장 뛰어난 인물이라고 했다. 대사는 웅변가답게 국왕 폐하의 명령에 따라 이 훈장을 전하는 것이 자신의 의무이자 기쁨이라는 등등의 미사여구로 연설을 마쳤다.

에디슨 씨가 불편한 기색을 숨기지 않는 동시에 애써 말을 아끼며 적당히 답하는 것으로 과시용 행사는 무사히 끝났다. 대사가 앞장서자 귀족들이 천천히 뒤이어 퇴장했고 내가 대열 맨 마지막을 지켰다. 느닷없이 이렇게 성대한 행사를 맞닥뜨린 그 프랑스 기술자가 몹시 딱하다는 생각이 들었다. 기술자는 재빨리 주변을 살폈지만 화려한 고관대작들에게 막혀 나갈 길이 없다는 것을 알았다. 그러자 가능한 한 눈에 띄지 않으려고 애쓰다 결국에는 온몸이 마비된 사람처럼 그 자리에 꼼짝없이 서 있을 수밖에 없었다. 공화제로 바뀐 상황에서도 모든 프랑스인은 그렇게 성대하게 거행되는 공식 의식을 존중하고 경외하는 마음이 깊다. 그러나 공포에 휩싸인 그 기술자처럼 어울리지 않게 그런 의식에 불쑥 동참하기보다는 그저 멀리서 바라보는 편을 좋아한다. 밖으로 나오면서 나는 하루 몇 푼의 수입에 만족하는 그 기계공과 맞은편에 있는 백만장자 발명가를 어깨 너머로 힐끗 쳐다보았다. 대사와 있는 동안 영락없이 나폴레옹 흉상이 떠오를 만큼 차갑고 무표정했던 에디슨 씨는 초라한 방문

객을 대하면서 다시 열의에 들떠 생생해졌다.

에디슨 씨가 신나서 말했다.

"일 분의 실연(實演)은 한 시간짜리 설명인 셈이지. 내일 10시쯤에 자네 가게에 잠깐 들러 작동하는 법을 가르쳐주겠네."

프랑스 기술자가 나올 때까지 복도에서 기다렸다가 내 소개를 한 뒤 나는 다음 날 10시에 가게로 찾아가는 영광을 누려도 되는지 물었다. 이런 부탁이 프랑스 노동자 계층의 일반적인 예의에 걸맞은 덕분에 나는 에디슨 씨를 만나볼 수 있었다. 대화를 나누다가 백열등을 발명한 것을 두고 찬사를 늘어놓았을 때 에디슨 씨는 다음과 같이 평생 잊지 못할 대답을 해줬다.

"그건 발명한 게 아니라 발견한 것이오. 뭐가 필요한지는 알고 있었으니 말이오. 바로 진공상태에서 1000시간 동안 전류를 버틸 탄화 조직이었소. 만약 그런 조직이 없다면 백열등을 만들 수 없다는 걸 다들 알고 있었다오. 조수들이 이 조직을 찾아 나서면서 우리는 그냥 손에 잡히는 것들을 죄다 탄화시켜 진공상태에서 전류를 흘려보냈소. 그리고 마침내 알맞은 조직을 찾아냈다오. 오랫동안 공을 들였으니 그런 조직이 존재하기만 한다면 반드시 찾겠다 싶었소. 인내심을 갖고 열심히 노력하면 어떤 장애물도 극복하기 마련이라오."

그와 같은 신념은 내가 하는 일에도 큰 도움이 되었다. 흔히 탐정은 보통 사람들이 못 보는 단서들을 추적해 극적으로 사건을 해결한다고 생각되는 모양이다. 물론 그럴 때도 자주 있긴 하지만 대개는 에디슨 씨가 말한 대로 인내심을 갖고 열심히 노력하는 게 훨씬 더 확실한 방법이다. 500개의 다이아몬드가 얽힌 사건을 해결하러 나섰다가 실패했을 때처럼 완벽하다 싶은 단서들을 따라가다가 완전히 망한 게 한두 번이 아니었다.

앞서 말했듯, 돌아가신 치젤리그 경을 생각하면 곧바로 에디슨 씨가 떠오르지만 두 사람은 아주 달랐다. 치젤리그 경이 가장 쓸모없는 부류였다면 에디슨 씨는 정반대였다.

어느 날 하인이 '치젤리그 경'이라고 적힌 명함을 들고 오기에 그 사람을 안으로 들이게 했더니 스물네댓 살 정도의 청년이 들어왔다.

차림새나 태도는 흠잡을 데 없었지만 면담을 시작하자마자 생전 처음 들어보는 질문을 던졌다. 변호사 같은 법조계 사람이라면 대답 대신 화를 낼 법한 질문이었다. 법조계의 성문법이나 불문법에 따르면 치젤리그 경이 내게 했던 제안을 변호사가 받아들인 것이 밝혀지면 망신을 당하고 업계에서 쫓겨날 일이었다.

치젤리그 경이 물었다.

"외젠 발몽 씨, 조건부 사건도 맡으십니까?"

"조건부 사건이라뇨? 그게 무슨 말인지."

치젤리그 경이 여자아이처럼 얼굴을 붉히더니 살짝 더듬거리며 설명했다.

"그게, 그러니까 성공 사례금을 조건으로 하는 사건도 맡느냐는 거죠. 다시 말해서, 그게⋯ 음, 단도직입적으로 말씀드리자면, 성과가 없으면 보수도 없다는 겁니다."

나는 약간 뚱하게 대답했다.

"그런 제안은 처음 받아보는데⋯ 당장 대답하자면 기회를 주신다 해도 거절할 수밖에 없답니다. 나는 사건을 맡으면 시간과 정성을 바쳐 해결에 나섭니다. 성공하려고 애쓰지만 뜻대로 되는 게 아니라서 그동안 먹고는 살아야 하니 내키지는 않아도 최소한 내가 들인 시간만큼의 대금을 청구할 수밖에 없습니다. 환자가 죽더라도 진료비를 청구하는 의사처럼 말이죠."

청년은 어색하게 웃었다. 하지만 너무 당황해서 말문이 막힌 듯했다. 이윽고 젊은 귀족이 입을 열었다.

"선생님께서는 아마 본인이 얼마나 정곡을 찌르는 말씀을 하시는지 모를 겁니다. 6개월 전에 돌아가신 치젤리그 삼촌의 병원비로 제 마지막 동전까지 내준 참이거든요. 제가 선생님의 능력을 깎아내리거나 못 미더워서 이런 제안을 드린다고 충분히 오해하실 수 있습니다. 하지만 선생님께서 정말로 그렇게 생각하신다면 제 마음이 몹시 아플 겁니다. 저는 다만 제가 처한 괴상한 상황에서 벗어나기 위해 선생님을 찾아와서 의뢰를 드리는 겁니다. 선생님이라면 분명 시간을 쪼개서라도 맡아주실 것 같았기 때문입니다. 그런데 제가 사실상 파산 상태라 선생님이 실패하신다면 사례금을 드릴 수 없답니다. 그래서 처음부터 솔직하게 말씀드려 선생님께 저의 상황을 정확하게 알려드리고 싶었을 뿐입니다. 선생님께서 성공하시면 전 부자가 될 테지만 실패하면 지금처럼 무일푼 신세로 남을 겁니다. 이제 제가 왜 선생님께서 화낼 법한 질문부터 드렸는지 이해하시겠는지요?"

"충분히 이해하고말고요. 경의 솔직함에 경의를 표합니다."

청년의 겸손한 태도와 남을 속이면서까지 도움을 받고 싶지 않다는 결의에 마음이 크게 움직였다. 내 말이 끝나자 가난한 귀족은 일어서서 머리를 숙여 인사했다.

"친절하게도 저의 말을 들어주신 은혜에 깊이 감사드립니다. 괜한 일로 시간을 뺏어 죄송할 따름입니다. 그럼 안녕히 계십시오, 선생님."

나는 손짓으로 다시 앉으라고 청했다.

"잠깐만요, 백작님. 경께서 제안한 조건으로 선뜻 사건을 맡기는 좀 그렇지만 제가 도움이 될 만한 것들을 한두 가지 귀띔해드릴 수 있을 겁니다. 치젤리그 경의 부고를 들었던 것도 같은데, 그분께서 약간 괴짜가 아니셨나요?"

"약간요? 완전 괴짜셨죠!"

젊은 백작이 작게 소리 내어 웃으며 자리에 다시 앉았다.

"언뜻 기억나기로는 8천만 제곱미터가량의 땅을 소유하고 있다고 했던 것 같은데요?"

"정확히는 1억 제곱미터였죠."

"작위와 함께 그 땅도 물려받지 않았나요?"

"아, 그럼요. 물려받았습니다. 삼촌께서 상속인을 바꾸고 싶어도 그럴 수 없었답니다. 지금에서야 그게 되레 삼촌의 걱정거리였겠구나 싶지만요."

"하지만 백작님, 영국에서 그렇게 넓은 땅을 영지로 거느리고 있는 분이 무일푼일 리가 없잖습니까?"

청년이 또다시 소리 내어 웃었다.

"암요, 그럴 리 없죠."

젊은 귀족은 호주머니에 손을 넣어 갈색 동전 몇 개와 은화

한 개를 꺼냈다.

"오늘 저녁거리 정도는 살 수 있지만 세실 호텔에서 만찬을 즐길 만큼의 돈은 없답니다. 보시다시피 이게 현실이지요. 그 런대로 오래된 저의 가문에는 사치를 일삼다가 땅을 있는 대로 저당 잡힌 친척들이 많답니다. 지금은 돈을 빌릴 당시보다 땅 값이 폭락한 탓에 한 푼도 더 건질 수가 없지요. 농업 공황이다 뭐다 해서 차라리 땅이 없는 게 났다 싶을 만큼 수천 파운드의 빚만 떠안게 됐습니다. 게다가 돌아가신 삼촌께서 살아 계실 때 의회에서 삼촌을 위해 한두 차례 나서준 덕분에 처음에는 값 비싼 목재를 벌채할 수 있었고, 그 후에는 치젤리그 체이스에 있는 그림들을 입이 떡 벌어질 가격으로 크리스티 경매소에 팔 수 있었습니다."

"그런데 그 돈은 어찌 된 겁니까?"

내 질문에 싹싹한 귀족 청년이 또다시 웃으며 말했다.

"저도 그걸 몰라 발몽 씨께 찾아달라고 온 겁니다."

"어허, 그거 참 흥미롭군요."

이미 이 청년이 좋아졌으니 결국 사건을 맡을 수밖에 없겠다 는 불길한 예감이 들었기에 아예 솔직하게 말해버렸다. 젊은 귀족의 꾸밈없는 태도에 반한 데다 의지와 전혀 상관없이 프랑 스인 특유의 연민의 정이 청년을 향해 솟구쳤다.

귀족 청년은 말을 이어갔다.

"저의 가문에서 삼촌은 약간 예외적인 분이셨습니다. 옛날 옛적의 구시대 인물이 환생한 게 아닌가 싶을 정도로 특이했지 요. 조상들이 낭비가 심했던 만큼 삼촌은 굉장한 구두쇠였죠.

20여 년 전에 작위와 영지를 물려받았을 때는 하인들을 전부 내보내는 과정에서 부당 해고였거나 한 푼의 보상도 없이 해고를 통보했다는 이유로 집안 하인들이 소송을 제기해 몇 차례 피고인으로 소환되기도 했습니다. 물론 모든 소송에서 패소하셨는데 그나마 가난 때문이라고 변명한 덕분에 일정량의 가보를 팔 수 있는 허가를 받아 보상금을 지급하고 먹고살 밑천을 마련할 수 있었답니다. 경매에 내놓은 그 가보들이 뜻밖에도 아주 잘 팔리자 삼촌께서는 앞으로 어떻게 할지 일종의 요령을 터득하셨지요. 부동산 수익은 저당권자들에게 돌아가니 먹고살 방도가 없다는 것을 언제나 입증할 수 있었어요. 그렇다 보니 삼촌께서는 영지가 사라지고 오래된 저택이 텅 빈 헛간이 될 때까지 몇 번이나 법원의 허가를 받아 나무를 베고 그림을 팔 수 있었답니다. 그분은 때때로 목수가 됐다가 또 어느 때는 대장장이가 되어 바쁘게 일하면서 여느 일꾼처럼 살았습니다. 정말이지 영국에서 가장 고상한 공간으로 손꼽히는 서재를 대장간으로 만들었을 정도였지요. 서재에 좋은 책들이 수천 권이나 있었는데, 아니나 다를까 거듭 그 책들에 대한 매각 허가를 신청했지만 승인이 떨어진 적이 없었습니다. 그런데 자산을 물려받고 보니 삼촌께서 꽤 끈질기게 법을 피해가며 런던 서적상들을 통해 야금야금 팔아먹으셨더군요. 물론 그분께서 돌아가시기 전에 들통났다면 큰 곤경에 처하셨겠지요. 하지만 지금 그 귀중한 책들은 사라져버렸고 딱히 회수할 방법도 없답니다. 분명 대부분 미국으로 건너갔거나 유럽의 박물관과 소장품으로 흘러들어 갔을 겁니다."

"혹시 그 책들을 찾고 싶어서 저한테 온 겁니까?" 내가 끼어들어 물었다.

"아, 아뇨. 그 책들은 되찾을 가망이 없습니다. 삼촌께서는 목재를 팔아 수만 파운드를 챙긴 것도 모자라 그림을 처분해 또 수만 파운드를 손에 넣었답니다. 저택에 있던 어마어마하게 비싼 멋진 고가구들을 팔아치운 다음에는 이미 말씀드린 것처럼 엄청난 값어치의 책들이 큰 돈줄이 됐을 겁니다. 영리한 분이셨으니 그것들이 얼마나 큰돈이 되는지 아셨을 테지요. 7년 전쯤에 법원에서 더 이상의 탕감책은 허가해줄 수 없다고 못 박은 후부터 삼촌께서는 법을 어겨가며 개인 거래로 책과 가구를 처분했을 겁니다. 당시 저는 미성년자였지만 제 후견인들이 대신 삼촌이 법원에 낸 신청을 반대하며 이미 삼촌이 챙긴 돈의 명세서를 요구했습니다. 법원에서 제 후견인들의 반대 의사를 확인하고 더 이상 영지를 약탈하지 못하게 했습니다. 하지만 후견인들이 요청한 회계 명세서는 승인받지 못했습니다. 이전에 진행된 매각은 삼촌이 전적으로 처리한 것인 데다 삼촌이 신분에 맞게 살 수 있도록 법이 허가한 거래였기 때문이죠. 법원은 후견인들의 주장대로 삼촌께서 흥청망청 살든 혹은 가난하게 살든 그건 어디까지나 삼촌이 알아서 할 일이라고 판결하면서 그 문제를 매듭지었답니다. 삼촌께서는 마지막 신청이 기각되자 저를 꼴도 보기 싫어하셨어요. 정작 저는 그 문제와 아무런 상관이 없었는데도 말이죠. 그분은 대부분의 시간을 서재에 틀어박힌 채 은둔자처럼 지냈답니다. 백 명도 거뜬히 지낼 수 있는 대저택에 삼촌과 시중드는 노부부만이 살았죠. 삼촌께서 누구도 들이지 않았기에 누구도 치젤리그 체이스에 얼씬도 못 했답니다. 불행하게도 삼촌과 엮였던 사람들은 그분이 돌아가신 후에도 계속해서 애를 먹어야 했죠. 삼촌께서 제게 말만 유언장인 편지 한 통을 남겼기 때문입니다. 이게 그 사본입니다."

조카 톰에게
네가 받을 재산은 서재의 종이 틈에 있단다.

너를 사랑하는 삼촌,
레지널드 모랜, 치젤리그 백작

"법적 효력은 없을 것 같군요."
내가 말하자 청년이 웃으며 대답했다.
"상관없습니다. 제가 가장 가까운 친척이라 그분의 전 재산을 상속받으니까요. 물론 삼촌께서 마음만 먹었다면 재산을 다른 데로 물려줬겠지만요. 시설 같은 데다 유증할 수도 있었을 텐데 왜 안 하셨는지 모르겠습니다. 삼촌께서는 집에서 부리던 하인 말고는 아는 사람이 전혀 없었답니다. 그런 하인들마저 함부로 대하고 쫄쫄 굶기면서도 그 사람들에게 자신도 학대받고 굶주리고 있으니 불평하지 말라고 하셨답니다. 말로는 하인들을 가족처럼 대하고 있다고 하셨죠. 삼촌께서는 다른 사람이나 자선단체에 공개적으로 재산을 넘기는 것보다 돈을 그렇게 꼭꼭 숨겨놓고 못 찾게 하면 제가 더 애태우고 불안해할 거라고 생각한 것 같습니다."
"백작님께서는 당연히 서재를 뒤져보셨겠죠?"

"뒤지다 뿐입니까? 천지가 개벽한 이래 그런 수색은 처음이었을 겁니다!"

"무능한 사람에게 맡겼던 모양이죠?"

"왜 남한테 맡겼다가 돈이 다 떨어지고 나서야 발몽 선생께 와서 조건부 제안을 하느냐고 묻는 것 같군요. 분명히 말씀드리건대 그런 거 아닙니다. 물론 무능해서 그랬을 수도 있죠. 하지만 수색한 사람은 다름 아닌 저였습니다. 지난 6개월 동안 사실상 삼촌처럼 서재에 틀어박혀 바닥부터 천장까지 샅샅이 뒤져봤습니다. 서재는 오래된 신문과 청구서 따위로 어질려져 그야말로 난장판이 됐답니다. 물론 그때까지 남아 있던 책들도 어마어마하게 쌓여 있었죠."

"숙부께서 신자였나요?"

"글쎄요. 아마, 아닐 겁니다. 잘 모르는 사이였기도 하고 돌아가실 때까지 한 번도 뵌 적이 없어서요. 평소 행동으로 미루어 보건대 신앙을 믿는 분은 아니었을 겁니다. 하지만 심사가 워낙 꼬인 분이라서 뭔들 못 했을까 싶군요."

"일전에 이런 사건이 있었답니다. 거액을 기대했던 상속인이 가문의 성서를 물려받자 난로에 던져버렸는데 나중에 알고 보니 놀랍게도 그 속에 수천 파운드에 달하는 영국은행의 어음이 들어 있었답니다. 상속인이 성서를 읽고 거액을 받든가, 아니면 무시한 대가로 고통을 받도록 유증자가 꾸민 일이었죠."

내 말에 젊은 백작이 껄껄 웃으며 답했다.

"저도 성서를 뒤져봤지만 물질이 아닌 도덕적 이득만 봤습니다."

"숙부께서 재산을 은행에 넣어놓은 뒤 그 액수만큼의 수표를 끊어서 책갈피에 끼어놓았을 가능성은요?"

"예, 뭔들 못 하셨을까 싶지만 그럴 가능성은 거의 없다고 봅니다. 한 장 한 장 넘기며 책이란 책은 죄다 뒤져봤는데 지난 20년간 들춰본 책이 몇 권 안 되겠던데요."

"숙부께서 모은 돈이 대략 얼마나 될 것 같습니까?"

"분명 10만 파운드는 넘을 겁니다. 하지만 제가 알기로는 삼촌께서 은행을 영 못 미더워해서 살아생전 수표를 끊은 적이 없었으니 은행에 넣어두지는 않았을 겁니다. 모든 청구서는 늙은 집사가 금화로 처리했답니다. 집사가 삼촌께 청구서를 들고 가서 정확한 금액을 받아오는 식이었죠. 그런데 삼촌이 집사에게 돈을 내줄 때는 혹시 돈을 보관한 장소를 들킬까 봐 집사를 방밖에서 기다리게 한 뒤 종을 울린 뒤에 안으로 들어서 돈을 주셨답니다. 삼촌이 숨겨놓은 돈은 금화일 텐데 우리가 찾지 못하게 이런 이상한 유언장을 써놓은 게 분명합니다."

"서재를 청소한 적이 있습니까?"

"아뇨, 없습니다. 사실상 삼촌이 쓰던 상태 그대로입니다. 도움의 손길을 청하려면 그대로 놔두는 게 나을 듯싶어서요."

"아주 잘하셨습니다. 서류는 전부 살펴봤다고 하셨죠?"

"예. 서재를 아주 샅샅이 뒤져보긴 했어도 삼촌이 쓰던 물건들은 하나도 안 치웠습니다. 모루(대장간에서 뜨거운 쇠를 올려놓고 두드릴 때 쓰는 대 - 옮긴이)도 그냥 뒀는걸요."

"모루요?"

"예. 말씀드렸다시피 삼촌께서는 서재를 침실 겸 대장간으로 썼답니다. 공간도 엄청 넓은 데다 한쪽 끝에 화로로 제격인 커다란 벽난로가 있었으니까요. 삼촌과 집사는 동쪽에 있는 벽난로에 직접 벽돌과 찰흙으로 화로를 만들고 중고 풀무까지 설치했습니다."

"그렇게 설치한 화로에서 뭘 만드셨나요?"

"저택에 필요한 것들이요. 삼촌께서는 쇠를 만지는 재주가 아주 뛰어났나 봅니다. 평소에도 정원이나 저택에서 쓰는 도구들이 필요하면 중고품을 구해서 썼지 새 제품을 절대 사지 않았다고 합니다. 그런데 화로가 생겨 쓰던 것들을 고칠 수 있으니 중고품마저 살 일이 없어진 거죠. 삼촌께서 공원에 타고 다니는 늙은 말이 하나 있었는데 집사 말로는 편자도 늘 직접 박았다니까 분명 대장간 도구들을 자유자재로 사용할 줄 아셨을 겁니다. 가장 좋은 응접실에 목공소를 차리고 작업대까지 설치하신 분이니까요. 그런데 그런 분이 백작이 되면서 쓸 데가 많았던 기술을 썩히고 만 것이죠."

"경께서는 숙부가 돌아가신 다음부터 그 저택에서 살고 있는 겁니까?"

"그걸 산다고 할 수 있을지 모르겠지만, 그렇습니다. 늙은 집사 부부가 삼촌에게 했듯 제 시중을 들고 있습니다. 그 양반들은 매일 겉옷도 입지 않은 채 먼지를 뒤집어쓰고 사는 저를 보고 삼촌 판박이라고 생각할 겁니다."

"그 집사 양반도 돈이 사라진 걸 알고 있습니까?"

"아뇨. 저 말고는 아무도 모릅니다. 이 유언장은 제 이름이 적힌 봉투에 담겨 모루 위에 놓여 있었거든요."

"치젤리그 경께서 아주 알아듣기 쉽게 말씀해주시는데도 솔직히 이해가 잘 안 가는군요. 어째 치젤리그 체이스 주변은 살기 좋은 고장인가요?"

"그럼요. 특히 이맘때가 아주 좋답니다. 가을과 겨울에 외풍이 조금 들긴 하지만요. 외풍을 막으려면 수리비로 몇천 파운드가 든다더군요."

"여름에는 외풍이 있어도 상관없죠. 저는 영국에 오래 살아서 그런지 프랑스 사람답지 않게 외풍이 두렵지 않습니다. 저택에 남는 방 하나쯤은 있겠죠? 없으면 제가 간이침대를 가져가면 되고요, 그러니까 해먹 같은 거 말입니다."

젊은 백작이 또다시 얼굴을 붉히며 더듬거렸다.

"설마, 선생님께서는 제가 가망 없어 보이는 사건을 어떻게든 맡겨보려고 이렇게 시시콜콜 다 말씀드린다고 생각하는 건 아니겠죠? 물론 제게 아주 중요한 일이다 보니 삼촌의 별난 행동들을 자세히 설명하다가 저도 모르게 흥분한 점은 인정합니다. 선생님만 괜찮으시다면 한두 달 후에 다시 찾아뵙겠습니다. 사실 제가 집사에게 돈을 빌리면서까지 런던에 온 건 법률 고문을 만나기 위해서랍니다. 제 사정이 이러하니 뭔가 팔 수 있도록 허가를 받아 더 이상 굶주리지 않았으면 싶어서요. 제가 저택이 텅 비었다고 말했는데 물론 상대적으로 그렇다는 뜻입니다. 아직도 큰돈이 될 만한 골동품들이 아주 많답니다. 삼촌의 금화를 찾아야 한다는 일념으로 버티고 있는 셈이죠. 최근 들어서 의심이 들긴 합니다. 혹여 삼촌께서 남겨주실 귀중한 재산이 서재 하나밖에 없어서 제가 서재에서 뭐라도 내다 팔까 봐 걱정되는 마음에 그런 유언장을 쓴 게 아닐까 싶어서요.
파렴치한 삼촌이라면 틀림없이 서재 책장을 털어 큰돈을 챙겼
을 겁니다. 장서 목록을 보니 캑스턴(윌리엄 캑스턴, 영국의 최초
의 인쇄업자이자 번역자 ─ 옮긴이)이 영국에서 인쇄한 초판본도
있었고, 값을 매길 수 없는 셰익스피어 작품들도 몇 권이나 있
었고, 수집가가 거금을 들일 만한 책들 또한 많았습니다. 그런
데 전부 사라졌더군요. 제가 생각할 때 이런 사정을 알리면 당
국에서도 뭐든 팔 수 있는 권한을 줄 수밖에 없을 겁니다. 만약
그런 권한이 생긴다면 즉시 선생님을 찾아오겠습니다."

"그런 소리 마세요, 치젤리그 경. 원하시면 신청 절차를 밟으
세요. 다만 저를 경의 나이든 집사보다 주머니가 두둑한 물주
정도로 여겨주십사 부탁드립니다. 제가 그런 영광을 누려도 된
다면 오늘 저녁에 세실에서 제 손님으로서 함께 근사한 저녁 식
사를 했으면 합니다. 내일이면 치젤리그 체이스로 갈 수 있으
니까요. 여기서 얼마나 걸리죠?"

"세 시간 정도요. 정말 발몽 씨의 친절에 몸 둘 바를 모를 지경
이지만 아량 어린 제안을 받아들이도록 하겠습니다."

"그럼 그 문제는 됐고요. 나이 든 집사의 이름이 뭔가요?"

"히긴스입니다."

"정말 그 양반은 재산 숨긴 곳을 전혀 모르나요?"

"예, 물론이죠. 삼촌처럼 아무한테도 마음을 터놓지 않는 분
이 히긴스처럼 입이 싼 노인에게 말했을 리 없지요."

"그럼 절 히긴스에게 미개한 외국인으로 소개해주십시오. 그
래야 그 양반이 나를 얕보고 어린애 다루듯 할 테니까요."

"이보세요, 발몽 씨. 선생님께서는 영국에서 꽤 오래 살았으니 우리가 외국인을 무시한다는 편견이 없을 줄 알았습니다. 정말이지 우리 영국처럼 부자든 가난뱅이든 진심으로 환대하는 나라는 없답니다." 백작이 항변하듯 말했다.

"어련하시겠습니까? 저 또한 경께 제대로 평가를 받지 못한다면 무척 실망스러울 겁니다. 하지만 장담하건대 히긴스는 저를 얕볼 겁니다. 조물주의 홀대를 받아 영국에서 태어나지 못한 얼간이쯤으로 여길 겁니다. 틀림없이 저를 자기랑 같은 백작님의 하인으로 생각할 테죠. 지금은 봄이니까 쌀쌀한 저녁 무렵이면 저와 히긴스가 난롯가에 모여 이런저런 이야기를 나누겠죠. 그러다 보면 2~3주도 지나기 전에 돌아가신 숙부에 대해 경께서 결코 상상도 못 했던 많은 사실을 알게 될 겁니다. 히긴스가 아무리 주인을 존경한다 해도 자기가 모시는 사람보다는 같은 처지의 아랫사람과 있을 때 좀 더 마음을 터놓고 이야기할 테니까요. 더구나 제가 외국인이다 보니 이해시키기 위해 있는 말 없는 말 죄 늘어놓다 보면 같은 영국인에게 하지 못할 내용들까지 자세히 떠들게 될 겁니다."

사라진 재산을 찾아서

젊은 백작이 워낙 소박하게 설명한 탓에 그렇게 으리으리한 저택에 살고 있을 줄은 꿈에도 몰랐다. 백작의 처소가 외진 곳에 있어서 그렇지 중세 모험담에나 나올 법한 저택이었다. 그것도 뾰족탑이나 포탑이 있는 프랑스 성이 아니라 불그스름한 색채가 따스함을 자아내면서 딱딱한 건축양식에 부드러움이 감도는 아름답고 튼튼한 석조 저택이었다. 집주인은 바깥뜰과 안뜰을 중심으로 둥글게 지어진 그곳에서 백 명은 거뜬히 살겠다고 말했지만 내가 보기에는 천 명도 살 수 있을 것 같았다. 돌로 중간 문설주를 꾸민 창문들이 곳곳에 있었는데, 특히 서재 끝에 달린 창문은 대성당에 더 어울릴 것 같았다. 화려한 그 저택 한가운데에는 나무가 울창한 공원이 있었고 정문 곁 행랑채에서 최소 2킬로미터 이상 난생처음 보는 웅장한 떡갈나무 고목 길이 펼쳐졌다. 그런 저택의 주인이 사실상 수중에 현금이 없어서 런던에 다녀올 차비조차 빌려야 했다는 사실이 도저히 믿기지 않았다!

늙은 히긴스가 당장에라도 부서질 것 같은 마차를 타고 역으로 마중을 나왔다. 고인이 된 백작이 직접 편자를 박아줬다는 늙은 말이 마차를 끌고 있었다. 고상한 현관에 들어서자 가구류가 전혀 없어서 그런지 내부가 더 넓어 보이는 것 같았다. 현관 양쪽에는 고색창연한 갑옷 일체가 가구처럼 각각 한 벌씩 놓여 있었다. 문을 닫으면서 내가 큰 소리로 웃는 바람에 어두침침한 목조 천장에서 유령들이 웃고 떠드는 것처럼 소리가 울려 퍼졌다.

"뭘 보고 그리 웃으십니까?" 백작이 물었다.

"중세 시대 투구에다 운두가 높은 근대 시대 모자를 올려놓은 걸 보고 웃었답니다."

"아, 그러시군요! 그럼, 저쪽에는 선생님 모자를 올려놓으시지요. 이 갑옷을 입었던 조상님께 결례를 범하려는 게 아니라 탈 없이 쓸 수 있는 모자걸이가 없다 보니 투구 위에 모자를 올려놓고, 만약 우산이 있다면 이 뒤에 찔러 넣어 갑옷의 한쪽 다리에 꽂아두는 거랍니다. 이 저택을 물려받고 나서 아주 교활해 보이는 런던의 중개인이 찾아와 이 갑옷들을 팔라고 하더군요. 가만 보니 평생 런던제 양복을 맞춰 입을 수 있을 만큼 큰돈을 지불할 태세였지요. 하지만 혹시나 돌아가신 삼촌과 상업적인 거래를 한 적 있는지 캐묻자 겁에 질려 내빼더라고요. 아마제가 아주 침착하게 그 사람을 꾀어서 가장 으스스한 지하 감옥으로 데려갔다면 일부 가보들의 행방을 알아냈을지도 모릅니다. 발몽 씨, 이쪽 계단으로 함께 올라가시면 묵을 방을 보여드리겠습니다."

오는 길에 기차 안에서 점심을 먹은 터라 방에 들어서자마자 씻고 서재를 조사하러 갔다. 직접 보니 난봉꾼 같은 전 주인께서 해괴망측하게 이용해서 그렇지 정말로 아주 멋진 방이었다. 거대한 벽난로는 북쪽 벽 한가운데와 동쪽 벽 끝에 각각 하나씩 있었다. 동쪽 끝에 있는 벽난로에는 벽돌로 대충 만든 화로가 있었고, 그 옆에는 사용하다 그을린 커다랗고 검은 풀무가 걸려 있었다. 나무 받침대 위에는 모루가 있었고 그 주변에는 크고 작은 녹슨 망치들이 몇 개나 놓여 있었다. 서쪽 끝에는 고풍스러운 색유리로 뒤덮여 눈부시게 빛나는 창문이 붙어 있었는데, 앞서 말했듯 대성당에 더 잘 어울릴 것 같았다. 장서들이 아주 많은 공간을 차지하고 있었지만 방이 워낙 커서 외벽에 있는 책장만으로도 충분한 데다 책장 사이사이에는 커다란 창문까지 있었다. 맞은편 벽은 군데군데 그림만 걸려 있을 뿐 비어 있었는데, 그 그림들이 방의 품격을 한층 더 떨어뜨렸다. 대부분 런던 주간지 크리스마스 특별 호에 실린 석판화를 싸구려 액자에 끼워 대충 못으로 걸어놓은 것이었기 때문이다. 바닥은 온통 서류들이 널려 있는 것도 모자라 어느 곳은 무릎 높이까지 쌓여 있었고 화로에서 가장 멀리 떨어진 구석에는 구두쇠 영감이 생을 마감한 침대가 아직도 자리를 지키고 있었다.

내가 다 둘러보고 나자 백작이 입을 열었다.

"마구간 같지 않습니까? 삼촌께서는 분명 찾아보면서 고생이나 실컷 하라고 이런 쓰레기 천지를 만들어놓았을 겁니다. 히긴스 말로는 삼촌이 돌아가시기 한 달 전까지만 해도 서재는 이런 쓰레기들이 전혀 없이 아주 깨끗했다고 합니다. 당연히 그랬을 겁니다. 그때도 이랬다면 화로에서 튄 불똥에 홀랑 타 버렸을 테니까요. 삼촌은 히긴스를 시켜 집 안 구석구석을 뒤져 오래된 청구서와 신문 따위도 모자라, 보시다시피 소포를 쌌던 갈색 포장지까지 종이란 종이는 죄다 모아서 이렇게 바닥에 뿌려놓게 했답니다. 그러면서 불평하듯 히긴스가 마루판을 걸어 다니는 소리가 너무 시끄러워서 그러는 거라고 하시더랍니다. 생전 가야 캐물을 줄 모르는 히긴스는 전적으로 그 말을 믿었다고 하고요."

히긴스는 과연 말이 많은 영감이었다. 고인이 된 백작 이야기를 듣기 위해 부추길 필요도 없었다. 오히려 다른 화제로 바꾸기가 거의 불가능할 정도였다. 20년 동안 괴짜 귀족과 허물없이 지내다 보니 보통의 영국 하인들이 주인을 대할 때 느끼는 어려워하는 마음이 대부분 사라진 모양이었다. 영국의 귀족을 떠올리면 가장 먼저 육체노동을 전혀 하지 않을 거라는 생각이 든다. 그런데 치젤리그 경은 목수 작업대에서 힘들게 일했고, 응접실에서 시멘트를 배합했으며, 한밤중까지 쇠붙이를 두들겼으니 히긴스의 마음에서 존경심이 전혀 우러나지 않았던 모양이다. 게다가 늙은 귀족이 가난뱅이처럼 청구서를 꼼꼼하게 검사하고 동전 하나까지 지독하게 받아냈으니 미천한 하인의 기억 속에도 철저히 업신여길 만한 사람으로 남아 있을 터였다. 그리고 나는 기차역에서 치젤리그 체이스로 오면서 굳이 같은 신분의 외국인 행세를 할 필요가 없다는 것을 깨달았다. 늙은 집사의 말은 도통 알아들을 수 없었다. 북미 지역 원주민의 말처럼 생전 처음 듣는 사투리 때문에 수다스러운 축음기가 돌아가는 내내 젊은 백작이 통역사로 나서야 했다.

신임 치젤리그 백작은 젊은이답게 열의에 차서 내 제자이자 조수를 자처하며 뭐든 시켜만 달라고 말했다. 서재를 이 잡듯 뒤졌지만 아무런 소득이 없자 앞서 말한 대로 삼촌이 그저 자기를 골탕 먹이려고 그런 유언장을 썼다고 확신했다. 돈을 공원의 나무 밑 같은 데 숨겨놓은 게 분명하다고 생각했다. 물론 그럴 수도 있었다. 멍청한 사람들이 보물을 숨길 때 으레 그런 방법을 쓰긴 하지만 내가 볼 때는 그럴 것 같지 않았다. 히긴스와 대화를 나눠본 결과 전임 백작은 지극히 의심이 많은 사람이었다. 은행도 못 믿어 영국은행 어음조차 못 미더워했으며 히긴스를 비롯해 어떤 인간도 믿지 못했다고 말했다. 따라서 앞서 젊은 백작에게 말했듯, 그 구두쇠 백작은 자기 눈에 보이지 않거나 손을 뻗어 닿지 않는 곳에 재산을 숨겼을 리 없었다.

무엇보다도 고인의 침실에 괴상망측하게 화로와 모루가 설치된 게 너무나 이상해서 젊은 백작에게 물었다.

"내 이름을 걸고 말하는데, 저 화로나 모루 중 하나에, 혹은 둘 모두에 비밀이 숨어 있을 겁니다. 아시다시피 백작님의 숙부께서 간혹 한밤중까지 일하는 통에 히긴스까지 망치 두드리는 소리를 들었다고 했습니다. 화로에 무연탄을 땠다면 밤새 불이 꺼지지 않았을 겁니다. 게다가 히긴스 말대로 고인께서는 도둑이 들까 봐 늘 불안해하며 매일 밤 날이 샐 때까지 요새처럼 성에 목책을 둘렀다고 했으니 반드시 도둑이 손대기 어려운 곳에 보물을 숨겼을 겁니다. 그런데 밤새 무연탄 화로에서 연기가 피어올랐다니 금화를 화로의 잉걸불 밑에 묻어두면 도둑이 가져갈 가능성이 거의 없었겠죠. 아무리 도둑이라도 캄캄한 데서 뒤지다가는 손가락을 델 테니까요. 또한 숙부께서는 장전된 권총을 자그마치 네 자루나 베개 밑에 숨겨놓았다던데, 그러면 혹시나 도둑이 들어오더라도 도둑이 곳곳을 뒤지다가 화로 근처로 올 때까지 기다렸을 겁니다. 밤이건 낮이건 정확히 맞힐 수 있는 사정거리 안에 들어왔으니 침대에서 일어나서 권총을 차례로 발사하면 그만이니까요. 거의 2초 간격으로 스물여덟 발을 쏠 수 있는데 그렇게 총탄이 빗발친다면 도둑이 살아남을 리 없었겠죠. 그래서 말인데, 화로를 허물어봅시다."

치젤리그 경은 내 추리에 설득을 당했다. 덕분에 우리는 어느 날 아침 댓바람부터 커다란 풀무를 떼어내서 해체한 다음 내부가 비어 있는지 확인했다. 그러고 나서 옛 주인이 포틀랜드 시멘트로 나름 잘 만들어놓은 탓에 쇠지레를 써야 화로 벽돌을 하나하나 떼어낼 수 있었다. 정말이지 벽돌 틈마다 형편없이 발라놓은 시멘트까지 전부 치우고 나니 화로 한가운데에 화강암처럼 단단한 정육면체의 시멘트 덩어리가 나타났다. 히긴스가 힘을 보태고 굴림대와 지레까지 총동원한 끝에 간신히 그 시멘트 덩어리를 공원으로 끌어낸 뒤 화로에 걸려 있던 대형 망치를 내리쳐봤지만 꿈쩍도 하지 않았다. 점점 세게 내리쳐도 부서지지 않자 왠지 더 그 안에 금화가 들어 있을 것만 같았다. 그 덩어리는 정부가 소유권을 주장할 만한 귀중한 발견물이 아니었기 때문에 딱히 비밀리에 작업할 필요가 없었다. 이에 근처 광산에서 일하는 천공기와 다이너마이트 전문가를 불러온 끝에 그 사람이 순식간에 덩어리를 산산이 조각내주었다. 그러나 애석하게도 광부들이 말하는 '금맥'은 터지지 않았다! 다이너마이트 전문가를 부른 김에 모루까지 폭파해달라고 구슬렸더니 신임 백작 또한 전임 백작처럼 미쳤구나 싶었는지 연장을 짊어지고 광산으로 돌아가 버렸다.

백작은 생각을 바꿔 다시 공원을 의심했지만 나는 서재에 숨겼을 것이라는 믿음이 훨씬 더 확고해졌다. 나는 백작에게 제안했다.

"보물을 밖에 묻었다면 누군가 분명 땅을 파야 했을 겁니다. 그런데 백작님의 숙부처럼 그렇게 소심하고 과묵한 사람은 누구에게도 맡기지 않고 직접 했을 겁니다. 요 전날 밤에 히긴스가 말하길, 자기가 매일 밤마다 곡괭이와 가래를 모두 챙겨 공구실에 넣은 뒤 문을 꼭 잠갔다고 하더군요. 저택 자체에는 아주 빈틈없이 목책을 처놓았기 때문에 설령 백작님의 숙부라도 밖에 나가기가 만만치 않았을 겁니다. 더구나 전임 백작님 같은 분은 재산이 온전한지 계속 눈으로 확인하고 싶어했다고 하니 사실상 공원에 금화를 묻었을 가능성은 없어 보입니다. 따라서 때려 부수고 폭파하는 걸 포기한 마당에 이제는 머리를 써가며 서재를 뒤져보는 게 어떻겠습니까?"

젊은 백작이 발끈했다.

"좋습니다. 하지만 발몽 씨, 벌써 제가 이 잡듯이 뒤져본 상황에서 '머리를 써가며'라는 표현을 하시다니 언제나 예의 바르던 분답지 않군요. 그래도 발몽 씨가 시키는 대로 하겠습니다. 결정권은 선생께 있고 저는 따르는 쪽이니까요."

"죄송합니다, 백작님. '머리를 써가며'라는 말은 '다이너마이트'와 대비되는 뜻에서 쓴 겁니다. 백작님의 이전 행동을 빗댄 게 아닙니다. 그저 화학반응은 그만 잊고 그보다 훨씬 위력적인 지적 활동을 펼쳐보자는 말이었습니다. 그럼 이제 한 가지 물어보겠습니다. 백작님께서 살펴보신 신문 중에서 가장자리에 뭐든 적혀 있는 걸 못 보셨나요?"

"네, 못 봤습니다."

"신문의 흰색 테두리에 뭔가를 알리는 글귀 같은 게 적혀 있을 가능성은요?"

"물론 그런 게 있을 수도 있겠죠."

"그렇다면 백작님께서 직접 신문마다 테두리를 꼼꼼하게 살펴보시고 확인을 마친 신문들은 다른 방으로 옮겨주시겠습니까? 서재를 완전히 비우되 하나도 훼손되지 않게 해야 합니다. 전 청구서를 맡아서 살펴보겠습니다."

몹시 짜증스러울 정도로 지루한 작업이었다. 그럼에도 조수를 자처한 백작이 며칠 동안 테두리를 샅샅이 훑었지만 아무런 소득이 없었다. 그사이 나는 청구서와 메모를 따로따로 모아서 날짜별로 정리했다. 심술궂은 영감탱이가 혹시나 청구서 뒷면 이나 책 면지에 보물찾기 지침이라도 적어놓지 않았을까 싶어 쉽게 포기할 수 없었다. 그러면서도 도서관에 남아 있는 수천 권의 책을 하나하나 들춰보며 샅샅이 살펴볼 생각을 하니 소름 이 끼쳤다. 하지만 존재하는 이상 철저히 찾으면 결국 발견할 것이라고 했던 에디슨의 말이 떠올랐다. 청구서 뭉치에서 몇 장을 고른 뒤 나머지는 젊은 백작이 산더미처럼 신문을 쌓아놓 은 다른 방에 옮겨놓았다. 그러고 나서 조수에게 말했다.

"이제 히긴스 좀 불러주시겠습니까? 이 청구서들에 대해 설 명을 들었으면 해서요."

"제가 도와도 될 것 같은데요. 6개월째 살았더니 집안 사정은 히긴스만큼 알거든요. 그 양반이 한번 말문을 트면 막기 어렵 기도 하고요. 제일 먼저 어떤 청구서부터 설명해드릴까요?"

백작이 청구서가 펼쳐져 있는 탁자 맞은편에 의자를 끌어다 놓으며 설명을 시작했다.

"13년 전 건데요, 숙부께서 셰필드에서 중고 금고를 하나 사 셨네요. 이게 그 영수증입니다. 그 금고도 찾아봐야겠습니다."

순간 젊은 백작이 벌떡 일어나서 껄껄 웃으며 말했다.

"제 무례를 용서해주십시오, 발몽 씨. 그렇게 육중한 금고를 어찌 이리 까맣게 잊고 있었는지 모르겠습니다. 금고가 텅 비 어 있어서 더 이상 생각조차 안 났던 모양입니다."

말을 마친 백작은 벽에 세워놓은 어느 책장으로 걸어가더니 책으로 꽉 채워진 책장을 마치 문처럼 잡아당겼다. 그러자 철제 금고의 앞면이 드러났고 백작이 다시 금고 문을 열자 특별할 것 없는 텅 빈 내부가 보였다.

"이 책들을 전부 꺼내다가 우연히 발견했답니다. 서재에서 바깥 공간으로 이어지는 비밀의 문이 있었던 것 같은데 오래전에 없어졌더군요. 벽이 아주 두꺼운 걸 보면 삼촌께서 문을 떼어낸 뒤 그 자리에 금고를 넣고 나머지 부분은 벽돌로 막아놓은 게 틀림없어요."

내가 실망감을 애써 감추며 말했다.

"정말 그렇군요. 이 튼튼한 금고는 주문해서 제작한 게 아니라 중고품을 산 거군요. 저 안에 비밀 공간 같은 게 있을 리 없겠죠?"

"흔히들 쓰는 금고 같은데, 그래도 그렇게 말씀하시니 한번 꺼내 볼까요?"

"지금 당장은 말고요. 다이너마이트라면 철거업자 못지않게 벌써 신물 날 정도로 터뜨렸으니까요."

"그러게 말입니다. 그럼 다음 청구서로 넘어갈까요?"

"이 청구서들을 자세히 보면 중고광인 백작님의 숙부께서 세 번이나 일탈을 하셨더군요. 4년 전쯤에 스트랜드 스트리트에 위치한 유명한 데니 서점에서 새 책을 한 권 구입하셨습니다. 데니서점은 새 책만 취급하죠. 여기 서재에 비교적 새 책 축에 드는 게 한 권이라도 있습니까?"

"없습니다."

"정말 없습니까?"

"없고말고요. 이 집에 있는 책이란 책은 전부 뒤져봤으니까요. 그런데 삼촌께서 구입한 책 제목이 뭡니까?"

"그걸 잘 모르겠습니다. 첫 글자가 'M'으로 시작하는 것 같은데 흘림체라 그런지 나머지는 그냥 줄처럼 보이네요. 하지만 책값이 26펜스인데 소포값만 6펜스인 걸 보면 무게가 1.8킬로그램 언저리쯤 됐을 겁니다. 무게나 책값으로 미루어볼 때 두꺼운 용지에 삽화가 많이 들어간 과학책이 아닐까 싶습니다."

"그런 책은 전혀 못 봤습니다."

"세 번째 청구서는 벽지를 구입한 겁니다. 고급 벽지 스물일곱 뭉치와 싸구려 벽지 스물일곱 뭉치를 사셨는데, 고급 벽지의 가격이 두 배나 비싸더군요. 치젤리그 마을의 역전에 자리한 가게에서 구입한 것 같습니다."

그때 백작이 손짓을 하며 소리쳤다.

"거기 보이는 그 벽지랍니다. 히긴스 말이 삼촌께서 집 전체를 도배하려다가 서재를 끝으로 그만두셨답니다. 필요할 때마다 침실에서 한 번에 한 양동이씩 풀을 섞어 아주 쉬엄쉬엄 작업하신 탓에 서재 한 곳을 도배하는 데도 거의 1년이 걸렸다고 합니다. 무늬는 없어도 색감이 아주 풍부해서 대단히 아름다운 떡갈나무 벽판이었는데 벽지로 가려버리다니 노망이 났던 게 분명합니다."

나는 일어나서 벽지를 자세히 들여다보았다. 짙은 밤색 벽지에서 명세서에 적힌 대로 비싼 티가 났다.

"그럼 싸구려 벽지는 어디다 쓴 겁니까?"

"그건 저도 모릅니다."

"드디어 실마리를 잡은 것 같군요. 여기 벽지 밑에 여닫는 벽판이나 숨겨진 문이 있을 겁니다."

"정말 그럴 수도 있습니다. 저도 벽지를 뜯어볼 마음이 있었지만 인부를 부를 돈도 없는 데다 삼촌처럼 부지런하지 못해서요. 그럼 나머지 청구서는 어떤 겁니까?"

"마지막 청구서도 종이류와 관련된 건데 런던 중동부 지역의 버지로우에 있는 회사에서 구입했더군요. 고인께서 1000장이나 구입한 것 같은데 그 정도면 비용이 엄청나게 들었을 겁니다. 이 청구서 역시 알아보기 힘들지만 1000장을 주문했다는 것만큼은 파악이 됩니다. 물론 20~25매짜리 묶음이라면 조금 더 적당한 가격에 구입한 것이고, 만약 연(종이 1연은 전지 500장 – 옮긴이)이라면 엄청 싸게 산 것일 테지요."

"전 전혀 모르겠으니 히긴스에게 물어보도록 하죠."

히긴스도 마지막에 구입한 종이류에 대해서는 아는 게 없었다. 하지만 벽지와 관련된 수수께끼는 단번에 해결해주었다. 전임 백작이 시험 삼아 벽지를 발라본 끝에 두껍고 비싼 벽지가 반들거리는 벽판에 잘 안 붙는다는 점을 깨닫고 나서 싸구려 벽지를 구입해서 먼저 발랐다고 했다. 히긴스 말에 따르면, 늙은 백작이 노르스름한 빛이 감도는 흰색 벽지를 벽판에 골고루 바른 다음 마를 때까지 기다렸다가 그 위에 고급 벽지를 덧발랐다고 했다.

내가 이의를 제기했다.

"하지만 두 종류의 벽지를 한꺼번에 구입해서 배달받았는데 언제 시험 삼아 발라보고 두꺼운 벽지가 잘 안 붙는다는 걸 알

왔답니까?"

"그건 큰 문제가 아닐 것 같습니다. 두꺼운 벽지를 먼저 구입했다가 안 되겠다 싶어서 나중에 싸구려 벽지를 샀을 수도 있지요. 청구서에는 그 날짜에 청구한 금액만 나와 있으니까요. 사실 치젤리그 마을까지는 몇 킬로미터밖에 걸리지 않기 때문에 삼촌께서 아침에 두꺼운 벽지를 구입해서 발라본 다음 오후에 싸구려 벽지를 주문했을 가능성이 높습니다. 어쨌든 청구서는 주문하고 몇 달이 지난 후에 보낸 걸 테니 두 번의 구매 내역이 합쳐졌겠지요."

나는 백작의 말을 듣고 논리상 그런 것 같다고 인정할 수밖에 없었다.

다음 질문할 내용은 데니 서점에서 구입한 책이었다. 히긴스가 조금이라도 그 책을 기억하고 있을까? 벌써 4년 전 일이었기 때문이다.

물론 히긴스는 기억하고 있었다. 그것도 아주 생생하게 말이다. 어느 날 아침에 차를 준비해 들어갔더니 백작이 침대에 앉아 이 책을 읽고 있었다고 했다. 히긴스가 문을 두드리는 소리도 못 들을 정도로 푹 빠져 있었는데, 귀가 어두운 히긴스는 당연히 들어오라고 허락한 줄 알고 문을 열었던 모양이다. 히긴스를 발견한 백작은 허둥대며 그 책을 베개 밑, 즉 권총 옆으로 밀어 넣었다. 그러고 나서 허락이 떨어지기 전에 방에 들어왔다며 히긴스를 아주 호되게 꾸짖었다. 히긴스는 백작이 그렇게 화내는 것을 난생처음 본 터라 전부 그 책 때문이라고 생각했다. 백작이 화로를 설치하고 모루를 구입한 것도 그 책을 읽고 나서였다. 이후 두 번 다시 그 책을 보지 못했던 히긴스는 백작이 죽기 6개월 전인 어느 날 아침에 화로의 재를 긁어내다가 그 책 겉표지로 보이는 부분을 발견했다. 그래서 주인 나리가 그 책을 태운 걸로 생각했다고 말했다.

히긴스를 내보낸 뒤 내가 백작에게 제안했다.

"우선 이 청구서를 스트랜드 스트리트의 데니 서점에 보낸 뒤 책을 잃어버려서 그러니 새 책을 보내달라고 해봅시다. 알아볼 수 없는 이 글씨를 정확하게 읽어내는 직원이 있을 겁니다. 분명 이 책이 단서가 될 겁니다. 저는 버지로우의 브라운선즈라는 회사에 편지를 쓰겠습니다. 보아하니 프랑스 회사일 겁니다. 사실 종이류와 관련해 이 회사명을 어디선가 들어본 것 같은데 당장은 콕 집어 말할 수 없습니다. 돌아가신 백작님이 구입한 이 종이류의 용도가 무엇인지 이 회사에 물어볼 생각입니다."

말한 대로 일을 처리하고 나자 우리 두 사람은 답장이 올 때까지 손 놓고 기다리는 수밖에 없었다. 그러나 다음 날 아침에 두고두고 우쭐댈 일이 벌어졌다. 내가 런던에서 답장을 받기도 전에 수수께끼를 풀었기 때문이다. 물론 문제의 책과 종이 회사의 답변에 기대어 이것저것 추론해봤어도 단서를 찾았을 테지만 말이다.

아침 식사를 마친 뒤 이제는 바닥에 갈색 포장지와 끈 쪼가리 따위만 흐트러져 있는 서재를 정처 없이 걸어보았다. 숲길을 걸으며 떨어진 가을 낙엽을 차내듯 발로 그 쓰레기들을 헤치며 어슬렁거리다가 문득 종이 몇 장이 눈에 들어왔다. 포장지로도 쓰인 적이 없는지 구겨진 데라고는 하나 없는 그 종이들이 이상하게 어디서 본 듯했다. 그래서 한 장을 집어서 보는 순간 브라운선즈라는 이름의 뜻이 퍼뜩 떠올랐다. 그곳은 특정 산업 분야에서 자취를 감춘 고급 모조 피지보다 가격이 훨씬 저렴한, 반들반들하고 아주 질긴 종이를 생산하는 제지 회사였다. 몇 년 전에 파리에서 이 회사 종이 덕분에 어떤 도둑 떼가 금을 녹이지 않고도 처리한 방법을 알아낸 적이 있었다. 과정이 좀 더 조잡해서 그렇지 모조 피지 대신에 이 종이를 써서 금박을 제조했다. 이 종이는 모조 피지와 거의 맞먹을 정도로 지속적인 망치질을 잘 견뎠다. 이 대목에서 왜 그렇게 백작이 한밤중까지 모루 곁에서 씨름했는지 알 것 같았다. 백작은 금화로 금박을 만들고 있었던 것이다. 물론 시중에서 거래할 수 있게 금박을 만들려면 모조 피지 외에도 '커치(금박을 제조하는 과정에서 사용하는 모조 피지 다발로, 여러 번 두드려 얇은 금박을 완성함—옮긴이)' 같은 연장들이 필요했을 텐데 그런 것들이 전혀 없었던 점을 미루어볼 때 틀림없이 조잡하고 두꺼운 형태의 금박이었을 터였다.

나는 조수를 불렀다. 그는 방 저쪽 끝에 있었다.

"백작님, 제가 가설을 하나 세웠는데 참신한 판단을 내려주셨으면 합니다."

백작이 특유의 온화하고 익살스러운 표정을 지으며 다가와서 대답했다.

"어서 말씀하시지요."

"금고를 13년 전에 구입했다고 해서 조사를 하지 않았습니다. 그런데 책과 벽지를 사고 프랑스에서 질긴 종이까지 구입한 달에 모루도 사고 화로도 설치했습니다. 따라서 이런 것들이 서로 연관된 게 아닐까 싶습니다. 이건 고인께서 버지로우에서 구입한 종이들입니다. 혹시 이 비슷한 거라도 본 적이 있습니까? 잘 보시고 한번 찢어보세요."

"굉장히 질긴데요."

백작이 힘주어 찢어봤지만 실패하자 자백하듯 말했다.

"예, 그렇습니다. 프랑스에서 생산된 것으로 금박 제조용 종이랍니다. 백작님의 숙부께서는 금화를 두드려 금박으로 만들었습니다. 받아보면 알겠지만 데니 서점에서 구입한 책은 금박 제조와 관련된 서적입니다. 휘갈겨 써서 못 알아봤는데 이제 생각해보니 '야금술(Metallurgy)'이라는 제목의 책이 아닐까 싶습니다. 책을 보면 틀림없이 금박 제조법이 나올 겁니다."

"일단 그렇다 칩시다. 하지만 어째 더 풀린 게 없는 것 같군요. 그럼 이제부터 금화가 아닌 금박을 찾는 겁니까?"

"이 벽지를 살펴볼 겁니다."

내가 바닥 쪽 모서리 밑으로 칼을 집어넣자 커다란 벽지 조각이 맥없이 벗겨졌다. 히긴스가 말한 대로 짙은 밤색 벽지 밑에 밝은 색상의 싸구려 벽지가 발라져 있었다. 하지만 떡갈나무 벽판에 바른 그 싸구려 벽지도 원래 그런 듯 아주 쉽게 벗겨졌다. 풀에 문제가 있어서 그런 게 아니었다.

"이 무게를 좀 느껴보세요." 내가 벽에서 벗겨낸 벽지를 건네면서 말했다.

"세상에!" 백작이 마치 비명처럼 외쳤다.

나는 벽지를 다시 건네받아 뒤집은 다음 뒷면이 위로 오도록 나무 탁자에 펼쳐놓았다. 그러고는 물을 살짝 뿌리고 칼로 물 먹은 흰색 벽지 표면을 긁어내자 불길한 빛의 황금이 드러나면서 반짝거렸다. 나는 어깨를 으쓱하면서 양손을 벌려 보였다. 치젤리그 백작이 큰 소리로 맘껏 웃었다.

"보시다시피 이렇게 된 겁니다. 전임 백작께서는 먼저 이 희 끄무레한 벽지를 사방에 발라놓았습니다. 그러고 나서 화로에서 금화를 달궈 모루에 올려놓고 두드린 다음 프랑스에서 구입한 이 종이에 발라 투박하게나마 금박을 완성한 겁니다. 아마 밤이 되자마자 문을 꼭 걸어 잠그고 벽에 금박을 붙이고 나서 다음 날 아침 히긴스가 들어오기 전에 고급 벽지를 덧발랐을 겁니다."

그러나 나중에 알고 보니 전임 백작께서 두툼한 금박을 벽에 붙일 때 실제로 사용한 것은 카펫용 압정이었다.

내 덕에 신임 백작은 12만 3000파운드가 조금 넘는 '푼돈'을 손에 쥐게 되었다. 아울러 이 자리를 빌려 그가 자발적으로 사례금을 지급해준 덕분에 내 은행 잔액이 런던 부시장만큼 빵빵해졌다는 말로 젊은 백작의 후한 마음 씀씀이를 칭송하고 싶다.

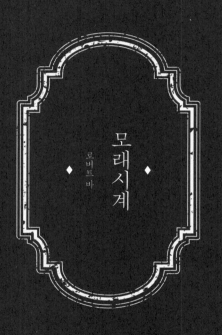

모래시계

로버트 바

The Hour Glass

모래시계

버트럼 이스트퍼드는 오랜 친구의 가게에 들르지 않을 작정이었다. 이미 세계 각지에서 그러모은 자질구레한 장신구들에 홀려 골동품 중개인인 그 친구 호주머니로 꽤 많은 돈이 들어간 터였다. 다른 길로 가도 되는데 굳이 그쪽으로 방향을 잡았으니 순전히 자기 탓이라는 것을 이스트퍼드도 잘 알고 있었다. 하지만 눈길을 끄는 골동품 가게 진열장을 재미 삼아 한번 스윽 쳐다본다고 해서 큰일 날 게 뭐 있나 싶었다. 중개인 친구는 가장 최근에 손에 넣은 물건들을 진열하는 습관이 있었다. 하루도 같은 날이 없는 진열장은 매번 이스트퍼드의 마음을 사로잡았다. 하지만 이번만큼은 가게 안으로 들어가지 않겠다고 단단히 마음먹었다. 자신에게 들어가고 싶은 유혹을 떨쳐낼 만한 정신력은 있다고 확신했다. 그러나 이것은 진열장을 보지 않은 상태에서 한 생각이었다. 결국 그는 반쯤 박히다 만 못에 망토 자락이 걸리듯 진열장 안에 새로 전시해놓은 오래된 물건에 홀딱 반해버렸다. 진열장 중앙 선반에는 새카만 나무 재질의 틀이 돋보이는 모래시계가 놓여 있었다. 잠시 선 채로 그 물건을 뚫어져라 쳐다보던 이스트퍼드는 이윽고 가게 문을 열고 들어가 아주 잘 아는 사이인 나이 지긋한 가게 주인에게 인사를 건넸다.

"저 모래시계 좀 보고 가려고."

"아, 그러시게. 싸구려 시계가 시장에서 모래시계를 싹 몰아내버려서 요즘에 이런 물건을 구하기가 하늘에 별 따기지."

골동품 중개인이 말을 마친 뒤 진열장 선반에서 모래시계를 꺼내더니 뒤집어 책상 위에 올려놓았다. 불그스름한 모래가 아래로 조르르 흘러내렸다. 마치 피가 말라서 고운 가루가 되어 쏟아지는 것 같았다. 이스트퍼드는 아래쪽에 소복이 내려앉는 모래를 바라보았다. 위쪽의 양옆 부분에 도드라지게 쌓여 있던 모래가 가늘게 쏟아져 내리면서 원뿔 모양의 모래 더미는 점점 커졌고 그 모양도 매 순간 바뀌었다.

"얼마나 오래된 물건인지 구구절절 말해줄 필요는 없네. 딱 보는 순간 희귀한 모래시계라는 걸 알아봤으니 안목 떨어지는 손님 취급일랑 마시게."

이스트퍼드가 선수를 쳤다.

"과찬은커녕 이 물건의 흠부터 말해주려던 참이었네. 시간을 재는 용도로는 쓸모가 없거든."

가게 주인이 항변하듯 말했다.

"시간이 정확히 안 맞는 게로군."

"음, 그게 내 생각에는 말일세, 옛날 사람들은 그리 까다롭지 않았을 걸세. 지금처럼 시간이 돈인 시절이 아니었으니까. 이 시계는 아주 정확하게 시간이 맞는다네, 자네가 잘 지켜보기만

한다면 말이지. 그런데 아주 이상하게도 30분 정도 흐른 다음에는 멈춰버린다네. 모래시계의 잘록한 부분에 어떤 결함이 있거나 모래 가루에 문제가 있는 듯싶네. 흔들어줘야 다시 흘러내리거든."

바로 그 순간 모래시계가 여봐란듯이 늙은 가게 주인의 말을 입증해줬다. 가느다란 모래 줄기가 뚝 멈춰버린 것이다. 그러나 주인이 틀을 잡고 흔들어주자 모래 가루가 다시 흘러내리기 시작하더니 더 이상 멈추지 않고 계속해서 쏟아져 내렸다.

"아주 희한하구먼. 자네 보기에는 왜 그런 거 같은가?" 이스트퍼드가 물었다.

"모래 가루가 고르지 않아서 그러지 싶네. 다른 가루보다 큰 알갱이 몇 개가 잘록한 부분에 모이면 막혀서 흘러내리지 못하는 거지. 매번 이러는데 보다시피 완전히 밀폐된 상태라 내가 어떻게 손을 써볼 수가 없네."

"좋네, 나도 이걸 시계로 쓸 마음은 없으니 흥정에서 이 문제는 빼도록 하세. 얼마에 팔 건가?"

골동품 중개인이 가격을 말하자 이스트퍼드는 그 값대로 돈을 냈다.

"오늘 오후에 집으로 보내주겠네."

"고맙네."

손님은 그렇게 말한 뒤 가게를 나섰다.

그날 밤 버트럼 이스트퍼드는 방 안에서 늦은 시간까지 부지런히 글을 썼다. 마침내 작업이 끝나자 알차게 하루를 보낸 이에게 찾아오는 깊은 만족감에 한숨을 내쉬며 원고를 밀어놓았다. 이스트퍼드는 난로에 연료를 채운 뒤 가장 편안한 안락의자를 난로 앞으로 끌어당겼다. 전등의 초록색 갓을 벗겨내자 구석마다 세워 놓은 갑옷과 벽을 따라 걸어둔 고대 무기들에서 반사된 빛이 고급스러운 아파트에 가득 퍼졌다. 이스트퍼드는 종이 포장을 푼 뒤 아주 오래된 그 모래시계를 탁자 위에 올려놓았다. 그리고 가느다랗게 흘러내리는 모래 줄기를 지켜보았다. 쉬지 않고, 끊임없이, 한결같이 아래로 쏟아져 내리는 모습을 보고 있자니 최면에 걸릴 것 같았다. 모래는 시간의 발자국처럼 소리 없이 흘러내렸다. 그러다 그 시계는 가게에서 그랬던 것처럼 느닷없이 멈춰버렸다. 흐름이 갑작스럽게 끊기자 예기치 않게 정적이 깨졌을 때처럼 신경이 잔뜩 곤두섰다. 보이지 않는 손이 얇은 유리 원통을 움켜잡고 짓누르는 모습이 상상될 정도였다. 이스트퍼드가 그 오래된 시계를 쥐고 흔들자 모래가 다시 움직이면서 더욱 꾸준하게 흘러내렸다.

처음에는 모래시계의 틀이 흑단(새까맣고 단단한 나무 – 옮긴이)이라고 생각했지만 좀 더 자세히 보니 참나무 재질로 세월이 흐르면서 검게 변한 것이었다. 둥그런 한쪽 바닥에는 겹쳐 놓은 두 개의 하트를 두 마리의 뱀이 휘감고 있는 문양이 조잡하게 새겨져 있었다.

"이런, 이건 또 뭐람? 무슨 문장(어떤 국가나 단체 혹은 집안 등을 나타내는 상징적인 표시 – 옮긴이)을 새기려 했나 보군."

이스트퍼드가 혼잣말로 중얼거렸다.

판독하기 어려운 그 기호의 뜻을 파악할 만한 단서는 전혀 없었다. 이스트퍼드는 모래시계를 무릎 위에 반듯하게 놓고 모래가 흘러내리는 모습을 찬찬히 들여다보았다. 등불 아래서 모래 줄기는 새빨간 실처럼 반짝거렸다. 이스트퍼드는 언뜻 볼록한 유리면에 비친 일그러진 얼굴들을 본 것 같았다. 물론 이성적으로는 그저 우스꽝스럽게 비쳐 보이는 자신의 얼굴이라고 생각했지만. 인근 종탑에서 거대한 종이 열두 번에 걸쳐 느리고 장중하게 울렸다. 박자에 맞춰 천천히 울리는 종소리를 차례차례 세고 났을 때 단호하게 문을 두드리는 소리에 이스트퍼드는 화들짝 놀랐다. 한쪽 뇌에서는 이 무슨 때 아닌 방문인가 생각했지만, 다른 쪽 뇌에서는 지극히 흔한 일로 여겼다. 양쪽 뇌가 이 문제를 따지고 있는 사이 이스트퍼드는 "들어와요"라고 외쳤다.

이윽고 문이 열리자 마음속에서 둘로 나뉘어 그 시간에 찾아든 방문의 적절성을 따지던 토론이 뚝 멈췄다. 손님 자체가 또 다른 문제였기 때문이다. 그 손님은 군복, 그것도 장교복을 입은 젊은 남자였다. 이스트퍼드는 군에 문외한이었지만 무대에서 그런 군복을 본 적이 있었다. 어디까지나 짐작이지만 앞에 있는 그 손님의 군복은 나폴레옹 전쟁 당시의 장교 복장인 것 같았다.

"안녕하십니까! 제 소개를 하겠습니다. 저는 정규군의 캐스퍼 센토어 중위입니다."

"아주 잘 오셨소. 좀 앉겠소?"

"아뇨, 괜찮습니다. 곧 가야 합니다. 제 모래시계를 가지러 왔습니다. 괜찮으시다면 제가 가져가도 되겠습니까?"

"자네 모래시계라고?"

놀란 이스트퍼드가 갑자기 소리쳤다.

"뭔가 오해를 했나 보군요. 이 모래시계는 제 것이랍니다. 핀치모어가 골동품 가게에서 오늘 사 온 겁니다."

"엄밀히 말하면 그 모래시계의 적법한 소유권은 선생님께 있을 것 같습니다. 하지만 선생님같이 점잖은 분이시라면 우선권이 제게 있다는 점을 말씀드리면 그 마음이 움직일 거라고 감히 믿어 의심치 않습니다. 우리 동네 배심원들 마음은 꿈쩍도 안 할 테지만 말입니다."

"그러니까 그쪽 말은 이 모래시계가 도난을 당해 팔린 것이란 뜻인가요?"

"보나 마나 거듭해서 계속 팔렸을 겁니다. 하지만 제가 알아본 내력으로는 도난품은 절대 아닙니다."

"그럼, 그쪽 말대로 여러 다양한 주인들이 정직한 경로를 통해 이 모래시계를 구입했다면 어떻게 그쪽에게 권리가 있다고 확신할 수 있는지 모르겠군요."

"이미 시인했듯 저의 권리는 법적인 게 아니라 도덕적인 차원입니다. 말하자면 긴데 제 사연을 말씀드려도 되겠습니까?"

"기꺼이 들어드리지요. 허나 이야기를 시작하기 전에 다시 청하는 바이니 난로 앞에 있는 의자에 편히 앉는 게 어떻겠는지요?"

장교는 말없이 고개를 숙여 감사를 표한 뒤 이스트퍼드의 뒤쪽을 통해 거실을 가로질러 난로 앞으로 걸어갔다. 안락의자에 앉은 장교는 총검을 무릎에 가로놓고 손바닥을 펴 난롯불을 쬐었다. 훈훈한 온기가 위로가 되는 듯 손님의 얼굴이 환해졌다.

장교는 그 상태로 집주인의 존재도 완전히 무시한 채 잠시 깊은 상념에 잠겼다. 무릎 위에 놓아둔 문제의 그 모래시계를 슬쩍 쳐다보던 이스트퍼드가 모래가 전부 흘러내린 것을 알고 모래시계를 뒤집어놓자 다시 모래 가루가 쏟아져 내렸다. 곁눈질에 잡힌 집주인의 행동에 정신이 든 장교는 그제야 자신이 이 집에 온 이유를 깨달았다. 한밤의 손님은 땅이 꺼질 듯 크게 한숨을 내쉬더니 이야기를 시작했다.

"1706년에 저는 위대한 말버러 공작의 휘하에서 트렐로니 장군이 이끄는 영국군의 중위로 복무했습니다."

이스트퍼드는 장교가 털어놓는 이야기를 들으면서 무언가 잘못됐다는 느낌이 들었다. 눈앞에 앉아 있는 남자는 192년 전의 일을 차분히 말해주고 있었지만, 정작 그 청년은 많아봐야 스물다섯 이상으로는 전혀 보이지 않았기 때문이다. 어딘가 앞뒤가 맞지 않았다. 그렇다고 이스트퍼드가 엉킨 실타래를 풀 수는 없었다. 하지만 곰곰이 생각할수록 온당한 문제 제기라는 느낌만 커질 뿐이었다. 그래서 손님이 자신의 놀란 표정을 눈치채지 않기를 바라면서 영국 역사를 돌이켜 학창 시절에 배웠던 내용을 기억해냈다. 그리고 조용히 물었다.

"그때면 스페인 왕위 계승 전쟁 중이었죠?"

"예, 그렇습니다. 당시 그 전쟁은 4년째로 접어들었는데 그동안 여러 차례 눈부신 승리를 거뒀습니다. 그중에서도 단연 최고의 승리는 블렌하임 전투가 아닐까 싶습니다."

"그렇고말고요." 이스트퍼드가 중얼거렸다.

"다름 아닌 영국이 프랑스를 무찔렀습니다." 캐스퍼 센토어가 우렁차게 말했다.

"하지만 무엇 때문에 그 두 나라가 서로를 죽였는지 도통 이해할 수가 없소."

그 말에 장교가 깜짝 놀란 얼굴로 쳐다보았다.

"그 전쟁을 두고 그렇게 말하는 건 처음 들어봅니다. 이유가 아주 명백한 전쟁이었습니다. 우리가 싸우지 않으면 프랑스를 유럽의 지배자로 인정하는 셈이었으니까요. 그렇지만 제 사연은 정치적 문제들과 무관합니다. 트렐로니 장군과 그 병력은 브라반트에 주둔해 있었는데 말버러 공작의 군대에 합류하라는 명령을 받았습니다. 대격전이 예상됐던 터라 우리는 최대한 빠르게 이동해야 했습니다. 트렐로니 장군께서 이동 중에 특정 마을과 도시를 함락하고, 요새를 파괴하고, 주둔군을 풀어주라는 지시를 내렸습니다. 우리 입장에서는 거추장스럽게 포로까지 끌고 갈 상황이 아니었기 때문에 요새를 지키던 주둔군들을 줄지어 나오게 한 뒤 무장을 해제하고 해산시켰습니다. 사실 아무리 이동이 화급해도 후방에 적의 요새를 남기면 안 된다는 엄명이 떨어졌답니다. 엘센고어 마을까지는 모든 게 순조로웠습니다. 한 명의 사상자도 없이 함락을 완수했으니까요. 하지만 엘센고어 마을을 함락한 게 아무런 쓸모가 없었습니다. 마을 한가운데에 튼튼한 요새가 버티고 있었는데 공격해서 점령하려고 했지만 그럴 수 없었기 때문입니다. 트렐로니 장군은 아주 화를 잘 내고 욱하는 면모가 있긴 하지만 대체로 공정하고 유능한 사령관답게 예기치 못한 지연 상황에도 인내심을 발휘해 주둔군이 요새를 버리고 떠날 만한 조건들을 제시했습니다. 허나 적군 사령관은 우리가 진군해온다는 경고를 받고 단단히 채비를 갖춰 식량과 탄약을 충분히 확보해 놓은 터라 트렐로니 장군과 타협하기를 거부했지요. 그 프랑스 사령관은 '요새를 원하면 직접 와서 차지하라'고 말했습니다. 그런 모욕적인 처사에 진노한 트렐로니 장군이 수차례 군사를 급파했지만 요새는 꿈쩍도 하지 않았습니다. 우리는 장기적인 포위 공격에 전혀 대비가 안 된 데다 끈질긴 저항도 예상하지 못한 상태였습니다. 빠르게 이동 중이던 우리 군은 종전에 해왔던 대로 중포(重砲)를 갖추지 않은 탓에 엘센고어처럼 난공불락의 요새를 공격할 때 불리할 수밖에 없었습니다. 그사이 트렐로니 장군은 상관에게 현지 상황을 알려 본대 합류가 늦어지는 이유를 설명하고 명확한 지시를 받고자 각각 다른 길로 연락병들을 보냈습니다. 장군님은 그렇게 보낸 연락병들 중에서 적어도 한두 명은 본대에 도착했다가 복귀할 수 있으리라 예상했습니다. 그리고 정확히 예상한 대로 어느 날 먼지를 뒤집어쓴 연락병이 말버러 공작이 보낸 짤막한 답신을 들고 부대로 돌아왔습니다. 최고사령관의 지시는 간단했습니다. '본인은 그 프랑스 사령관이 좋은 충고를 했다고 본다. 우리는 그 요새를 원한다. 그러니 빼앗아라.' 하지만 사령관께서는 어떤 중포 지원도 해주지 않았습니다. 중요한 전투를 앞두고 있었으니 대포를 내줄 수 없었겠지요. 그렇게 힘에 부치는 임무를 맡은 트렐로니 장군은 마음을 다잡고 있는 힘껏 임무 완수에 나섰습니다. 장군께서는 장교들과 사병들을 마을 각처에 배치했습니다. 주민들을 더욱 철저히 감시하기 위해서요. 우리에게 호의적이었지만 포위 공격이 길어져도 계속 그럴지 확신할 수 없었으니까요. 저에게는 시장 세이델미에르의 집에 기거하라는 임무가 떨어졌지요. 시장은 불만을 제기할 수 없을 만큼 아주 잘해줬습니다. 방이 두 개나 딸린 널찍하고 아늑한 1층 공간을 제게 내줬습니다. 복도와 별도의 계단을 통해 외부로 직접 통하는 곳이었죠. 거실에는 여러 장의 판을 끼우고 납을 씌운 데다 마름모꼴 유리를 끼워둔 기다란 창이 있어 볕이 잘 들었습니다. 그 넓은 거실을 지나면 제가 묵는 침실이 있었습니다. 식구가 단출했지만 저는 정말로 거기 묵는 게 좋았습니다. 시장에게는 외동딸이 있었는데 아주 매력적인 아가씨였죠. 우리는 시간이 흐르면서 깊은 우정을 나누는 사이가 되었고 이후에는… 하지만 그 부분은 제가 선생님께 들려주려는 이야기와 전혀 상관이 없습니다. 제 사연은 전쟁 이야기지 사랑 이야기가 아니니까요. 그레틀리흐 세이델미에르가 지금 선생님 손에 있는 그 모래시계를 제게 주었지요. 그리고 저는 시계 바닥면에 겹쳐진 두 개의 하트를 서로 비슷하게 생긴 우리의 이름 첫 글자(C와 G를 뜻함 – 옮긴이)가 휘감고 있는 모양의 조각을 새겨 넣었습니다."

"그럼 이게 당신들 이름의 첫 글자로군요?"

이스트퍼드가 한 쌍의 뱀으로 착각했던 문양을 내려다보면서 물었다.

"예. 늘 총검만 썼지 조각칼에는 영 서툴다 보니 글자를 새긴다고 했지만 조잡해지고 말았습니다. 어느 날 밤에 그레틀리흐와 제가 복도에서 두런두런 이야기를 나누고 있는데 장군께서 무거운 발걸음으로 계단을 올라오는 소리가 들리더군요. 그녀가 다급히 자리를 피했고 저는 문을 열어놓은 채 사령관님을 기다렸습니다. 곧 장군께서 들어오더니 제게 문을 닫으라고 하시더군요. 그러고는 말했습니다. '중위, 나는 오늘 밤에 요새를 함락하려고 한다. 귀군의 부하 스물다섯 명을 모아 이 집 근방에 대기시키도록. 단, 누구에게도 이 작전에 대해 입도 뻥긋해서는 안 된다. 지금으로부터 한 시간 후에 귀군의 병사들은 최대한 조용히 이곳을 떠나 요새 서쪽 입구를 공격한다. 귀군의 공격은 적들의 주의를 분산시키기 위한 양동작전이다. 허나 귀군의 병사 중 누구라도 요새로 들어가는 데 성공한다면 합당한 보상과 특진을 하사할 것이다. 시계는 있나?' '작동되는 건 없습니다. 하지만 이곳에 모래시계가 하나 있습니다.' '좋아, 시간을 맞춰놓도록. 부하들을 집결해 정확히 한 시간 후에 서쪽 입구로 전진한다. 여기서 목표 지점까지 속보로 5분 거리다. 이 순간부터 한 시간 5분 후에 귀군의 병력이 공격을 시작하는 것으로 알고 있겠다. 서쪽 문 앞에 도착하는 즉시 스물다섯 명 전원은 최대한 시끄럽게 소리를 내라. 적들이 대규모 공격처럼 믿을 수 있도록 말이다.' 장군께서는 그 말을 남기시고 돌아서더니 다시 무거운 발걸음으로 복도를 지나 계단을 내려가셨습니다. 저는 모래시계를 맞춰놓고 즉시 각각 지정받은 집에 머물고 있는 부하들을 부르러 갔습니다. 그리고 위험한 임무임을 알았기에 요새로 떠나기 전 그레틀리흐와 이야기를 나누기 위해 그 집으로 다시 왔습니다. 그때 모래시계를 봤더니 집을 비운 동안 채 4분의 1도 흐르지 않았더군요. 전 모래시계를 계속 지켜볼 수 있도록 출입구에 그대로 있었습니다. 그리고 그녀는 어두운 복도 모서리에 팔을 기댄 채 손바닥으로 하얀 뺨을 받치고 서 있었습니다. 컴컴한 곳에서 그렇게 서서 그레틀리흐는 제게 작은 목소리로 말했습니다. 우리는 계속 이야기를 나누며 달콤하고 끝없는 대화에 푹 빠져버렸습니다. 서로 나직하게 속삭이는 그 순간만큼은 세상이 온통 우리를 중심으로 돌고 있는 듯했지요. 그렇게 듣는 데 열중해 있던 저였지만 마침내 서서히 정신이 들기 시작했습니다. 모래시계 윗부분에 있는 모래가 제대로 빠르게 줄어들지 않는다는 사실을 깨달은 겁니다. 그런데 상황을 완전히 파악하고 나서도 이 사실이 엄청난 결과를 몰고 오리라는 것을 깨닫기까지는 시간이 좀 걸렸습니다. 긴가민가하던 게 별안간 현실로 닥쳐오더군요. 문간에 기대어 서 있던 저는 얼른 몸을 바로 세우며 말했습니다. '맙소사! 모래시계의 모래가 더 이상 흘러내리지 않아.' 저는 사지가 굳어버린 듯 꼼짝도 못 한 채 그 자리에 그대로 서서 탁자 위에 있는 모래시계만 바라봤습니다. 그레틀리흐는 제가 아닌 거실 쪽으로 시선을 돌려 모래시계를 바라보더니 멈춘 게 당연하다는 듯 대수롭지 않게 말했습니다. '아, 저거요, 가끔 저렇게 멈추니까 흔들어주라고 말한다는 걸 깜박했어요.' 그녀가 시연해주려는 듯 모래시계가 있는 곳으로 다가가 허리를 숙이더군요. 그런데 바로 그 순간 우리 군의 경포(輕砲)가 날카로운 굉음을 내기 무섭게 곧바로 요새에서 쏘아대는 중포의 육중한 폭발음이 들리면서 납을 씌운 창문이 마구 흔들리고 집 전체가 요동쳤습니다. 그러자 모래시계의 붉은 모래가 다시 흘러내리기 시작했고 마비된 듯 꼼짝 않던 제 사지도 해방된 모래 덕분에 풀리는 것 같았습니다. 저는 전투모도 쓰지 않은 채 미친 사람처럼 급히 계단을 달려 내려갔습니다. 쉴 새 없이 포성이 허공에 울려 퍼졌고 길고 좁다란 길이 느닷없이 마른번개가 칠 때처럼 환하게 보였다 말다를 반복하더군요. 제 부하들은 집결지에 꼼짝 않고 서 있었습니다. 저는 드높이 호령하여 부하들을 전진시켜 광장으로 들어섰습니다. 그리고 그곳에서 공격이 허사로 끝나자 후퇴하고 있던 트렐로니 장군을 만났습니다. 그분 또한 저와 마찬가지로 전투모를 쓰지 않으셨더군요. 장군님의 군복은 화약 연기로 엉망이 돼 있었지만 제게 명령을 내리는 목소리에 노기 띤 기색은 전혀 없었습니다. '센토어 중위, 제군의 부하들을 해산하라.' 저는 명령대로 부하들을 해산한 뒤 그분 앞에 차렷 자세로 서 있었습니다. 그분께서는 변함없이 침착한 목소리로 말씀하셨습니다. '센토어 중위, 일단 숙소로 돌아가라. 귀관은 체포 대상이니 내가 갈 때까지 그곳에서 대기하라.' 저는 장군님의 명령을 받들어 숙소로 돌아왔습니다. 거기서 뛰쳐나간 지 한참만에 들어온 것 같았는데 모래시계의 모래가 아직도 흘러내리고 있다는 게 믿기지 않았습니다. 저는 사령관님이 오시기를 기다리면서 서성거렸습니다. 그 순간 두려움이나 후회가 아닌 처절한 절망감이 밀려들더군요. 몇 분쯤 지났을까, 계단을 오르는 장군님의 무거운 발걸음과 함께 대오를 맞춘 병사들의 절도 있는 발소리가 들렸습니다. 이윽고 장군께서 완전무장한 상사와 병사 네 명을 거느리고 들어오셨습니다. 트렐로니 장군은 분노로 몸이 떨릴 지경이었지만 엄중한 사안을 처리할 때면 으레 그리하셨듯이 강인한 자제력을 발휘하셨습니다. 장군님이 물으셨죠. '센토어 중위, 왜 지정된 구역에 없었나?' '모래시계의 모래 가루가 절반만 흘러내린 뒤 멈춰버렸습니다. 제가 그 사실을 알아차렸을 땐 시간이 너무 늦어버렸습니다(제 입으로 이렇게 대답하는데도 마치 제 목소리가 아닌 것 같았습니다).' 장군께서 모래시계를 노려보시더군요. 마지막 남은 모래 가루가 아랫부분으로 쏟아져 내리고 있었습니다. 장군께서는 제 설명을 믿지 못하는 것 같았습니다. 마침내 장군께서 한 마디 하셨죠. '지금은 멀쩡해 보이는군.' 그러고는 성큼성큼 걸어가 모래시계를 뒤집어놓더니 잠시 모래가 흘러내리는 모습을 지켜본 뒤 버럭 소리쳤습니다. '센토어 중위, 총검!' 전 말없이 그분께 제 무기를 건넸습니다. 장군께서 상사에게 명령했습니다. '센토어 중위를 총살형에 처한다. 중위에게 뭐든 필요한 준비를 할 수 있도록 한 시간의 여유를 준다. 이곳을 벗어나지 않고 그 누구와도 말을 하지 않는 한 그 한 시간은 본인이 원하는 대로 써도 좋다. 이 모래시계의 마지막 모래가 흘러내리고 나면 센토어 중위는 저쪽 거실 끝에 서서 반역자든 느림보든 겁쟁이든 간에 그에 합당한 죽음을 맞이하게 될 것이다. 상사, 귀관의 임무가 무엇인지 알아들었나?' '예, 장군.' 트렐로니 장군은 휑하니 자리를 떴고 그분의 무거운 발걸음 소리가 조용한 집 안에 울려 퍼졌습니다. 잠시 후 그 발소리마저 자갈길을 밟으며 차츰 희미해지더군요. 발소리가 완전히 사라지고 나자 깊은 정적이 감돌았습니다. 저는 거실 한쪽 끝에 홀로 서서 모래시계만 뚫어져라 쳐다보았습니다. 맞은편 끝에서 조각상처럼 서 있는 상사와 네 명의 병사 역시 그 사악한 물건만 응시하고 있더군요. 제일 먼저 침묵을 깬 건 상사였습니다. '중위님, 뭐 적어두고 싶은 거라도…?' 상사는 얼떨결에 거기까지 말하고 뚝 멈추더군요. '예'와 '아닙니다' 말고는 더 이상 과감히 말해본 적이 거의 없던 거죠. 그래서 제가 말했습니다. '장군께서 금지한 건 알겠는데 이 집 식구 중 한 명과 이야기를 나누고 싶다. 그리고 처형 후 최대한 신속하게 내 시체를 이 방에서 치워줬으면 한다. 내가 바라는 건 이게 전부다.' 그랬더니 상사가 '알겠습니다, 중위님'이라고 대답했습니다. 이후 한참 동안 우린 서로 아무 말도 하지 않았습니다. 저는 생명줄 같은 붉은 모래가 투명한 유리통의 잘록한 부분으로 흘러내리는 것을 지켜봤습니다. 그러다가 별안간 모래 가루가 더 이상 흘러내리지 않는 겁니다. 모래시계의 윗부분과 아랫부분에 모래가 절반씩 담긴 채로요. 그러자 상사가 말했습니다. '모래가 멈췄습니다. 제가 흔들어야겠습니다.' 순간 제가 호통 치듯 명령했습니다. '제자리에 서라. 그건 월권행위다.' 복종의 습관이 몸에 밴 상사는 꼼짝도 하지 않았습니다. 저는 여전히 명령할 권한을 갖고 있기라도 한 듯 이렇게 말했습니다. '트렐로니 장군님께 병사 하나를 보내 이 상황을 보고하고 지시를 받아오도록 하라. 그리고 방을 나가는 병사는 살그머니 걷도록 하라.' 상사는 조금도 주저하지 않고 제가 내린 명령을 그대로 전달했습니다. 문에서 가장 가까운 곳에 있던 병사가 뒤꿈치를 들고 그 집을 빠져나갔습니다. 우리 모두 제자리에 꼼짝 않고 서 있었고 모래시계까지 멈춘 탓에 더욱 깊은 정적이 감도는 것 같았습니다. 그런데 바로 그때 지척에 있는 첨탑에서 한 시간이 지났음을 알리는 종소리가 울렸습니다. 당황한 기색이 역력한 상사가 마침내 입을 열었지요. '중위님, 저는 장군님 명령을 받들어야 합니다. 장군님이 계단을 내려가실 때 저 종이 울렸으니 장군님이 가신 지 한 시간이 지난 겁니다. 병사들, 위치로. 조준.' 병사들이 감정 없는 기계처럼 제 가슴에 머스킷 총(당시 군사들이 사용하던 장총 – 옮긴이)을 겨누더군요. 저는 손을 들고 최대한 침착하게 말했습니다. '상사, 자네는 지금 월권행위를 하려 한다. 자칫 위험해질 수 있는 명령을 내리려고 한다. 장군께서는 분명 '이 모래시계의 마지막 모래가 흘러내렸을 때'라고 말씀하셨다. 조건이 충족되지 않았음을 귀관에게 알리는 바이다. 모래시계 윗부분에 모래가 절반이나 남아 있다.' 상사는 곤혹스러운지 머리를 긁적였습니다. 저를 죽이고 싶은 마음은 없지만 일개 군인으로서 명령을 철저히 실행하고자 하는 열망에 따라 행동할 뿐이었습니다. 아군을 죽이지 않으면 적군이 되는 상황에 놓였으니 그 역시 희생자일 뿐이었죠. 잠시 후 상사는 '맞는 말입니다'라고 중얼거리더니 부하들을 다시 원위치로 이동시켰습니다. 얼추 30분 넘게 시간이 흐르는 동안에도 누구 하나 움직이지 않았습니다. 상사와 나머지 세 명의 병사들은 숨 쉬는 것조차 겁내는 듯했습니다. 그런데 문득 계단 쪽에서 장군님의 발자국 소리가 들렸습니다. 저는 그 육중한 발소리 때문에 모래시계 속 모래가 흘러내릴까봐 조마조마했습니다. 하지만 트렐로니 장군께서 들어오셨는데도 모래시계 상태는 그대로 변함이 없었습니다. 장군께서는 말없이 서서 멈춰버린 모래를 바라봤습니다. '장군님, 앞선 상황에서도 이와 똑같은 일이 벌어져 제시간에 출동하지 못한 겁니다. 저는 근무 태만의 죄를 지었으니 총살형을 받아 마땅합니다. 하지만 장군님께서 제가 반역자도 겁쟁이도 아니라는 것을 믿어주신다면 더 기쁜 마음으로 죽을 겁니다.' 장군께서 제 말을 듣고는 말없이 탁자로 다가가 모래시계를 살짝 흔들어주었더니 다시 모래가 흘러내리기 시작했습니다. 그러자 장군께서는 모래시계를 집어 들고 자세히 들여다보았습니다. 그게 마치 이상한 장난감이라도 되는 듯 이리저리 돌려보더군요. 이윽고 장군께서는 저를 지긋이 바라보더니 우리 사이에 아무런 일도 없었다는 듯 여느 때와 전혀 다름없는 목소리로 '센토어, 이거 정말 특이한 물건 아닌가?'라고 하더군요. 그래서 저도 단호하게 '예, 그렇습니다'라고 대답했습니다. 트렐로니 장군은 모래시계를 내려놓더니 상사에게 말했습니다. '상사, 부하들을 숙소로 데려가라. 센토어 중위, 귀군의 총검을 돌려주겠다. 귀군은 죽었을 때보다 살아 있을 때 이것을 더 유용하게 쓸 수 있을 테니까. 이유가 있든 없든 간에 내가 내린 명령을 거역해서는 안 된다. 꼭 명심하도록. 이제 다들 취침에 들어간다.' 장군께서는 더 이상 아무 말도 하지 않고 제 숙소를 떠나셨습니다. 저는 총검을 차자마자 또 한 번 그분의 명령을 어기기 위해 행동에 나섰습니다. 저는 트렐로니 장군을 굉장히 좋아했습니다. 장군께서 엘센고어 같은 하찮은 마을에서 난공불락의 요새 때문에 그렇게 속수무책인 상황에 처해 얼마나 약이 오르고 화가 났는지 잘 알고 있던 저는 직접 그 요새를 요모조모 살펴봤습니다. 사방에서 관찰하고 검토한 결과, 마을 광장 쪽으로 통하는 육중한 출입문들이나 그보다 못한 서쪽 출입문들이 아니라 겉

보기에는 오를 수 없을 것처럼 보이는 북쪽 절벽을 오르면 성공할 수도 있겠다는 생각이 들더군요. 해당 절벽 꼭대기에 있는 성벽은 낮은 데다 절벽 곳곳이 삐죽삐죽 튀어나온 탓에 모퉁이 탑에서 모퉁이 탑까지 이어진 흉벽을 오가는 달랑 한 명뿐인 보초의 감시망을 피할 수 있을 것 같았지요. 저는 무모해 보이는 그 작전을 허락해달라고 장군께 요청할 작정으로 나름의 계획을 세워뒀던 겁니다. 하지만 이제 장군님 몰래 그 작전을 시도해서 그날 저녁에 범한 실패를 만회하기로 마음먹었습니다. 혹시 모를 사태에 대비해 미리 방 안에 놓아둔 길고 가느다란 밧줄을 챙겨 사전에 엄선한 병사들 가운데 다섯 명을 깨운 뒤 함께 조용히 북쪽 절벽 아래로 향했습니다. 절벽 밑에 도착한 저는 밧줄을 허리에 두르고 갈라진 바위틈을 따라 대각선으로 절벽을 오르기 시작했습니다. 그런 절벽 표면에는 으레 그런 틈이 나 있기 마련이죠. 그래도 미끄러지면 그야말로 끝이었습니다. 게다가 제 위쪽으로 보초가 천천히 걷는 소리가 들렸으니 바위가 헐거워져 무슨 소리라도 난다면 들킬 게 뻔했습니다. 마침내 저는 별다른 사고 없이 선반처럼 좁다랗게 튀어나온 바위에 도착했습니다. 어둠 속에서 몸을 일으켜 똑바로 서봤더니 보초가 오가는 성벽 꼭대기가 제 턱 높이에 와 있더군요. 성벽 맨 아랫부분과 절벽 맨 윗부분 사이에 자리한 그 선반 같은 바위는 폭이 대략 90센티미터가량으로 발 디디는 것만 조심한다면 사람이 충분히 서 있을 수 있는 공간이 되더군요. 저만큼 등반 실력이 뛰어난 건 아니지만 부하들도 밧줄의 도움을 받아 차례로 제 옆에 도착해 우리 여섯 명은 낮은 성벽 아래 그 선반 바위에 올라섰습니다. 우리 모두 군화를 신지 않고 있었는데 개중에는 양말조차 신지 않은 이들도 있었습니다. 드디어 보초가 지나갈 때 우리는 성벽 아래 어둠 속에 웅크린 채 몸을 숨기고 있다가 가장 날쌘 병사가 보초 뒤편으로 뛰어 올라갔습니다. 그 병사는 군복 상의를 벗어들고 보초 뒤를 살금살금 따라가 보초의 머리에 군복을 덮어씌운 다음 목이 졸려 숨이 넘어갈 지경까지 비틀어 조였습니다. 그런 다음 바위에 부딪혀 큰 소리가 나기 전에 재빨리 그자의 총을 움켜잡아 그자를 무력하게 만드는 사이, 남아 있던 다섯 명도 위로 올라가 그들 옆에 자리를 잡았습니다. 저는 군복 위로 오른손을 뻗어 보초병의 목을 단단히 그러잡고 질식하기 직전까지 몰아붙이면서 말했습니다. '네놈 목숨은 이제 네놈 행동에 달렸다. 이 손을 놓으면 소리를 지를 테지?' 그러자 그 보초는 세차게 고개를 흔들었습니다. 저는 그자의 목을 움켜잡았던 손을 풀면서 이렇게 말했답니다. '자, 화약은 어디다 보관해 놓았나? 조용히 사실대로 말해라.' 보초병은 '화약 대부분은 요새 밑 지하 묘지에 있습니다'라고 대답하더군요. 그래서 제가 다시 조용히 물었습니다. '그럼, 나머지는?' '정문 옆 둥근 탑의 하실(下室)에 있습니다.' '그게 말이 돼? 그렇게 공격받기 쉬운 곳에 누가 화약을 보관한단 말이냐?' '거기 말고는 둘 데가 없었습니다. 야외 안뜰이 있지만 거긴 더 위험할 테니까요.' '그 탑 하실은 문이 잠겨 있나?' '문은 아예 없고 낮은 아치형 입구만 있습니다. 그 입구도 막아 놓진 않습니다. 북쪽에서 포탄이 오는 법은 없으니까요.' '그 방에 있는 화약의 양은 얼마나 되나?' '잘은 모르지만 아홉 통에서 열 통 정도 될 겁니다.' 분명 그자는 목숨을 잃을까 두려워 사실대로 말하는 것 같았습니다. 이제 문제는 어떻게 성벽을 내려가서 안뜰로 들어간 뒤 그 안뜰을 가로질러 남쪽 면에 있는 입구까지 가느냐였죠. 저는 보초병에게 만일 탈출하거나 경보를 발령하려는 기미가 조금이라도 보이면 그 즉시 죽음을 맛볼 거라고 한 번 더 경고한 뒤 우리를 입구까지 안내하라고 말했습니다. 보초병은 군말 없이 앞장서서 돌계단을 내려가 북쪽 벽에서 안뜰로 들어섰습니다. 요새 내부는 감시가 느슨한 듯했습니다. 보초병들은 위쪽 성벽에만 배치된 것 같았습니다. 하지만 우리의 포로가 된 그 보초병이 때맞춰 제 위치에 나타나지 않자 서쪽 면 보초병이 놀라 그를 불렀습니다. 아무런 대답이 없자 큰 소리로 그를 찾으며 발포하기 시작했습니다. 그러자 순식간에 대소동이 벌어졌습니다. 불빛이 번쩍거리고 각기 다른 초소에서 병사들이 쏟아져 나왔습니다. 그때 안뜰 건너편으로 보초병이 말한 아치형 입구가 보이더군요. 저는 부하들에게 그쪽으로 돌진하라고 지시했습니다. 요새 안에 적이 있다는 걸 예상치 못한 수비대가 우르르 몰려와 불과 몇 시간 전에 발포됐던 대포 옆에 자리를 잡기 위해 외벽 양측 돌계단으로 뛰어올라 가더군요. 몇 분 후면 요새 수비대도 사건의 실상을 파악할 것 같았습니다. 우리에게 필요한 건 바로 그 몇 분이었습니다. 하지만 저는 화약 심지를 이용할 기회는 없다는 걸 알았습니다. 그렇다고 화약 보관실을 무작정 폭파했다가는 무너져 내리는 탑에 깔려 우리 모두 죽을 수도 있었죠. 우리가 아치형 입구에 도착해 화약통들을 발견했을 때쯤 요새 수비대는 요새 밖에 아무 일도 없다는 것을 알아채고 사건의 진상을 파악했습니다. 우리가 총검으로 그들과 맞서는 사이 보초병을 제압했던 셉트가 화약통 하나를 옆으로 쓰러뜨린 뒤 허리띠에 매달아 가져온 손도끼를 꺼내 뚜껑 부분을 깨트리고는 거무스름한 화약 가루가 자갈길로 쏟아져 나오게 했습니다. 그런 다음 그는 모자에 한가득 화약 가루를 담아 등 뒤로 두툼한 화약 가루 자국을 길게 그리며 우리가 있는 쪽으로 빠져나왔습니다. 우리가 완전히 포위당했을 무렵 우리 병사 중 하나가 적들의 총탄에 쓰러지고 말았습니다. 적들이 어두워 당황한 탓에 마구잡이로 쏘아댔으니 망정이지 안 그랬으면 우린 몰살당했을 겁니다. 전 우리 편 병사에게서 머스킷 총을 뺏어 든 뒤 나머지 전우들에게 소리쳤습니다. '다들 몸을 피하라.' 저는 요새 수비대에게도 프랑스어로 똑같은 경고를 던졌습니다. 그런 다음 길게 꼬리를 물고 이어진 화약 가루에 머스킷 총을 발사했습니다. 다음 순간 정신이 아득해지는가 싶더니 눈을 뜨자 제가 안뜰 맨 끝에서 피를 흘리고 있더군요. 폭발의 굉음과 함께 탑이 우레와 같은 소리를 내면서 무너져 내리는 바람에 귀가 먹먹했습니다. 지진이 강타한 듯 엘센고어 전역이 들썩거렸습니다. 저는 목소리가 나오자마자 부하들부터 불렀습니다. 그러자 한쪽에서 셉트가 대답하고 또 다른 쪽에서 두 명이 더 반응을 보이더군요. 우리는 함께 비틀거리며 잔해가 흩어진 안뜰을 지났습니다. 요새 안쪽의 일부 목조 건물에 불이 붙어 맹렬하게 타오르고 있었습니다. 그 불빛이 폐허를 환하게 비추면서 쓰러진 정문 벽 쪽에 생긴 거대한 틈이 보였습니다. 그 네모난 틈으로 아래를 내려다보자 마을이 통째로 쏟아져 나온 듯 군인과 민간인이 한데 섞여 좁다란 길을 따라 탁 트인 광장에 들어서고 있었습니다. 저는 셉트의 부축을 받으며 부서진 문을 지나 둑길을 따라 광장으로 나아갔습니다. 그리고 그곳에서 맨 먼저 만난 사람이 바로 외투 대용으로 망토를 둘러쓰고 있던 우리 장군님이었습니다. 저는 숨이 차는 목소리로 말했습니다. '장군님, 이제 이 요새는 장군님의 것입니다. 이 틈을 통해 진군하면 말버러 공작을 뵐 수 있습니다.' 그러자 장군께서는 이렇게 외치셨죠. '맙소사, 자넨 도대체 누군가?' 제 얼굴이 아주 까매져서 못 알아보신 거죠. 그래서 다시 말했습니다. '저는 앞선 실수를 만회하고픈 마음에 장군님의 명령을 또 한 번 거역한 바로 그 중위입니다.' 그제야 장군께서는 욕설을 내뱉을듯 큰 소리로 외쳤습니다. '센토어! 귀관을 군법회의에 회부해야겠군.' 그 말을 듣고 제가 말했습니다. '장군님, 저는 이미 군법회의에 회부됐다고 봅니다.' 그때 저는 상상으로나마 죽음의 손을 잡았다 놓았다고 생각했는데 심각한 상처를 입지 않았기 때문에 그렇게 말했습니다. 하지만 저는 저도 모르게 맥없이 장군님 발밑에 주저앉고 말았습니다. 장군께서는 마치 아들을 대하듯 저를 팔로 부축해 일으켜 세운 뒤 제 숙소까지 데려다주셨습니다. 그로부터 7년 후에 전쟁이 끝나고, 저는 휴가를 받아 그레틀리흐 세이델미에르와 그 모래시계를 보러 엘센고어를 다시 찾아갔습니다."

중위의 말이 끝나자 순간 그 탑 아래의 폭발음이 들리는 것 같아 깜짝 놀란 이스트퍼드가 소스라치며 일어섰다. 그러고 나서 중위를 쳐다보고는 껄껄 웃으면서 말했다.

"중위, 난 지금 막 그 폭발음을 듣고 깜짝 놀랐소, 잠시 내가 브라반트에 있는 것 같은 착각이 들 정도였소. 중위께서는 이 모래시계의 주인이 될 만한 충분한 자격이 있으니 가져가고 싶으면 마음대로 하시오."

그러나 이스트퍼드가 중위가 앉아 있던 의자 쪽으로 눈을 돌렸을 때 의자는 이미 텅 비어 있었다. 몽롱한 와중에도 서운한 마음이 들어 거실을 둘러봤지만 정말로 이스트퍼드 혼자뿐이었다. 그러다가 발밑을 보니 무릎에서 떨어진 모래시계가 산산조각이 난 채, 핏빛 모래가 붉은 카펫 위에 흩어져 있었다.

화들짝 놀란 이스트퍼드가 외쳤다.

"이럴 수가!"

일곱 명의 벌목꾼

헤스케스 프리처드

The Seven Lumber-Jacks

일곱 명의 벌목꾼

　그 뒤 며칠 동안 노벰버 조를 보면 볼수록 그 진가를 느꼈고 그에게 놀라운 재주들이 있다고 확신할 수 있었다(이 작품은 《November Joe: Dete Detective of the Woods》에 수록된 시리즈 중 한 편으로, 전편에서 제이니 라이온에게 끔찍한 폭력을 휘두르는 남편이 살해당하는 사건이 발생했음 – 옮긴이). 좀 더 사실대로 말하자면, 새로운 상황이 벌어져 다시 한번 그 재주들을 보여줄 기회가 오기를 바라는 마음이 컸다. 물론 우리 벌목꾼들의 평범한 일상 덕분에 조금이나마 그런 기회가 생기긴 했다. 나로서는 그렇게 완벽한 벌목꾼과 일하는 게 늘 즐거웠다. 우리가 성 아미엘에서 돌아온 뒤 얼마 지나지 않아 노벰버는 내가 와이드니 연못의 커다란 붉은 수사슴을 정확히 쏠 수 있게 해줬다. 그리고 우연히도 그 수사슴을 잡은 일로 우리는 늙은 하이암슨의 소식도 듣게 되었다. 노벰버가 그 노인이 한때 박제사 밑에서 제대로 일을 배운 적 있다고 장담하는 통에 수사슴 머리를 가지고 하이암슨에게 박제를 맡기러 갔기 때문이다.

　노벰버와 내가 찾아갔을 때 그 노인은 제이니 라이온이라는 딸과 살고 있었다. 끝내 경찰은 거목 운반로에서 남편 라이온을 응징한 사람의 정체를 밝혀내지 못했기 때문이다. 부녀는 아주 행복하게 살고 있는 것 같았다. 하지만 내가 본 바로는 아름다운 제이니가 라이온이라는 성을 그리 오래 지니고 있지 못할 것 같아 솔직히 걱정스러웠다. 돌아오는 길에 노벰버 조에게 그런 속마음을 슬쩍 비쳤더니 노벰버가 입을 열었다.

"자연의 순리지. 애비인 하이암슨이 내게 그러더군. 백스터 거드나 밀러 같은 자들은 딸에게 안식을 주지 못한다고 말이지. 음, 어쨌든 여자는 결혼하는 게 더 낫다고 봐."

"그럼 남자는?"

"숲의 매력에 너무 깊이 빠진 사람이 아니라면 괜찮을지 모르지. 하지만 아비 새가 호수를 찾아오는 소리를 들어온 사람에게는 조금 다를걸."

"하지만 조, 간혹 보면 아주 예쁜 여자들이 있단 말일세."

"쿼리치 자네가 나보다 예쁜 여자들을 많이 보긴 했지. 하지만 쿼리치 부인에게서 집으로 돌아와 애기하고 놀아달라는 전보 같은 건 전혀 안 오잖나."

노벰버가 웃는 얼굴로 정곡을 찌르자 순간 뭐라고 대답해야 할지 모르겠어서 우리는 잠시 아무 말 없이 가던 길을 계속 갔다. 숲에서 나와 노벰버의 오두막으로 이어지는 2킬로미터 가까운 오솔길로 들어서자 날이 저물면서 비까지 내리기 시작했다. 노벰버는 즉시 시선을 내려 빠르게 땅을 훑어봤다. 덩달아 땅바닥을 쳐다보던 나는 새로 난 발자국들을 발견했다.

"이것들이 뭔데 그러나?"

나는 노벰버의 기술에 무척 관심이 있었다. 그래서 이렇게 매일 사소하게나마 시험해보곤 했다.

노벰버가 나를 향해 말했다.

"직접 한번 밝혀보쇼."

그것들은 평범한 발자국들이었다. 내가 봐봤자 더 이상의 정보를 얻을 수 없었다.

"인도인의 것으로 보이는 모카신을 신은 남자가 지나갔군, 아닌가?"

내가 물었더니 노벰버 조가 으스스한 미소를 지으며 말했다.

"꼭 그런 건 아니네. 이 남자는 인도인이 아닐세. 백인이고 기쁜 소식을 갖고 왔으며 그리 먼 데서 오지 않았네."

"정말?"

그렇게 물으며 머리를 숙이고 발자국을 좀 더 자세히 살펴봤지만 별다른 점을 찾지 못했다.

"정말이고말고. 인도인들이 신는 모카신에는 높은 굽이 없네. 하지만 이 발자국에는 있지. 이 사람은 먼 데서 오지 않았고 빠르게 이동 중이었네. 보게, 발볼로만 디딘 자국이 있잖나. 또한 뜀박질을 끝낸 건 아마 거의 다 왔으니 그만 뛰어도 된다고 생각해서 그랬을 거네. 이 발자국이 닿을 만한 곳은 우리 오두막밖에 없으니 집에 가면 분명 그 사람이 있을 거네."

10분 후에 노벰버의 집이 시야에 들어오자 문 옆으로 웬 덩치 큰 남자가 통나무에 걸터앉아 파이프 담배를 피우는 모습이 보였다. 중년인 그 남자의 얼굴은 다부지게 생긴 데다 적갈색 턱수염은 또래보다 더 희끗희끗했다. 우리를 보자마자 벌떡 일어난 남자가 서둘러 평지를 건너와 우리를 맞았다. 그리고 큰 소리로 말했다.

"검은 가면이 그곳에 다시 나타났네."

순간 노벰버의 얼굴에 기쁨까지는 아니더라도 기대감이 반짝 스치고 지나갔다. 노벰버가 나를 보고 말했다.

"이분은 리버스타 펄프 회사의 C 막사 책임자인 클로즈 씨네. 클로즈 씨, 이쪽은 퀴리치 씨라고 합니다."

노벰버는 정중한 소개를 끝낸 뒤 신중한 목소리로 물었다.

"이번에 검은 가면은 어땠습니까?"

"옛 수법 그대로야! 허나 올해는 우리가 꼭 잡아 처넣을 거네, 아니면 내 성을 갈지."

내가 어리둥절한 표정을 짓자 조슈아 클로즈 씨가 내게 직접 설명해줬다.

"작년에 C 막사와 개척지를 오가는 길에 다섯 번이나 강도 사건이 났지 뭔가. 매번 벌목꾼이 달랑 혼자 있을 때 당하고 그때마다 검은 가면을 쓴 놈이 강도 짓을 해왔다네. 노벰버가 여기 없을 때 말이지."

"필라델피아에서 온 변호사와 엘크를 좇아 와이오밍 주에 갔을 때지."

키가 크고 젊은 벌목꾼 노벰버 조가 보충 설명을 해줬다. 클로즈 씨가 이어 말했다.

"경찰은 전혀 체포를 못 했다네. 강도를 당한 뒤 네 시간도 안 돼서 출동한 적도 있는데 말이지. 하지만 그런 건 전부 과거사라 치세. 내가 한 시간에 11킬로미터를 달려서 여기에 온 이유는 어젯밤에 댄 마이클스가 겪은 일 때문이라네. 댄은 석 달 가까이 일했는데 그저께 사무실로 와서는 어머니가 돌아가셨다면서 장례식에 가야 하니 휴가를 내겠다고 하더군. 괜찮은 사람인 걸 알기에 내가 만류해보려 했지. 일 년도 채 안 된 지난번에 우리가 호수 쪽에서 작업할 때 어머니 장례를 치르지 않았냐고 다시 한번 말해봤지만 아무런 소용이 없었네. 잔뜩 흥분해서 전혀 들으려 하지 않더군. 수중에 꽤 두툼한 돈다발이 있는 걸 보니 몽땅 써버릴 작정인 것 같았네. 그래서 할 수 없이 품삯을 주면서 장례식에서 돌아올 때까지 자리를 비워두겠다고 했지. 그리고 흥청망청 놀다 오라고 열흘의 휴가를 줬다네. 그런데 내가 그 친구에게 품삯을 줬을 때가 4시 언저리였던 터라 분명 막사에서 자고 새벽에 나가겠거니 생각했네. 근데 그러지 않았더군. 내 잔소리가 지겨웠는지 요리 담당에게 나에 대해 이러쿵저러쿵 떠들면서 내가 감독으로 있는 막사에서는 더 이상 자지 않겠다고 하고는 서둘러 개척지로 떠났더군."

"혼자서요?"

"웅, 혼자서 말이지. 그런데 다음 날 아침 일찍, 동이 틀 때 그 친구가 다시 돌아와서는 나한테 막 주저리주저리 떠들더라고… 13킬로미터쯤 갔을 때 날이 어둑어둑해지기에 우리가 작년에 주로 벌채를 했던 곳 바로 뒤편에서 야영하기로 했다더군. 그날 밤은 날씨가 좋아서 칠면조 고기 한 덩어리랑 담요 한 장만 가져갔었대. 그래서 퍼킨스네 개간지 방면으로 가서 그 뒤편에 가문비나무들이 있는 데로 들어가 바위 밑에 불을 피운 뒤 그 옆에 자리를 깔고 누웠다지. 등을 대자마자 곯아떨어져서 누가 업어가는 줄도 모르고 잤다나 봐. 그러다가 누군가 고함치는 목소리에 놀라 깼다더군. 그 친구가 졸린 눈을 껌벅이며 일어나 앉았는데 순간 들리는 '손 들고 허튼수작 마!'라는 소리에 눈이 번쩍 떠지더래. 당연히 그 친구는 두 손을 번쩍 들었대. 눈앞에 아무도 안 보이니까 달리 어쩔 도리가 없었다는군. 곧이어 등 뒤쪽 풀숲에서 또 다른 남자가 돈뭉치를 꺼내 불에서 저 멀리 떨어진 곳으로 던지라고 명령하더래. 그래서 그쪽 풀숲을 봤더니 얼핏 권총 총신이 보였대. 욕을 몇 마디 해줬지만 그 강도들이 총을 들이대는 바람에 돈다발을 꺼내 놈들이 말한 방향으로 던져줄 수밖에 없었다는구면. 순간 모닥불 속 자작나무 등걸이 활활 타올라 땅에 떨어진 돈뭉치를 주워가는 검은 가면을 쓴 놈을 봤다더군. 놈은 풀숲에서 걸어 나와 돈을 집어 들고 곧장 어둠 속으로 다시 사라져버렸대. 댄은 줄곧 한쪽 눈으로 풀숲에 있던 남자의 권총을 주시했다나 봐. 권총이 계속해서 그 친구를 겨누고 있었기 때문에 꼼짝도 못 했다더군. 이후 처음에 명령했던 목소리가 그 친구에게 두 시간 동안 움직이지 말라고 지시하더래, 안 그러면 총에 맞아 개처럼 뻗어버릴 거라고. 그래서 그 친구는 아무 소리도 들리지 않는 가운데 두 시간 동안이나 그 작자의 감시 아래 그대로 앉아 있다가 C 막사로 돌아왔다더군. 젊은 인부들이 이 사실을 알았을 때는 막사 전체가 그 친구처럼 거의 길길이 뛰다시피 했다네. 벌목꾼들이 그 강도 놈들을 잡는 데 요긴한 정보를 주는 사람에게 500달러의 보상금을 내걸기에 나도 회사 차원에서 100달러를 추가했지. 그러니 이제 조 자네가 그 짐승 같은 놈들을 잡기만 한다면 누이 좋고 매부 좋은 일 아니겠나."

클로즈 씨는 설명을 마친 뒤 늘 그렇듯 아무 말 없이 내내 듣기만 하던 노벰버 조를 쳐다보았다. 클로즈 씨가 물었다.

"C 막사 인부들에게 자네가 왔다고 알릴까?"

"아뇨, 그 친구들은 모르고 있는 게 더 나을 것 같네요."

노벰버가 잠시 말을 멈추었다가 다시 길게 이어 말했다.

"클로즈 씨는 다시 돌아가시는 게 좋겠어요. 저는 퍼킨스네 개간지에 갔다가 강도들이 나타났던 현장을 둘러본 뒤 보고드릴 게 나오면 C 막사에 들어갈 핑계를 찾아볼게요."

노벰버 조의 말에 클로즈 씨도 동의했다. 곧이어 건장한 체격의 클로즈 씨는 성큼성큼 걸어서 땅거미가 진 숲속으로 사라져버렸다.

클로즈 씨가 떠나자마자 노벰버와 그 강도 사건에 대해 이야기를 나눠보려고 했지만 좀처럼 기회를 찾을 수 없었다. 노벰버는 파이프 담배를 물고 앉아 계속 화제를 돌려 다른 말만 했다. 이후 우리 두 사람은 숲으로 출발했다.

하늘에 훤히 뜬 달이 우리가 가는 길을 밝혀줬다. 거대한 활엽수들이 즐비한 산등성이를 따라 첫 번째 지름길을 지나고 나서는 걷기 편한 길이 이어졌다. 그렇게 마실 나온 사람처럼 걷던 우리는 나무들이 새벽의 흐릿한 잿빛을 배경으로 거대한 검은 동판화처럼 보이는 순간 탁 트인 개간지로 불쑥 들어섰다.

"여기가 거기군." 노벰버가 말했다.

날이 밝자마자 노벰버 조는 댄 마이클스가 야영했던 곳을 자세히 살폈다. 불을 피웠던 자리에 재와 함께 잔가지 몇 개가 듬성듬성 남아 있었지만 노벰버는 그다지 관심을 보이지 않았다. 앞뒤로 왔다 갔다 하는 것을 보니 전날 억수같이 쏟아진 비 때문에 거의 지워진 발자국들을 뒤지고 있는 것이 분명했다. 결국 10분 정도 지나고 나서야 노벰버 조는 발자국 찾는 일을 포기하고 부드럽게 감기는 목소리로 입을 열었다.

"음, 이자는 늘 운이 좋단 말이야."

"누구 말인가?"

"그 강도 말일세. 작년을 생각해봐! 매번 흔적 하나 없단 말이지!"

"강도들이겠지."

내가 수정해주자 노벰버가 다시 말했다.

"한 놈이라네."

"마이클스가 두 사람의 목소리를 들었다고 했잖은가. 가면을 쓴 사람이 나타난 바로 그 순간 풀숲에서 또 다른 사람이 권총을 들고 있는 게 모닥불에 얼핏 비쳤다고 한 것 같은데."

노벰버는 내 말에 아무런 대꾸도 없이 다 타버린 모닥불에서 저 멀리 떨어진 곳으로 나를 데려갔다. 그러고는 앞서 자기가 살펴봤던 가문비나무 가지들을 벌려 보였다. 땅에서 1미터 50센티미터가 채 안 되는 높이쯤에 잔가지 한두 개가 부러져 있었고 나무 몸통께는 껍질이 벗겨져 있었다.

노벰버가 잘생긴 얼굴로 돌아보더니 웃으며 말했다.

"그자가 권총까지 지니고 있었다니 대단히 흥미롭지 않은가. 딱 한 놈밖에 없었다니까. 여기 갈라진 가지에 권총을 고정해놨던 거네. 댄에게 기가 막힌 속임수를 써서 상대가 두 사람이라고 생각하게 만든 거지! …비가 내려 발자국 대부분이 지워졌으니 C 막사로 올라가서 되든 안 되든 간에 한번 해보세. 하지만 나는 먼저 사슴을 한 마리 잡는 게 좋겠네. 인부들에게 고기를 가져다주러 왔을 뿐이라는 인상을 주도록 말이야. 막사 근처에서 사냥을 할 때면 자주 그랬으니까 다들 그렇게 생각할 거네."

뒤이어 함께 C 막사 쪽으로 가던 길에 노벰버가 비가 그친 뒤 비포장도로를 건너간 어린 수사슴의 발자국을 발견했다. 내가 기다리는 사이 노벰버 조는 그림자처럼 산딸기 초목들 사이로 빠르게 사라지더니 20분 후쯤 수사슴을 어깨에 떠메고 돌아왔다. 사냥꾼의 능력은 물론이고 숲속을 소리 없이 오가는 재주로도 노벰버를 따를 자가 거의 없었다.

C 막사에 도착하자마자 노벰버는 잡은 사슴을 요리사에게 넘겼다. 곧이어 우리 두 사람은 사무실로 갔다. 인부들은 모두 벌목장에 가서 없었지만 감독은 남아 있었다. 노벰버가 클로즈 씨에게 소식을 전했다. 그러나 가만히 듣다 보니 노벰버는 강도가 딱 한 놈밖에 없었다는 본인 생각을 전혀 말하지 않았다.

노벰버의 말을 다 듣고 난 뒤 클로즈 씨가 말했다.

"완전 헛수고였단 뜻이군."

"또 다른 인부가 강도를 당할 때까지 기다리는 수밖에 없을 것 같습니다."

"자네는 놈들이 또다시 나타날 거라고 보나?"

"물론이죠. 그렇게 계속 성공하는데 누가 그만두겠습니까?"

"인부들이 이제 혼자 안 다니려고 하지만 않는다면 자네 말에 동의하고 싶네. 다들 겁먹었다네. 오늘 오후에는 여섯 명이 모여서 출발했지. 그러면서 운이 좋아 그 강도 놈들을 만났으면 좋겠다면서 자기네들한테 걸리면 어떻게 죽일 건지 뻐기고 난리가 났었네. 하지만 물론 놈들은 나타나지 않았지. 그렇게 큰 무리는 두려웠던 게야!"

"그럴 수도 있겠네요. 클로즈 씨가 허락하신다면 쿼리치 씨와 함께 오늘 밤 여기서 자고 가겠습니다."

"좋을 대로 하게. 하지만 자네들한테 신경 써주기는 힘들 걸세. 장부 정리가 밀려서 밤을 새워서라도 다 끝내야 하거든."

"그러면 질문 하나만 할 테니 대답해주셨으면 합니다. 다름이 아니라, 그 강도는 어떻게 댄 마이클스의 주머니가 두둑한지 알았을까요. 즉, 흥청망청 마시고 놀러 나간다는 걸 어떻게 알았을까요? 누군가 놈에게 말해준 게 틀림없어요. 검은 가면의 친구가 C 막사에 있는 게 분명해요. 그게 아니라면…."

"응, 그게 아니라면?"

감독이 되물었지만 노벰버는 더 이상 말하려고 하지 않았다. 문득 어떤 생각이 떠오른 듯했지만 클로즈 씨는 노벰버 조에게서 그 생각을 들을 수 없었다. 하지만 나는 노벰버가 그곳의 젊고 무뚝뚝한 벌목꾼들을 전적으로 믿고 있다는 것을 느낄 수 있었다.

다음 날 아침 노벰버는 서둘러 떠날 생각이 없는 것 같았다. 그런데 점심 먹기 직전에 여섯 명의 인부들이 우르르 막사 안으로 뛰어들어 왔다. 여섯 명이 동시에 큰 소리로 말하는 통에 왜 그런 소란이 벌어졌는지 알아볼 겨를조차 없었다. 그 사람들이 꼭 전해주려고 하는 말을 듣기 위해 감독이 나섰다. 요리사와 요리 보조도 그 무리에 합세하더니 그들 역시 특이할 정도로 제 멋대로 떠들면서 손짓 발짓을 하느라 정신이 없었다.

노벰버는 합숙소 벽에 기대고 서서 무서운 농담을 섞어가며 떠들어대고 있는 남자들을 유심히 관찰했다.

"다시 말할 테니 잘 들어, 우리가 강도를 만나서, 탈탈 털렸다고, 여섯 명이 전부 다 말이야!"

키가 작고 엷은 갈색 턱수염이 난 남자가 소리쳤다.

"맞아, 정말이야."

금발의 스웨덴 인부가 맞장구를 쳤다.

곧이어 모두가 또다시 큰 소리로 떠들며 팔을 흔들고 설명하기 시작했다. 그때 노벰버가 앞으로 나가 말했다.

"이보게들, 저쪽에 가면 편안한 통나무가 있잖은가."

스웨덴 인부가 욕으로 답을 대신했지만 노벰버와 눈이 마주치자 마음을 고쳐먹었다. 노벰버는 누구도 싸움을 걸기 꺼리는 사람이었다.

"이보게들, 내 말 좀 들어보게. 저기 적당한 통나무가 하나 있으니 각자 편한 자리에 앉아 한 사람씩 나와서 하는 이야기를 끝까지 잘 들으면 자초지종이 어찌 된 건지 알지 않겠나. 이렇게 허송세월하다간 자네들 돈을 털어간 놈들에게 도망갈 기회만 주는 거라고."

그러자 톰슨이라고 불리는 덩치 큰 벌목꾼이 말했다.

"노벰버 말이 맞아. 무슨 일이 있었는지 내가 먼저 설명하지. 어제 아침 우리 여섯 명이 휴가를 받아 저녁을 먹고 나서 함께 여길 나섰네. 날이 어두워지기에 타이슨 다리에 있는 오래된 통나무집에 자리를 폈지. 댄이 무슨 일을 당했는지 알기에 우리는 새벽까지 돌아가면서 망을 보기로 했다네. 첫 번째로 망을 보기로 한 사람은 해리였네. 한 시간 반쯤 지나면 나를 깨우기로 했지, 그런데 나를 깨우지 않았다네… 그래서 해가 뜨고 나서야 눈을 떴는데 나머지 인부들은 내 주변에서 전부 자고 있더군. 난 너무 놀랐지만 우선 주전자를 들고 물을 받아오기 위해 개울가로 내려갔지. 그런데 그때 허리띠에 있던 돈뭉치가 없어졌다는 걸 알았네. 서둘러 통나무집으로 뛰어갔더니 해리가 일어났더군. 내 말을 듣고 해리 역시 허리띠를 더듬어봤지만 돈뭉치가 없어졌더군. 그러고 나서 크리스, 빌 메이버스, 웨딩 찰리가 차례로 일어나더니 맨 마지막에 장다리 라스도 일어났네. 그리고 모두 우리처럼 돈을 도둑맞았는지 뒤져봤지."

나머지 다섯 명 모두가 신음을 내는 것으로 보아 그 말이 사실인 게 틀림없었다.

"어찌나 화가 나던지 눈물이 다 나더군. 우리는 곧장 그 도둑놈들의 발자국을 찾아 나섰네."

노벰버의 얼굴에 절망의 빛이 스쳤다. 노벰버 조는 여섯 명의 피해자가 강도를 찾아 나선 순간 그들의 발이 영원히 덮어버렸을 게 분명한 귀중한 정보를 생각하고 있었다.

"그래서 발자국을 찾았나?"

노벰버가 물었다. 그러자 덩치 큰 벌목꾼이 대답했다.

"찾았지. 아주 똑똑히 봤네. 한 놈이 한 짓이더군. 놈은 개울가에서 올라와, 작업을 마친 뒤 다시 개울로 갔더군. 발이 크고 덩치가 꽤 큰 놈이었네. 무두질한 소가죽 장화를 신었는데 오른쪽에 기운 흔적이 있는 게 분명하네. 오른쪽 발꿈치에 열일곱 개의 징이 박혀 있고 왼쪽에는 열다섯 개가 박혀 있더군. 어때, 이 정도면 제대로 뒤를 캔 거 아닌가?"

노벰버는 놀란 게 틀림없었다. 한참 동안 아무 말이 없던 노벰버 조가 날카로운 시선으로 톰슨을 올려다보며 물었다.

"자네들, 위스키를 몇 병이나 마셨나?"

"하나도 안 마셨네. 자네도 잘 알다시피 술 비슷한 것도 없었네. 우리는 술에 취한 게 아니었네, 약에 취해 있었던 거네! 누군가 약을 탄 게 틀림없다네. 그런데 수중에 빵이랑 베이컨이랑 차밖에 없었던 데다 내가 직접 차를 끓였는데 어떻게 그리됐는지는 모르겠단 말이지."

"차를 끓인 그 주전자는 어디에 뒀나?"

"그 도둑놈을 찾아 근방을 이 잡듯이 뒤지러 갈 거라 오두막에 프라이팬이랑 같이 두고 왔지. 노벰버, 자네도 같이 갈 건가?"

"내가 제시하는 조건을 맞춰준다면 그렇게 하지. 안 그러면 상관 안 할 거네."

"조건이 뭔데?"

"내가 그러라고 허락하기 전까지는 자네들 중 누구도 타이슨 다리의 오두막으로 돌아가지 않는다는 조건."

"하지만 우리는 그 강도 놈을 잡고 싶은데."

"좋아. 그러면 자네들끼리 가서 한번 해보시든가."

노벰버가 그렇게 말하자 순식간에 인부들끼리 언쟁이 붙었지만 곧 하나둘 "우린 노벰버 자네한테 맡기겠네", "노벰버, 내 돈 190달러를 꼭 찾아주게", "노벰버더러 혼자 하라고 해", "노 벰버, 자네가 해"라고 말하기 시작했다.

이윽고 노벰버가 웃으며 물었다.

"자네들 모두 돈을 몸에 지니고 잤겠지?"

모두가 그런 모양이었다. 그나마 라스와 크리스는 지갑에 넣 어뒀지만 깨어보니 오두막 구석에 빈 지갑만 내팽개쳐 있었다 고 했다.

"그럼, 내가 쿼리치 씨와 함께 가보겠네. 뭐든 좋은 소식이 나 오면 알려주지."

그러고 나서 문득 노벰버가 덩치 큰 톰슨에게 물었다.

"그런데, 톰슨, 개울가에서 돈이 없어진 걸 알기 전에 주전자 에 물을 채웠는가?"

"아니, 곧장 오두막으로 뛰어갔지."

"그거참 다행이네." 노벰버가 말했다.

우리는 귀청이 찢어질 듯 이어지는 질문 공세를 피해 클로즈 씨가 마음대로 이용하라고 내준 카누가 있는 곳으로 갔다. 카 누를 타고 가면 타이슨 다리에 한두 시간이면 도착할 수 있었 다. 노벰버는 아무 말도 하고 싶지 않은 게 분명했다. 부지런히 노를 저으면서 정식으로 배우지 않았지만 감동적인 테너의 목 소리를 한껏 끌어올려 이제껏 들어보지 못한 아주 애절한 노래 들을 불렀다. 노벰버가 음악에 담긴 감정적인 연민의 힘을 높 이 산다는 것을 나중에야 알았다. 그 점에서는 많은 벌목꾼이 그와 비슷했다.

자작나무 숲을 지나고 오리나무 숲을 벗어나자마자 내가 물었다.

"자네는 이번 건도 댄 마이클스를 털어간 놈이 벌였다고 보나?"

"그렇다고 생각하지만 확실히는 모르지. 지면 상태가 좋으니 저쪽에 가서 수많은 의문점의 해답을 찾아야겠지."

카누를 탄 데다 노벰버가 지름길까지 알고 있던 덕에 목적지에 굉장히 빨리 도착했다. 타이슨의 개울은 강의 지류라 다리라고 해봐야 벌목 도로를 가로지르는 얕은 물 위에 통나무들을 대충 쌓아 만든 것이었다. 강도 사건이 벌어진 현장인 오두막은 개울 북쪽 둑에서 90미터가량 떨어진 곳에 서 있었다. 북쪽 둑에서 개울까지는 길이 분명하게 나 있었다.

우리는 맨 먼저 그 길을 지나 여섯 인부가 잠을 잤던 오두막으로 들어갔다. 급하게 짐을 꾸려 나가다가 떨어졌는지 몇 가지 물품이 흩어져 있었고 프라이팬은 난로 옆에 있었으며 주전자는 문 옆에 나동그라져 있었다. 노벰버는 오두막 안을 돌아다니면서 잽싸게 모든 것들을 살펴봤다. 그리고 마지막으로 주전자를 집어 들고는 그 안을 들여다보았다.

"안에 뭐가 있나?"

내 물음에 노벰버가 대답했다.

"아니."

"음, 톰슨 말로는 주전자에 물을 채우지 않았다고 했는데."

내가 상기시키자 노벰버가 나를 보고 묘하게 엷은 미소를 지었다.

"그러게."

노벰버는 그렇게 말한 뒤 45미터 정도를 걸어서 비포장도로로 들어섰다.

"지금까지 그 시골뜨기 여섯 인부들의 발자국을 보면서 따라온 거라네. 이제 여기를 둘러보세."

발자국들을 조사하는 일은 당연히 조금 오래 걸렸다. 노벰버는 꽤 성공적으로 여섯 인부들의 발자국을 살펴봤다. 사람이 많이 다니는 길을 두루 조사하다 보니 거의 쉴 틈이 없었지만, 노벰버는 인부들의 몇몇 발자국들을 가리키면서 각각 누구의 발자국인지 말해줄 정도로 날랜 눈을 가지고 있었다. 개울가 북쪽 둑에 이르자 노벰버가 뚜렷한 일단의 발자국들을 가리켜 보였다. 우리는 그 발자국들을 따라 오두막으로 갔다가 다시 개울로 돌아왔다.

"이자가 범인이네. 아주 확실해. 자네 생각에는 놈이 어떤 사람일 것 같나?" 노벰버가 내게 물었다.

"나보다 덩치가 커서 그런지 뒤꿈치로 걷는 경향이 있는 것 같네."

노벰버가 고개를 끄덕이고 그 발자국을 따라서 개울까지 내려갔다. 개울가에서 걸음을 멈춘 노벰버 조는 최근에 뒤바뀐 돌멩이들을 자세히 살펴본 뒤 개울 속으로 걸어 들어갔다.

"그자의 배는 어디 있었을까?"

내가 물었지만 노벰버는 이미 물 밖으로 몇십 센티미터 가량 나와 있는 커다랗고 넓적한 바위에 도착해 주변을 아주 꼼꼼하게 둘러보고 있었다. 곧이어 노벰버가 손짓으로 나를 불렀다.

바위는 내가 말한 대로 정말 크고 넓적했는데 노벰버가 바위의 저쪽 표면에 긁힌 자국들을 보여줬다. 긁힘은 깊었으나 고르지 않았다. 자세히 들여다보았지만 내 눈에는 전혀 특별해 보이지 않았다. 내가 조심스럽게 입을 뗐다.

"배가 남긴 흔적 같지는 않은데."

"그래. 하지만 놈이 남긴 건 분명해."

"아니, 어떻게? 왜?"

노벰버가 웃으며 말했다.

"그건 나도 아직 모르네. 허나 이것만은 말해줄 수 있지. 강도 행각은 어젯밤 2시에서 3시 사이에 일어났다네."

"왜 그렇게 생각하는데?"

노벰버가 근처 둑에 있는 자작나무 숲을 가리켰다.

"저 나무들 때문에."

내가 어리둥절한 표정을 짓자 그가 이어 대답해줬다.

"범인은 자네보다 덩치가 큰 90킬로그램 정도의 남자가 아니라 약간 마른 놈인 데다 배 같은 것도 갖고 있지 않았네."

"그렇다면 어떻게 빠져나갔단 말인가? 걸어서 건넜다는 건가?"

"물속을 걸어서 건넜을 수도 있지."

"만약 그랬다면 개울 어딘가에 틀림없이 흔적이 남아 있겠구먼."

"당연하지."

"그러면 놈이 어느 뭍으로 올라왔는지 자네가 찾을 수 있겠네?"

"그럴 필요가 없다네."

"아니, 왜?"

"누군지 알아냈거든."

나는 쓸데없는 질문인 줄 알면서도 묻지 않을 수 없어 놀란 목소리로 크게 외쳤다.

"설마! 그게 누군데?"

"자네도 곧 알게 될 걸세."

"댄 마이클스를 털어간 바로 그놈이란 말인가?"

"그렇다네."

나는 그 정도로 만족해야 했다. 밤이 꽤 깊어 C 막사로 돌아가야 했다. 노벰버가 카누의 노를 저어 앞으로 나아가자 세차게 흐르는 강물은 짙은 갈색과 흰색을 번갈아 드러냈다. 빠른 물살이 우렁차게 귀를 때렸다. 하지만 막사 아래쪽 조용한 구역에 이르렀을 때 큰 소동이 벌어져 아우성치는 소리가 들렸다. 우리는 서둘러 뭍으로 뛰어내린 뒤 말없이 곧장 감독이 기거하는 사무실 쪽으로 갔다. 인부들이 몰려와 여기저기 서 있었고 두 남자가 문을 잡고 있었다. 그중 한 명은 건장한 톰슨이었다. 톰슨이 우리를 보고 외쳤다.

"어이, 노벰버! 더 이상 신경 안 써도 된다네. 우리가 놈을 잡았거든."

"누굴 잡아?"

"우리를 탈탈 털어간 그 불한당 말일세."

"잘됐군! 그래 그놈이 누군가?"

"바로 요놈일세!"

톰슨이 사무실 문을 요란하게 열더니 감독을 보여줬다. 난로 옆에 앉아 있던 클로즈 씨는 무척 부스스해 보였다. 노벰버가 놀라 물었다.

"클로즈 씨라고?"

"그렇다네, 다름 아닌 우리의 보스!"

노벰버가 클로즈 씨를 빤히 쳐다보며 물었다.

"증거는 있나?"

"있다마다. 밤부터 새벽까지 누구도 감독을 보지 못했거든. 더구나 문제의 장화도 나왔다네. 바로 뒤에 있는, 감독이 먹고 자는 판잣집 선반에서 고것들이 들어 있는 비스킷 통도 찾아냈다고."

"이 등신아! 난 밤새 장부 정리를 했다고!"

클로즈 씨가 톰슨에게 소리쳤지만 노벰버는 들은 척도 하지 않고 물었다.

"장화를 발견한 게 누군가?"

"요리 보조. 청소하다가 봤대. 수면제병도 발견했대. 거의 다 비어 있었다더군."

두세 사람이 동시에 대답했다.

대답을 들은 노벰버는 휘파람을 불더니 이렇게 물었다.

"요리 보조가 큰일 했네. 그래, 감독이 실토는 했고?"

그러고는 곧이어 클로즈 씨에게 고개를 까닥이며 알은체를 한 뒤 물었다.

"클로즈 씨, 본인 장화가 맞습니까?"

"그렇다네."

클로즈 씨가 노여운 목소리로 대답했다. 노벰버는 의미심장한 눈길로 벌목꾼들을 다시 쳐다보았다.

톰슨이 흥분한 목소리로 말했다.

"하지만 강도 짓은 안 했다고 우긴다네."

"당연히 안 했으니까!"

클로즈 씨가 소리치자 노벰버가 끼어들었다.

"어디 한번 그 장화 좀 보세."

"인부들이 합숙소에 가져다놨다네. 노벰버, 이게 말이 되나? 한 손으로는 돈을 주고 다른 한 손으로는 그 돈을 빼앗아가다니. 그⋯."

그때 노벰버가 특유의 딱딱한 말투로 톰슨의 말을 잘랐다.

"대단한 일들을 해냈네!"

노벰버 조가 계속해서 클로즈 씨를 빤히 쳐다보자 마침내 클로즈 씨도 고개를 들어 노벰버를 쳐다보았다. 순간 노벰버 조가 클로즈 씨 쪽으로 까만 눈을 살짝 감았다 뜨는 것을 똑똑히 목격했다.

곧이어 마음을 고쳐먹은 감독이 버럭 소리를 질렀다.

"다들 나가. 자네들도, 산지기 탐정인 자네도 썩 꺼지라고!"

문이 쾅 닫히고 나서도 문밖으로 극도로 격한 말들이 새어나왔다.

합숙소에 가보니 서른 명가량의 벌목꾼들이 담배를 피우면서 이야기를 나누고 있었다. 그들은 와자지껄하게 노벰버를 맞이하는가 싶더니 시시껄렁한 농을 늘어놓기 바빴다. 하지만 벌목꾼들은 곧 제풀에 지쳐 장화를 내놓았다.

노벰버가 장화를 여기저기 살피는 동안 강도를 당한 인부들과 동료들이 가까이 몰려들었다.

"한쪽 뒤꿈치에 열일곱 개, 나머지 한쪽 뒤꿈치에는 열다섯 개… 소가죽 장화. 우릴 털어간 놈이 신었던 바로 그 장화네, 틀림없다니까."

크리스의 말에 노벰버도 맞장구를 쳤다.

"내가 보기에도 틀림없네."

"장화에다 수면제까지 나왔네. 이 정도면 도저히 빠져나갈 수 없는 증거 아닌가?"

크리스의 말에 노벰버가 다시 물었다.

"경찰은 불렀나?"

"아직 안 불렀네. 자네가 올 때까지 기다렸지. 이제 불러야겠네."

"빨리 부를수록 좋네. 누가 가든지 타이슨 다리의 그 오두막에 가면 B 막사에서 온 네 사람이 있을 거야. 그 친구들에게 오두막을 부수고 지붕을 걷어낸 뒤 D 막사로 난로를 가져오라고 시켰거든."

노벰버가 이렇게 믿기 힘든 이야기를 하는 동안 나는 놀란 표정을 들키지 않기만을 바랐다.

노벰버는 대체 무슨 일을 꾸미고 있는 걸까?

"여보게들, 서둘러 경찰을 불러와야 하네. 안 그러면 문제가 생길지도 모르네. 누가 가겠나?"

그때 크리스가 나섰다.

"내가 가지 뭐. 지금 당장 출발하겠네. 클로즈 저 작자를 빨리 감옥에 처넣을수록 좋을 테니까."

모두가 크리스가 떠나는 모습을 지켜본 뒤 인부들이 우리를 데리고 다시 막사로 들어갔다. 그리고 그곳에서 한 시간 동안 이야기도 나누고 언쟁도 벌였다. 노벰버는 버릇처럼 또다시 입을 꾹 다물고 있었다. 하지만 마침내 침묵을 깬 그의 입에서는 기가 막힌 말들이 쏟아졌다.

"여보게들, 이제 감독 나리를 풀어줘야지."

노벰버가 특이할 정도로 아주 나긋나긋하게 말하자 모두 홱 고개를 돌려 그를 쳐다봤다. 열두어 명의 목소리가 소리쳐 물었다.

"그자를 풀어주자고? 경찰이 오기도 전에?"

노벰버가 물음에 점잖게 답했다.

"그게 상책이네. 있잖은가, 여보게들, 감독은 강도가 아니라네."

"그럼 누가 진짜 강도란 말인가?"

노벰버가 일어서서 입을 열었다.

"같이 가면, 내가 그자를 보여주겠네."

마침내 네 사람은 커다란 카누를 타고 강으로 나섰다. 노벰버와 나를 따라 톰슨과 웨딩 찰리가 합류했다. 우리는 잊지 못할 항해를 떠났다. 배 뒷부분에는 노벰버가 앉고 웨딩 찰리는 뱃머리를 차지했다. 톰슨과 나는 중간에 앉아 아무 일도 하지 않았다. 우리가 탄 카누는 물살이 이는 급류를 뚫고 세차게 나아갔다. 강둑 풍경이 쏜살같이 지나갔다. 정말 놀라울 정도로 짧은 시간 안에 뭍에 도착한 우리는 서둘러 숲속으로 걸어 들어갔다.

타이슨 다리 근처의 개울가 둑으로 나올 때까지 나는 깜깜해서 어디가 어딘지 전혀 감을 잡을 수 없었다. 우리 네 사람은 강둑을 건넌 뒤 오두막에서 18미터 남짓 떨어진 커다란 바위 뒤에 쭈그리고 앉아 몸을 숨겼다. 앞서 노벰버는 우리에게 숨소리도 내지 말고 오두막을 감시해야 한다고 경고해뒀다.

시시각각 바뀌는 달빛과 어른거리는 그림자들을 뚫어져라 쳐다봐서 그런지 몇 시간이 흐른 것 같았다. 어느덧 희끄무레하게 날이 밝아오는 순간 노벰버가 살금살금 움직이기 시작했다. 그리고 잠시 후 나뭇가지가 부러지는 소리가 들리더니 곧바로 다리 위에서 발소리가 났다. 푸르스름한 그림자 하나가 둑을 따라 조심조심 걸어오고 있었다. 발을 뗄 때마다 주저하는 듯 보였지만 차츰 오두막에 가까워지더니 급기야 그 안으로 쏙 들어가 버렸다. 곧이어 오두막 안에서 성냥불이 켜졌다. 그러고 나서 그 그림자가 깨진 유리창을 넘어가는 게 보였다. 이후 잠시 아무런 움직임도 없더니 문이 살짝 열리면서 그림자가 다시 몰래 빠져나왔다.

순간 노벰버 쪽으로 손을 뻗었지만 그는 사라지고 없었다.

오두막에서 나온 사람이 샛길을 지나 도로로 나서는 사이 두 번째 사람이 그를 따라붙었다. 나는 두 팔을 벌리고 그자를 따라가는 건장한 체격의 노벰버를 한눈에 알아봤다. 곧이어 노벰버의 두 팔이 무언가를 낚아채는 순간 악을 쓰듯 비명을 지르는 소리가 들렸다.

우리가 달려갔을 때 노벰버는 땅에서 버둥거리는 크리스를 꼭 붙들고 있었다.

"여보게들, 뒤져보게. 뭔가 가지고 나왔을 거네."

셔츠를 입은 크리스의 가슴팍으로 쑥 밀어넣었던 톰슨의 큼직한 손이 돈다발을 움켜쥐고 다시 나왔다.

"건방진 새끼!" 크리스가 노벰버에게 욕을 내뱉었다.

이후 정신없이 몇 시간이 지난 뒤 다음 날 오후가 되어서야 노벰버의 오두막으로 돌아왔다. 이제 앞서 약속했던 설명을 들을 차례였다. 노벰버가 입을 열었다.

"톰슨의 이야기를 듣는 순간 뭔가 퍼뜩 떠오르더라고. 자네도 기억하겠지만 인부들은 강도의 발자국과 덩치는 물론이고 장화를 기운 것과 박혀 있는 징의 정확한 개수까지 정말 똑똑히 찾아냈잖은가. 노상강도가 그런 장화를 신고 돌아다닌다면 그건 아마 바보거나 아니면 가짜 흔적을 남기려고 일부러 그러는 거 같았지."

"듣고 보니 그렇군."

"그러던 차에 발자국을 보자마자 가짜 흔적설이 허무맹랑한 추측이 아니라는 걸 알게 됐지. 놈은 발자국이 발견되길 바랐던 거네. 그래서 일부러 말랑말랑한 땅을 여러 차례 걸어 다녔던 거지."

"그나저나 범인은 덩치가 크지 않은 사람이군. 자네 생각대로 말이지…."

"범인이 몸무게가 작게 나가는 사람인 걸 어떻게 알았냐는 거지? 음, 내가 보여준 그 돌들 기억나나? 그자가 그 돌들을 꾸러미 같은 데 넣어서 가져온 거네. 덩치 큰 사람의 자국을 남기기 위해서 말이지. 난 처음부터 그 여섯 사람 중에 범인이 있을 거라고 봤네."

"아니 어떻게?"

"그건 이런 이유 때문이었네. 댄 마이클스가 강도를 당했을 때 난 C 막사에 범인이 있지 않을까 의심했다네. 작년에 강도를 당한 다섯 명의 인부들도 잘 생각해보게. 하나같이 C 막사에서 16킬로미터 범위 내에서 당했다네. 이 말은 강도가 누구든 막사에서 멀리 떨어진 곳에서는 강도 짓을 벌일 수 없었다는 뜻이지. 그리고 또 하나, 누군가 약을 탔다는 게 결정적이었다네. 주전자 안에 아무것도 없었던 거 기억나나?"

대답하려는 순간 노벰버가 손을 들어 보였다.

"그래, 나도 톰슨이 주전자에 물을 채우지 않았다는 걸 안다네. 하지만 그 친구는 주전자를 씻지도 않았지. 우리 벌목꾼들은 또 차를 끓이기 쉽게 찻잎을 늘 주전자에 남겨놓는다네. 그래서 누군가 그 주전자를 깨끗이 씻어놨기에 이상하다 싶었지. 강도가 외부인이라면 결코 그렇게 하지 않았을 거고 그럴 필요도 없었겠지. 인부들이 주전자를 수상쩍게 생각할 겨를도 없이 도망갔을 테니까 말이네. 하지만 아니었지, 주전자가 그렇게 깨끗하다는 것은 범인이 여섯 명 중에 있다는 분명한 증거인 셈이었지."

노벰버가 이어 말했다.

"그렇게 범인이 내부자라는 걸 알고 나자 꽤 많은 게 들어맞더군. 게다가 그 바위에 있던 긁힌 자국을 보니 상황 전체가 정리가 됐지. 크리스는 차에 약을 탄 뒤 동료들이 곯아떨어지자마자 돈을 챙겼네. 그러고 나서 주전자와 커다란 장화와 함께 돌들을 담아 올 무언가를 들고 개울가로 내려간 거네. 그리고 물속으로 들어가 그 넓적한 바위까지 걸어간 다음 주전자를 씻고 돌들을 한가득 담고 나서 감독의 커다란 장화를 신은 거지. 그다음에 그가 할 일이라고는 오두막까지 걸어 올라갔다가 다시 내려와 가짜 자국을 남기는 것뿐이었네. 작업을 다 끝낸 크리스는 아무런 흔적도 남기지 않기 위해 다시 물속으로 들어가 그 바위까지 걸어가서 자신의 모카신으로 갈아 신은 뒤 오두막으로 올라가 잠을 잤지.”

“그렇다면 바위에 있던 그 긁힌 자국은 뭐지? 왜 그런 게 남은 건가?”

“장화의 징 때문이라네. 크리스가 발을 들어 올려 징을 조이는 과정에서 징이 바위에 살짝 스치면서 생긴 자국이지.”

“그럼, 노벰버, 그 시간은 어떻게 된 건가? 자네는 강도 행각이 새벽 2시에서 3시 사이에 벌어졌다고 하지 않았나. 대체 그건 어떻게 안 건가?”

“자작나무 덕분이었지. 범인이 장화를 신기 위해서는 빛이 필요한데 유일한 빛인 달은 2시경에 자작나무들 위쪽에 떠 있었다네. 그전까지는 그 넓적한 바위 면은 어두운 그림자로 덮여 있었지.”

“그렇다면 돌들은 왜 담아간 건가?”

“뒤꿈치 자국을 제대로 또렷하게 남기려고 그랬던 거지. 범인이 어떻게 뒤꿈치로 걸어갔는지 자네도 직접 봤잖은가?”

“물론이지.”

"그 자국만 보면 무게 중심이 뒤에 있는 남자라고 생각하기 마련이지. 강바닥에서 긁어모은 돌들을 보는 순간 강도는 덩치가 작은 사람이라는 게 확실해지더군. 그게 풀리니까 두 사람 중에 한 명이 범인이라는 결론에 이른 거고. 크리스와 빌 메이버스는 둘 다 몸집이 크지 않네. 자그마한 편이지. 그래서 두 사람 중 하나가 범인이라고 생각했지. 그다음 순서로는 둘 중 누가 범인이든, 돈을 훔친 다음에 그 돈을 어찌 했을지 생각해봤고."

노벰버가 대답을 기대하는 것 같아 내가 말했다.

"몸에 지니고 있거나 어디다 숨겼겠지."

"곰곰이 생각해봤더니 숨긴 게 확실하더군. 거기서 언쟁이나 싸움 같은 게 벌어지면 몸수색을 할지도 모르는 상황인데 오두막 안에 있는 인부들 중 한 사람에게서 지폐가 나오면 당장에 꼬리를 잡힐 게 분명할 테니까 말일세. 그렇다면 범인은 돈다발을 어디다 숨겼을지 생각해봤네. 주위에는 바위와 강둑과 오두막이 있었네. 하지만 훔친 돈은 전부 지폐였기 때문에 젖지 않는 데 숨겨야 했네. 따라서 결론은 오두막밖에 없었지. 안 그런가, 쿼리치?"

"100퍼센트 동감이네."

내가 웃으면서 대답하자 노벰버가 고개를 끄덕였다.

"그래서 우리가 C 막사에 갔을 때 촌뜨기 벌목꾼들이 감독을 범인으로 몰아갔던 거지. 크리스가 감독이 사는 판잣집에 장화를 도로 갖다놓고 선반에 수면제 약병까지 가져다놨으니까. 옛날부터 쌓인 원한 때문에 그랬던 거지. 하지만 그때까지만 해도 자그마한 두 친구 중에 어느 쪽이 범인인지 몰랐다네. 그래서 다른 막사의 벌목꾼들이 오두막을 부수고 있다는 거짓말로 덫을 놓았더니 크리스가 그곳으로 갔던 거네. 크리스는 오두막이 무너지면 돈뭉치가 발견될 것이 걱정됐던 거지. 자네 생각 나나? 크리스가 경찰을 부르러 나설 때까지 얼마나 궁둥이가 무거웠는지 말일세. 크리스는 C 막사에서 가장 게으른 친구였다네! 그래서 경찰을 부르러 가겠다고 나서는 순간 그가 범인이라는 걸 알았네."

"그럼 자넨 크리스가 댄의 돈도 훔쳤다고 생각하나?"

"그렇다네. 그 친구 몸에서 찾아낸 돈다발에 출처 불명의 127달러가 들어 있었다네. 그런데 127달러는 클로즈 씨가 댄에게 지급한 돈과 똑같은 액수거든."

유령 저택의 비밀

헤스케스 프리처드 & K·O·프리처드

The Story of the Spaniards, Hammersmith

유령 저택의 비밀

서문

유령은 우리의 상상과 정서 밖에도 존재할까? 19세기가 끝나가는 시점에 이 질문이 관심을 끄는 이유는 초자연적 현상과 관련해 이미 방대한 증거가 있음에도 결론이 아직 나지 않았기 때문이다. 사정이 이렇다 보니 심리학을 정밀과학 계통으로 축소하기 위해 맨 먼저 혼령과 유령을 구분하려는 시도가 있었고, 그 결과 극소수의 사람들 말고는 꿈에도 생각지 못하는 아주 이상하고 끔찍한 이론들이 등장했다는 것은 대체로 잘 모를 것이다.

이런 문제들에 쏠린 폭넓은 관심에 응하기 위해 필자는 대중에게 다음과 같은 유령 이야기를 선보이고자 한다. 이들 이야기는 플랙스먼 로우 씨가 얼마간 관련돼 있는 수많은 초자연적 경험들에서 엄선한 것들이다. 참고로 많은 사람들이 눈치챘겠지만 플랙스먼 로우라는 이름은 심리학 및 동종 주제로 유명한 저작들을 집필한 당대의 뛰어난 과학자에게서 살짝 빌려다 쓴 것이다. 게다가 플랙스먼 로우 씨는 이런 조사 분야의 첫 학생으로, 오래된 기존 방식에서 벗어나 이른바 초자연적인 문제들을 자연법 방침에 따라 설명할 만큼 대담하고 독창적이었다.

여기에 소개한 이야기들의 세부 내용은 관련자 서술에 따른 것이다. 여기에 플랙스먼 로우 씨가 예의 바르게도 우리 손에 쥐어준 명확하고 충분한 메모들이 보충 역할을 했다.

분명한 이유로 이런 사건들이 일어난 정확한 장소는 예외 없이 간접적으로만 언급했음을 밝힌다.

해머스미스의 스패니어즈 저택 사건

스핑크스 군함의 로더릭 휴스턴 중위는 월급 말고 사실상 땡전 한 푼 없었다. 그래서 친척이 유산을 남겨줬다는 기분 좋은 소식을 접하자 서아프리카 기지에 진절머리가 나기 시작했다. 그가 받을 유산은 충분한 액수의 현금과 연간 2백 파운드 이상의 가치가 있는 데다 편리하게 가구까지 갖춰졌다고 전해지는 해머스미스에 위치한 주택 한 채였다. 따라서 휴스턴은 해당 주택을 임대하면 수입이 꽤 많이 늘어날 것으로 기대했다. 그러나 막상 집에서 보내준 더 자세한 정보를 받아들고 보니 다소 섣부른 기대를 했다는 판단이 들었다. 그래서 휴스턴 중위는 직접 행동에 나서기로 하고 두 달간의 휴가를 신청해 유산 문제를 챙기러 집으로 갔다.

런던에서 일주일을 보낸 휴스턴은 드러난 문제들을 혼자 다루기는 어렵겠다는 결론을 내렸다. 이에 친구인 플랙스먼 로우에게 다음과 같은 편지를 보냈다.

해머스미스, 스패니어즈, 23-3-1892

친애하는 로우에게

우리가 3년 전에 헤어진 이후로 자네 소식을 거의 듣지 못했네. 어제 자네와 내가 서로 아는 친구인 새미 스미스(학창 시절에 '누에'라고 불렸던 친구)를 만나고 나서야 자네 연구가 새로운 방향으로 전개되었고, 초자연적인 주제에 아주 큰 관심을 갖고 있다는 이야기를 들었네. 만약 그게 사실이라면 자네 장기인 문제 해결을 의뢰할 테니 내가 있는 곳으로 와줬으면 하네. 현재 나는 최근에 유산으로 받은 '스패니어즈'에서 살기 시작했다네. 이 저택은 우리 고모할머니의 남편이셨던 밴 뉘센이라는 분께서 맨 처음 지으신 멋진 집이네만 '문제가 있다'고들 한다네. 세는 쉽게 나가지만 공교롭게도 세입자들이 한두 주를 못 버티고 나간다네. 하나같이 그 집에서 유령으로 짐작되는 게 출몰한다고 불평하면서 말이네. 집에서 일어나는 변화무쌍한 일들이 엉뚱하기 그지없는 게 어디로 보나 유령이 나타날 때 보이는 일반적인 현상이라는 걸세. 자네라면 이 문제를 제대로 조사해줄 수 있겠다는 생각이 들어서 이렇게 편지를 썼다네. 만약 가능하다면 언제쯤 올 수 있는지 전보로 알려주게나.

영원한 친구, 로더릭 휴스턴

휴스턴은 약간 걱정스러운 마음으로 답장을 기다렸다. 로우는 거의 어떤 비상 상황에서도 의지할 수 있는 그런 사람이었다. 새미 스미스는 로우의 성격을 단적으로 말해주는 옥스퍼드

재학 시절의 일화를 들려줬다. 로우가 옥스퍼드에서 이룬 지적 업적은 잊혔을지 몰라도 케임브리지와의 육상 경기가 열리기 하루 전날 퀸즈 칼리지 소속의 샌즈가 병이 났을 때 있었던 일은 영원히 기억될 것이다. 당시 로우의 방으로 '샌즈가 병이 났네. 자네가 우리를 위해서 해머던지기 선수로 출전해줘야겠네'라는 내용의 전보가 왔다. 이에 로우는 '내가 참가하겠네'라는 간결한 답장을 보냈다. 그러고 나서 작업 중이던 논문을 마무리하고 다음 날 군살 없이 탄탄한 몸으로 나타나 귀청이 떠나갈 듯한 함성 속에서 해머를 던졌다. 그 결과 시합에서 이겼을 뿐만 아니라 신기록까지 세웠다.

닷새째에 비엔나에서 로우의 답장이 도착했다. 휴스턴은 답장을 읽으면서 친구의 모습을 떠올렸다. 이마가 넓고 깃이 깊게 파인 것처럼 보일 만큼 긴 목에 콧수염을 가늘게 기르고 다녔던 로우는 학자다우면서도 운동선수 같았다. 플랙스먼 로우는 사람들이 생각하는 것보다 훨씬 더 괜찮은 인물이었다.

친애하는 휴스턴에게

자네 소식을 다시 듣게 되니 아주 기쁘군. 자네의 친절한 초청에 답하자면, 유령을 만날 기회를 준 것도 고마운데 자네와 다시 만나는 기쁨까지 누리게 해줘서 뭐라고 감사의 인사를 해야 할지 모르겠네. 내가 이곳에 온 이유도 약간 비슷한 사건을 조사하기 위해서였네. 가급적 내일 출발하려고 하네. 금요일 저녁이면 자네 집에 도착할 것 같네.

진실한 벗, 플랙스먼 로우

추신: 그런데 내가 그 집에 가 있는 동안 자네 하인들에게 휴가를 주면 좋을 것 같네. 내 조사가 조금이라도 가치를 발휘하려면 자네 집에서 우리 둘 외에는 티끌 하나라도 건드려서는 안 되기 때문이라네.

'스패니어즈' 저택은 해머스미스 다리에서 도보 15분 거리였다. 꽤 훌륭한 이웃들이 사는 지역 한가운데에 자리한 그 집은 근방에 붙어 있는 평범하고 단조로운 느낌의 좁은 거리들과 묘하게 대비되었다. 저녁 불빛을 가르며 자동차를 몰고 가던 플랙스먼 로우의 눈에 그 저택은 마치 아득히 먼 곳에서 나타난 것 같았다. 고풍스럽고 이국적인 인상을 풍기는 집이었다.

저택을 에워싸고 있는 3미터가량의 외벽 위로 2층이 보였다. 순간 로우는 지극히 영국적인 그 집에 아직도 신기한 열대 지방 분위기가 서려 있다고 판단했다. 집 내부로 들어서자 공간이나 공기의 느낌은 물론이고 시원한 색감의 널찍하고 광택 없는 복도에서도 같은 느낌을 받았다.

로우는 휴스턴이 호텔에 주문해서 준비해둔 저녁 식사를 먹으며 물었다.

"그래서 자네도 여기 온 후로 뭘 본 건가?"

"2층 복도를 여기저기 두드리는 소리를 들었다네. 2층 복도 부분은 계단 꼭대기의 마루로, 집 끝에서 끝까지 통으로 이어져 있는데 카펫이 깔려 있지 않거든. 그런데 어느 날 밤에 평상시보다 빨리 나와봤더니 웬 커다란 물집처럼 생긴 게 저기 자네가 묵을 저 침실로 휙 사라지더니 문이 닫히더라고. 의미 없고 흔해빠진 유령의 익살스러운 행동 그대로 말일세."

휴스턴이 불만스럽다는 듯 대답하자 로우가 다시 물었다.

"그거에 대해 여기 살던 세입자들은 뭐라 하던가?"

"세입자 대부분이 내가 말한 그 소리를 듣고 형체를 보곤 곧장 집을 뛰쳐나간 거네. 그나마 조금 버틴 사람이 딱 한 명 있는데, 나이 지긋한 필더그 씨라고. 자네도 아마 아는 사람일걸? 왜, 20년 전에 호주 사막을 횡단하러 나섰다가 8주 동안이나 오도 가도 못 했던 사람 말일세. 그 양반이 나가다가 부동산 중개업자를 봤는데 그랬다더군. 무서워서 2층 복도에서 사격 연습을 조금 했는데 목숨을 지키기 위해 그런 거니 자기한테 비용을 물지 않았으면 좋겠다고. 그 양반 말로는 무언가 침대로 펄쩍 뛰어오르더니 자기 목을 조르려고 했다더군. 느낌이 차갑고 끈적끈적하더래. 그 양반이 복도를 따라 쫓아가서 총을 쐈다는군. 그러면서 집주인에게 이 집을 헐어버리라는 충고를 했다고 하네. 하지만 당연히 그렇게 하지 않았지. 좋은 집이니까 재산을 날릴 생각은 안 했던 거지."

"그건 정말 그래. 밴 뉘센 씨는 서인도제도에서 살았기 때문에 이후에도 널찍한 방을 좋아했을 거네."

플랙스먼 로우가 집 안을 훑어보며 말하자 휴스턴이 놀라서 물었다.

"그분 이야기는 어디서 들은 건가?"

"자네가 편지에 쓴 거 말고는 더 들은 게 없네. 다만 사람들이 옛날에 서인도제도에서 가져오곤 했던 해초가 들어 있는 병 두어 개와 씨앗 수초 장식품을 본 것뿐이라네."

"아무래도 자네한테 그분의 전력을 말해줘야겠군. 하지만 별로 자랑할 건 못 되네."

휴스턴이 석연치 않게 말하자 플랙스먼 로우가 잠시 생각에 잠겼다가 물었다.

"그 유령이 처음 목격된 게 언제인가?"

"첫 번째 세입자가 들어왔을 때지. 고모할아버지의 시대가 가고 나서 세를 놨을 때."

"그렇다면 그분 이야기를 들어야 뭔가 감이 잡힐 것 같네."

"그분은 한평생 대부분을 트리니다드섬에서 사탕수수 농장을 하시면서 보내셨네. 그동안 부인이신 우리 고모할머니께서는 영국에 계셨고. 서로 성격이 잘 안 맞았다더군. 그분께서 영구 귀국해서 이 집을 짓고 나서도 두 분은 계속 떨어져 사셨네. 우리 고모할머니는 하늘이 두 쪽 나도 그분과 합치는 일은 절대 없을 거라고 공표하셨지. 하지만 곧이어 고질병 환자가 되신 고모할아버지는 고모할머니께 계속 합치자고 조르셨다네. 그런데 고모할머니가 여기서 1년쯤 사셨을 무렵 어느 날 아침 자네가 묵을 그 방 침대에서 돌아가신 상태로 발견되셨네."

"사인은 뭐였나?"

"상습적으로 진정제를 복용하셨는데 그 영향으로 질식사하신 걸로 추정된다네."

"아주 납득이 가는 설명은 아닌 것 같군."

"어쨌든 고모할아버지께서는 납득하셨으니 다른 사람이 끼어들 수가 없었지. 가족들은 그 사건이 흐지부지돼서 아주 다행이다 싶었고."

"그 후 밴 뉘센 씨는 어떻게 되셨나?"

"나도 모르네. 얼마 후에 사라지셨거든. 일반적인 방법을 동원해 찾아봤지만 지금까지 그분이 어떻게 되셨는지 아무도 모른다네."

"허, 그것참 이상하네. 그렇게 병환이 깊으신 분이 말이지."

로우는 이렇게 말하자마자 한참 동안 정신을 딴 데 팔고 있었다. 그러다가 휴스턴이 유령의 못 말리는 어리석고 유약한 행동을 욕하는 소리를 듣고 다시 정신을 차렸다. 로우는 휴스턴의 말에 정신이 번쩍 들어서 정성스럽게 호두 하나를 깐 뒤 부드러운 목소리로 말하기 시작했다.

"이보게, 친구. 우리는 흔히 성급하게 유령들의 일반적인 행동들을 비난한다네. 우리 눈에는 천하에 바보 같은 행동처럼 보일 수 있네. 사실 어떤 분명한 목적이나 영리한 구석이라고는 전혀 없어 보일 때가 많지. 하지만 우리 눈에 바보 같아 보이는 것이 영적 세계에서는 지혜일 수 있다는 점을 명심하게. 우리가 전후 관계를 추적할 수 있다면 틀림없이 일관된 행동들일 텐데 우리의 둔한 감각이 띄엄띄엄 볼 수밖에 없기 때문에 그렇게 여겨지는 거라네."

"뭔가 뜻이 있을지도 모르지. 사람들은 당연히 이 유령이 밴 뉘센 할아버지의 유령이라고들 한다네. 하지만 내가 자네에게 해준 그분 이야기와 복도를 여기저기 두드리고 애들 장난처럼 흐물흐물 나타났다가 사라지는 것 사이에 어떤 연관성이 있을 수 있다는 건가? 말도 안 되는 소릴세!"

"그렇고말고. 하지만 꼭 그렇지만도 않네. 외떨어진 사실들이 있으면 그 사이를 이어주는 연결 고리들을 찾아야 하네. 말을 한 번도 본 적 없는 사람에게 안장과 말굽을 보여줬다고 생각해보게. 그 사람이 제아무리 똑똑해도 연결 고리가 되는 생각을 진전시킬 수 있겠나. 혼령들의 방식이 우리에게 이상해 보이는 이유는 우리에게 그런 방식들을 제대로 해석할 자료가 부족하기 때문이라네."

"거참, 새로운 관점이로군. 하지만 로우, 난 말일세, 자네가 정말로 시간을 낭비하고 있다고 생각하네!"

휴스턴의 반응에 로우가 천천히 미소를 지었다. 그러자 엄숙하고 우울한 그의 얼굴이 환해졌다.

"내가 다소 깊이 파고든 것 같네. 다른 학문에서는 유추를 통해 추론하지. 심리학은 안타깝게도 미래는 있지만 과거가 없는 학문이네. 아니 어쩌면 노인들의 잃어버린 학문 쪽에 가까울 거네. 설령 그렇다 하더라도 우리는 오늘 미지의 세계의 접경에 서 있는 셈이지. 앞으로 나아갈지 말지는 개인의 노력에 따라 달라지겠지. 밝혀내기 어려운 현상을 밝혀낼 때마다 다음 문제의 해결책에 한 걸음 더 가까워지니까. 예를 들면 이번 사례에서는 물집처럼 생긴 물체가 수수께끼의 열쇠가 될 수 있을 걸세."

휴스턴이 하품을 하며 말했다.

"전부 얼토당토않은 말 같지만 자네는 이치를 파악할 수 있을 것 같네. 뭐든 손에 쥘 수 있는 실체가 있다면 더 쉽겠지."

"전적으로 자네 말에 동의하네. 다만 우리가 순전히 인간과 관계된 수수께끼를 다룰 때처럼 똑같은 방식으로, 다시 말해

평범하고 이성적인 방식으로 이 사건을 다룬다고 생각해야 할 걸세."

"이보게, 친구! 뭐든 그냥 자네 좋을 대로 해도 되니까 제발 그 유령만 없애주게나!"

로우가 도착하고 얼마가 지났지만 아주 특이할 만한 일은 전혀 일어나지 않았다. 복도를 두드리는 소리는 계속 났고 몇 번 로우도 물집 같은 그 물체가 자신이 묵는 침실로 사라지고 문이 닫히는 장면을 목격했다. 하지만 운이 없게도 그런 일이 벌어질 때마다 한 번도 방에 있었던 적은 없었다. 재빨리 그 물집 같은 물체를 따라갔지만 더 이상 아무것도 볼 수 없었다. 로우는 집 안 구석구석을 돌아다니며 단 한 곳도 빠트리지 않고 모든 공간을 샅샅이 살폈다. 그 집에는 지하 저장고가 전혀 없었고 집 토대는 겹겹이 바른 콘크리트로 이루어져 있었다.

마침내 엿새째 되던 날에 사건이 일어났다. 로우의 말대로 그 사건 덕분에 그가 벌이던 조사는 거의 마무리 단계에 접어들었다. 로우와 휴스턴은 앞서 이틀 밤이나 계속 감시했다. 그와 같이 집요하게 복도 여기저기를 두드리는 사람이나 물체를 잠깐이라도 목격할 수 있기를 바랐지만 아무것도 나타나지 않았기에 두 사람 모두 크게 실망했다. 그래서 로우는 사흘째 밤에 평상시보다 좀 더 일찍 침실로 들어가 거의 바로 곯아떨어졌다.

로우는 발 위에 무언가 육중한 것이 올라앉아 있는 느낌에 잠에서 깼다고 했다. 그런데 그 물체는 꼼짝도 하지 않았다. 가스등을 켜놓고 잠든 것으로 기억했지만 방 안은 캄캄했다.

곧이어 침대 위에서 무언가 천천히 움직이더니 점점 가슴께로 다가왔다. 그게 어떻게 침대 위로 왔는지 알 길이 없었다. 펄쩍 뛰어 올라왔을까, 아니면 기어 올라왔을까? 그것이 움직일 때 몸으로 직접 전해지는 느낌에 따르면 약간 무겁고 흐물흐물한 물체가 꿈틀거리거나 기어 다니는 게 아니라 퍼지고 있는 것 같았다! 정말 소름 끼쳤다! 로우는 하체를 움직이려고 했지만 엄청난 무게 때문에 꼼짝도 할 수 없었다. 곧이어 나른한 느낌이 몰려들기 시작하더니 마치 빙하가 가까운 바다에 있을 때처럼 지독한 냉기가 방 안 가득 감돌며 오싹해졌다.

어떻게든 팔을 움직여보려고 격렬히 몸부림쳐봤지만 그 물체는 위쪽으로 퍼져나가면서 더욱 꼼짝달싹도 못 하게 만들었다. 곧이어 로우는 눈꺼풀이 툭 튀어나오고 검푸른 빛깔을 띤 흐리멍덩한 두 눈이 자신의 눈을 들여다보고 있다는 것을 알아챘다. 그게 인간의 눈인지 혹은 짐승의 눈인지 알 수 없었지만 죽은 물고기의 눈처럼 희미한 데다 안쪽부터 비치는 희끄무레한 빛으로 번득였다.

그러자 로우 자신도 점점 무서워졌다. 하지만 그 무시무시한 유령의 한 가지 특징을 놓치지 않을 만큼 냉철함을 유지하고 있었다. 유령의 머리가 코앞에 있는데도 숨소리를 감지할 수 없었다. 유령이 같은 방식으로 퍼져나가면서 그의 얼굴을 완전히 뒤덮자 곧 숨이 막힐 것 같다는 생각이 들었다. 유령의 느낌은 점액 덩어리나 거대한 달팽이같이 차갑고 축축했다. 게다가 시시각각 무게가 늘어났다. 힘이 장사인 로우는 주먹으로 유령의 머리를 때리고 또 때렸다. 그러자 살이 문드러져 구역질 나는 느낌이 들면서 어떤 물질이 부서져 내렸다.

운 좋게 몸을 빼낸 로우는 침대에서 일어나 갑갑한 위치에서 최대한 힘을 실어 유령이 나가떨어질 때까지 두들겨 팼다. 무기에 가까운 그의 주먹질이 빗발치듯 계속되어도 그 덩어리는 이따금씩 전체가 출렁거리거나 부르르 떨 뿐이었다. 그러다 우연히 로우의 손이 옆에 있던 촛대에 부딪혔다. 순간 그의 뇌리에 성냥이 떠올랐다. 로우는 성냥갑을 움켜잡은 뒤 성냥불을 켰다.

그러자 그 흐물흐물한 덩어리가 바닥으로 미끄러지듯 내려갔다. 로우는 침대에서 휙 빠져나와 촛불을 켰다. 다리 위가 차가운 느낌이 들어 내려다봤지만 아무것도 보이지 않았다. 밤새 잠가뒀던 문이 열려 있어 재빨리 튀어나와 복도로 뛰어갔다. 한밤중 휑한 집 안에 진동이 울리는데도 사방이 고요했다.

로우는 여기저기 뒤져본 뒤에 침실로 돌아왔다. 침대에는 조금 전에 벌였던 사투의 흔적이 고스란히 남아 있었다. 시계를 보니 새벽 2시에서 3시로 넘어가고 있었다.

로우는 더 이상 할 일이 없는 것 같아 실내복을 걸치고 파이프에 불을 붙인 뒤 책상 앞에 앉았다. 방금 겪은 것들을 심령 연구회에 보고하기 위해서였다. 앞서 소개한 서론이 바로 이 보고서를 초록한 것이다.

로우는 강심장을 지닌 사람이었지만 기괴한 형태로 죽을 뻔했다가 간신히 살아났다는 충격까지 감출 수는 없었다. 자신을 공격한 물체의 실체가 무엇인지 단정할 수 없었지만 직접 겪어보니 필더그 씨도 비슷한 공격을 당한 게 분명했다. 또한 밴 뉘센 부인도 그런 방식으로 죽음을 맞이한 것 같다는 결론을 피할 수 없었다.

로우는 복도를 두드리는 소리와 순식간에 사라지는 흐물흐물한 물체와 관련해 자신이 겪은 상황을 전체적으로 찬찬히 생각해봤다. 하지만 이들 사건을 아무리 이리저리 생각해봐도 도무지 이해할 수 없었다. 전혀 앞뒤가 안 맞았다. 잠시 후 로우는 휴스턴의 방으로 가서 의견을 구했다.

"그게 뭐였는데?"

휴스턴이 로우의 이야기를 다 듣고 나서 물어보자 로우는 어깨를 으쓱해 보였다.

"최소한 필더그 씨가 꿈을 꾼 게 아니라는 건 증명된 셈이지."

"하지만 정말 소름 끼치는군! 어쩨 더 오리무중이란 말인가. 이 집을 헐어버리는 수밖에 없다는 거잖나. 오늘 당장 떠나세."

"이보게, 친구. 급할 거 없네. 내게서 엄청난 기쁨을 뺏어가지 말게나. 더구나 곧 결정적인 단서가 나타날 거네. 이런 식으로 연속해서 유령이 출몰하다니 비엔나 때보다 훨씬 재밌는걸."

"단서고 뭐고 난 관심 없네." 휴스턴이 말했다.

다음 날 아침 해가 뜨자마자 로우는 15분 동안 나갔다 왔다. 아침 식사를 하려는데 웬 남자가 손수레에 모래를 가득 싣고 정원에 들어섰다. 로우는 보고서를 쓰다 말고 창밖으로 상체를 내밀어 몇 가지 지시를 내렸다.

잠시 후 식당으로 내려온 휴스턴이 잔디 위에 쌓인 누르스름한 모래 더미를 보고 깜짝 놀라 물었다.

"이봐, 저게 뭔가?"

"내가 시킨 걸세."

"그러니까, 뭐하려고?"

"조사하는 데 도움 좀 받으려고. 유령 나리의 흔적을 찾을 수 있을 것 같네. 사람인지 짐승인지 모를 그 물체가 침대에 아주 뚜렷한 자국을 남겼네. 그렇다면 고놈이 모래 위에도 자국을 남기지 않겠나. 어떻게든 유령이 남긴 발자국이 어떤 형태인지 정확히 밝혀낼 수만 있다면 조사에 엄청난 진전이 있을 걸세. 이 모래를 2층 복도에 쫙 뿌려놓으라고 할 거네. 그럼 오늘 밤에 톡톡 두드리는 소리가 들리고 나서 분명 발자국이 남겠지."

그날 밤 두 남자는 휴스턴의 침실에서 난롯불을 피워놓고 앉아 담배를 피우면서 이야기를 나눴다. 휴스턴 말마따나 유령이 '한 번만 맘껏 뛰어다니길' 기다리면서 말이다. 이윽고 여느 때와 다름없는 시간에 톡톡 두드리는 소리가 들렸다. 곧이어 반대편 복도 끝에서 평상시처럼 가만히 멈추는가 싶더니 문이 조용히 닫혔다.

로우는 소리를 다 듣고 난 뒤 안도의 한숨을 길게 내쉬었다.

"저건 내 방 문소리네. 틀림없이 그 소리야. 아침에 날이 훤히 밝으면 우리가 예상한 걸 볼 수 있을 걸세."

발자국을 살펴볼 수 있을 만큼 날이 밝기 무섭게 로우는 휴스턴을 깨웠다.

휴스턴은 아이처럼 흥분의 도가니에 빠져 있었지만 복도 끝에서 시작해 맞은편 끝에 도착했을 무렵에는 맥이 다 빠져 있었다.

"자국이 있긴 하네만 이 유령 놈과 관련된 모든 게 그렇듯 뭐가 뭔지 모르겠네. 자네는 이게 그저께 밤에 자네를 공격했던 그 물체가 남긴 자국이라고 생각하는 건가?"

"그렇다고 보네. 휴스턴, 자네는 어떻게 생각하나?"

로우는 여전히 허리를 숙인 채 바닥을 열심히 살펴보면서 물었다.

"우선, 놈은 다리가 하나로군. 그리고 발자국을 보니 발이 커다랗고 발톱이 없네! 짐승 비슷한 거 같은데… 잔인한 괴물 말이네!"

"그 반대라네. 이제 놈이 사람이라는 결론을 내릴 만한 충분한 이유가 생긴 것 같네."

"사람? 대체 어떤 사람이 이런 발자국을 남긴단 말인가?"

"여기 옆에 쑥 들어간 부분과 가는 줄들을 보게. 그리고 저건 우리가 들었던 톡톡 두드리는 소리를 내는 지팡이 자국이네."

"난 못 믿겠는데." 휴스턴이 바득바득 우겼다.

"지금부터 스물네 시간만 더 기다려보세. 내일 밤까지 더 이상 아무 일도 일어나지 않으면 자네에게 조사 결과를 말해주겠네. 잘 생각해보게. 톡톡 두드리는 소리, 흐물흐물한 물체 그리고 밴 뉘센 씨가 트리니다드섬에 살았다는 사실을 말이지. 또한 거기에 덧붙여 이 단 하나의 발자국까지 잘 생각해보게. 뭔가 번쩍하고 해답 같은 게 떠오르지 않나?"

휴스턴이 고개를 저으며 말했다.

"전혀. 자네와 필더그 씨에게 일어났던 일과 지금 말한 그런 것들이 무슨 관계가 있는지 모르겠네."

"아이고, 이제는 자네 때문에 나까지도 헷갈리네. 더할 나위 없이 딱 맞아떨어졌는데 말이지."

로우의 우스갯소리에 휴스턴이 눈을 치켜뜨고 껄껄 웃으며 말했다.

"자네가 이렇게 얽히고설킨 단서와 사건들을 해결하고 유령의 정체를 밝히기만 한다면 내가 놀라 까무러쳐주지. 그래 이발 없는 자국은 뭔 거 같은가?"

"아주 중요한 것이길 바랄밖에. 사실 이 자국이 단서가 될지도 모르네… 굉장히 충격적인 것일 수도 있지만 그래도 단서인 것만은 분명하네." 로우가 대답했다.

그날 저녁 날씨가 갑자기 흐려지더니 밤에는 폭풍이 불고 비까지 세차게 쏟아졌다. 휴스턴이 입을 열었다.

"시끌벅적한 밤이군. 유령이 나타난들 아무 소리도 못 듣겠네."

저녁을 먹고 두 사람이 흡연실로 막 들어가려던 참이었다. 현관에 켜놓은 가스등 불빛이 희미한 것을 보고 휴스턴이 가던 길을 멈추고 불꽃을 키웠다. 그리고 곧바로 로우에게 2층 복도에 켜놓은 가스등도 괜찮은지 한 번 봐달라고 부탁했다.

로우는 2층 계단참을 올려다보다가 살짝 탄성을 내질렀다. 휴스턴이 뭔 일인가 싶어 옆으로 다가왔다.

난간 위로 무언가 얼굴을 쑥 내밀고 두 사람을 내려다보고 있었다. 검버섯이 핀 누리끼리한 얼굴 양옆으로 부어오른 듯 볼록한 두 귀가 붙어 있어 전체적인 모습이 이상하게도 사자 같았다. 놈이 휙 한 번 쳐다봤을 뿐인데 마치 팽팽한 눈싸움을 하듯 눈이 저항의 빛으로 이글거렸다. 두 남자가 부리나케 층계를 뛰어올라 가자 놈은 재빨리 얼굴을 감췄다.

"여긴 아무것도 없는데."

휴스턴이 2층에 있는 방들을 모조리 살펴본 뒤 소리치자 로우가 대답했다.

"아무것도 못 찾을 줄 알았네."

"이거 어째 갈수록 더 꼬이는데. 이제는 자네도 다 해결한 척 못하겠는걸."

휴스턴이 말하자 로우가 짧게 대꾸했다.

"내려가세. 변변치 않지만 내 의견을 말해주겠네."

휴스턴은 흡연실에 들어서자마자 등을 있는 대로 꺼내 불을 밝히느라 분주했다. 그러고 나서 창문마다 꼼꼼하게 문단속을 하고 난롯불을 활활 타오르게 했다. 그러는 사이 로우는 여느 때와 다름없이 담배를 물고 탁자 끝에 앉아 약간 재미있다는 표정으로 휴스턴의 모습을 지켜봤다. 휴스턴이 의자에 털썩 주저앉으며 말했다.

"자네도 그 끔찍한 얼굴 봤지? 놈은 우리랑 같은 사람이었어. 그런데 어디로 사라진 걸까? 어딘가 숨어 있는 게 틀림없네."

"우리 둘 다 똑똑히 놈을 봤지. 그걸로 목적은 충분히 달성한 거네."

"로우, 자네는 뭘 그렇게 복잡하게 말하나. 내가 간단히 알려줄 테니 듣기만 하게. 먼저, 갈수록 새로운 게 나타나니 점점 미궁에 빠지는 꼴이네. 우리는 지금 오도 가도 못하게 됐다고, 알겠나? 지팡이로 톡톡 두드리는 소리가 나는 건 노인이라는 얘기고, 물집 같은 것을 가지고 노는 건 아이라는 얘기잖나. 또 발자국은 발톱이 없는 호랑이가 남긴 것 같다더니 밤에 자네를 공격했던 물체는 차갑고 흐물흐물했다며. 게다가 마지막에는 결정적으로 우리 둘 다 사자처럼 생긴 인간의 얼굴을 봤다고! 자네가 이 모든 것들을 서로 연관 지을 수 있다면 자네가 뭔 말을 하든 기쁘게 듣겠네."

"먼저 자네한테 질문 하나 해도 되겠나? 내가 이해하기로는 자네와 밴 뉘센 씨는 피 한 방울 안 섞인 사이라고 한 것 같은데."

"당연히 안 섞였지. 그 양반은 완전히 남이었다니까." 휴스턴이 퉁명스럽게 대답했다.

"그렇다면 자네는 내 결론이 마음에 들 걸세. 자네가 말한 모든 것들은 단 한 가지로 설명할 수 있다네. 바로 이 집에 한센병 환자였던 반 뉘센 씨의 유령이 씌었다는 거네."

순간 휴스턴이 벌떡 일어서서 친구를 빤히 쳐다보며 말했다.

"세상에 별 끔찍한 소리를 다 듣겠네! 나로서는 자네가 어쩌다가 그런 결론에 이르렀는지 도통 모르겠네."

"다소 힘들겠지만 줄줄이 드러난 증거들을 순서대로 따져보게나. 먼저, 남자는 왜 지팡이로 톡톡 두드렸을까?"

"그거야 시각장애인이라서 그랬겠지."

"시각장애인이라면 지팡이는 하나만 사용하지. 하지만 우리가 찾아낸 자국은 두 개였다네."

"발을 못 쓰는 사람이라서 그렇겠지."

"바로 그거네. 무슨 이유 때문인지 발을 제대로 못 쓰는 사람인 거지."

"그렇다면 물집같이 생긴 거랑 사자처럼 생긴 얼굴은?" 휴스턴이 계속해서 물었다.

"물집처럼 생긴 그건 한센병 때문에 일그러진 발을 리넨 같은 걸로 싸매서 우리 눈에 그렇게 보였을 거네. 발을 쓰기보다

질질 끌고 다녔을 테니까 말일세. 그 때문에 문을 통과할 때 언제나 뒤로 발이 보였을 거네. 이제 우리가 봤던 단 하나의 발자국에 대해서 말하겠네. 한센병에 걸리면 사지의 잔뼈들이 서서히 사라지는 경우가 더러 있다네. 내 생각에 발자국처럼 생긴 흔적은 그가 사용했던 나머지 발… 즉 발가락이 없는 발이 남긴 자국이 아닐까 싶네. 병이 더 심해지면 불구가 된 손발을 치료할 때 굳은살이 생기기 때문이지."

"계속해보게. 어쩐지 진짜처럼 들리는군. 그리고 사자처럼 생긴 얼굴은 내가 직접 설명할 수 있네. 중국에 있을 때 한센병 환자들 틈에서 그런 얼굴을 본 적 있다네."

"알다시피, 밴 뉘센 씨는 트리니다드섬에서 수년 동안 살았잖은가. 아마 거기서 한센병에 걸린 것 같네."

"나도 그렇게 생각하네. 돌아오신 후로 집 안에 틀어박혀 거의 한 발짝도 나오지 않으신 데다 당신 입으로 류머티즘 관절염 때문에 괴롭다고 말씀하셨으니까. 끔찍하지만 이제야 앞뒤가 맞는군."

"밴 뉘센 부인께서 왜 남편과 합치지 않겠다고 했는지도 설명이 되지."

굉장히 심란한 표정을 짓던 휴스턴이 억지로 목소리를 짜내어 말했다.

"로우, 우리 여기서 그만두면 안 되네. 아직 해결할 게 많이 남아 있잖은가. 좀 더 얘기해주게."

로우가 마지못하겠다는 듯 대답했다.

"지금부터 하는 말은 근거가 조금 불확실하다네. 그냥 내 생각이 그렇다는 걸 명심하게. 믿어달라고도 하지 않겠네. 내 생각에는 밴 뉘센 부인이 살해된 것 같네."

"뭐라고? 설마 고모할아버지가 그랬단 말인가?" 휴스턴이 놀라 소리쳤다.

"지금까지 드러난 증거들을 볼 때 그랬을 가능성이 크네."

"하지만, 이보게 친구…."

"그 양반이 자네 고모할머니를 목 졸라 죽인 뒤 자살하신 것 같네. 그 양반 시체가 발견되지 않은 건 애석한 일이네. 유해 상태를 보면 내 생각이 맞는지 아닌지 금방 알 수 있을 텐데 말이지. 지금이라도 해골이 발견된다면 그 양반이 한센병 환자였는지 아닌지 확실하게 밝혀질 텐데."

한참 동안 침묵이 흐른 뒤 휴스턴이 먼저 입을 뗐다.

"잠깐만, 로우. 유령들은 분명 형체가 없지 않나. 그런데 이 집에 있는 유령은 굉장히 뚜렷한 형체를 갖고 있다네. 이건 실로 좀 특이하지 않은가? 자네가 다른 모든 건 거의 밝혀냈네. 그럼 이번에는 왜 이 죽은 한센병 환자가 자네와 노쇠한 필더그씨를 죽이려고 해야만 했는지 설명해줄 수 있겠나? 아울러 그 유령이 어떻게 그런 물리적 힘을 발휘해 그런 일을 도모할 수 있었다는 거지?"

로우는 물고 있던 담배를 빼내 생각에 잠긴 표정으로 담배 끝을 바라보다가 입을 열었다.

"이건 어디까지나 내 생각일세. 악마의 대리인이 저지른 짓이라고 추정하는 게 타당해 보이는 사건들이 여럿 있었지."

"악마의 대리인이라니… 무슨 소린가?"

"사건의 전말이 아직은 모호하고 미숙한 단계에 있긴 하지만 내 말을 이해할 수 있게 설명해보겠네. 밴 뉘센 씨는 지극히 잔인하게 살인을 저지른 다음 자살했네. 그런데 자살한 시체는 특이하게도 부패가 억제될 정도로 혼령이 씌기 쉽다고 알려져 있다네. 그뿐만 아니라 악령의 최대 목적은 형체가 있는 몸을 차지하는 거라는 걸 자네도 잘 알 걸세. 내 생각을 논리적인 결론으로 완성하려면 밴 뉘센 씨의 사체는 분명 이곳 저택 부지 어디엔가 감춰져 있어야 하네… 그 사체는 어떤 혼령이 씌어 간간이 움직이다가 특정 시점에는 밴 뉘센 부부의 참혹한 비극을 재현할 수밖에 없는 거라네. 살아 있는 사람이 우연히 그 비극의 첫 번째 희생자 역할을 맡는다면 얼마나 끔찍하겠나!"

로우가 이처럼 특이한 생각을 털어놓자 휴스턴은 한동안 아무 말도 하지 않았다. 그러다 마침내 침묵을 깬 휴스턴이 물었다.

"그럼 자네는 전에도 이런 비슷한 사례를 접한 적 있나?"

"이와 같은 가설이 옳다는 걸 입증할 만큼 아주 많이 있었다네. 그중에서도 1888년 초반에 버스너라는 사람이 철저히 조사했던 신기한 유령 사건이 기억에 남는다네. 운 좋게도 당시나는 그분의 조수로 일했거든. 사실 최근에 비엔나에서 조사했던 사건도 약간 비슷한 양상을 띠었다네. 하지만 당시 우리는 사체 발굴 작업을 돌연 중단해야만 했네. 사체만 찾아도 명확한 결론이 도출될 텐데 말이지."

"그렇다면 자네는 이 집을 헐어내야 이 사건의 전말이 좀 더분명하게 드러날 거라고 생각하는 건가?"

"두말하면 잔소리지."

로우의 말에 휴스턴은 아주 확실하게 못 박는 한 마디로 논의를 마무리했다.

"이 집을 헐어야겠군!"

이리하여 '스패니어즈' 저택은 헐리고 말았다.

해머스미스 '스패니어즈' 저택 사건의 전말은 여기까지다. 어쩌면 해당 사건은 그 성격상 앞으로 소개할 사건들만큼 색다르지 않을 수도 있다. 하지만 이번 연재물 첫 편(이 단편은 1989년 1월 〈피어슨즈 매거진〉에 실린 '진짜 유령 이야기Real ghost stories 시리즈'의 첫 번째 이야기임 – 옮긴이)으로 등장한 이유는 이 이야기에 플랙스먼 로우 씨의 전매특허인 독특한 사건 해결 방식이 잘 드러나 있기 때문이다.

저택 철거 작업은 가능한 한 바로 시작됐기 때문에 그리 오래 걸리지 않았다. 철거에 나선 지 얼마 되지 않아 복도 구석에 길게 잇댄 판자 아래에서 해골이 발견됐다. 몇몇 팔다리뼈가 사라진 데다 다른 여러 징후들로 보건대 발견된 유해가 한센병 환자의 것이라는 사실이 확실해졌다.

현재 그 해골은 한 시립 병원 표본실에 있다. 이 해골은 과학의 증표로서 플랙스먼 로우 씨가 사건을 해결하는 방식이 얼마나 정확한지, 그리고 그의 놀라운 가설이 얼마나 사실에 가까운지를 입증해주는 유일한 현존 증거다.

레이커 실종 사건

아서 모리슨

The Case of Laker, Absconded

레이커 실종 사건

마틴 휴잇은 자문 탐정으로 일하며 런던의 몇몇 대형 은행들과 생명보험회사들에서 일선 사건 변호사 선임료 같은 것을 받았다. 즉, 그런 회사들에 재난이 될 수 있는 사기, 위조, 도난 같은 다양한 사건들이 터졌을 때 어떤 조치를 취해야 하는지 정기적으로 자문해주는 것이다. 그런 사건들이 중요하고 복잡할수록 휴잇이 전적으로 맡았는데 이럴 때는 보통 별도의 수수료를 받았다. 이들 가운데 가장 중요한 회사 중 하나가 보험회사인 제너럴 개런티 소사이어티였다. 이 회사는 비서와 사무원과 출납 담당자들의 청렴성을 믿는다는 모험을 감행한 곳이었다. 회사가 보증한 사람이 현금 보관함을 들고 도망가는 사건이 일어나면 관리자들은 당연히 범인이 빨리 잡히기만을 고대했다. 특히 보험금 지급 청구액을 낮추기 위해 범인이 흥청망청 써버리기 전에 가져간 돈을 빨리 찾아오는 것이 더 우선이었다. 이런 상황이 발생하면 휴잇은 때에 따라 전반적인 자문과 지시를 해주는 데서 그치거나 아니면 직접 횡령물과 횡령범을 찾아 나섰다.

어느 날 아침 여느 때보다 조금 늦게 사무실에 나온 휴잇 앞에 제너럴 개런티 소사이어티에서 보낸 긴급한 전갈이 기다리고 있었다. 전날 발생한 강도 사건에 관심을 기울여달라고 요청하는 내용이었다. 조간신문에 해당 사건이 아래와 같이 짧게나마 실려 있기에 참고하려고 읽어보았다.

심각한 은행 강도

…어제, 유명한 은행가 닐 씨와 리들 씨가 고용한 모 직원이 고용주들의 자산인 거액의 돈을 들고 사라졌다. 보도된 바에 따르면 사라진 돈의 총액은 1만 5000파운드가 약간 넘는다고 한다. 해당 직원은 수금 사원 자격으로 아침에 각종 기타 은행과 무역 회사들에서 수금하는 일을 해왔는데 사건 당일에는 늘 오는 시간에 돌아오지 않은 것으로 보인다. 문제의 사원은 혐의가 드러나기 전에 영국은행에서 상당량의 어음을 현금으로 바꾸어갔다. 해당 사건 담당자는 런던 경찰국 플러머 경위다.

전갈에 따르면, 제너럴 개런티 소사이어티가 통상대로 찰스 윌리엄 레이커라는 이름의 그 사원을 보증했다고 한다. 따라서 휴잇이 사무실에 나오는 즉시 그 남자를 체포하고 어쨌든 횡령당한 돈을 가능한 많이 되찾을 수 있도록 서둘러 조치를 취해달라는 내용이었다.

똑똑하고 잘생긴 남자가 딱 15분 만에 휴잇을 런던 은행가에 데려다줬다. 해당 은행 지점장인 라이스터 씨와 몇 분간 이야기를 나눠보니 단순해 보이는 사건의 요점을 파악할 수 있었다. 찰스 윌리엄 레이커는 스물다섯 살로 사실상 학교를 졸업하자마자 입사해 닐 앤 리들은행에서 7년 넘게 근무했으며 사건 전날까지도 흠잡을 데가 전혀 없는 사원이었다.

레이커가 맡은 수금 사원 일은 매일 아침 10시 30분경에 시작하는 특정한 수금 업무로 이루어져 있었다. 수금 대상 업체들은 닐 앤 리들은행이 매일 거래하는 일정한 수의 좀 더 중요한 은행들과 그보다 규모가 조금 작은 준사설 은행들, 중요도나 정기거래 빈도는 떨어지지만 사업적 거래 관계를 맺고 금융 중개인 역할을 하는 무역 회사들까지 다양했다. 레이커는 반드시 이들 은행들이나 회사들을 일일이 찾아가 어음이나 그와 비슷한 성격의 증서에 따라 받아야 할 현금을 받아와야 했다. 레이커 사원은 지갑을 자기 몸에 사슬로 단단히 묶고 다녔는데 이 지갑에는 어음과 현금이 들어 있었다.

보통 수금이 끝나 모든 어음이 현금으로 바뀔 때쯤에 이 지갑은 아주 많은 액수의 돈으로 가득 찬다. 결국 레이커는 모든 은행의 수금 사원들에게 공통된 책무를 맡고 있었다.

횡령 사건이 일어난 날에도 레이커는 여느 때와 다름없거나 아니면 보통 때보다 조금 일찍 업무를 시작했을 터였다. 1만 5000파운드가 훨씬 넘는 액수의 어음과 다른 유가증권들을 가지고 말이다. 레이커는 분명 평상시와 다름없이 각 기관에 들러 수금을 하면서 오후 1시 15분경에 마지막 장소에서 거래 업무를 마쳤을 것이다. 그때는 틀림없이 가져간 어음을 전액 현금으로 바꿔 지니고 있었을 것이다. 라이스터 씨의 말에 따르면, 어제까지만 해도 그 시간 이후로 레이커에 대한 소식을 전혀 보고받지 못했다고 한다. 하지만 오늘 아침 레이커가 적어도 칼레 정도 되는 해외에 있는 것으로 추적된다는 취지의 전갈을 받았다. 제너럴 개런티 소사이어티 이사들은 휴잇이 즉시 개인 자격으로 이 사건을 맡아 회수하는 방식으로 횡령금을 가능한 만큼이라도 되찾아주기를 바랐다. 물론 보험회사들 입장에서는, 횡령범은 반드시 잡혀서 처벌받는다는 본보기로 삼아 중요한 무형의 이익을 올려야 했기에, 레이커도 찾아줬으면 했다. 그래서 휴잇과 라이스터 씨는 가능한 한 곧 수사를 시작하기 위해 닐 앤 리들은행으로 향했다.

닐 앤 리들은행 건물은 꽤 가까운 리든홀 스트리트에 있었다. 건물 안에 들어서자마자 휴잇과 라이스터 씨는 은행 특별실을 찾았다. 휴잇은 외부 대기실을 지날 때 두 명의 여성을 유심히 보았다. 나이가 많은 쪽 여성은 상복 차림으로 필기용 탁자에 한 손을 올리고 머리를 받친 채 앉아 있었다. 얼굴은 보이지 않았지만 전체적인 태도에서 참을 수 없는 슬픔을 극복하고 있다는 것이 느껴졌다. 더구나 그녀는 가만히 흐느껴 울고 있었다. 다른 여성은 스물두세 살가량의 젊은 아가씨였다. 두꺼운 검정색 베일을 쓰고 있어서 표준 체형의 자그마한 아가씨로 얼굴이 창백하고 핼쑥하다는 것 말고는 알 수 없었다. 손위 여성의 어깨에 손을 올려놓은 채 서 있던 아가씨는 두 남자가 들어서자 재빨리 고개를 돌렸다.

동업자 중 한 명인 닐 씨가 집무실에서 휴잇과 라이스터 씨를 맞이했다. 라이스터 씨가 탐정인 휴잇을 소개하자 닐 씨는 "안녕하시오, 휴잇 씨"라고 인사를 한 뒤 이어 말했다.

"이번 사건은 아주 심각합니다. 나는 우리를 포함해 다른 누구보다도 레이커가 안쓰럽게 여겨집니다. 하여간에 그 사람 어머니가 더 안됐죠. 그 양반은 지금 리들 씨가 출근하는 대로 곧장 만나겠다고 기다리고 있습니다. 리들 씨는 오랫동안 저 가족과 알고 지냈답니다. 그 양반과 함께 온 쇼 양 또한 가여울 따름입니다. 가정교사 같은 일을 하는 모양인데 레이커가 결혼을 약속한 사이 같습니다. 정말 안타까운 일이지요."

휴잇이 물었다.

"제가 알기로는 경찰 측을 대표해 플러머 경위께서 이 사건을 맡았다고요?"

닐 씨가 그 질문에 대답했다.

"예, 그렇습니다. 사실 경위께서 지금 여기에 있습니다. 레이커 책상에서 물품 같은 것들을 살펴보고 있지요. 경위님 생각에는 레이커에게 공범이 있을 수 있다더군요. 만나보시렵니까?"

"곧 볼 겁니다. 플러머 경위와 저는 오랜 친구 사이입니다. 서로 마지막으로 봤던 게 몇 달 전에 있었던 스탠웨이 카메오 사건 때가 아닌가 싶군요. 하지만 먼저 몇 년이나 레이커가 수금 사원으로 일했는지 말씀해주시겠습니까?"

"우리 은행에서 7년 동안 일했지만 수금 일을 맡은 건 거의 4개월 정도 됐습니다. 올 초에 곧바로 수금 사원으로 승진했으니까요."

"알고 계신 그 사람의 습관 같은 거 없나요? 여가는 뭘 하고 보내는지 같은 것 말입니다."

"별로 아는 게 없는데요. 보트 타러 간다고 했던 것 같소만.

전해 들은 얘기지만 그 친구가 돈이 많이 드는 취미를 한두 가지 갖고 있다고들 합니다. 그러니까 직책으로나 젊은 나이에 비해 돈이 많이 드는 취미 말입니다."

닐 씨가 아주 인상적일 정도로 품위 있게 손사래를 치면서 설명했다. 뚱뚱한 노신사에게 딱 어울리는 몸짓이었다.

"전에는 그 직원에게 불성실하다고 의심할 만한 점이 전혀 없었나 봅니다."

"아뇨, 그건 아닙니다. 한번은 반환을 잘못했는데 한동안 들키지 않았던 적이 있었습니다. 하지만 결국 업무적 실수로 판명 났지요, 단순한 업무 실수 말이오."

"그 직원의 은행 동료들과 관련해서 뭐 좀 아시는 게 있나요?"

"없습니다, 나야 알 턱이 없지요. 허나 플러머 경위가 다른 직원들과 관련된 점이 있는지 조사하고 있습니다. 마침 경위가 왔나 봅니다. 들어오시죠!"

문을 두드린 사람은 정말로 플러머 경위였다. 닐 씨의 연락을 받고 온 모양이었다. 보통 체형에다 눈이 작고 속을 알 수 없는 표정의 플러머 경위는 아직 경찰에서 명성이 자자할 정도는 아니었다.

내 책을 읽은 몇몇 독자들은 내가 어디선가 '스탠웨이 카메오 미스터리'라는 제목으로 전말을 소개하고 설명한 적 있는, 오래전에 공개된 수수께끼 같은 사건에서 그 이름을 들어본 적이 있을 것이다. 플러머 경위는 한 손에는 중산모자를, 다른 한 손에는 몇 장의 종이를 들고 있었다. 그는 휴잇에게 아침 인사를 한 뒤 모자를 의자에 내려놓더니 탁자에 종이들을 펼쳐 보이며 말했다.

"여기서 별다른 걸 건지진 못했지만 한 가지만은 확실하게 알겠더군요. 레이커가 경마에 빠져 있었다는 것 말입니다. 이거랑 이거, 또 이것 좀 보세요. 결제와 관련해 마권업자가 보낸 두 통의 편지인데 내용을 보니 마권업자가 은행 직원을 믿었던 것 같습니다. 이것들은 경마 정보 제공자가 보낸 전보들이고 이건 친구가 보낸 편지인데 머리글자로만 서명이 돼 있어서 친구 이름은 모르겠습니다. 하지만 레이커에게 친구를 위해 '본인 돈으로' 말에 1파운드짜리 금화 한 개를 걸어달라고 부탁하는 내용입니다. 제가 이것들을 가지고 있을까 합니다. 이 친구를 찾을 수만 있다면 만나보는 게 좋을 것 같습니다. 경마가 얽힌 사건을 종종 접합니다. 안 그렇습니까, 휴잇 씨? 그나저나, 프랑스에서는 아직 소식이 없군요."

휴잇이 물었다.

"레이커가 프랑스에 있다고 확신하는 모양이군요?"

"음, 지금까지 우리가 뭘 했는지 말씀드리죠. 당연히 맨 먼저 모든 은행들을 찾아가 봤습니다. 하지만 아무런 소득도 없었죠. 출납원들 모두 레이커의 얼굴을 알아보더군요. 그중 한 명은 개인적으로 레이커와 친구 사이더라고요. 레이커 사원은 여느 때와 다름없이 은행을 방문해 특별히 어떤 말을 한 것도 아니고 평상시처럼 어음을 현금화한 뒤 오후 1시 15분경에 동부 연합은행에서 업무를 마쳤습니다. 여기까지는 별다른 게 전혀 없었습니다. 하지만 제가 두 세 사람에게 기차역 같은 데서 탐문 수사를 하라고 시켰었는데, 동부연합은행을 나서기 직전에 그 중 한 사람이 소식을 갖고 왔더군요. 그 친구가 혹시나 하는 마음에 파머 여행사를 찾아갔는데 뜻밖의 단서를 발견한 겁니다."

"레이커가 거길 다녀갔답니까?"

"다녀가다 뿐인가요. 거기서 프랑스행 표를 사 갔다고 합니다. 어떤 면에서는 머리를 잘 쓴 거죠. 알다시피, 그런 표는 운신의 폭을 넓게 만들어줍니다. 두세 군데의 다른 경로로 떠나서 내키는 곳에서 잠시 쉬었다 갈 수도 있고 온갖 변수가 가능한 여행 표니까요. 따라서 그런 표를 지니고 몇 시간 전에 출발한 사람이라면 방향을 틀어 외진 경로를 이용하다가 의외의 장소에서 새로운 표를 구입해 또 다른 방향으로 갈아탈 수 있을 겁니다. 우리가 찬찬히 그가 갔음 직한 여러 경로들을 선별하고 조사하는 사이에 말이죠. 풋내기치고는 제법 머리를 쓴 셈이죠. 하지만 풋내기들이 항상 그렇듯 레이커 역시 한 가지 커다란 실수를 저질렀더군요. 뭐, 사실 노련한 이들도 툭하면 저지르는 실수죠. 그 친구는 아주 멍청하게도 레이커라는 실명을 그대로 썼더군요! 엄청난 단서가 되지는 않더라도 앞뒤 정황을 그려보면 그 친구의 위치를 충분히 알아낼 수 있을 겁니다. 그 친구는 동부연합은행에서 나올 때 모습 그대로 지갑이랑 모든 소지품을 지닌 채 발길을 돌렸겠죠. 아마 마차를 타고 곧장 파머 여행사로 갔을 겁니다. 시간상 그랬을 거라고 판단한 겁니다. 1시 15분에 동부연합은행을 나왔는데 파머 여행사에 도착한 게 1시 25분으로 10분밖에 걸리지 않았으니까요. 여행사 직원이 점심시간을 다 까먹을까 봐 계속 시계를 보면서 교대해줄 직원을 기다리고 있었기 때문에 정확히 시간을 기억하고 있더군요. 레이커는 짐이라고 할 만한 것들을 많이 가져가지 않았을 겁니다. 우리가 기차역을 샅샅이 조사하면서 승객들의 짐을 들어준 짐꾼들을 만나봤는데 그 친구와 짐에 대해 어떤 식으로든 거래했다는 짐꾼은 한 명도 없는 것 같더군요. 물론 그 정도야 다들 예상했겠지요. 그 친구는 가능한 한 짐을 최소화하고 필요한 게 있으면 도중에 사서 쓰거나 은신처에 도착한 다음에 구입했을 겁니다. (도버에서 칼레로 가는 경로의 표라서) 제가 칼레에 전보도 치고 앞서 똑똑한 친구 두 명을 보내 채링크로스 역에서 8시 15분에 떠나는 우편 수송 열차를 타도록 조치했답니다. 당일 중으로 그 친구들한테서 소식이 올 것으로 예상됩니다. 저는 본부에서 돌아가는 상황을 지켜보며 계속 런던에 있을 예정인데 제가 직접 갔어야 하는 게 아닌가 싶기도 합니다."

"그럼 지금까지 그게 다란 말입니까? 뭐 다른 거라도 생각하고 있는 건 없고요?"

플러머가 입을 삐죽이며 슬쩍 웃어넘겼다.

"현재까지 제가 아주 확실하게 알고 있는 건 그게 답니다. 제가 뭘 할지는 곧 알게 되겠지요. 한두 가지 생각해둔 게 있으니까요."

휴잇도 엷게 웃음을 머금었다. 플러머가 직업적으로 질투심을 불러일으키려고 한다는 것을 알아차렸기 때문이다. 휴잇은 자리에서 일어서며 말했다.

"좋아요, 그럼 저도 곧바로 한두 가지 조사를 하겠습니다. 닐씨께서 허락하신다면 직원 한 분께 안내를 받아 레이커가 어제

들렀던 은행들을 차례로 방문했으면 합니다. 처음부터 시작해야 하니까요."

닐 씨는 휴잇에게 은행 소유의 어떤 물품이나 어떤 직원의 도움이든 마음대로 이용할 수 있도록 해줬다. 그렇게 회의를 마치고 휴잇이 은행 직원과 함께 닐 씨의 내실과 은행 사무실 사이에 있는 별도의 방들을 지날 때였다. 언뜻 베일을 쓴 여성 두 명이 옆문으로 나가는 것 같았다.

첫 번째로 찾아간 은행은 닐 앤 리들은행에서 아주 가까웠다. 그저께 레이커에게 어음을 교환해주었던 출납원은 그에게서 특이한 점을 발견하지 못했다고 했다. 그날 아침에도 다른 아침과 마찬가지로 여러 다른 수금 사원들이 방문했는데 그 직원이 레이커와 관련해 확실하게 말할 수 있는 것이라고는 오직 장부에 숫자로 기록된 것들뿐이었다. 그 직원은 레이커라는 이름도 전날 오후에 플러머가 탐문하면서 언급하기 전까지는 알지도 못했다. 따라서 그 직원이 기억할 수 있는 것이라고는 레이커의 행동이 여느 때와 크게 다를 바 없었다는 게 전부였다. 하지만 그마저도 확실한 것 같지 않았다. 그 직원은 주로 어음만 들여다봤기 때문이다. 레이커의 인상착의를 설명하는 대목에서도 휴잇이 해당 은행에서 가져온 사진 속 모습을 그대로 옮겨놓는 수준에 불과했다. 갈색 콧수염을 기르고 평범한 인상을 가진 지극히 평균적인 얼굴의 젊은 남자로 다른 은행원들과 거의 비슷한 차림새를 하고 있었다. 즉, 춤이 높고 통이 좁은 모자를 쓰고 있었으며 검정색 약식 예복 등등을 입었다는 설명뿐이었다. 넘겨받은 어음에 적힌 숫자들은 이미 플러머 경위가 받아간 터라 휴잇까지 번거롭게 만들 필요는 없었다.

다음 은행은 콘힐에 있었다. 그곳 은행 출납원은 레이커와 개인적으로 친분이 있는 사이였다. 친구까지는 아니어도 어쨌든 서로 알고 지내는 관계라 좀 더 많은 것들을 기억하고 있었다. 그 직원의 말에 따르면 그날 레이커의 태도는 평상시와 다름없었다. 무언가에 정신에 팔려 있거나 흥분한 기색 따위는 분명 전혀 없었다고 했다. 레이커는 1~2분가량 일요일에 강에 갈 계획이라는 등의 이야기를 한 뒤 여느 때와 마찬가지로 은행을 나갔다.

휴잇이 물었다.

"레이커 씨가 말한 내용을 전부 기억해낼 수 있나요? 그가 정확히 뭘 했고 뭐라고 말했는지 아주 사소한 것까지 정확히 알고 싶어서요."

"글쎄요, 그 친구가 약간 멀리 떨어진 데서 저를 봤어요. 제가 저기 뒤쪽에 있는 책상에 있었거든요. 손을 흔들면서 '잘 지냈나?'라고 말했어요. 그래서 제가 다가가 어음을 받아 평상시대로 현금으로 바꿔줬죠. 그날따라 새 우산을 가져와서 창구에 내려놓는데 꽤 멋진 우산이기에 제가 손잡이를 보고 뭔가 말했습니다. 그러니까 그 친구가 우산을 들어서 제게 보여주면서 방금 친구한테서 받은 선물이라고 하더군요. 가시금작화 뿌리로 만든 손잡이에 두 줄로 은색 띠를 둘렀는데 그중 하나에 그 친구 이름의 첫 글자들인 C. W. L이 쓰여 있더라고요. 제가 손잡이가 아주 멋지다고 말하면서 일요일에 그 친구가 사는 동네의 날씨가 좋았는지 물었습니다. 그랬더니 자기는 강에 갔었는데 날씨가 아주 좋았다고 하더군요. 기억나는 건 그게 전부인 거 같습니다."

"고맙습니다. 그럼 이제 그 우산 이야기 좀 해주세요. 레이커가 그 우산을 접어서 가지고 다니던가요? 자세히 설명 좀 해줄래요?"

"음, 제가 손잡이에 대해 그 친구에게 이러쿵저러쿵 말했을 뿐 나머지는 별다른 내용이 없었던 것 같아요. 우산은 접지 않고 왜 있잖습니까, 대충 말아서 다니는 거요. 그런데 손잡이는 모양이 약간 이상했어요. 원하신다면 제가 기억나는 대로 한번 그려볼게요."

그 직원이 스케치해준 덕분에 휴잇은 그 우산을 대략이나마 머릿속에 그려볼 수 있었다. 마디가 많아 울퉁불퉁한 데다 갈고리처럼 휘어진 손잡이 끝에 은색 띠가 하나 있었고 그보다 조금 아랫부분에 이름 머리글자들이 박힌 또 다른 은색 띠가 둘러져 있었다. 휴잇은 스케치한 종이를 호주머니에 넣은 뒤 직원에게 인사를 하고 은행을 나왔다.

다음 은행에서 들은 이야기도 첫 번째 은행에서 들은 이야기와 똑같았다. 기억할 만한 게 전혀 없고 평상시와 다름없었다는 말만 들었다. 휴잇과 안내를 맡은 직원은 포장된 좁은 길로 들어서 롬바드 스트리트를 지나 다음 차례로 향했다. 불러 클레이턴 래드스 은행은 좁은 포장도로가 끝나는 지점에서 모퉁이에 들어서자 바로 나왔다. 돌로 만든 인상적인 현관을 좀 더 확장하고 단장하는 중이라 사다리와 임시 가설물들로 길이 거의 막히다시피 한 형국이었다. 그 은행에서도 똑같은 이야기만

들었다. 그다음 은행들도 사정은 마찬가지였다. 출납원들은 레이커의 얼굴만 알고 있었고 그나마도 확실하게 알고 있는 것도 아니었다. 수금 사원들의 방문은 너무나 일상적인 일이라 은행 직원들의 주목을 거의 끌지 못했다. 간혹 서로 이름을 부르는 경우가 생기더라도 회사 이름으로 부르는 게 다반사였다. 출납원들이 기억하는 한 레이커의 행동은 여느 때와 다름없었다. 마지막으로 동부연합은행을 나설 때 레이커의 새 우산을 둘러싸고 수다를 떨었다는 사실 말고는 더 알아낼 것도 없었다.

휴잇은 닐 씨가 붙여준 직원과 헤어진 뒤 이륜마차에 오르려다가 조금 떨어진 뒤쪽에서 상복을 입고 베일을 쓴 여인이 또 다른 이륜마차를 부르는 모습을 목격했다. 그 여인이 누구인지 알아본 휴잇은 마부에게 말했다.

"파머 여행사로 빨리 가되 저 뒤에 있는 마차를 계속 주시해 주시오. 만약 우리를 따라오는 것 같으면 즉시 알려주시게."

마차가 출발하고 두어 번 갈림길을 지났을 때 마부가 휴잇 머리 쪽에 있는 마차 덮개를 열고 말했다.

"나리, 저기 뒤에서 다른 마차가 일정한 거리를 유지한 채 우리를 따라오고 있습니다."

"알았네. 그거면 됐네. 이제 파머 여행사로 빨리 가세."

파머 여행사에서 레이커의 수속을 도왔던 직원은 그를 아주 잘 기억하고 있었다. 레이커가 갖고 있던 지갑까지 자세히 알고 있기에 우산도 기억할까 싶어 물어봤더니 역시나 정확히 기억해냈다. 이름을 따로 기록해두지 않았지만 그 손님이 레이커라는 걸 분명히 알고 있었다. 사실 그런 식으로 표를 구입할 때는 이름을 묻는 법이 없지만 레이커가 통상적인 절차를 모르는 상태에서 굉장히 서두르는 바람에 표를 구해달라고 하면서 이름이 필요할 것 같다고 지레짐작하고는 단번에 실명을 말해버린 것 같았다.

휴잇은 타고 왔던 마차로 돌아가 채링크로스 역으로 출발했다. 마부는 다시 한번 덮개를 열고 휴잇에게 베일을 쓴 여인이 탄 마차가 또다시 따라오고 있다고 알렸다. 그 마차는 휴잇이 여행사에서 볼일을 보는 내내 기다린 모양이었다. 채링크로스에 도착해 마차에서 내린 휴잇은 곧장 분실물 보관소로 걸어갔다. 전에도 일 때문에 자주 들렀던 터라 보관소 직원은 휴잇을 잘 알고 있었다. 휴잇이 그에게 물었다.

"어제 기차역에 누가 우산을 두고 갔지 싶은데. 새 실크 우산 말일세. 손잡이는 울퉁불퉁한 가시금작화 뿌리로 만들어졌는데 이 그림처럼 두 줄의 은색 띠가 둘러져 있네. 그리고 아래쪽 띠에는 'C. W. L'이라는 머리글자들이 적혀 있지. 혹시 여기로 들어오지 않았던가?"

"어제 우산이 두세 개 들어오긴 했어요."

"어디 좀 보세."

보관소 직원이 그림을 들고 사무실 안쪽으로 들어갔다.

"어, 여기 있는 게 그건 거 같아요. 이거 아닌가요?"

"글쎄, 정확히 잘 안 보여서… 이쪽으로 가지고 나와 주면 자세히 볼 수 있을 것 같네. 그런데 접혀 있는 것 같은데, 발견할 때부터 그랬나?"

"아뇨. 그 녀석이 발견한 뒤 이렇게 접어서 가져왔어요. 아,

짐꾼이 발견했거든요. 자기는 꼭 우산을 이렇게 말끔하게 접어 가지고 다닌다나 뭐라나, 그러면서 은근히 뻐기던걸요. 종종 녀석을 보면 남이 대충 말아가지고 다니는 우산을 빼앗아 제대로 접어주고 싶어 안달이 난 거 같다니까요. 이상한 놈이죠?"

"그러게. 하지만 누구에게나 그런 이상한 취미는 조금씩 다 있다네. 이걸 어디서 발견했다던가, 여기서 가까운 덴가?"

"예, 나리. 바로 저기요. 이 창문 거의 맞은편에 있는 저기 작은 모퉁이요."

"2시경에 말인가?"

"아, 그게 아마 그때쯤일걸요."

휴잇은 우산을 받아든 뒤 끈을 풀고 흔들어 실크 천을 풀어지게 했다. 곧이어 우산을 활짝 폈더니 안쪽에서 작은 종잇조각이 하나 떨어졌다. 휴잇이 잽싸게 종잇조각을 움켜잡았다. 그러고 나서 우산을 앞뒤로 꼼꼼하게 살펴본 뒤 직원에게 다시 돌려줬다. 보관소 직원은 미처 종잇조각이 떨어지는 것을 보지 못했다.

"이만하면 됐네, 고맙네. 잠깐 살펴보고 싶었을 뿐이네. 사소한 사건 하나를 맡았는데 조금이나마 관련 있는 것 같아서 말일세. 좋은 하루 보내게."

그리고 서둘러 뒤로 돌아선 휴잇의 눈에 문 뒤에서 겁에 질린 표정으로 그를 훔쳐보던 여인의 얼굴이 보였다. 마차를 타고 따라왔던 바로 그 여인이었다. 베일을 쓰고 있지 않았기에 휴잇은 얼굴을 딱 한 번 흘깃 쳐다봤다. 순간 여인이 갑자기 얼굴을 숨겼다. 휴잇은 여인이 피할 시간을 주기 위해 잠시 그대로 서 있다가 역을 나서서 근처에 있는 자신의 사무실로 걸어갔다.

휴잇은 스트랜드 스트리트를 따라 채 30미터도 못 가 플러머를 만났다.

"도버까지 전부 다 좀 더 자세히 조사할 생각이네. 칼레에서 전보가 왔는데 아직 단서를 못 찾았다더군. 그래서 말인데 레이커는 여기와 도버 중간인 어디쯤에서 조용히 사라진 게 아닌 거 같단 말이지. 아주 이상한 게 하나 있단 말일세."

플러머가 잠시 뜸을 들인 뒤 은밀하게 덧붙였다.

"자네 닐 앤 리들은행에서 은행 간부를 만나기 위해 기다리고 있던 두 명의 여인을 봤나?"

"봤지. 레이커의 어머니와 약혼자라고 들었네만."

"그렇다네. 그런데 자네 그거 아나? 내가 은행을 나온 이후로 쇼라는 이름을 가진 그 아가씨가 내 뒤를 밟아왔다네. 나야 물론 처음부터 그걸 알아챘지. 그런 아마추어들은 제대로 뒤를 밟을 줄 모르니까. 사실 지금도 그 아가씨가 저기 뒤에 있는 보석 가게 안에 있다네. 진열장에서 보석을 구경하고 있는 척하지만 뭔가 이상하지 않나?"

"음, 그래도 전혀 무시할 일은 아니네. 자네, 안 보는 척하면서 빌리어즈 스트리트 모퉁이를 조심스레 쳐다보게나. 레이커 어머니로 보이는 사람이 눈에 띌 거네. 그 양반은 내 뒤를 밟고 있다네."

플러머가 우연인 양 그쪽을 쳐다보는가 싶더니 곧바로 다른 방향으로 눈을 돌렸다.

"그 양반이 맞구먼. 지금 부인이 막 모퉁이를 둘러보는데 허투루 볼 게 아니네. 물론 레이커네 집을 감시하고 있긴 하지만 말일세. 어제 곧바로 사람을 배치했다네. 하지만 이제는 쇼 양 집에도 감시를 붙여야겠네. 닐 앤 리들은행에 전화를 하면 그 아가씨 집이 어디인지 말해주겠지. 아울러 저 여자들 역시 감시해야겠네. 사실 난 이번 일을 레이커 혼자 한 게 아니라고 생각했다네. 그자가 공범에게 자기 표를 주고 먼저 보낸 다음 우리가 혼란에 빠진 틈을 타 다른 방향으로 안전하게 도피했을 수도 있겠더라고. 자네는 뭐 좀 알아낸 게 있나?"

휴잇은 앞서 아침에 자신이 질문했을 때 플러머가 그랬던 것처럼 엷게 비밀스러운 미소를 지으면서 대답했다.

"음, 여기 기차역에 갔다가 분실물 보관소에서 레이커의 우산을 찾았다네."

"오라! 그렇다면 그자가 여기 없다는 얘기군. 그 점을 명심해야겠네. 분실물 보관소 직원과도 이야기를 해봐야겠는걸."

플러머는 기차역으로 향했고 휴잇은 자신의 사무실로 발걸음을 옮겼다. 휴잇이 계단을 올라 사무실 문 앞에 도착했을 때 나는 막 사무실에 그가 없는 것을 알고 실망해서 나가려던 참이었다. 휴잇을 내 클럽으로 데려가 함께 점심을 먹으려고 들렀지만 휴잇은 이를 사양했다.

"중요한 사건을 맡았거든. 브렛, 이리 와서 이 종잇조각 좀 보게나. 자네는 각각 다른 유형의 신문들을 잘 알지. 이건 어느 신문인가?"

휴잇이 내게 작은 종잇조각을 건네줬다. 절반이 찢겨나갔지만 광고가 담긴 부분을 오려낸 조각이었다.

oast. You 1st. Then to-
3rd L. No.197 red bl. Straight time.

"내 생각에는 말이네… 종이로 보아하니 〈데일리 크로니클〉
이 아닐까 싶네. '인사 광고란'에서 오려낸 게 분명하지만 〈더
타임즈〉를 제외하고 모든 신문들의 인사 광고란이 이와 거의
똑같은 식이네. 찢겨나가지만 않았다면 어느 신문인지 바로 말
해줄 수 있다네. 〈데일리 크로니클〉의 난(欄)들은 폭이 다소 좁
은 편이거든."

"걱정 말게. 내가 신문들을 전부 가져오라고 할 테니까."

휴잇은 그렇게 말하고는 전화를 걸어 케럿에게 전날 조간신
문을 한 부씩 갖다달라고 말했다. 그러고 나서 커다란 옷장 선
반에서 고상하지만 꽤 낡은 데다 약간 울퉁불퉁하고 춤이 높은
모자를 하나 꺼냈다. 또한 약간 낡고 깃이 반짝거리는 외투도
꺼내더니 곧바로 그 모자와 외투로 갈아입었다. 그리고 깔끔한
흰색 넥타이를 풀고 대신 낡은 넥타이를 맨 뒤 듬성듬성 진흙이
묻은 행전을 다리에 찼다. 그런 다음 넓은 고무줄로 동여맨 아
주 커다랗고 두꺼운 수첩을 꺼내 들더니 내게 물었다.

"자, 자네 보기에 어떤가? 세금 징수원이나 위생 설비 검사
관, 혹은 가스 검침원이나 상수도 검침원처럼 보이나?"

"아주 그럴듯하구만. 그런데 대체 어떤 사건이기에 이러는
가?"

"아, 그건 다 끝난 다음에 전부 얘기해주겠네. 곧 끝날 것 같거든. 어, 케렛이 왔구만. 그런데, 케렛, 내가 곧 뒤쪽으로 나갈거거든. 내가 나간 다음에 10~15분 정도 기다렸다가 길 건너로 가서 맞은편 통로에서 기다리고 있는, 베일을 쓰고 검은 옷을 입은 여인한테 말 좀 해주게. 마틴 휴잇 씨가 인사를 전하면서 기다리지 말라는 충고를 하더라고 말이지. 그분은 벌써 다른 문으로 사무실을 나가서 조금 전에 이곳을 빠져나갔다는 말도 함께 전해주게. 그렇게만 하면 된다네. 그 불쌍한 부인께서 하루 종일 쓸데없이 계속 기다린다면 얼마나 유감스러운 일인가. 〈데일리 뉴스〉, 〈스탠더드〉, 〈텔레그래프〉, 〈데일리 크로니클〉… 좋아, 여기 〈크로니클〉에 있구만."

전체 광고 내용은 다음과 같았다.

YOB.…H. R. Shop roast. You 1st. Then to-
night. O2. 2nd top 3rd L. No. 197 red bl.
straight mon. One at a time.

"이게 뭐지, 무슨 암호인가?"

내 물음에 휴잇이 대답했다.

"내가 알아보겠네. 하지만 알게 되도 나중에 말해줄 테니 가서 점심부터 먹게. 케렛, 자네는 주소록 명부 좀 가져다주게."

이 사건과 관련해 내가 실제로 직접 목격한 부분은 여기까지였다. 나머지 부분은 휴잇에게 전해 듣고 적당히 순서대로 기록했다.

내가 무슨 일인지 몰랐던 시점에서 다시 이야기를 시작하자면 다음과 같다. 휴잇은 뒷길로 나가 지나가던 빈 마차를 잡아 타고 마부에게 '애브니 공원묘지'로 가자고 말했다. 20분이 조금 지난 후 마차는 에섹스 로드를 따라 내려가다가 스토크 뉴잉턴으로 이어지는 길로 들어섰다. 이후 20분을 더 간 뒤 휴잇은 스토크 뉴잉턴의 처치 스트리트에서 마차를 세웠다. 그리고 거리 두 곳 정도를 걸어 내려간 뒤 다른 동네로 접어들어 지나가면서 그곳에 있는 집들을 찬찬히 훑어봤다. 그러다가 덩그러니 서 있는 어느 집 맞은편에서 발길을 멈추고 무언가 검침을 하고 커다란 수첩에 적는 척하면서 그 집을 자세히 관찰했다. 동네 다른 집들보다 약간 크고, 좀 더 정돈되고, 조금 더 있어 보이는 그 집에는 옆문 위쪽으로만 보이는 아담하고 멋진 마차 보관소가 있었다. 또한 앞쪽 창문에는 레이스가 풍성하게 달린 빨간색 블라인드를 쳐놓은 상태였다. 휴잇은 사이로 얼핏 큼지막한 가스 샹들리에를 볼 수 있었다.

휴잇은 씩씩하게 정문 입구 계단을 올라가 문을 세게 두드렸다. 말끔한 차림의 하녀가 문을 열자 손에 수첩을 든 채 물었다.

"머스턴 씨 댁이 맞나요?"

"네."

휴잇은 현관으로 들어서서 모자를 벗으며 말했다.

"아, 저는 계량기 검침원인데요. 여기 어딘가에서 가스가 많이 흘러나온 것 같아 계량기가 정상인지 확인하러 왔습니다. 계량기는 어디 있죠?"

하녀가 주저하며 입을 열었다.

"저기… 제가 머스턴 씨께 여쭤볼게요."

"그러세요. 계량기를 떼러 온 게 아니라 그저 한두 번 두드려보려는 것입니다."

하녀가 현관 안쪽으로 들어가더니 마틴 휴잇을 계속 주시하면서 내실의 보이지 않는 누군가에게 그의 말을 전하자 낮은 소리로 거만하게 '그러라고 해'라는 대답이 들렸다.

휴잇은 하녀를 따라 지하실로 내려가면서 정면을 보는 척했지만 실제로는 구석구석을 샅샅이 살폈다. 가스계량기는 부엌 층계 아래쪽에 위치한 아주 커다란 원목 벽장 안에 있었다. 하녀가 벽장문을 열고 양초를 켰다. 계량기가 자리한 바닥에는 갖가지 광주리와 상자와 이상하게도 갈색 종이들이 어지럽게 널려 있었다. 하지만 휴잇의 주의를 대번에 사로잡은 물건은 밝은 파란색 천으로 만든 상의였다. 커다란 놋쇠 단추가 달린 그 옷은 구석에 아무렇게나 쌓아 놓은 고물 속에 있었는데 거기 있는 것들 중에서 유일하게 먼지를 뒤집어쓰지 않은 것 같았다. 그럼에도 휴잇은 아무것도 못 본 척 허리를 굽히고 진지하게 연필로 계량기를 톡톡 세 번 두드린 뒤 계량기 위에 귀를 대고 짐짓 아주 심각하게 소리를 들어보았다.

마침내 휴잇이 하녀에게 말했다.

"약간 미심쩍긴 한데요. 부엌으로 가서 가스를 잠시 켜봐야 할 것 같네요. 버너 밸브를 잡고 있다가 제가 소리치면 곧바로 잠그세요, 알았죠?"

하녀가 지하실을 나가 부엌으로 들어가자마자 휴잇은 그 파란 외투를 집어 들고 살펴봤다. 솔기마다 칙칙한 빨간색 가두리 장식이 되어 있고 제비 꼬리 문양이 들어가 있는 제복 상의였다. 휴잇은 그 제복을 잠시 앞에 펼쳐놓고 문양과 색상을 관찰한 다음에 둘둘 말아 다시 구석에 있는 고물 더미 위로 던져놓았다. 그러고는 하녀에게 소리쳤다.

"자, 좋아요. 이제 잠가요!"

휴잇이 벽장에서 나오자 하녀도 부엌에서 나와 물었다.

"그럼, 이제 다 된 거죠?"

"네, 다 됐습니다. 고마워요."

휴잇의 대꾸에 하녀가 벽장 쪽으로 손을 뻗으며 또다시 물었다.

"이제 괜찮은 거죠?"

"그럼요, 이제 괜찮습니다. 이상이 있었는데 제가 오길 잘했네요. 머스턴 씨에게는 다음 분기에 가스 요금이 훨씬 덜 나올 거라고 전해주세요."

휴잇은 현관을 지나 밖으로 나오면서 살짝 빙긋이 웃었다. 가스 검침원이 그토록 찾아 헤매던 것을 드디어 발견해서 기뻤기 때문이다.

결과는 예상보다 더 좋았다. 그 파란 제복 상의에서 전체 수수께끼를 풀 수 있는 단서를 발견했다. 그 옷은 휴잇이 그날 아침에 찾아갔던 은행과 회사 중 한 곳에서 일하는 정문 수위의 제복 상의였기 때문이다. 비록 당장은 정확히 어느 은행이었는지 기억나지 않았지만 말이다. 휴잇은 가장 가까운 우체국으로 가서 플러머에게 특정한 수사 방향을 제시하고 자신을 만나러

와달라는 내용의 전보를 보냈다. 그러고 나서 첫 번째로 잡힌 마차를 타고 급히 시내로 왔다.

롬바드 스트리트에서 내린 휴잇은 은행마다 다시 찾아가 정문을 살핀 끝에 불러 클레이턴 래드스 은행에서 원하던 것을 찾았다. 다른 은행 정문 수위들은 짙은 자주색 상의나 벽돌색 상의, 또는 갈색 상의 같은 것들을 입고 있었다. 하지만 사다리와 임시 가설물에 가려 정문이 잘 보이지 않는 불러 클레이턴 래드스 은행 수위는 칙칙한 빨간색 가두리 장식이 들어가고 놋쇠 단추가 달린 파란색 상의를 입고 있었다. 휴잇은 계단을 뛰어올라 회전문을 밀어젖히고 은행 내부로 들어가 입고 있는 사람이 무안할 정도로 그 제복 상의를 가까이 보고 나서야 마침내 완전히 납득했다. 곧이어 다시 인도로 나온 휴잇은 앞쪽의 은행 부지를 샅샅이 걸어 다니다가 옆쪽에 포장된 길이 있는 것을 발견하고 깊은 생각에 잠겼다. 불러 클레이턴 래드스 은행 옆쪽으로는 창문이나 문이 전혀 없는 데다 이웃한 집 두 채는 낡아서 나무 버팀목으로 그나마 유지되는 상태였다. 두 집 모두 비어 있었는데 커다란 표지판에 적힌 내용에 따르면 한 달 후에 두 집에 있는 오래된 건축자재들에 대한 구입 입찰을 받을 것이며 해당 부지 가운데 일부는 장기 임대를 놓을 예정이라고 했다.

휴잇은 낡은 주택의 더러운 앞면을 올려다보았다. 창문마다 먼지가 덕지덕지 붙어 있었다. 은행 쪽에 더 가까이 붙어 있는 주택 아래쪽 창문을 빼고는 사정이 모두 같았다. 그런데 은행과 가까운 쪽에 있는 그 창문은 아주 깨끗한 편으로 꽤 최근에 닦은 것 같았다. 비록 칠은 벗겨졌지만 그 집 문 또한 다른 집 문보다 깨끗했다. 휴잇은 해당 주택으로 다가가 바닥에서 약 1.8 미터 높이의 왼쪽 문설주에 설치된 걸쇠를 손으로 만져봤다. 그 걸쇠는 새것으로 전혀 녹슬지 않은 상태였다. 또 걸쇠를 설치할 때 아주 작은 부목도 교체한 모양이었다. 해당 자리의 목재가 깨끗했기 때문이다.

이런 것들을 관찰한 뒤 휴잇은 뒤로 물러나 커다란 표지판 아래에 적힌 '윈저 앤 위크스, 감정소 및 경매소, 앱처치 스트리트'라는 글자를 읽어봤다. 곧이어 휴잇은 롬바드 스트리트로 나섰다.

두 대의 마차가 우체국 근처에 서자 첫 번째 마차에서 플러머 경위와 또 다른 남자가 내렸다. 그 남자와 두 번째 마차에서 내린 두 명의 남자들은 분명 사복형사들로 보였다. 그들의 분위기와 걸음걸이와 목 긴 구두가 그렇게 말해주고 있었다.

휴잇이 다가가자 플러머가 물었다.

"도대체 뭔데 이러나?"

"곧 알게 될 거네. 허나 먼저 해크워스 로드 197번지에 감시 좀 붙여주겠나?"

"그러지, 개미 새끼 한 마리도 놓치지 않도록 하겠네."

"알았네. 나는 몇 분 동안 앱처치 스트리트에 가 있을 거네. 자네 부하 수사관들은 여기 남아 불러 클레이턴 래드스 은행 옆에 있는 좁은 길을 그냥 걸어 다니라고 하게. 그러면서 왼쪽에 있는 첫 번째 집을 잘 감시하라고 시키게. 곧 뭔가 발견할 거 같네. 자네는 이제 쇼 양을 따돌린 건가?"

"아니, 지금도 저 뒤에 있는걸. 레이커 부인과 함께 말이지.

두 사람이 스트랜드에서 만나 마차를 타고 우리를 뒤쫓아왔다네. 참 재밌지 않나? 두 사람은 우리가 완전 초짜인 줄 아나 봐! 되레 아주 잘됐네. 두 사람이 내 뒤를 계속 밟는 한 따로 감시를 붙일 일은 없으니까 말이네."

플러머 경위가 눈을 찡긋해 보이며 빙그레 웃었다.

"잘됐군. 계속해서 저 집을 잘 감시하게, 알았나? 난 곧 돌아오겠네."

휴잇은 말이 끝나기 무섭게 앱처치 스트리트로 들어섰다.

윈저 앤 위크스에 대한 정보는 어렵지 않게 얻을 수 있었다. 불러 클레이턴 래드스 은행과 이웃한 그 두 집은 곧 철거될 운명이었다. 하지만 일주일 전쯤에 두 집 중 한 집에 있는 사무실과 지하 창고는 웨스틀리라는 사람에게 임시로 임대된 상태였다. 임대 당시 웨스틀리 씨는 아무런 증빙서류도 지참하지 않았다. 2주 치 임대료를 미리 지불했기 때문에 그 집 상황을 고려해 웨스틀리 씨에게 아무런 조건도 달지 않았던 것이다. 웨스틀리 씨가 말하기를, 자신은 사과주 무역상들로 구성된 대규모 회사의 런던 지부를 열 계획이라 영구적으로 쓸 수 있는 건물이 준비될 때까지 몇 주 동안만 사과주 견본품을 저장할 시원한 지하 창고와 대충 사무실로 쓸 만한 공간이 필요하다고 했다고 한다. 그 말을 듣고 나니 또 다른 해법이 생각났다. 그처럼 특별한 필요로 누구든 그 건물에 들어갈 수 있다는 것이 분명해졌기 때문이다. 마틴 휴잇이 아주 감쪽같은 사유를 제시한 덕분에 윈저 앤 위크스의 관리 직원은 곧바로 그 집 열쇠를 꺼내 들고 그 집까지 안내해줬다.

마틴 휴잇은 플러머와 함께 그 집 앞에 도착해서 휘파람으로 재빨리 플러머의 부하 수사관들을 불러 모은 뒤 플러머에게 말했다.

"자네 부하들을 가까이에 배치해두는 게 좋을 것 같네."

열쇠를 자물쇠에 집어넣어 돌렸지만 문은 열리지 않았다. 문 아래쪽에 잠금장치가 설치돼 있었기 때문이다. 휴잇이 허리를 숙여 문 아래쪽을 살펴보며 말했다.

"드롭 볼트 잠금장치군. 마지막으로 이 집을 나간 사람이 풀어놓은 뒤 문을 쾅 닫은 모양이네. 원래대로 잠기게 말이지. 철사나 줄 같은 걸로 열어볼 수밖에."

철사를 가져다주자 휴잇은 철사를 이리저리 움직여 어떻게든 볼트에 감기도록 애를 쓴 끝에 주머니칼로 움직이지 않도록 고정한 상태로 볼트를 조금씩 들어 올릴 수 있었다. 마침내 볼트를 구멍 밖으로 들어 올리고 나서 칼날을 살그머니 빼내자 문이 열렸다.

휴잇과 플러머는 안으로 들어갔다. 바로 안쪽에 자리한 작은 사무실은 문이 열려 있었지만 정작 안에는 구석에 세워둔 키 낮은 표지판을 제외하고는 아무것도 없었다. 휴잇은 사무실 안으로 걸어 들어가 그 표지판을 집어 든 뒤 플러머가 아래쪽 면을 볼 수 있도록 들어 올렸다. 아래쪽 면을 자세히 보니 검은색 바탕에 새로 칠한 흰색 페인트로 다음과 같은 문구가 적혀 있었다.

"불러 클레이턴 래드스 은행 임시 출입구"

휴잇은 윈저 앤 위크스 직원에게 물었다.

"이 방을 빌린 남자가 웨스틀리 씨 맞나요?"

"예."

"말쑥하게 면도하고 잘 차려입은 아주 젊은 남자분요?"

"예, 맞아요."

휴잇이 플러머를 보면서 말했다.

"내 생각에는 말이지… 자네들의 오랜 친구 중 한 명이 이 사건에 연루된 것 같단 말이야… 바로 샘 건터 씨 말이네."

"뭐, 그 '혹스턴 얍'이?"

"내 생각에는 그자가 잠시 웨스틀리 씨 행세를 했다가 또 잠깐 다른 사람 행세를 한 것 같네. 허나 아직 확실한 건 아니니 지하 창고부터 가보세."

휴잇과 플러머는 윈저 앤 위크스 직원을 따라 가파른 층계를 내려가서 캄캄한 지하 통로로 들어섰다. 그 안에서는 계속해서 여러 개의 성냥불을 켜야 했다. 곧이어 지하 창고로 이어지는 통로가 오른쪽으로 꺾어져서 그들 일행이 굽이진 통로를 지나갈 때였다. 앞쪽 통로 끝에서 누군가 겁에 질려 소리를 지르고 있었다.

"누구 없어요? 도와주세요! 문 좀 열어줘요. 정말 미칠 것 같아요. 제발 살려주세요!"

통로 맨 끝에 자리한 지하 창고 안쪽에서 필사적인 소리가 울려 퍼졌다. 휴잇 일행은 화들짝 놀라 그 자리에 얼어붙었다.

"어서, 성냥 좀 더 켜!"

휴잇은 이 말만 남긴 채 지하 창고 문으로 달려갔다. 문은 빗장과 맹꽁이자물쇠로 굳게 잠겨 있었다.

안쪽에서 지치고 쉰 목소리가 말했다.

"제발, 꺼내줘요. 날 좀 살려줘요!"

휴잇이 소리쳤다.

"걱정 말아요! 우리가 꺼내줄게요. 조금만 기다려요."

목소리는 낮은 흐느낌으로 잦아들었다. 휴잇은 자신이 가져온 열쇠 다발에서 이것저것 열쇠를 골라 맹꽁이자물쇠에 넣어보았지만 아무것도 맞지 않았다. 곧이어 휴잇은 정문을 열 때 썼던 철사를 주머니에서 꺼내 반듯하게 편 뒤 맨 끝부분을 심하게 구부렸다.

"성냥불을 가까이 대고 있게."

휴잇이 짧게 명령하자 일행 중 한 명이 시키는 대로 했다. 서너 번의 시도는 불가피하기에 철사를 이리저리 다르게 구부렸다가 펴기를 반복했다. 그러다 마침내 휴잇은 자물쇠에 철사를 꽂아 문을 열었다.

순간 지하 창고 안에서 무시무시한 형체가 고꾸라지면서 휴잇 일행 앞으로 엎어지며 실신하는 바람에 성냥불이 모두 꺼지고 말았다.

플러머가 큰 소리로 말했다.

"어이! 손 들어! 넌 누구냐?"

"이 사람을 일으켜 밖으로 데리고 나가세. 잠시 동안은 자기가 누구인지 말할 수 없을 테지만 내가 보기에는 레이커 같네." 휴잇이 대신 대답했다.

"레이커라고? 그자가 여기에 왜?"

"내 생각이 그렇다는 거네. 계단 조심하게. 괜히 부딪히게 하지 말자고. 이미 아픈 데 천지일 테니까."

정말로 그 남자의 몰골은 가련하기 짝이 없었다. 머리와 얼굴에는 먼지와 피가 덕지덕지 붙어 있었고 손톱은 찢어져 피가 흐르고 있었다. 곧바로 사람을 보내 물과 브랜디를 가져오게 했다.

플러머는 먼저 의식이 없는 죄수를 쳐다본 다음 휴잇을 바라보며 나직하게 물었다.

"그럼, 약탈품은 어찌 된 걸까?"

휴잇이 대답했다.

"자네가 직접 찾아야지. 이 사건에서 내가 할 몫은 거의 다 끝난 것 같네. 자네도 알다시피, 난 제너럴 개런티 소사이어티를 위해서만 일한다네, 따라서 만약 레이커가 아무 잘못이 없는 걸로 밝혀진다면….."

"아무 잘못이 없다고? 어떻게 그럴 수 있단 말인가?"

"그거야, 내가 파악하고 있는 한 여기가 사건 장소일 가능성이 높으니까 그렇지."

"이 친구 목 단추 좀 풀러주게."

휴잇이 다른 일행을 보며 요청한 다음 말을 이었다.

"나는 여기가 사건 장소라고 확신한다네. 여기서 아주 고심 끝에 방법을 생각해내고 조심스럽게 준비해서 일을 꾸민 거네. 레이커는 범인이 아니라 피해자라네."

"그럼 이 친구가 강도를 당했다는 말인가? 하지만 어떻게? 어디서?"

"어제 아침에. 은행을 세 군데 넘게 다녀가기 전에 말일세. 사실상 여기서 당한 거지."

"하지만 그 시간에 어떻게 그럴 수 있나? 자네가 영 잘못 짚었네. 우리도 알다시피 이 친구는 모든 은행을 돌며 수금을 마치지 않았는가. 그러고 나서 파머 여행사에 가서 이런저런 일들을 마쳤고, 우산도 나왔는데, 왜⋯."

남자는 여전히 의식이 없었다. 휴잇이 일행에게 지시했다.

"이 친구 머리를 들어 올리지 말게. 그리고 누구든 어서 가서 의사를 불러오도록 하게. 이 친구는 충격을 아주 심하게 받았다네."

휴잇은 다시 플러머에게 이어 말했다.

"그자들이 어떻게 그 짓을 꾸몄는지 묻는 거라면 내 생각을 말해주겠네. 먼저 아주 머리가 좋은 어떤 사람이 은행에서 나오는 수금 사원을 덮치면 많은 돈을 손에 넣을 수 있다고 생각했다네. 그 머리 좋은 친구는 약아빠진 도둑 무리의 일원이었지. 여기서 살짝 힌트를 주자면 아마 그 도둑 무리는 혹스턴 파가 아닐까 싶네. 어쨌든 자네도 요즘 그런 무리가 많은 시간을 들여 큰 돈벌이가 되는 일을 꾸미고 있으며, 그런 일을 위해서라면 언제든지 필요한 자본을 끌어모을 수 있다는 걸 나만큼이나 아주 잘 알고 있잖나. 교외 지역에 가면 주로 그런 벤처 사업에 돈을 대주고 큰 몫의 수익을 챙겨 잘 먹고 잘사는 아주 점잖은 사람들이 많이 있지. 음, 이건 그자들이 신중을 기하고 머리를 잔뜩 굴려서 꾸민 짓이라네. 그자들은 레이커를 지켜보면서 어느 은행들을 들르고 어떤 습관이 있는지 유심히 관찰했네. 그리고 레이커에게 현금을 교환해주는 직원들 가운데 딱 한 사람만 그와 친하다는 것과 그 직원이 레이커가 보통 두 번째 방문하는 은행에서 근무한다는 사실을 알아낸 거지. 그자들 중 머리가 가장 약삭빠른 놈이 마치 배우가 배역을 연구하듯 레이커의 복장과 습관을 자세히 관찰했다네. 그런데 이 대목에서 젊은 '혹스턴 얍' 샘 건터만큼 이런 일을 잘 해낼 자가 런던에 또 있을까 싶다네. 하여간 그자들은 이후 우리도 봐서 알다시피 정문 출입구가 공사 중인 은행과 이웃해 있다는 이유로 이 사무실과 지하 창고를 빌린 거지. 정문 출입구와 관련해서는 레이커 역시 매일 드나들었으니 공사 중이라는 사실을 분명 알고 있었겠지. 어쨌든, 내가 여러 이유로 샘 건터라고 믿고 있는 그 약삭빠른 자가 레이커와 아주 똑같이 보이도록 가짜 수염을 붙이고, 똑같은 옷을 입는 등 변장을 마친 다음 나머지 무리와 여기서 기다리고 있었던 거네. 그리고 무리 중 한 명이 불러 클레이턴 래드스 은행의 정문 수위처럼 놋쇠 단추가 달린 파란색 제복을 입은 거라네. 무슨 소린지 알겠나?"

"알다마다. 이제야 뭐가 뭔지 훤히 알겠네."

"그 무리들은 은행 건물 옆쪽으로 나 있는 좁다란 길 끝에서 지켜보고 있다가 레이커가 콘힐에서 나오자마자 작업에 들어갔을 걸세. 앞서 말했지만 콘힐 은행은 유일하게 레이커의 얼굴이 잘 알려진 곳이라 변장한 도둑놈이 들어갔다가는 무사히 나올 수 없는 곳이니 그때를 노린 거겠지. 그렇게 레이커가 콘힐을 나와 불러 클레이턴 래드스로 이어지는 길에 들어서는 순간, 서로 신호를 보내 흰색 페인트로 안내 문구를 적어놓은 표지판을 문설주 고리에 걸어놓은 거네. 그리고 가짜 수위가 표지판 옆에 서 있다가 레이커에게 '오늘 아침은 이쪽으로 들어가셔야 합니다. 정문 쪽은 공사 때문에 폐쇄됐거든요'라고 말했겠지. 레이커는 아무런 의심도 하지 않고 은행이 임시로 빈 집을 통해 들어갈 수 있도록 입구를 만들어 놓았나보다 생각했겠지. 그렇게 레이커가 빈집으로 들어가는 순간 놈들은 표지판을 내리고 문을 닫은 뒤 그를 덮쳤을 거네. 저렇게 피를 흘린 걸 보면 아마 그때 레이커는 머리를 한 방 얻어맞았을 걸세. 놈들은 곧바로 레이커의 지갑과 수금한 현금을 모두 빼앗았지. 그리고 건터는 지갑과 함께 그 우산까지 챙겼을 거네. 왜냐하면 거기에는 레이커의 머리글자가 적혀 있어서 눈에 확 띄니까. 이후 건터는 모퉁이를 돌면 바로 나오는 불러 클레이턴 래드스 은행을 시작으로 레이커인 척하면서 무사히 수금을 마쳤을 테지. 매일같이 하는 일인 데다 금방 끝나고 누구 한 사람 놈을 특별하게 눈여겨보지 않았을 테니까. 은행 직원들이야 어음만 뚫어져라 살펴보잖나. 그사이 이 불쌍한 친구는 지하실 맨 끝에 붙어 있는 이곳 지하 창고에 갇혀 있었던 거네. 외부에 구조 요청도 할 수 없는, 은행 옆 폐가의 텅 빈 지하 창고 안에서 말이지. 도둑놈들은 정문을 닫고 가버렸겠지. 이후 상황은 안 봐도 훤하네. 수금을 다 마친 건터는 1만 5000파운드가 넘는 돈을 챙긴 뒤 눈을 속이기 위해 파머 여행사에 가서 돈 몇 푼을 들여 표를 샀겠지. 레이커의 실명을 쓰는 용의주도함까지 발휘하면서. 곧이어 놈은 채링크로스 역으로 가서 분실물 보관소 바로 건너편, 눈에 잘 띄는 장소에 우산을 두고 왔네. 누군가 확실하게 발견해야 가짜 흔적을 완벽하게 마무리 지을 수 있으니까."

"그렇다면 해크워스 로드 197번지에 사는 사람들은 누군가?"

"그 자본가지, 돈을 대는 사람 말일세. 아마 그자가 모든 것을 진두지휘했겠지. 그쪽에서 그자는 머스턴이라는 이름으로 통하더군. 그래서 분명 일요일마다 교회에 나가는 아주 인상적인 모습으로 포장했을 거라고 생각했지. 그자를 찾은 보람이 있을 거네. 내 장담하건대, 그자가 이런 짓을 한 게 이번이 처음이 아닐 걸세."

"하지만… 그럼 레이커의 어머니와 쇼 양은 대체 뭔가?"

"뭐가 말인가? 그 불쌍한 여인들은 그저 두려움과 수치로 거의 정신이 나간 것뿐이라네. 그 여인들은 설령 레이커를 범인이라고 생각할지언정 결코 레이커를 버리지 않을 거네. 두 여인은 만약 우리가 가엾은 레이커를 붙잡기라도 한다면 어떻게든 우리를 혼란에 빠트려 레이커를 도와줄 수 있을 거라는 실낱같은 희망으로 우리를 뒤쫓아 다녔던 거네. 자네는 진정한 여인이 단순히 범죄자라는 이유만으로 아들이나 애인을 저버렸다는 말을 들어본 적 있는가? 그나저나 의사 선생님이 오셨군. 저 양반이 레이커를 치료하고 나면 자네가 부하들을 시켜 레이커를 집에 데려다줬으면 하네. 난 서둘러 제너럴 개런티 소사이어티에 가서 보고부터 해야 할 것 같네."

당황한 플러머가 물었다.

"하지만 자네는 대체 단서를 어디서 찾은 건가? 누군가 귀띔해준 게 틀림없는데, 안 그런가? 예지력으로 할 수 있는 게 아니잖나. 대체 어디서 단서를 얻은 건가?"

"〈데일리 크로니클〉에서."

"뭐, 뭐라고?"

"〈데일니 크로니클〉이네. 어제 조간에 실린 '인사 광고란'을 펴서 사실상 건터를 뜻하는 '얍'이라는 사람에게 보내는 전갈을 읽어보게나. 그럼 다 알 수 있을 걸세."

그때쯤 롬바드 스트리트에서 마차 한 대가 기다리고 있었다. 플러머의 부하 두 명이 의사의 지시에 따라 레이커를 마차에 태웠다. 그러나 그들 일행이 좁은 길로 나서기 무섭게 내내 그들을 감시하고 있던 두 여인이 발작하듯 레이커에게 달려들었다. 레이커를 감옥에 데려가려는 것이 아니라는 걸 설득하는 데 한참이 걸렸다. 레이커의 어머니는 큰 소리로 악을 썼다.

"내 아들, 내 아들! 내 아들을 데려가지 마라! 데려가지 마! 이자들이 내 아들을 죽였구나! 오, 세상에, 저 머리 좀 봐. 머리가 어쩌다 이렇게 된 거니!"

휴잇이 나서서 경찰들에게 필사적으로 매달려 울부짖는 레이커의 어머니를 달래며, 진정하면 아들과 함께 마차를 타고 갈 수 있게 해주겠다고 약속했다. 젊은 여인은 아무런 소리도 내지 않은 채 그저 축 늘어진 레이커의 한 손을 두 손으로 꼭 감싸 쥐고 있었다.

휴잇과 나는 그날 저녁 함께 식사를 했다. 휴잇은 내가 여기에 기술한 사건의 전모를 자세하게 말해줬다. 그러나 나는 휴잇의 말을 다 듣고 나서도 그가 어떤 추론 과정을 거쳐서 사건 해결의 결론에 이르렀는지 명확하게 납득이 가지 않았다. 또한 '인사 광고란' 속 전갈이 무슨 뜻인지도 이해할 수 없었다. 그래서 솔직하게 말했더니 휴잇이 다음과 같이 설명했다.

"맨 처음으로 이상하게 생각했던 것은 레이커가 파머 여행사에서 표를 사면서 실명을 말했다는 대목이었네. 생각해보게, 가장 어수룩하고 초짜인 범인들이 가장 먼저 하는 게 자기 이름을 바꾸는 거라네. 실명을 쓰면 안 될 것 같아서 그러는 거지. 물론 플로머 말대로 범인들이 대개 어디서든 실수하기 마련이라 그 역시 그런 실수를 했다 치세. 하지만 내가 생각할 때 레이커라는 실명을 쓴 건 가장 안 할 실수였다네. 특히 여행사 측에서 먼저 물어본 것도 아니고 딱히 필요도 없는데 자기가 나서서 불쑥 이름을 말해버렸다는 게 어딘가 이상했지. 게다가 정말 레이커가 진범이라면 약간 이상하다 싶은 실수가 또 있었다네. 여행사 직원이 보고 눈치챌 수 있는 상황에서 그렇게 눈에 띄는 지갑을 보란 듯이 내보였다는 사실 또한 이상하기 짝이 없었네. 오히려 남들이 보기 전에 지갑부터 없애버려야 하지 않겠나? 누군가 그 지갑을 보고 레이커를 알아볼 수도 있으니까 말일세. 어쨌든 나는 레이커가 경마를 한다는 말에 그 어떤 선입견도 갖지 않기로 작정했다네. 경마를 한다고 전부 도둑이 되는 건 아니니까. 하지만 레이커가 진짜 범인이라면 프랑스로 가는 표를 살 때 실명도 쓰지 않고 지갑도 내보이지 않았을 거라고 생각했지. 다른 이름을 쓰고 변장을 한 채 다른 곳으로 도망하는 사이 프랑스 쪽으로 추적을 따돌리려고 했을 테니까. 어떻게 가정하든 다 가능한 상황이었네. 아울러 어느 경우든 누가 추적을 해도 곧 난관에 부딪힐 상황이었지. 그다음으로 중요한 곳이 바로 채링크로스 역이었네. 그래서 나도 거기를 갔었지. 그런데 그곳에서 레이커를 목격했다는 사람이 하나도 없다는 이야기를 플러머에게 이미 들어서 알고 있었지. 어딘가 다른 방식으로 흔적을 남긴 것 같더군. 레이커의 이름을 일부러 흘린 것 같다고나 할까? 그래서 곧장 레이커의 머리글자가 적혀 있다는 그 우산을 생각해봤지. 그리고 밑져야 본전이라는 생각으로 분실물 보관소에 가서 혹시 그런 우산이 들어오지 않았느냐고 물어봤지. 그랬더니 운 좋게도 내 추측이 맞아떨어졌지 뭔가. 자네도 알다시피, 그 우산에서 종잇조각을 발견했으니까. 보아하니 우산을 들고 있던 사람 손에서 떨어진 것 같았지. 그 사람은 그 신문 조각을 내버리기 위해 반으로 찢었는데 그 중 한쪽 조각이 대충 말아놓은 우산 속으로 들어갔던 거야. 자네도 눈치챘겠지만 마차 표를 갖고 있다가 종종 겪는 일이잖나. 또한 그 우산을 발견했을 때 접혀 있지 않은 상태였고 발견하자마자 잘 접었다는 사실을 알게 됐네. 따라서 종잇조각의 주인은 채링크로스에 우산을 두고 간 바로 그 사람이라는 결론에 이르렀지. 자네도 기억하겠지만 그 광고란에 실린 전체 내용을 유심히 읽어봤네. 그러다가 '얍(Yob)'은 '보이(boy)'를 거꾸로 읽은 속어라 젊고 매끈한 얼굴의 도둑을 표현하는 별명으로 쓰일 때가 많다는 게 떠올랐지. 내가 용의자로 지목했던 건 터는 '혹스턴 얍'으로 불렸다네. 그러고 나서 그런 별명으로 불리는 그 사람에게 누군가 전갈을 띄웠네. 'H.R. shop roast'가 그거지. 요즘 도둑들이 쓰는 은어로 어떤 물건이나 사람을 '굽는다(Roast)'는 것은 그 물건이나 사람을 감시한다는 뜻이지. 또한 도둑들은 어느 곳이든 '가게(Shop)'라고 부른다네. 특히 도둑 소굴을 그렇게 부르지. 따라서 그 말은 '혹스턴 파 소굴'이 아닐까 싶은 장소가 감시를 당한다는 뜻이었네. 나머지가 이해되면 'You 1st. Then tonight(네가 맨 먼저, 그다음은 오늘 밤)'은 더 쉽게 알 수 있을 거네. 나머지 내용을 좀 더 찬찬히 들여다보다가 문득 이런 생각이 들더군. 자기네들 아지트 한 곳이 감시를 받고 있다는 걸 알았으니 분명 다른 장소로 가라는 지시일 것 같더라고. 게다가 '197'이라는 숫자에다 그 집을 한눈에 알아볼 수 있도록 '붉은색 블라인드(red blinds)'를 뜻할 가능성이 아주 높은 'red bl.'이라는 약자까지 있으니까 말이지. 이후부터는 어떻게 계획을 짜야 할지 분명해지더군. 우체국 주소록 명부에 붙어 있는 런던 지도는 보기 편하라고 구역별로 번호를 붙여 나눠 놓았던데, 자네도 아나?"

"물론이지. 지도 위쪽 여백에 알파벳이 적혀 있고 옆쪽 여백을 따라 내려가면서 숫자가 적혀 있는데, 알파벳과 숫자가 구역들을 표시해주지. 따라서 만약 주소록 명부를 보고 D5에 있다고 표시된 장소를 찾으려면, 가로 열에서 D를 찾아 손가락으로 짚은 뒤 세로 열의 5가 있는 지점까지 내려오면 바로 거기가 자네가 찾는 곳이지."

"바로 맞네. 우체국 주소록 명부를 가져와 'O2' 구역을 찾아봤더니 북런던 지역이면서 애브니 공원묘지와 클리솔드 공원에 걸쳐 있더군. 다음 표시는 '2nd top'이었네. 그래서 해당 구역과 교차하는 두 번째 길을 세어봤지. 여느 때처럼 왼쪽에서부터 세어봤네. 그랬더니 로드십 로드가 나오더군. 그 다음 '3rd L'은 로드십 로드의 해당 구역 상단부를 가로지르는 지점에 손가락을 대고 그 로드를 따라 아래로 내려오다 보니 '3rd L'이 나오더군. 거기가 바로 왼쪽에서 세 번째 갈림길인 해크워스 로드였지. 그런 다음에 내 추측이 전부 틀리지 않았다면 'straight mon'은 아마 'straight moniker', 즉 정확한 이름을 뜻하는 것 같더군. 다시 말해 가명이 아닌 도둑의 실명 말일세. 그래서 나는 주소록을 이 잡듯이 뒤져 해크워스 로드를 찾은 뒤 197번지에 머스턴이라는 사람이 산다는 것을 알아냈네. 그리고 처음부터 끝까지 알아낸 사실들을 정리한 결과 다음과 같은 결론에 이르더군. 'H.R. shop'에서 모임을 가질 예정이었지만 막판에 해당 장소를 경찰이 어떤 이유에서인지 감시한다는 것을 알고 교외 지역에 있는 이 집에서 만날 약속을 잡았다는 걸 말일세. 'You 1st. Then tonight'은 전갈을 받은 사람이 맨 먼저 도착하고 나머지 사람들은 저녁에 온다는 뜻이었네. 그들은 집주인의 실명인 머스턴 씨라는 이름을 부르기로 했다네. 그리고 한 번에 한 명 씩 오기로 약속했지. 자, 그럼 이 사건은 어떻게 된 거냐 묻고 싶겠지? 도대체 지금까지 내가 한 이야기와 이 사건이 무슨 상관이 있는지 궁금하겠지. 먼저 광고를 낸 사람이 멀리서 이번 강도 사건을 지시했다고 가정해보게. 그런데 강도 짓을 벌이기로 한 날 하루 전에 약탈품을 나눠 가질 장소로 정해둔 곳이 감시받고 있다는 것을 알았네. 그러자 두목이 (비상사태를 대비해 이미 합의한 대로) 그런 광고를 낸 거네. '얍'이라고 불린 강도 사건의 실질적인 주동자는 약탈품을 갖고 맨 먼저 오기로 했겠지. 나머지 일당은 이후 한 번에 한 명씩 오기로 했을 테고. 그런데 일이 잘 풀려서 내가 조금 더 파헤치게 됐고 해크워스 로드 197번지를 찾아가 보기로 작정한 거지. 자네에게 내가 거기서 무엇을 찾았고 얼마나 놀랐는지 얘기해줬을 거네. 물론 처음에는 우연히 뭐라도 찾을까 싶어 그냥 갔던 거였지. 그런데 다행히도 그 제복 상의를 발견한 거야. 틀림없이 그 옷을 입었던 도둑이 강도 짓이 끝난 그날 저녁에 그 옷을 벗어서 가장 가까운 곳에 있던 그 벽장에 무심코 던져놓았을 거네. 치명적인 실수가 될지도 모른 채 말일세."

마침내 내가 말했다.

"자, 축하하네, 경찰이 그 악당들을 모조리 잡았으면 좋겠구먼."

"이제 그자들이 어디 있는지 알았으니 아마도 그럴 거네. 어쨌든 머스턴을 놓칠 가능성은 거의 없다고 봐야겠지. 이번 사건에서 별달리 힘쓴 건 없었지만 미약한 단서나마 놓치지 않은 덕분에 해결할 수 있었네. 물론 이 사건의 나머지 부분은 플러머가 다 처리할 걸세. 나도 특별히 위임받은 상태라 약탈당한 돈을 모두 찾고 범인까지 잡거나 아니면 레이커가 결백하다는 것을 밝혀내 경찰 못지않게 일을 잘 마무리할 수 있다네. 실제로 레이커의 결백을 밝혔으니 내 할 일은 다 끝난 셈이지. 하지만 플러머가 이번 사건을 말끔하게 마무리할 수 있도록 그런 특권을 내려놨다네."

플러머는 정말로 사건을 잘 마무리했다. 샘 건터와 머스턴, 거기에 한 명의 공범을 붙잡았고 레이커가 그들이 범인임을 확인해줬다. 건터와 공범은 경찰도 잘 알고 있는 인물이었다. 휴잇이 의심했던 대로 머스턴이 약탈금의 가장 많은 몫을 쥐고 있었다. 따라서 머스턴에게서 회수한 돈과 나머지 두 명에게 회수한 돈을 합치자 닐 앤 리들은행은 거의 1만 1천 파운드의 돈을 되찾을 수 있었다.

머스턴은 붙잡힐 당시에 해외로 휴가를 떠나기 위해 짐을 싸고 있었다. 머스턴의 대형 여행 가방에서는 수천 파운드 단위로 깔끔하게 묶은 돈다발이 발견됐다. 휴잇의 예견대로 머스턴 집에 고지된 다음 분기 가스 요금은 이전 분기보다 상당히 적었다. 머스턴이 감옥에 수감되는 바람에 이전 분기보다 절반도 안 썼기 때문이다.

레이커는 당연히 복직했고 다친 머리에 대한 보상 차원에서 월급도 더 많이 받았다. 레이커는 지하 창고에서 먹지도 못하고 듣지도 못한 채 스물여섯 시간 동안 갇혀 있는 끔찍한 고통을 겪었다. 당시 그는 여러 차례 의식을 잃었고 지쳐 나가떨어질 때까지 거듭 소리를 지르면서 미친 듯이 문에 몸을 부딪치고 문을 잡아 뜯는 바람에 손톱이 깨지고 손가락에서 피가 났다. 그렇게 인사불성 상태로 몇 시간째 앉아 있던 레이커는 휴잇 일행의 목소리와 발소리를 듣자마자 부리나케 자리에서 일어나 마침내 구조됐던 것이다. 레이커는 일주일 동안이나 침대에 누워 있었고 이후 한 달을 더 요양한 뒤 다시 은행에 나갈 수 있었다. 이후 닐 씨가 경마와 관련해 레이커에게 조용히 잔소리를 늘어놓았다고 하니 결국 그 습관도 고쳤을 것이다. 현재 레이커는 '은행 창구'에서 근무한다고 한다. 크게 승진한 모양이다.

바다 건너온 살인자

아서 모리슨

The Case of Mr. Loftus Deacon

바다 건너온 살인자

I

지금부터 소개할 사건은 호러스 도링턴에게 큰 명성을 안겨줬다. 유감스럽게도 그 덕분에 도링턴은 너무하다 싶을 만큼 자주, 의뢰인들이 작정한 것보다 훨씬 더 많은 이익을 챙기곤 했다. 몇 년 전에 발생한 로프터스 디컨 씨의 수수께끼 같은 죽음을 둘러싸고 어찌나 큰 소동이 벌어졌던지 성심성의껏 이 불가사의한 사건을 해결한 도링턴은 많은 보수를 받았다. 사실 도링턴 자신은 관심이 덜한 여러 사건들을 해결할 때보다 고생이 덜했는데도 이 사건을 통해 최대의 광고효과를 누렸다. 도링턴의 서류들에서도 수임료 항목 말고는 이 사건에 대한 어떤 기록도 찾기 힘들었다. 그래서 나는 건설사 소속으로 디컨 씨가 사망한 맨션에서 관리인으로 일하고 있는 스톤 씨의 설명에 거의 전적으로 의존할 수밖에 없었다.

대형 건물로 이루어진 해당 맨션 단지는 값비싼 아파트촌으로, 런던 웨스트엔드에서 처음 선보이는 설계에 따라 지은 곳이었다. 그중에서 앞서 말한 건설사가 소유한 동은 총 세 개로 베드퍼드 맨션 1호, 2호, 3호로 불렀다. 세인트 제임스 지구에 위치한 이들 맨션 가운데 로프터스 디컨 씨가 거주하던 곳은 2호 맨션이었다.

디컨 씨의 거대한 동양 도자기 수집품들은 국립 보관소에 있는 것들 못지않게 오래 기억될 것이다. 이들 도자기 수집품 중 상당수는 오랫동안 대여되었다가 디컨 씨의 유언에 따라 영원히 국가 소유가 됐다. 그러나 디컨 씨의 동양 무기 수집품들은 칠기와 조각품 등등의 다른 무수한 동양 예술품들과 마찬가지로 부서지거나 팔렸다. 예순 살의 독신으로 부자였던 디컨 씨는 값비싼 골동품을 모으는 데 평생을 바쳤다. 널리 알려진 바에 따르면, 디컨 씨는 수집품에 연간 1만 5천 파운드를 썼으며 추가로 중요 경매가 있을 때마다 특별히 구매하는 물품들로 재산을 축냈다. 사람들은 그 많은 것들을 전부 어디다 보관하는지 궁금해했다. 사람들이 그러는 데는 충분한 이유가 있었다. 디컨 씨의 개인 공간은 베드퍼드 맨션 1층이 다였기 때문이다. 사실 수집품 대부분은 다양한 박물관에 소장되어 있었다. 실제로 로프터스 디컨 씨 지인들 사이에서는 디컨 씨의 소장품 대부분을 창고에 보관하느라 세금이 엄청나게 든다는 우스갯소리가 돌았다. 게다가 디컨 씨가 살던 아파트는 건물 1층 공간을 거의 다 차지하고 있을 만큼 넓은데도 그의 소장품 중에서 엄선한 것들만으로도 집이 꽉 찰 정도였다. 디컨 씨의 아파트에는 로비와 부엌방 등을 비롯해 넓고 천장 높은 방들이 여덟 개나 있었다. 그리고 이 모든 공간을 수집품들이 점령하고 있었다. 벽마다 가장 비싼 일본 족자와 판화 작품들이 걸려 있었다.

또한 집 안 곳곳에 있는 유리 진열장과 장식장에는 자기 제품과 프랑스 채색 도자기를 비롯해, 청자, 연한 자줏빛 도자기, 청화백자, 사츠마 다기(일본의 3대 명품 자기 중 하나 – 옮긴이), 라쿠 다기(유약이 녹으면 가마에서 바로 꺼내는 방식으로 굽는 다기 – 옮긴이), 닌세이 도자기(17세기경의 유명한 도예가 노노무라 닌세이의 작품 – 옮긴이), 아리타 도자기(일본 사가현 아리타 시에서 제조된 도기 – 옮긴이)들이 가득 들어 있었다. 거기에 아주 귀한 작은 소품들도 셀 수 없이 진열돼 있었다. 일본 족자와 판화 사이의 벽 공간에는 무기 전리품들이 놓여 있었다. 유명한 갑옷 가문에서 제작한 두 벌의 일본 고대 갑옷은 완전한 형태로 진열대에 전시돼 있었고 칼들은 구석마다 세워져 있거나 선반에 놓여 있었다. 셀 수 없이 많은 서랍에는 코린, 슌쇼, 가지카와, 고에쓰, 리쓰오(모두 일본의 공예 장인들 – 옮긴이)의 뛰어난 칠기 소품들이 저마다 비단보에 싸여 가벼운 나무 상자에 담긴 채 보관돼 있었다. 또한 다른 여러 유리 진열장에는 상아와 청동과 나무, 칠기로 만든 일본의 작은 조각물과 장식물들이 들어 있었다. 단에는 몇몇 신과 여신 조각상도 있었는데, 그중에서도 단연 눈에 띄는 실물 크기의 두 금불상은 온화한 미소를 짓고 있었다. 자연도태의 법칙에 따라 이들 방에는 디컨 씨의 모든 소장품 중 가장 좋은 것들이 보관돼 있었다. 크고 무거운 항아리들은 나름 멋졌지만 옛날에 유럽 시장용으로 제작된 것들이라 그 방에는 하나도 가져다두지 않았다. 옛 일본에서 만든 최상의 세공품들이 다 그렇듯, 일본 작품 중에서 가장 뛰어나고 희귀한 것들은 거의 예외 없이 크기가 작았다. 이들 방에 진열돼 있는 값비싼 물건들은 전부 동양에서 만든 것이었다. 그런데 그중에서 딱 하나의 상자에만 중세 유럽의 가장 위대한 금은 세공업자들이 만든 견본품들이 들어 있었다. 이 상자는 로프터스 디컨 씨가 응접실로 사용하던 방에 놓여 있었다. 디컨 씨의 집을 방문했던 많은 사람들은 그런 귀한 재산을 왜 은행에 맡기지 않는지 의아하게 여겼다. 그러나 디컨 씨는 사람들의 이런 태도를 접할 때마다 놀라면서 짜증 섞인 반응과 함께 언제나 이렇게 말하곤 했다.

"은행에 맡기라고요? 차라리 당장 녹여버리라고 하쇼. 이것들은 아름다운 예술 작품이오. 그저 단순한 금과 은이 아니란 말이오. 그래서 내가 가지고 있는 겁니다. 은행의 귀중품 보관소에 처박아두면 얼마 안 있어 전부 망가질 거요. 내 소장품들을 전부 금고에 넣어두고 절대 꺼내 보지 말까요? 전부 값비싼 것들이니까요. 하지만 보지도 못하고 넣어둘 거라면 차라리 돈으로 바꿔 지니고 있겠소."

그리하여 그 금은 제품들은 상자에 담겨 배달원들과 짐꾼들의 경탄 어린 눈길을 받으며 디컨 씨의 응접실에 자리 잡은 것이다. 그러나 이 상자에 담긴 세공품들은 디컨 씨가 공들여 꾸미고 있던 동양풍 전시실에서 유일한 예외에 속했다. 그 방에 진열해 놓긴 했지만 더 이상 개수를 늘릴 생각은 전혀 없어 보였다. 디컨 씨는 거의 매일 수집품을 찾아다니고, 흥정하고, 분류하고, 닦고 윤을 내어 친구들에게 보여주었다. 새로 수집한 보물들은 전부 동양에서 온 것으로 대부분 일본산이었다. 디컨 씨의 집을 찾는 주요 인사들은 곳곳을 돌아다니며 골동품을 구입하는 사람들이었다. 당시 영국에 의학을 공부하러 와서 가보인 도자기류와 칠기류를 팔아 학비를 충당하고 있는 자그마한 체구의 일본인들과 크리스티 경매 회사와 포스터 경매 회사에서 보낸 짐꾼들도 주요 방문객이었다. 아울러 운송해온 배 근처에서 사자와 원숭이를 비롯해 자기류와 무지막지한 무기들을 사고파는 이상한 상점 코플스턴에서 보낸 사람들도 가끔 드나들었다. 방문 구매업자들은 의심이 많고 교활했다. 일본인들은 밝고 예의 바르면서 품위가 있었다. 코플스턴 상점에서 온 사람들은 억세고 상스러우면서 이중적이었다. 그 중 슬랙조라는 별명으로 부르는 자는 엄청난 근육을 뽐내는 자그마한 꼽추였다. 그는 서커스 흥행사와 항해사, 혼혈인의 모습이 대충 섞여 있는 듯 기묘하면서도 다소 혐오스러웠다. 그리고 코플스턴 상점에서 온 자들은 죄다 어딘지 인어 같았다. 이처럼 특이한 사람들이 드나들면서 디컨 씨는 계속 물건들을 구입해 분류하고 소장하는 기쁨에 취했다. 디컨 씨는 아마 취향뿐만 아니라 그 취향을 만족시킬 수단까지 갖췄기에 독거노인이 누릴 수 있는 가장 행복한 삶을 살고 있었을 것이다. 그리고 그런 잔잔한 삶은 어느 수요일 한낮까지 이어졌다. 디컨 씨가 가장 특이하고 전혀 설명할 수 없는 상황에 처한 채 자신의 방에서 주검으로 발견되기 전까지 말이다.

건물 야외 복도에서 디컨 씨 집으로 들어갈 수 있는 문은 딱 하나밖에 없었다. 그런데 이 문은 커다란 정문 바로 맞은편에 있었다. 밖에서 누군가 그 집으로 들어가려면 서너 개의 널찍한 대리석 계단을 올라가서 밀면 열렸다가 다시 닫히는 한 쌍의 유리문 중 하나를 밀고 들어가야 비로소 디컨 씨가 드나드는 문에 다다를 수 있었다. 원래는 야외 복도에서 집 일부로 통하는 다른 여러 문이 있었지만 디컨 씨가 다 막아버렸기 때문에 그 집은 외부로부터 철저히 독립되어 있었다. 앞서 말한 유리를 끼운 반회전문 바로 옆, 즉 디컨 씨네 정문이 훤히 보이는 위치에 건물 수위실이 자리했다. 수위실은 사방이 유리라서 수위가 앉아 있어도 디컨 씨의 문은 언제나 훤히 보였다. 따라서 수위가 그곳에 있는 한, 물건이나 사람이 수위의 눈에 띄지 않고 들고나기는 거의 불가능했다. 내가 들려주고자 하는 특별한 사건의 실체를 이해하려면 이 점을 기억하는 게 중요하다. 외부에서 디컨 씨 아파트로 들어가는 다른 문은 딱 하나 있었다. 그 문은 집 뒤편에 있는 나선형 계단 위에 있었는데 보통은 내내 잠겨 있었다. 이 계단에는 복도로 향하는 출구가 전혀 없고 다만 건물 꼭대기에 있는 건물 관리인 방에서 지하실로만 이어져 있었다. 따라서 오로지 건물에 고용된 이들이 생활하는 곳으로만 통하기 때문에 그들 말고는 이용하는 일도 거의 없었다. 이 계단에서 바깥 큰길로 나가려면 세입자들이 살고 있는 사적인 공간이나 관리인이 머무는 방들을 통하는 방법밖에 없었다.

문제의 수요일 아침에도 상황은 보통 때와 아주 똑같았다. 디컨 씨는 여느 때와 다름없이 잠자리에서 일어나 아침을 먹었다. 아침을 들여오고 내갈 때 디컨 씨는 신문과 배달된 편지를 보며 혼자 있었다. 이후 12시부터 1시까지 디컨 씨는 자신이 머물던 방에 그대로 있었다. (거의 매일 그랬듯) 디컨 씨 앞으로 물건들이 도착했고 한두 명의 일상적인 방문객이 찾아왔다가 볼

일을 보고 돌아갔다. 디컨 씨는 습관처럼 클럽에서 점심을 먹었다. 12시 45분경에 방을 나와 문을 잠그고 누구라도 찾아오는 사람이 있을까 봐 한두 시간 동안 클럽에 있다 오겠다는 통상적인 전갈을 남긴 후 맨션을 떠나곤 했다. 그러나 그날은 디컨 씨가 보낼 편지가 있는데 잊고 갔다며 1시에 허겁지겁 돌아왔다.

디컨 씨는 수위에게 물었다.

"내가 나가기 전에 비어드 자네한테 편지를 주면서 우체국에 부쳐달라는 소리를 안 했지, 그렇지?"

수위가 주지 않았다고 대답하자 디컨 씨는 복도를 지나 자신의 집으로 들어가 문을 닫았다.

디컨 씨가 그렇게 집에 들어가고 겨우 몇 초쯤 흘렀을 때 집 안에서 갑자기 비명이 터져 나왔다. 더 정확히 말하자면, 소리를 지르기가 무섭게 고통스러워하는 커다란 비명이 이어지더니 이후 아무 소리도 나지 않았다. 수위 비어드가 뛰어올라 가 문을 두드렸지만 아무런 대답이 없었다. 비어드가 "부르셨나요, 나리?"라고 외친 뒤 다시 두드려봤지만 여전히 대답이 없었다. 문은 잠겨 있는 데다 안에서만 걸리는 자물쇠로 되어 있어서 바깥에는 손잡이조차 없었다. 순간 뇌졸중으로 사망한 친척 아저씨가 떠오른 비어드는 완전히 기겁해 전성관(분리된 두 방을 연결해 음성을 전하는 관 – 옮긴이)에 대고 관리인에게 열쇠를 가져오라고 소리쳤다. 몇 분 후에 비어드와 관리인은 열쇠로 문을 열고 집 안으로 들어갔다.

로비는 평상시와 똑같았고 응접실도 완벽하게 정리된 상태였다. 하지만 방 안으로 들어가자 저쪽에 로프터스 디컨 씨가 머리에 두 군데나 커다랗고 끔찍한 상처를 입은 채 쓰러져서 피를 철철 흘리고 있었다. 수위와 관리인이 맨 먼저 현관문을 닫고 집 안을 샅샅이 뒤졌지만 어디에도 사람의 흔적은 보이지 않았다. 창문과 문은 모두 잠긴 상태였고 집 안은 텅 빈 채 디컨 씨가 받침대 아래에 피를 흘리면서 쓰러져 있는 것 말고는 흐트러진 구석도 전혀 없었다. 그 받침대 위에는 금박을 입히고 색을 칠한 하치만 신(일본의 국가 수호신 – 옮긴이)이 조용히 이를 드러낸 채 험악하게 웃으면서 쪼그려 앉아 있었다. 하치만 신의 네 손 가운데 한 손에는 뱀이, 다른 손에는 철퇴가, 세 번째 손에는 작은 인간의 형상이, 네 번째 손에는 육중하고 곧으면서 칼 코등이가 없는 검이 들려 있었다. 사방을 살펴봐도 모든 가구와 진열장은 물론이고 자기류와 칠기류까지 어느 것 하나 흐트러진 게 없었다.

수위가 비극의 현장을 발견하자마자 맨 먼저 승강기 운전사를 보내 경찰을 부른 덕분에 곧이어 경찰이 외과 의사와 함께 도착했다. 디컨 씨는 이미 사망한 상태라 의사는 별로 할 게 없었다. 머리에 난 두 군데의 끔찍한 상처는 치명상이었고 두 군데 모두 똑같이 묵직하고 대단히 날카로운 도구로 생긴 것이 분명해 보였다.

경찰은 곧 수사를 마무리 지을 태세였다. 수위는 그날 아침 그 집에 왔다가 이후에 나가지 않은 사람은 전혀 없었다고 확신했다. 수위는 몰래 그 집에 들어간 사람은 없었으며 디컨 씨가 집으로 다시 들어갈 때 동행이 전혀 없었다고 분명하게 말했다. 따라서 살인자가 정문으로 들어갈 수 없다는 가정하에 조사에 임한 경찰은 뒷문과 창문에 집중했다. 뒤쪽 계단에서 들어오는 문은 잠겨 있었고 열쇠도 안쪽에 달린 자물쇠에 꽂혀 있었다. 그리하여 경찰은 창문으로 수사망을 좁혔다. 창문 중에서 거리 쪽으로 나 있는 것은 한 방에 두 개, 또 다른 방에 한 개로 총 세 개밖에 없었다. 하지만 이들 창문도 모두 닫힌 채 안에서 단단히 잠가 놓은 상태였다. 다른 방들은 채광정(천장으로 햇빛이 들어오게 만든 것 - 옮긴이)을 바라보게 설치된 창문으로 빛이 들어오거나 반사판을 통해 빛을 공급받는 구조였다. 이들 창문 역시 손댄 흔적 하나 없이 한 개만 빼고 모두 잠겨 있었다. 침실에 있는 그 한 개의 창문은 닫혀 있었지만 걸쇠가 채워져 있지 않았다. 수위가 장담한 바에 따르면, 디컨 씨는 언제나 모든 창문을 닫고 걸쇠를 채워 놓는 습관이 있었으며 항상 문단속에 엄청난 신경을 썼다고 했다. 게다가 걸쇠를 채우지 않은 채 닫혀 있는 상태로 발견된 그 창문은 디컨 씨가 침실 환기를 위해 늘 끝부분만 하루 종일 열어놓는다고 했다. 또한 그날 아침 그 방 침대를 정리하고 먼지를 닦은 가정부의 말에 따르면, 들어갔을 때 그 창문은 열려 있었고 평소처럼 그대로 놔둔 채 나왔다고 했다. 따라서 달리 들어올 방법이 없어 보이는 상황에서 그 창문이 닫힌 상태로 걸쇠가 채워지지 않은 점으로 미뤄볼 때, 살인자는 그 창문으로 들어온 게 틀림없어 보였다. 살인자가 창문을 닫은 것 또한 도망치는 자의 자연스러운 방책일 터였다. 창문 아래쪽 판유리가 유백색 유리인 점도 조금이나마 추격을 늦추게 했을 것이다.

그 창문은 채광정 쪽에 나 있었다. 겨우 4~6미터가량 아래에는 지하실 콘크리트 바닥이 있었다. 면밀히 조사한 결과 어떤 남자가 이 채광정 바닥 근처에서 가구류에 페인트를 칠하는 작업을 하고 있었다는 사실이 드러났다. 그 남자는 아주 무심한 성격의 소유자였다. 사실 그는 '징역을 살고' 나와 해당 맨션 건설사에 일종의 연줄을 대어 자선이나 다름없는 그 이상한 작업을 따냈던 모양이다. 알고 보니 그 남자는 좋은 교육을 받은 터라 당시 하던 일과 전혀 다른 직책이 걸맞은 사람이었지만 골칫덩어리였다. 술과 도박에 빠졌다가 결국에는 절도범이 되었다고 했다. 친척들이 거듭 도와줬지만 소용없었다. 그러다 친척 중 한 명이 은혜를 베풀어 일주일에 1파운드를 받고 그 일을 시작한 모양이었다. 경찰은 당연히 이 사람에 대한 중요한 정보를 입수한 다음, 좀 더 조사가 이루어질 때까지 직접 심문을 미뤘다. 디컨 씨의 죽음이 여러 사람이 가담한 모종의 음모일 가능성이 있었기 때문이다.

II

다음 날 아침(목요일), 헨리 콜슨 씨가 일찌감치 도링턴의 사무실을 찾았다. 마른 체형에 머리가 희끗희끗한 60대의 콜슨 씨는 로프터스 디컨 씨가 사실상 유일하게 친하게 지내던 친구였다. 아내를 여의고 혼자 사는 콜슨 씨 집은 친구가 사망한 베드퍼드 맨션에서 180여 미터밖에 떨어지지 않은 곳에 있었다.

콜슨 씨가 입을 열었다.

"내가 여기 온 건 오랜 친구였던 디컨 씨의 끔찍한 죽음 때문이오. 선생께서도 분명 그 소식을 들었거나 조간신문에서 읽었을 줄 아오."

"예, 오늘 아침 신문에도 났고 어제저녁 신문에서도 읽었습니다."

"그렇군요. 사실 나는 디컨 씨의 유언을 집행할 수 있는 유일한 사람이외다. 현재 유언장을 내가 가지고 있지요(변호사로 일하다 은퇴했답니다). 그래서 디컨의 죽음과 관련해 비용이 얼마가 들든 전부 부담할 수 있도록 이 유언장에서 따로 돈을 책정해두었다오. 나로서는 정말이지 이 돈을 쓰는 명분이 아주 확실해야 한다오. 그래서 선생처럼 아주 노련한 사람에게 불쌍한 내 친구의 사인을 조사해달라고 온 거지. 어쨌든 내 돈을 써야할 상황이라고 해도 선생께서 이 사건을 맡아 조사해줬으면 하오. 내가 볼 때는 이 사건에 아주 기이하고 음흉한 무언가가 있는 게 확실하오. 당연히 경찰은 허둥대는지라 사건의 실마리를 전혀 풀지 못하고 있소. 그들도 아무것도 모르니까 그러지 싶소. 아무도 체포하지 않고 있으니 시간이 지날수록 사태만 더 꼬일 거요. 난 유산 집행인이니 당연히 그 집에 들어갈 수 있소. 선생께서 지금 나랑 같이 가서 현장을 봐주시겠소?"

도링턴이 모자를 집어 들며 대답했다.

"예, 그럼요. 제가 보기에는 살인 사건이 분명합니다. 자살일리가 없지 않습니까?"

"전혀, 그럴 리 없지. 내 장담하건대, 그 친구는 자살할 사람이 아니오. 전날 오후에 내가 마지막으로 봤을 때도 더할 나위없이 유쾌했다오…. 게다가 그 의사 말이 그럴 가능성은 전혀 없다고 했소. 자살하는 사람이 자기 머리에 한 번도 아닌 두 번씩이나 깊은 상처를 내는 일은 없다고 말이오. 더구나 이 경우에는 첫 번째 상처가 아주 치명적이라 또다시 상처를 낼 여력이 없었을 거라고 하더군."

"살인 무기에 대해서는 전혀 들은 게 없는데… 발견되긴 했답니까?" 도링턴이 함께 마차에 오르면서 물었다.

"그게 이해가 안 된단 말이오. 못 찾은 것 같거든. 물론 사건 장소에 많은 무기들이 있긴 하오. 일본 검들인가 뭔가가 있는데 어떤 걸로든 그런 상처를 낼 수 있겠지. 허나 그 어느 것에도 핏자국이 없소."

"값어치 나가는 게 없어지거나 하지는 않았나요?"

"없어지지는 않은 것 같았소. 내가 어제 보니 모든 게 제자리에 다 있는 듯했소. 하지만 당시 그렇게 오래 있지도 않았고 너무 흥분한 상태라 아주 자세히는 못 봤다오. 어쨌든 오래된 금은 제품들은 손 탄 흔적이 없었소. 디컨이 응접실에 있는 커다란 상자에 넣어뒀으니 혹여 살인자가 훔쳐갈 목적으로 들어왔다면 분명 맨 먼저 그 물건들부터 가져갔을게요."

콜슨 씨는 앞서 언급한 그 상자의 다른 부분까지 자세히 설명해줬다. 두 사람을 태운 마차는 이내 베드퍼드 맨션 2호 앞에 멈춰 섰다. 당연히 시체는 이미 치운 상태였지만 다른 것들은 손대지 않은 채 그대로 있다고 했다. 수위가 관리인 열쇠를 이용해 두 사람을 집 안으로 들여보냈다.

"경찰이 디컨의 열쇠를 아직 다 찾지 못한 모양이군. 왠지 그 때문에 내가 곧 곤란해질 것 같소. 디컨은 대개 그 열쇠들을 지

니고 다녔는데 시체로 발견됐을 때는 수중에 없었다오." 콜슨
씨가 설명했다.

"예사로이 넘길 문제가 아닌 것 같군요. 어쨌든 집 안부터 둘
러보죠." 도링턴이 말했다.

그들은 커다란 아파트를 걸어 다니며 속속들이 살펴봤다. 도
링턴은 지나가면서 아무 생각 없이 주위를 돌아보았다. 그때 콜
슨 씨가 뭔가 생각났는지 멈춰 서서 도링턴에게 말을 걸었다.

"아! 이제야 알 것 같소."

콜슨 씨는 방금 지나온 방으로 재빨리 되돌아가서 일반 탁자
높이 정도로 벽을 따라 길게 설치되어 있던 널따란 선반 쪽으로
향했다. 그러더니 큰 소리로 외쳤다.

"그래! 맞아! 그게 없어졌어!"

"뭐가 없어졌단 말입니까?"

"검 말이오. 마사무네 검!"

비단 천이 깔린 선반에는 화려한 장식이 달린 일본의 장검과
단검 천지였다. 대부분은 옆으로 뉘어 놓은 상태였지만 두세
개는 옻칠한 받침대에 놓여 있었다. 콜슨 씨가 그 자리에 서서
검이 없는 상태로 덩그러니 놓여 있는 받침대를 가리켰다.

"그게 여기 있었소. 그 전날 오후에 내가 봤단 말이오. 그런데
안 보이잖소. 눈에 확 띄는 거였는데. 가만있자."

크게 들뜬 콜슨 씨가 사라진 물건을 찾아 각종 검들이 보관된
방들을 급하게 오갔다. 그러다 이상하리만치 놀란 표정으로 말
했다.

"없소. 그게 사라졌소. 우리가 이 미스터리한 사건의 핵심에

다가선 것 같소."

나직하면서도 불안정한 목소리로 말하는 콜슨 씨의 눈에 이상한 근심이 어려 있었다.

"왜 그러시는데요? 그 검이 대체 뭔데 그러십니까?" 도링턴이 물었다.

"응접실로 갑시다."

콜슨 씨는 도링턴을 데리고 디컨 씨가 사망한 현장에서 빠져나와, 비어 있는 검 받침대를 지나 팔이 네 개나 달린 데다 뱀과 위협적인 검을 든 채 웃고 있는 성상 근처를 벗어났다.

"미신을 별로 안 믿는 편이지만 그래도 그 문제를 좀 더 자유롭게 말할 수 있으려면 여기가 나을 것 같구려."

두 사람은 금은 제품이 들어 있는 상자 맞은편 탁자에 자리를 잡았다. 곧바로 콜슨 씨가 이어 말했다.

"내가 말한 그 검은 불쌍한 그 친구가 20여 년 전에 일본에서 가져와 애지중지하던 거라오. 사실 일본에서 내란이 일어나고 몇 년 지나지 않은… 내 생각에는 14세기가 아닐까 싶은 때의 것으로 아주 오래된 물건이라오. 유명한 검 장인인 마사무네가 만든 작품이라더군. 마사무네가 만든 검은 아주 희귀해서 구하기 힘들어 보였소. 그래서 디컨은 아주 운 좋게 그 검을 손에 넣었다고 생각했지. 소장품 중에 마사무네 작품은 그거 딱 하나였거든. 위대한 옛 장인 가운데 한 사람이 만든 검이니 일본에서 가져온 모든 희귀품 중에서도 단연 귀한 거였다고 할 수 있소. 그런 최고품을 소장하고 있는 사람들은 제아무리 값을 많이 쳐준다고 해도 팔지 않는다오. 그런 검들은 아버지에서 아들로 수세대를 거쳐 전해 내려왔기 때문에, 전통을 중시하는 일본인이라면 아무리 어쩔 수 없는 처지라도 아버지한테 물려받은 검을 내놓는 것을 수치로 여길 거요. 아주 안 좋은 상황에 처했어도 전답을 팔지언정 그런 검은 결코 팔지 않지. 물론 파는 경우도 있긴 하지요. 디컨이 손에 넣은 검처럼 말이오. 하지만 거의 예외 없이 일본 사무라이는 아버지의 검을 파느니 굶어죽는 쪽을 택할 거요. 또 그런 검들은 결코 도난당하는 일도 없다고 하오. 각각의 검에는 신의 있는 정신이 깃들어 있어서 부당하게 소유하는 자에게 끔찍한 재앙이 닥친다고 굳게 믿기 때문이지. 이 검들에는 아서 왕의 전설의 검처럼 저마다 이름이 있고, 남자의 사회적 지위는 그가 사는 집이나 의복이 아니라 허리에 차고 있는 두 개의 검으로 판별됐다고 하오. 그 옛날의 검 장인들은 최고의 검을 주조할 때 궁중복을 입고 제물을 바쳐서 신들에게 해당 무기의 앞길을 돕고 보살펴달라고 빌었다고 하지. 사정이 이러하니 고대 일본 사무라이나 무사들 사이에서 이런 검이 거의 숭배의 대상이 되었다는 건 납득이 갈 거요. 이제 문제의 그 검 이야기로 돌아갑시다. 그 검은 장검 혹은 가타나라고 하는 거였소. (선생도 알다시피, 이 검들은 두 개를 짝으로 차고 다니는데 작은 쪽을 와키자시라고 불렀다오) 또한 이 검에는 고토 가문의 위대한 금속 세공인이 만든 아주 멋진 부속품이 붙어 있었소. 위대한 마사무네 장인의 서명이 통상적인 위치, 즉 칼자루 안에 있는 철 슴베에 새겨져 있다오. 이 검의 소유주는 1868년에 쇼군(일본의 무신정권을 일컫는 막부시대의 실질적인 최고 통치자를 가리키는 말로 정식 칭호는 세이이타이쇼군. 1868년에 메이지유신이 시작되면서 통치권은 다시 일왕이 쥐게 됨 – 옮긴이)시대가 막을 내리기 전에 이름깨나 날리던 인물이었지만 정세가 바뀌면서 가난에 허덕이는 신세가 됐다고 하오. 디컨이 그를 만났을 당시 그의 상황은 최악이었지. 자녀들이 굶어 죽기 직전이었다오. 그래서 그 남자는 우리에게 4~5파운드밖에 안 되는 돈이었지만 본인에게는 약간의 거금에 해당하는 가격에 그 검을 팔았다오. 디컨은 늘 그 보물을 자랑스러워했소. 실제로 유럽에 딱 하나밖에 없는 마사무네 검이라고 했지. 그 친구가 말하길 자기가 항상 가장 갖고 싶은 두 개의 일본 물건이 있는데, 그 중 하나가 마사무네 검이고 나머지 하나가 오래전에 제조 비법이 사라져버린 보라색 옻칠 작품이라고 했다오. 지금까지 선생한테 말했듯이 디컨은 마사무네 검을 손에 넣었지만 그 보라색 옻칠 작품은 살아생전 한 번도 못 봤다오. 6개월 전쯤, 어느 일본인이 디컨을 찾아왔었소. (나도 직접 봤는데) 그 사람은 보통의 일본인보다 키도 크고 그 나라 고위층 특유의 세련된 용모를 지녔더군. 명함에는 게이고 가나마로라고 적혀 있었는데 자신을 소개할 때는 디컨에게 검을 판 남자인 게이고 기요타키의 아들이라고 했소. 그 남자는 아버지의 가타나를 되찾기 위해 영국에 와서 수소문 끝에 내 친구를 찾아냈다고 했지. 자신의 아버지가 돌아가셨는데 그 검을 찾아 아버지 무덤에 넣어주고 싶다고. 수백 년 동안 조상 대대로 전해 내려온 검을 팔아서 수치를 범한 아버지의 영혼이 더 이상 괴로워하지 않고 편히 쉴 수 있도록 말이오. 그 아버지는 가나마로의 조부에게서 그 검을 물려받을 때 결코 그 검과 떨어지지 않겠다고 맹세했지만 가난에 못 이겨 그 맹세를 깬 것이오. 아들인 그 남자는 상인이 되어(전통 있는 사무라이에게는 헤아릴 수 없는 몰락이지) 돈을 번 다음, 고토 부속품이 달린 그 마사무네 검을 되살 준비를 했던 거요. 자신의 아버지가 받았던 가격보다 훨씬 비싼 값을 주고서라도 말이오."

"하지만 디컨 씨가 안 팔겠다고 했군요?" 도링턴이 물었다.

"그렇소. 그 친구는 분명 아무리 값을 많이 쳐준대도 팔지 않았을 거요. 그래, 가나마로는 아주 절실하게 디컨을 압박하면서 거듭 찾아왔소. 그는 아주 점잖고 품위 있으면서도 굉장히 진지했소. 가나마로는 먼저 상업적 제안을 한 점을 사과했소. 그러고는 디컨에게 자신은 단순한 구매자나 판매자가 아니라는 점을 확실히 일깨워주면서 자신의 절박한 처지를 내세웠소. 그러면서 이렇게 말했다오. '그 검이 일본의 옛 사무라이 가문인 우리에게 어떤 의미가 있는지 모를 겁니다. 여기서 사시는 선생님에게는 선생님만의 신념이 있듯 우리에게는 우리만의 신념이 있습니다. 저는 신조에 따라 아버지 무덤에 저 가타나를 꼭 가져다놔야 합니다. 저희 아버지는 어린 저를 굶어 죽지 않게 하려고 수치를 무릅쓰고 저 검을 팔았습니다. 차라리 저를 죽게 내버려 두셨으면 좋았을 테지만 저는 살았고 이제야 선생님께서 저 검을 갖고 계시다는 것을 알았으니 저는 이 검을 가져다가 아버지 유골 옆에 놓아드려야만 합니다. 선생님께 제안을 하나 드리지요. 선생님께 돈을 지불하는 대신에 다른 검, 그러니까 저희 아버지의 검 못지않게 값어치가 나가는, 아니 더 나갈지도 모르는 검을 하나 드리겠습니다. 선생님을 처음 뵙고 일본에서 가져온 겁니다. 위대한 유키야스가 만든 검으로, 저희 아버지 검에 붙은 부속품을 만든 고토 가문보다 더 오래되고 위대한 장인이 만든 칼집과 부속품도 딸려 있습니다.' 하지만 디컨에게는 이미 유키야스가 만든 검이 두 개나 있었다네. 반면에 마사무네가 만든 검은 그거 딱 하나밖에 없었던 거지. 그래서 디컨은 그 일본인을 포기시킬 이유를 대보았지만 소용없었다오. 가나마로는 계속 디컨을 찾아와 아주 성가실 정도였지. 그러다가 한두 달가량 뜸하다 싶더니 2주 전쯤 다시 나타났지 뭐요. 가나마로는 화가 난 채 동양의 예의범절 따위는 잊은 듯 이렇게 말했다오. '영국에는 영국의 법도가 있고 우리에게는 우리의 법도가 있지. 물론 멍청한 우리 동포들 중 많은 이들이 허둥지둥 영국인을 따라 하기 바쁘지만 말이야. 우리에게는 우리만의 신념이 있고 지식이 있다 이거야. 그래서 당신네들은 미신이라고 부르지만 정말 진짜인 것들도 있지! 우리의 오랜 신들은 아직 다 죽은 게 아니란 말이오, 아시겠소! 옛날에는 누구도 다른 사람의 검을 차거나 갖고 있지 않았지. 왜냐면, 위대한 검에는 사람과 마찬가지로 영혼이 있으니까. 이건 세상이 알고 신들이 다 아는 얘기지! 다른 사람의 검을 지닌 자는 조만간 큰 불행에 빠져 죽는 법. 내게 아버지의 검을 주고 부디 목숨을 부지하길 바라겠소. 아버지가 밤마다 나타나 내 귀에 대고 구슬피 운단 말이오. 내가 아버지께 가타나를 돌려드려야 한다 이거요!' 선생께 말했듯, 난 화요일 오후가 돼서야 겨우 가련한 디컨과 이야기를 나눴다오. 그때 그 친구가 그러더군, 가나마로가 전날 또 왔었는데 정신이 반쯤 나간 상태였다고. 정말이지 어찌나 심각했는지 디컨은 일본 공사관에 연락해 그자를 살피라고 시킬까 고민할 정도였소. 아주 미친 사람 같았다더군. 가나마로가 이렇게 말했다고 하오. '조심하시오, 이 멍청한 양반아! 내 신들은 아직도 살아 있고 막강하니까! 우리 아버지는 허리에 검을 차지 못해 캄캄한 길을 헤매며 신들에게 가지 못하고 있소. 할아버지께서 아버지께 맹세는 어찌 한 거냐고 묻는단 말이오! 영국과 일본 사이에 거대한 바다가 있지만 우리 아버지는 당신의 가타나를 찾아 여기까지 걸어올지도 모르지, 몹시 화가 나서! 나는 잠시 사라지겠지만 내 신들은 알고 있고 내 아버지도 알고 있소!' 그러고 나서 그 아들은 떠났다오. 그리고 지금까지 나타나지 않고 있소."

콜슨 씨는 잠시 멈추고 고갯짓으로 옆방을 가리키더니 축 처진 목소리로 이어 말했다.

"이제, 불쌍한 디컨은 죽었고 그 검은 사라졌소."

"가나마로는 선생님께서 말씀하신 월요일 이후로 다시는 나타나지 않았나요?" 도링턴이 물었다.

"그렇소. 게다가 내가 특별히 어제 아침에 혹시 그자가 왔었는지 물어도 봤소. 건물 수위 말이 맹세코 그 어떤 일본인도 이 집에 온 적이 없다더군."

"그럼 그 편지는요? 선생님께서 말씀하시길, 디컨 씨께서 분명 점심을 먹으러 나갔다가 다시 돌아와서 편지들을 까먹어서 돌아왔다고 했잖습니까. 나중에 그 편지들 중 뭐라도 발견됐나요?"

"그렇다오. 우표까지 붙어 있는 편지 세 통이 바로 이 탁자에 있었소."

"지금 그 편지들은 어디에 있습니까?"

"내 방에 가져다두었다가 담당 형사가 오자마자 열어봤소. 그렇게 중요한 내용은 전혀 없었다오. 그냥 약속 날짜 같은 것들만 있었소. 그래서 경찰도 유산 집행인인 내게 맡기고 가더이다."

"그래도 제가 한번 봤으면 싶은데요. 당장은 아니더라도 되도록 빨리요. 범인이 도망치면서 닫아 놓은 것으로 추정되는 그 창문 아래 지하실에서 페인트 작업을 하고 있었다는 사람도 당장 만나봐야겠어요. 경찰에게 겁먹지 않았어야 하는데."

"알았소. 선생이 원하는 대로 당장 그 사람을 만나보러 갑시다. 그런데 딱 한 가지 걸리는 게 있소. 물론 그런 미신 따위 믿을 게 못 되지만 우연의 일치치고는 꽤 이상하다 싶다오. 앞서 말한 거 같은데, 디컨의 시체는 다른 방에 있는 네 개의 손을 가진 성상 아래에서 발견됐다오."

"예, 말씀하셨습니다."

콜슨 씨는 앞서 나온 미신의 내용을 생각하느라 혼잣말을 하는 것 같았다.

"딱 들어맞는단 말이지. 딱 들어맞아. 그 신 밑에, 그것도 검을 들고 있는 손 바로 아래에 있었소. 그리고 그건 나무 검이 아닌 실제 강철 검이라오."

"저도 봤습니다."

"그렇소. 그건 일본의 전쟁 신, 하치만의 형상이라오. 최근에 추가된 소장품으로 아주 오래된 물건이지. 디컨이 불과 며칠

전에 코플스턴 상점에서 구입한 거요. 사실 이 집에 도착한 것
은 수요일 아침이었소. 디컨은 인도의 영향을 받은 것처럼 보
이는 특이한 디자인 때문에 그걸 샀다오. 하치만은 대개 보통
사람처럼 팔이 두 개에다 무기라고는 검 하나만 들고 있는 모습
으로 표현되지. 그런데 이건 디컨이 이제껏 듣도 보도 못한 형
상으로 팔이 네 개나 된다오. 디컨이 구입한 후에 그러더군. 확
인해봤더니 이것은 사원을 떠나는 순간부터 불운이 따라다니
는 성상들 중 하나라고. 코플스턴 쪽 사람이 디컨에게 털어놓
기를, 저 성상을 실어온 배에 탔던 동인도인 선원들과 화부들
이 하치만을 배에 싣는 순간부터 모든 게 어긋났다고 말했다더
군. 정말이지, 그 배는 피니스테레곶에서 난파될 뻔했다는 거
야. 그러면서 그 코플스턴 쪽 사람도 그 성상을 더는 안 봐서 기
쁘다고 하더라는 거야. 물건들이 아주 기이하고 설명할 길 없
이 사라지는가 하면, (주로 커다란 화병 같은) 물건들을 그 성상
근처에 두면 사람이 건드리지도 않았는데 나중에 보면 전부 박
살 나 있더라는 거지."

콜슨 씨가 이어 결론을 내렸다.

"그러니, 그런 모든 사연과 고대의 검들을 지켜준다는 일본
신들에 대해 가나마로가 말한 내용을 떠올려보면, 불쌍한 디컨
이 그 성상을 집에 들이자마자 그 아래서 죽은 채 발견됐으니
이상하지 않소?"

생각에 잠겨 있던 도링턴이 곧바로 대답했다.

"그러게요. 죄다 이상하군요. 이제 창문 아래 지하실에 있었
다는 그 잡역부를 만나러 가시죠. 아니면, 그자가 어디에 있는

지 알아다 주시면 저 혼자 찾아가고요."

콜슨 씨는 밖으로 나가 건물 수위와 이야기를 나눴다. 곧이어 소식을 듣고 돌아온 콜슨 씨가 말했다.

"그자가 사라졌다오! 도망쳤소!"

"뭐라고요? 지하실에 있던 그자가요?"

"그렇소. 어제 경찰이 아주 자세히 심문하니까 황급히 달아난 모양이오."

"경찰이 뭘 물었는지 아십니까?"

"그 시간에 뭘 봤는지 같은 일반적인 질문을 했겠지. 1시경에 창문이 닫히는 소리를 들었다는 말밖에 안 했을 거 같소만. 더 자세히 물어보니까 당혹스러워하면서 얼버무렸다오. 특히 경찰이 그자가 페인트를 칠하던 곳에서 가까운 복도에 놓아둔 사다리를 언급하자 더 그랬소. 심문에 앞서 경찰이 조사한 바에 따르면, 얼마 전에 누군가 그 사다리를 다른 데로 가져갔다가 제자리에 돌려놨다고 하더이다. 그 사다리에는 옮기기 위해 그러잡은 부분만 빼고 먼지가 두껍게 끼어 있어서 손자국이 아주 선명하게 나 있었다오. 다우든(그 사람 이름이라오) 말고는 지하실에 아무도 없었으니 다른 누군가가 그 사다리를 옮겼다면 다우든이 무슨 소리를 듣거나 눈치챘을 거요. 게다가 그 사다리는 디컨의 집 창문에 딱 닿는 길이였소. 그래서 경찰이 다우든에게 누구든 사다리 옮기는 걸 봤는지 물었더니 몹시 초조해하며 맹렬하게 못 봤다고 부정했소. 그러고는 잠시 후에 사라졌는데 다시 나타나지 않았다는 거요."

이야기를 듣고 도링턴이 소리쳤다.

"경찰이 놓친 거군요! 천하의 멍청이들!"

"물론 그자가 무언가 알고 있을지도 모르오. 하지만 그 검이 사라진 거며, 가나마로가 어떻게 해서든 그 검을 되찾고 싶어 했다는 것도 알았고, 내가 볼 때 이런저런 정황상 다른 방향으로 조사해야 할 듯싶소만."

콜슨 씨가 성상이 있는 방을 쳐다보며 이렇게 덧붙이자 도링턴이 대답했다.

"우리는 모든 방향으로 조사할 겁니다. 가나마로가 다우든의 도움을 받았을지도 모르죠. 어디로 가야 가나마로를 만날 수 있는지 아십니까?"

"물론이오. 디컨에게 그 사람이 편지를 보냈는데, 나도 봤다오. 숙소가 대영박물관 근처라고 했소."

"좋습니다. 그럼 야간에도 이곳에 수위가 있었는지 알고 계십니까?"

"야간에는 아무도 없었소. 덧문은 12시에 잠긴다오. 그 시간 이후에 누구라도 집 안으로 들어가려면 초인종을 눌러 관리인을 불러내야 하오."

"세입자들은 덧문 열쇠를 안 가지고 있습니까?"

"그렇소. 자기네 집 열쇠 말고는 안 가지고 있다오."

"알겠습니다. 콜슨 씨, 이제부터는 제가 잠시 전반적인 상황을 깊이 생각해보고 싶습니다. 콜슨 씨께서는 지금 즉시 가셔서 가나마로가 아직도 아까 말한 그 주소에 머무는지 알아봐주시겠습니까?"

"물론이오, 그러겠소. 그리고 혹시 모르니 이 말을 해야겠소.

그 사람이 나를 조금 알긴 하지만 자기 아버지 검에 대해 내게 말한 적은 없기에 내가 조금이라도 알고 있다는 걸 그 사람은 모른다오. 정말이지 디컨 말고는 누구에게도 그 이야기를 하지 않은 것 같소. 그 문제에 관해서는 아주 도도했으며 말을 통 안 했으니까. 이제 디컨이 죽었으니 아마 그 검의 사연을 아는 건 자기밖에 없다고 생각할 거요. 숙소에 그 사람이 있으면 내가 어찌해야 하오?"

"숙소에 있으면 계속 지켜보면서 저나 경찰에게 연락하십시오. 저는 잠시 여기 좀 있다가 (선생님께서 나가시기 전에 그 양반에게 지시해놓으면) 건물 수위에게 들러 그 사다리와 다우든이 작업했던 근방을 둘러보려고요. 또 뒤쪽 계단도 살펴봐야 하고요."

"허나 그 계단에 붙은 문은 안쪽에서 열쇠로 잠가 놓은 상태일 텐데."

"예, 예. 그럴 땐 또 다 해결하는 방법이 있답니다. 선생님께서 저만큼 가택 침입에 대해 많이 알고 계신다면 잘 아시겠지만요. 하여간 곧 알게 될 겁니다."

III

콜슨 씨는 마차를 타고 가나마로가 머문다는 숙소로 갔다. 가나마로는 숙소에 없었다. 숙소에 알리고 외출한 상태였다. 입구에서 만난 종업원은 짐을 다 싸놓은 걸 보면 가나마로가 외국으로 가려는 것 같다고 했다. 그러나 그 종업원도 가나마로가 몇 시쯤에 돌아올지는 모르고 있었다.

콜슨 씨는 곧장 도링턴에게 이 사실을 알려야 할지 잠시 생각해봤다. 하지만 다시 생각한 끝에 서둘러 시내로 나가 해운 회사에 들러 곧 일본으로 출발하는 배편을 알아보기로 했다. 그러나 도중에 해운 신문을 사면 정보를 얻을 수 있겠다는 생각이 들었다. 그리고 신문에서 정말로 원하는 내용을 발견했지만 마차에서 내리지 않고 계속 갔다. 앵글로-말레이 해운 회사에서 요직에 있는 사람을 마침 알고 있었기 때문이다. 그 사람을 통해 승객 명부를 보면 도움이 될 것 같았다. 해당 회사의 요코하마행 다음 배편은 며칠 후에 출발할 예정이었다.

하지만 승객 명부를 볼 필요가 없었다. 콜슨 씨가 앵글로-말레이 해운 회사의 커다란 일반 안내소로 들어가려고 앞쪽 반회전문에 들어서는 순간, 다른 쪽 반회전문으로 게이고 가나마로가 나오는 모습을 목격했기 때문이다. 가나마로는 콜슨 씨를 보지 못했다. 잠시 머뭇거리던 콜슨 씨는 뒤돌아서 가나마로를 따라갔다.

그때부터 갑자기 콜슨 씨는 혼자 신비스러운 탐정이 된 듯 상상에 빠져 열의를 불태웠다. 가나마로는 전혀 두려워하지 않는 게 분명했다. 그렇게 거리낌 없이 걸어 다니는 데다 일본행 배편을 고려하는 사람이라면 누구나 떠올리게 마련인 해운 회사의 일선 사무소까지 직접 일본행 배표를 예약하러 왔으니 말이다. 다른 사람 같으면 우회 경로를 이용해 영국을 떠나 외국 항구에서 일본행 배를 탔을 것이다. 가나마로는 아직도 자신이 아버지의 검을 찾으러 왔다는 사실을 아무도 모르고 있다고 생각하는 것이 틀림없었다. 콜슨 씨는 걸음을 재촉해 그 일본인

옆으로 다가갔다.

가나마로는 균형 잡힌 몸매에 키가 178센티미터 정도로 일본 토박이치고는 상당히 컸다. 광대뼈 또한 하층계급 일본인에게서 뚜렷하게 드러나는 것과 달리 돌출되지 않았다. 핏기 없는 달걀형 얼굴과 매부리코에서 상류층 가문 출신임이 느껴졌다. 유일하게 그의 머리카락만이 모든 일본인과 다름없이 거친 흑발이었다. 콜슨 씨를 알아본 가나마로가 즉시 발걸음을 멈추고 깍듯하게 머리를 숙여 인사했다. 콜슨 씨도 인사했다.

"안녕하시오. 해운 회사 사무소를 나가는 걸 보고 영국을 떠나려는 건지 궁금해서 말이오."

"예, 다음 배편으로 일본으로 돌아갈 겁니다. 볼일이 다 끝났거든요."

가나마로의 발음은 훌륭했지만 억양이 고스란히 드러났다. 영어를 쓰는 일본인들 특유의, 음절을 딱딱 끊는 습관을 애써 자제하는 듯했다.

콜슨 씨의 의심은 굳어지다 못해 거의 확실해졌다. 그러나 그런 마음을 티내지 않고 가나마로와 나란히 걸으면서 이렇게 물었다.

"아! 그럼, 영국에서 볼일이 잘된 모양이군요?"

"거금을 들인 덕분에 잘 끝났습니다."

"거금을 들여요?"

"예. 이렇게까지 해야 할 줄은 미처 몰랐습니다. 쉽게 해낼 수 있을 거라고 생각하는 게 아니었는데 말이죠. 하지만…."

가나마로는 급히 말을 멈췄다가 대단히 신중하게 다시 입을 열었다.

"하지만 어디까지나 사적인 일이라 괜히 성가시게 하고 싶지 않네요."

눈치가 빠른 콜슨 씨는 가나마로에게 잠시 혼자만의 시간을 주기 위해 몇 미터가량 아무 말 없이 걸었다. 그러고 나서 살그머니 그 일본인 얼굴을 살피면서 물었다.

"하치만 신을 아시는가?"

"하치만은 전사들의 신이죠. 여덟 개의 깃발을 들고 있고요. 당연히 알고 있지요."

가나마로가 마치 그 이야기는 그만했으면 하는 투로 대답했지만 콜슨 씨는 다시 물었다.

"하치만이 일본 고대 시대에 검날의 주조를 관장하는 신이었소?"

"'관장'했는지까지는 모르겠습니다. 처음 듣는 단어라서요. 하지만 요시쓰네와 다이코사마 시대에 가타나를 만들던 위대한 강철 장인들은 날을 주조할 때 장막을 치고 하치만 신에게 제물을 바쳤으니까 맞는 말일 겁니다. 무라마사 장인과 마사무네 장인, 사네노리 장인은 하치만 신 아래에서 검날을 주조했지요. 또한 이나리 신이 망치를 들고 몰래 와서 강철 검을 만든다는 설도 있습니다. 하치만은 불교의 신이고 이나리는 신도의 신이지만요. 어쨌든 이런 이야기는 할 게 못 되는 것 같습니다. 선생님은 선생님만의 종교가 있고 제게도 저만의 종교가 있으니 서로 종교 이야기를 하는 건 아니라고 봅니다. 당사자들은 아주 신실하게 믿고 있지만 남들 눈에는 미신이니 뭐니 말들이 많으니까요."

함께 조금 더 걷고 나서 콜슨 씨는 시치미를 떼고 있는 가나마로의 가면을 벗겨야겠다고 작정하고는 이렇게 말했다.

"디컨 씨가 그렇게 되다니 정말 안됐소."

"무슨 일이 있나 보죠?" 가나마로가 무신경하게 물었다.

"아니, 신문마다 온통 그 얘기뿐이잖소!"

"전 신문을 전혀 안 읽어서요."

"디컨 씨가 사망했소…. 자기 집에서 살해당했소! 하지만 신성상 아래에서 죽은 채 발견됐다오."

"정말로요? 그거참 대단히 슬픈 일이군요. 유감입니다. 그분이 하치만 성상을 갖고 있는 줄은 몰랐네요."

가나마로는 정중하지만 왠지 무심하고 냉담하게 대답했다.

"그리고 그 집에서 뭔가 없어졌다더군요."

"아, 예. 그 집에는 아주 값비싼 것들이 많았죠."

콜슨 씨의 말에 가나마로가 역시나 냉정하게 말했다. 그러고 나서 잠시 후에 이렇게 덧붙였다.

"제가 조금 늦어서요. 죄송하지만 숙소에 점심을 먹으러 가야 합니다. 그럼, 안녕히 가십시오."

가나마로는 고개를 숙여 인사한 뒤 손을 흔들어 마차를 불렀다. 콜슨 씨는 가나마로가 마부에게 숙소 주소를 말하는 소리를 듣고 나서 다른 마차를 타고 도링턴의 사무실로 향했다.

가나마로가 디컨의 사망 소식을 듣고도 크게 놀라지 않고 무신경한 반응을 보인 점과 본인 입으로 영국에서 볼일을 성공적으로 마쳤다고 말한 점으로 비춰볼 때 콜슨 씨의 예상이 틀림없어 보였다. 가나마로는 분명 자신이 영국에 무슨 일로 왔는지 아무도 모른다고 확신하는 듯했다. 그래서 아주 무심한 태도를 보이다 못해 감히 살인을 떠올리는 말까지 내뱉었다. 즉 이렇게까지 해야 할 줄은 미처 몰랐다며 쉽게 해낼 수 있겠다고 생각하는 게 아니었다고 말이다. 물론 더 무슨 말을 하려다가 곧바로 자제한 게 틀림없지만 말이다. 당장 도링턴에게 알려야 했다. 경찰에게 말하는 것보다 그 편이 나을 듯싶었다. 경찰에게 말해봤자 체포를 정당화할 충분한 증거도 검토하지 못할 터였다. 도링턴이라면 그사이 무언가를 알아냈을 것 같았다.

도링턴은 아침 일찍 사무실을 나간 뒤 소식이 없는 모양이었다. 그래서 콜슨 씨는 힉스를 만나 가나마로를 감시해야 하니 그자가 다시 숙소를 나가기 전에 즉시 사람을 보내도록 조처했다. 그러고 나서 콜슨 씨는 서둘러 베드퍼드 맨션으로 향했다.

맨션에 도착하니 건물 관리인이 있었다. 그는 도링턴이 얼마 전에 건물을 나가면서 오후 중에 돌아오지 못하면 전보를 치겠다는 말을 남겼다고 했다. 콜슨 씨는 또한 현관 수위인 비어드가 자신이 경찰의 감시를 받고 있다는 사실을 알고는 굉장히 분개하고 걱정하고 있다는 이야기도 들었다. 며칠 휴가를 내고 병석에 있는 어머니를 뵈러 갔다 온 일이 빌미가 됐던 모양이다. 콜슨 씨는 건물 관리인에게 비어드가 더는 경찰 감시를 받지 않도록 자신이 빨리 손쓰겠다고 안심시킨 뒤 점심을 먹으러 갔다.

IV

콜슨 씨는 점심 식사를 마치고 베드퍼드 맨션을 거듭 가봤지만 도링턴도 돌아오지 않았고 전보도 오지 않았다. 콜슨 씨는 안절부절못하면서도 기다려보기로 마음먹었다. 마침내 5시가 다 됐을 무렵 도링턴이 기운이 넘치고 흐뭇해 보이는 모습으로 나타났다. 도링턴이 콜슨 씨를 향해 입을 뗐다.

"오래 기다리신 건 아니죠? 사실 말이죠, 4시가 지날 때까지 점심 먹을 겨를도 없어서 조금 전에 겨우 먹었다니까요. 제가 제대로 건진 것 같습니다. 이 사건, 이제 끝났습니다."

"끝나? 하지만 가나마로를 체포해야 하는데. 내가 알아보니까…."

"아뇨, 아뇨. 아무도 체포되지 않을 겁니다. 한 시간 후에 석간을 보시면 다 알게 될 겁니다. 일단 집 안으로 들어가시지요. 보여드릴 게 있습니다."

콜슨 씨가 디컨 씨의 집으로 들어가면서 의문을 표했다.

"하지만 내 장담하네만, 가나마로한테서 자백이나 다름없는 얘길 들었다네. 그자가 내가 알고 있다는 걸 모르고 불어버린 거라네. 그런데 왜 아무도 체포되지 않는다는 건가?"

"디컨 씨의 죽음에 연루된 범인들이 모두 죽었으니까요. 제가 다 말씀드릴 테니 일단 들어가시죠. 전말은 아주 간단합니다."

도링턴은 시체가 발견된 방으로 앞장서 들어간 뒤 네 팔이 달린 성상 앞에 멈춰 서서 입을 열었다.

"우리의 오랜 친구 하치만입니다. 선생님께서는 어쩌면 이게 이번 사건과 관련 있을지도 모른다고 생각하셨죠. 선생님 생각이 맞았습니다. 하치만이 이 사건뿐만 아니라 코플스턴 상점의 갖가지 재난과도 관련이 깊더군요. 어떻게 된 건지 제가 설명 드리겠습니다."

보통의 실물 크기보다 더 큰 그 성상은 임시로 붉은색 천을 씌운 커다란 포장용 상자 위에 올려둔 상태였다. 하치만은 일본인들에게 익숙한 자세로 무릎을 꿇고 앉아 있었고, 성상 전체가 복잡하고 촘촘한 조각으로 표현돼 있었다. 고대 갑옷을 입은 모습으로 앉아 있는 성상 양쪽 어깨에는 커다랗고 헐렁한 망토가 아주 근사하고 깊은 주름들을 드리운 채 치렁거리며 뒤쪽으로 늘어져 있었다.

"여기 좀 보세요."

도링턴이 툭 튀어나온 성상의 맨 아랫부분 밑으로 손가락을 집어넣으면서 콜슨 씨에게 몸짓으로 똑같이 해보라고 권하며 물었다.

"이거, 들어 올리려면 엄청 무겁겠죠?"

정말이지 그 성상은 엄청나게 무거워서 그 위치에 가져다두려고 틀림없이 힘센 장정 여럿이 애를 썼을 것이다.

"굉장히 단단한 것 같죠, 안 그래요? 하지만 여길 보세요."

말을 마친 도링턴은 성상 뒤편으로 걸어가 한 손으로 돌출된 망토 주름 부분을 잡고 휙 잡아당기는 동시에 다른 한 손으로는 주먹을 쥐고 60센티미터 위쪽을 툭툭 두드렸다. 그러자 어깨 근처의 돌쩌귀에서 커다란 주름 조각 하나가 떨어져 나오면서 텅 빈 내부가 들여다보였다. 컴컴한 안쪽 구석에서 작은 병 한 개와 헝겊 조각 하나가 보였다.

"저기 좀 보세요. 선생님이나 저 같은 사람이 들어가 있기에는 모자라겠지만 옛날 일본 승려처럼 덩치가 작은 사람이라면 아주 편하게 쪼그리고 앉아 있을 수 있겠지요. 그리고 저것 좀 보세요!"

도링턴이 치렁거리는 주름 맨 밑에 있는 작은 금속 빗장을 가리키며 이어서 말했다.

"저것 덕분에 들어가서 안전하게 몸을 숨길 수 있었던 겁니다. 승려가 저기 들어가서 신탁을 내리는 척 연기하려던 건지, 아니면 하치만의 입과 코로 불을 뿜으려고 했는지 알 바 아니지만 흥미로운 연구 대상임은 틀림없습니다. 아마 승려는 둘 다 하려고 했겠지요. 어쨌든 선생님도 보시다시피 저 공간에는 전체적인 무게를 늘릴 정도로 금속이 붙어 있는 데다 갑옷의 정면 이음쇠마다 교묘하게 작은 틈이 나 있어서 공기와 소리가 들고나고 심지어 밖을 내다볼 수도 있지요. 디컨 씨는 이 성상을 손에 넣고 얼마 안 있어 이 뒷문의 존재를 알았을 수도 있고 그렇지 않았을 수도 있습니다. 하지만 구입할 당시에는 전혀 몰랐던 게 분명합니다. 코플스턴 상점 사람들도 전혀 몰랐으니까요. 몇 달 동안이나 상점에 놓아뒀는데도 말이죠. 보시다시피 한눈에 알아챌 수 있는 게 아닙니다. 저도 작정하고 찾지 않았다면 영영 발견하지 못했을 겁니다."

도링턴이 떨어져 나온 부분을 다시 덮자 들쭉날쭉한 윤곽의 이음쇠들이 깊이 조각된 주름 속으로 끼워 맞춰지더니 마치 마법처럼 이음새가 사라져버렸다. 도링턴이 말했다.

"말씀드린 대로 코플스턴 상점에서는 이런 사실을 전혀 몰랐지만 일꾼들 중 한 명은 발견했던 겁니다. 혹시 '슬랙조'라는 별명으로 불리던 새뮤얼 카스트로라는 사람에 대해 들어본 적 있는지요? 코플스턴 상점에서 이상한 일들을 맡아서 하던 꼽추 말입니다."

"이 집에서 본 적 있다오. 가끔 전갈이나 꾸러미를 전하러 왔었소. 그자가 하나같이 범상치 않던 코플스턴네 일꾼들 중에서도 유독 독특해서 잊지 못했을 거요. 하지만 그자가…."

"제가 보기에는 그자가 디컨 씨를 살해한 듯합니다. 하지만 그자가 교수형을 당하는 일은 없을 겁니다. 오늘 오후에 경찰을 피해 달아나려다가 제가 보는 앞에서 물에 빠져 죽었으니까요. 말씀하신 대로, 그자는 독특한 사람이었습니다. 영국인이 아니었죠. 제 생각에는 혼혈이 아닐까 싶더군요. 강가나 부두 같은 데서 아주 막힘없이 영어를 쓰긴 했지만요. 부두 인부들 사이에서 슬랙조라는 별명으로 불렸더군요. 툭하면 흥분을 잘해서 여기저기 사고를 많이 친 모양이더라고요. 그렇다고 이번 사건에서 작정하고 살인을 저지른 것 같지는 않아요. 단순 강도 사건이니까요. 그자는 덩치가 작은데도 힘이 장사였고 수완도 좋아 본인만 원했다면 코플스턴 상점에서 정규직으로 일할 수 있었을 텐데 자기가 마다했답니다. 너무 게을러서요. 그자는 딱 술값 정도만 벌 만큼 일한 뒤 술 마시러 나가곤 했답니다. 그래서 그렇게 이상하게 가끔씩만 코플스턴 상점 일을 봐주곤 한 겁니다. 급한 전갈을 전하거나 물건을 가져다준다거나 정규 직원들이 바빠서 못 하는 일들만 했던 거죠. 음, 하치만 성상의 뒷문을 발견하고 자신이 아는 것을 활용해 목적을 달성한 걸 보면 꽤 똑똑한 사람이었던 것 같습니다. 혹은 그냥 우연히 그랬던 걸 수도 있고요. 아무튼 코플스턴은 야간에 물건이 없어지는데도 영문을 몰랐을 겁니다. 카스트로가 상점 문을 닫을 때쯤 하치만 성상 안에 들어가 꼭꼭 숨어 있다가 모두가 퇴근한 뒤 상점 안을 휘젓고 다니면서 아침에 전당포에 맡길 만한 자잘한 물건들을 챙길 거라고는 꿈에도 생각하지 못했을 테니까요. 카스트로는 마대 더미나 짚 더미에서 편안하게 자면서 집세를 절약할 수 있었을 겁니다. 코플스턴이 다음 날 장사를 시작하러 상점에 나타나기 직전에 다시 하치만의 은신처로 숨어들 수 있었을 테니까요. 상점을 열기 전에 밖으로 나오는 것 또한 식은 죽 먹기였죠. 필요한 게 있지 않은 한 누구도 그 대형 창고에 들어오지 않았으니까요. 그리고 요령이 뛰어난 사람에게는 코플스턴네 창고처럼 많은 문이 있는 큰 공간을 눈에 띄지 않게 오고가는 일쯤이야 우스웠을 겁니다. 그래서 슬랙조는 조용히 빠져나와 다시 상점 정문으로 가서 일감을 구하곤 했답니다. 코플스턴은 지난 몇 달 동안 그자가 매일 아침 아주 규칙적으로 출근하는 것을 보고 점점 사람이 돼간다고 생각했지요! 박살 난 물건들은 슬랙조가 깜깜한 상태에서 나오다가 뒤엎어서 그렇게 됐다고 봅니다. 특히 화병 하나가 막판에 위치가 바뀐 채 그 성상 뒤에 놓였는데, 아마 그자가 은신처에 들어가고 나서 그렇게 됐을 겁니다. 그러니 그 화병은 당연히 박살나고 말았지요. 난파당할 뻔한 항해를 마친 후 이런 일들이 일어나자 아주 당연하게도 애꿎은 하치만 성상이 불행을 몰고 온다는 악명을 얻었던 거죠. 아마 슬랙조도 하치만 상이 팔렸다는 소식을 듣고 처음에는 서운했을 겁니다. 하지만 곧 좋은 생각이 떠올랐겠죠. 그자는 디컨 씨 집에 심부름을 왔다가 틀림없이 응접실에서 좋은 금은 제품을 봤을 겁니다. 하치만의 도움으로 코플스턴 상점에서 자잘한 소품들을 훔쳤으니 디컨 씨 집에서도 똑같은 방법으로 더 좋은 물건들을 훔치자 싶었겠죠. 수요일 아침에 상점 문을 열자마자 하치만 성상을 베드퍼드 맨션으로 가져다주기로 했죠. 그러니 그자가 할 일은 화요일 저녁쯤에 습관대로 코플스턴 상점에 머물다가 아침에 은신처에서 나오지 않으면 그뿐이었습니다. 정말 그자는 그렇게 했답니다. 아마 일꾼들은 하치만 무게 때문에 욕 좀 했을 테지만 성상 자체의 무게만 해도 꽤 나가는 데다 처음 배에서 옮겨다 놓은 이후 위치를 바꾸지 않았기 때문에 아무런 차이도 못 느꼈을 가능성이 크죠. (비록 그자조차 틀림없이 공간이 비좁다는 것을 알았다 하더라도) 슬랙조가 안에 편안히 자리 잡은 상태로 하치만 상은 마차에 실려 덜컹거리며 상점을 떠나 현재의 위치에 자리하게 된 겁니다. 물론 제가 지금까지 선생님께 말씀드린 모든 내용과 앞으로 말씀드리려고 하는 모든 이야기는 어디까지나 추측에 불과합니다. 하지만 선생님께서도 다 듣고 나면 그럴 만하다고 말씀하실 겁니다. 성상 안에서 슬랙조는 디컨 씨가 움직이는 소리를 들을 수 있었을 겁니다. 분명 디컨 씨가 모자와 지팡이를 집어 들고 현관문 잠그는 소리를 들었을 때 하치만 상에 세 들어 살던 그 친구는 마침내 나올 수 있었으니 기뻤을 겁니다. 전에는 한 번도 그렇게 오랫동안이나 힘들게 성상 안에 머물러본 적이 없었을 테니까요. 그래서 미리 기분이 처지지 않게 할 비장의 무기를 챙겨서 들어가긴 했지만요. 그자가 그 안에 두고 간 그 납작한 작은 병을 떠올리면 뭔지 짐작이 갈 겁니다. 하여간 그럼에도 그자는 안전을 위해 나오기 전에 조금 더 기다렸을 겁니다. 제가 그렇게 판단한 이유는 금제품 용기에 작게 칼로 표시해둔 것 하나 말고는 그자가 작업을 시작한 흔적이 전혀 없기 때문입니다. 분명 디컨 씨가 편지 때문에 되돌아왔을 때 막 시작하려던 참이었을 겁니다. 그러나 그자는 맨 먼저 가까운 방에서 자신이 움직이는 소리가 들리지 않도록 침실 창문부터 닫았습니다. 기억하시겠지만 페인트를 칠하고 있던 남자가 그 소리를 들었다고 했습니다. 자, 디컨 씨가 열쇠로 자물쇠 따는 소리가 들리자 그자는 당연히 은신처로 돌진했겠지요. 하지만 디컨 씨 모르게 무사히 들어가서 문을 잠글 시간이 없었을 겁니다. 디컨 씨가 집 안에 들어섰을 때 옆방에서 발자국 소리가 들리니까 뭔가 싶어 건너갔겠지요. 그 결과는 선생님이 아시는 그대로고요. 아마 카스트로는 성상 뒤에서 쪼그리고 앉아 디컨 씨가 다가오는 소리를 듣다가, 발각될 수밖에 없다는 것을 알고 미친 듯이 공포에 떨다가 흥분하여, 가장 가까운 곳에 있던 무기를 잡아채고는 디컨 씨를 사정없이 내리쳤겠지요. 여기를 보세요! 묵직한 일본식 단도들이 여섯 개나 있으니 어느 것이든 쓸 수 있었을 겁니다. 일이 터지고 나서 카스트로는 도망쳐야 한다는 생각밖에 들지 않았을 겁니다. 현관문으로 나가기는 불가능했겠지요. 건물 수위가 벌써 밖에서 문을 두드리고 있었으니까요. 하지만 수위에게는 열쇠가 없었기 때문에 우왕좌왕하며 열쇠를 가져오라고 외치는 소리가 들렸을 겁니다. 카스트로에게 아직 조금의 시간이 있었던 거죠. 그자는 무기 날을 닦아서 제자리에 도로 가져다둔 뒤 죽은 사람의 주머니에서 열쇠를 꺼내 들고 다시 성상의 은신처로 들어갔습니다. 방이 텅 비었을 때 또다시 도둑질을 할 생각으로 그 열쇠꾸러미를 꺼내갔는지 어쩐지는 저도 잘 모르겠지만, 도망칠 때 쓰려고 그랬을 가능성이 큽니다. 어쨌든 그자는 도둑질을 하지 않고 밤까지 은신처에 숨어 있었습니다. 분명 버티기가 굉장히 힘들었을 겁니다. 그래서 아마 그냥 도망치는 경우보다는 정신이 온전치 않았을 겁니다. 사방이 조용해지자 그자는 방을 나와 문을 닫았습니다. 그러고 나서 아침까지 복도와 지하실 등지에 숨어 있다가 건물 문이 열리자 아무도 모르게 빠져나온 겁니다. 이게 끝입니다. 선생님께서도 하치만 성상의 내부를 알게 된 순간 그간의 궁금증이 다 풀렸을 겁니다."

"그나저나 이 모든 걸 어떻게 알아낸 거요?"

"선생님이 가신 뒤 여기서 곰곰이 생각해봤죠. 일단 그 일본인과 그 사람이 찾으려 했던 검 등 이런저런 의심이 가는 모든 살해 동기들을 제쳐두고 드러난 사실들에만 집중했습니다. 디컨 씨가 되돌아왔을 때 집 안에 누군가 있었고 바로 그 사람이 디컨 씨를 살해했다고 봤습니다. 그렇다면 제일 먼저 그 사람이 어떻게 집 안에 있었으며 어디서 오는지를 알아내야 했죠. 물론 처음에는 경찰과 마찬가지로 침실 창문으로 들어온 줄 알았습니다. 하지만 머리를 싸맨 끝에 그럴 가능성이 희박하다는 걸 깨달았습니다. 디컨 씨는 정문으로 들어와서 집 안에 잠깐 머물다가 하치만 성상 근처에서 살해당했습니다. 그런데 누군가 물건을 훔쳐가려고 창문으로 들어왔다면 현관문 밖에서 열쇠 돌리는 소리를 듣는 순간 (제가 직접 시험해봤더니 온 집 안에 열쇠 돌리는 소리가 들리더군요) 충동적으로 자기가 들어온 길, 즉 창문으로 다시 나갔을 겁니다. 그리고 만약 그 침입자가 도망치기 전에 디컨 씨가 들어와서 우리가 본 대로 살인이 벌어졌다면, 맞은편 방이 아니라 침실에서 살해됐을 겁니다. 게다가 물건을 훔칠 목적으로 들어왔다면 누구라도 당연히 금제품에 맨먼저 눈이 갔을 겁니다. 사실 금제품 용기 뚜껑에 새로 생긴 칼자국을 발견했는데 선생님께도 곧 보여드리겠습니다. 선생님께서도 아시다시피 방들의 배치 구조로 볼 때 금제품에 손댔다가 침실 창문까지 되돌아가는 데는 얼마 안 걸립니다. 반면에 살인자는 사실상 맞은편 방향에서 좀 더 오래 머물렀던 게 틀림없어 보였습니다. 왜 그랬겠습니까? 그자는 그쪽 방향에서 왔으니 자연스러운 충동에 따라 자신이 왔던 길로 되돌아갔기 때문에 그런 겁니다. 혹시나 뒤편 계단에 붙어 있는 문으로 들어온 게 아닌가도 생각해봤지만 그쪽 문과 열쇠 및 자물쇠를 면밀히 살펴본 결과 열린 적이 없다는 확신이 들었습니다. 열쇠에 먼지가 수북이 덮여 있었는데, 만약 안쪽에서 열쇠를 돌렸다면 틀림없이 (빈집털이범들에게 익숙한 연장인) 오목한 펜치를 이용해 강제로 돌렸을 테니 먼지가 쌓인 열쇠에 그 흔적이 분명 남아 있었을 겁니다. 그래서 저는 다시 그 하치만 성상으로 눈을 돌렸습니다. 그 성상이 있는 곳이 침입자가 몸을 피해 되돌아간 지점인데 문제의 그 성상을 그 자리에 가져다 놓은 때가 바로 살인이 일어난 그날 아침이란 말이죠. 또한 코플스턴네 상점 인근에서 물건들이 없어졌다고 했고요. 더구나 그 성상은 덩치가 크잖습니까. 그래서 만약 그 성상 안이 비어 있다면 어떨지 생각해봤죠. 특정한 효과를 내고 싶어 하는 승려들이 그런 식으로 성상 안을 비워서 들어갈 수 있게 했다는 말들을 들은 적이 있어서 도둑도 그런 식으로 몰래 들어가지 않았을까 의심해봤던 겁니다. 막상 그런 의문을 갖고 보니 약간 놀랍더군요. 정말 그럴 수 있다면 살인이 일어난 날에 살인자가 그곳에 숨어 있었다는 얘기니까요. 저는 30분에 걸쳐 성상을 이리저리 살펴본 끝에 앞서 선생님께 보여드린 그곳을 찾아냈답니다. 작정하고 찾아 나서지 않는 한 발견하기 쉽지 않은 곳이죠. 지금도 보세요. 분명 선생님께서도 열린 걸 봤는데도 이음쇠들이 어디 있는지 찾을 수가 없잖습니까."

도링턴이 다시 그곳을 열어 보이면서 말했다.

"이렇게 일단 열면 아주 뻔히 보이는데도 말이죠. 저기 보이는 헝겊 조각은 아마 카스트로의 손수건이 아닐까 싶네요. 저걸로 살인 무기를 닦았더군요. 온통 얼룩져 있는 데다 날카로운 날에 베인 자국이 보일 겁니다. 그밖에도 빵부스러기 같은 것도 보일 겁니다. 슬랙조가 오랫동안 갇혀 있을지도 모르니 음식을 가지고 들어갔던 모양입니다. 하지만 그보다 저 병 좀 자세히 보세요. 납작하고 각진 모양에다 '가로세로 4인치짜리(약 10센티미터 정도)' 병이죠. 빈민가에서 술집 주인들이 손님들에게 팔거나 빌려주는 병으로 대개 술집 주인의 이름이 적혀 있죠…. 여기에는 J. 밀즈라고 적혀 있더군요. 이런 걸 남기다니 정말 어처구니없는 일이지만 거의 모든 살인자들의 운명인 것 같습니다. 제아무리 영악해도 나중에 보면 어리석기 짝이 없는 이런 결정적 증거를 남기니까요. 아마 카스트로도 어두운 데서 흥분한 상태로 있다 보니 은신처를 빠져나갈 때 저 병을 깜박 잊었을 겁니다. 어쨌든 그 덕분에 저는 수사 방향을 정확히 잡을 수 있었죠. 범인이 누구든 간에 그자가 코플스턴네 사람이란 것만은 분명해졌으니까요. 더구나 범인이 숨어 있던 공간은 보통 체형의 남자에게는 너무 좁았기 때문에 덩치가 작은 사람이 유력한 용의자였죠. 또한 밀즈라는 술집 주인의 술을 구입한 사람이었고요. 만약 밀즈가 코플스턴 상점 근처에서 술집을 했다면 제가 훨씬 더 쉽게 이 사건을 해결했을 겁니다. 어쨌든 저는 여기서 나가기 전에 지하실로 가서 사다리를 살펴봤습니다. 다우든이 괜히 치웠다가 경찰의 의심을 샀던 그 사다리말입니다. 가만 보니 다우든이 왜 치웠는지 확실하게 알겠더군요. 다우든이 왜 그렇게 얼버무리고 안절부절못했는지 곧바로 납득이 갔답니다. 아마 경찰도 사다리 앞부분뿐만 아니라 뒷부분까지 살펴봤다면 금방 알았을 겁니다. 그 사다리는 세입자들의 와인 창고로 설치된 별실 뒷벽에 해당하는 판자 칸막이에 기대어 세로로 세워져 있었으니까요. 다우든이 그 칸막이에서 판자를 세 개나 떼어낸 뒤 아무도 눈치채지 못하게 몰래 와인 창고를 드나들 수 있도록 조정해놓았더군요. 그 친구가 그 개구멍으로 무얼 하고 다녔는지 제가 말할 입장은 아닙니다만, 부족하나마 추측하자면 일부 세입자들은 곧 자기네 와인이 줄어들었다는 걸 알게 될 겁니다! 그러니 태어나 한 번도 부지런하게 살아보지 않았고 한 직장에 오래 붙어 있어본 적도 없는 다우든은 사다리를 왜 옮겼느냐는 경찰의 질문을 받자 줄행랑을

치는 게 상책이라고 생각했겠죠."

"그래, 그거 말 되는군. 아주 놀랍긴 하지만 분명 선생 말이 맞는 것 같소. 허나 가나마로와 그 검은 어찌 설명할 거요?"

"그 일본인이 오늘 선생님께 정확히 뭐라고 했는지 말씀해주세요."

콜슨 씨가 가나마로와 나눴던 긴 대화를 자세히 들려줬다.

이윽고 도링턴이 웃으며 말했다.

"이리 좀 와보세요. 집 안에서 발견한 게 또 있답니다. 가나마로는 다른 뜻으로 말했는데 선생님께서 오해한 것 같군요. 제가 그 검에 대해 약간 궁금한 게 있어서 일부 서랍을 조금 뒤져봤답니다. 여기 좀 보십시오. 서랍장들 틈에서 여기 이 칸에 든 상자가 유난히 돈보이죠? 디컨 씨가 정리해두는 방식과 사뭇 다를 겁니다. 이 상자에는 옻칠 작품이 하나 들어 있는데 더 값나가는 물품들을 보관하는 방에 있던 서랍에서 옮겨놓은 것입니다. 그런데 보세요."

도링턴이 그 칸 바로 밑에 있는 서랍을 열어서 또 다른 흰색 나무 상자를 꺼냈다. 그러고 나서 상자를 열어 풍성한 충전재를 빼내자 고급스러운 비단보가 모습을 드러냈다. 곧바로 도링턴이 비단보 끈을 풀어서 일본 붓 통을 보여줬다. 오래되어 모서리가 조금 낡았지만 아름다운 보랏빛을 띤 옻칠 작품이었다.

순간 콜슨 씨가 탄성을 질렀다.

"아니, 이건! 보라색 옻칠이로군!"

"네, 바로 그겁니다. 이걸 보는 순간 디컨 씨가 결국에는 훨씬 더 희귀하고 멋지며 오래된 진품 보라색 옻칠 작품을 받고 마사무네 검을 순순히 내줬구나 싶더군요. 가나마로는 분명 화요일 저녁에 이것을 가져왔을 겁니다. 선생님께서 디컨 씨의 살아 있는 모습을 마지막으로 본 게 그날 오후였다는 걸 기억하실 겁니다. 비어드는 가나마로를 보지 못했던 것 같습니다. 아시다시피 저녁 때 건물 수위들은 저녁을 먹고 있기 십상이니까요. 게다가 시시때때로 졸기도 하고요!"

"그래서 가나마로가 '볼일을 다 끝냈다'고 한 거였군! '거금'을 들였다고 한 건 이걸 구하느라 들인 돈을 말했던 거고."

"아마 그럴 겁니다. 그 친구도 상황이 아무리 그래도 설마 보라색 옻칠 작품을 구할 수 있을 거라고는 생각하지 못했을 테니까요."

그때 콜슨 씨가 반박하고 나섰다.

"하지만 난 아직도 불쌍한 디컨이 죽었다고 말했을 때 그자가 별로 놀라지도 않고 무덤덤한 반응을 보였던 게 이해가 안 가네."

"그건 게이고 가나마로 같은 사람에게는 지극히 당연한 반응이 아닐까 싶습니다. 일본에 대해 많이 알지는 못하지만 제가 알기로는 전통 있는 사무라이들은 어릴 때부터 자신의 죽음이든 남의 죽음이든 아주 냉정하게 죽음을 대하도록 훈련받았다고 합니다. 그들은 죽음을 대수롭지 않게 여겼지요. 그자들이 얼마나 냉혹하게 자결을 감행하는지 생각해보시면 이해가 되실 겁니다!"

두 사람은 밖으로 나와 시내로 걸어갔다. 그러다 콜슨 씨가 물었다.

"난 지금도 선생이 어떻게 카스트로를 추격했는지 도통 모르겠소."

도링턴이 어깨를 으쓱해 보이며 대답했다.

"별거 없습니다. 그냥 코플스턴 상점에 가서 일꾼들 중에 수요일에 하루 종일 코빼기도 안 보인 사람이 있었는지 물었을 뿐입니다. 정규 직원 중에는 그런 사람이 없는 것 같았지만 다들 슬랙조라고도 불리는 이상한 일꾼 카스트로를 하루 종일 못 봤다고 하더군요. 물론 전에도 가끔 나왔다 안 나왔다 그랬고요. 사실 제가 갔을 때도 아직 상점에 나오지 않았었지요. 그래서 카스트로가 키가 큰지 물어봤습니다. 코플스턴이 말하길 덩치도 작은 데다 꼽추라고 하더군요. 이어서 어느 술집에 가면 그자를 만날 수 있냐고 물었더니 '블루 앵커'라고 알려줬어요. 앞서 주소록 명부에서 확인했던 터라 그 술집 주인이 밀즈라는 걸 단박에 알았죠. 더 이상 물어볼 것도 없었습니다. 모든 게 드러났으니 가장 가까운 경찰서로 가서 담당 형사와 잠깐 이야기를 나누는 것으로 제 할 일을 다했을 뿐입니다. 카스트로를 체포하기 위해 급파된 경찰 두 명과 함께 '블루 앵커'를 찾았고, 거기서 사람들이 '마틴네 선창'을 가르쳐줘서 그곳에 갔더니 카스트로가 있었지요. 그자는 술을 마시고 있었지만 완전히 취하지는 않았던지 경찰이 선창에 들어서는 순간 잽싸게 도망쳤답니다. 그리고 짐배로 뛰어내린 다음 방향을 못 잡은 듯 이 배에서 저 배로 도망치기 바빴죠. 조금 더 아래로 내려가 강으로 이어지는 계단으로 도망갈 작정인 것 같았지만 결국 거기까지 갈 수 없었답니다. 정신없이 뛰어내리다가 그만 짐배들 사이로 떨어졌으니까요. 사람이 그런 짐배들 틈으로 떨어지면 어떤 꼴이 되는지 아실 겁니다. 정신이 말짱한 수영 선수라도 살아나올 가능성이 희박한데 하물며 술에 취한 사람이 빠졌으니 말 다했죠. 결국 사람들이 슬랙조를 끌어올리는 걸 보고 자리를 떴습니다."

두 사람이 시내로 들어서서 모퉁이를 돌자마자 신문 파는 아이가 나타나 소리쳤다.

"호외요, 호외! 웨스트엔드 살인 사건 호외요! 살인자가 자살했대요!"

가나마로가 화요일 저녁에 검을 맞바꾸러 디컨 씨를 찾아갔을 거라는 도링턴의 추측은 사실로 밝혀졌다. 콜슨 씨는 가나마로가 일본으로 떠나는 날에 그를 다시 만나 모든 이야기를 들려줬다. 그 후 게이고 가나마로는 아버지 무덤 앞에 검을 가져다놓기 위해 배를 타고 일본으로 향했다.

그 날 밤의 도둑

바로네스 오르치

The Theft at the English Provident Bank

그날 밤의 도둑

"동기와 관련된 문제는 때로 몹시 어렵고 복잡하지요. 노련한 범죄 수사관들이 해당 범행에 흥미를 보이는 사람을 찾으면 범인을 찾을 수 있다는 말을 마치 빤한 이치인 양 떠들어댄다는 건 나도 익히 알고 있지요."

구석에 있던 남자가 마르고 가느다란 손가락에서 커다랗고 시뻘건 개가죽 장갑을 천천히 벗겨내며 말했다.

"글쎄, 대부분의 사건에서는 그럴지도 모르지요. 하지만 내가 겪어본 바로는 우리가 사는 이 세상에서 인간이 하는 행동에는 한 가지 주요 동기가 있소. 그건 바로 인간의 열정이더군요. 좋든 나쁘든 열정이란 것이 가련한 우리 인간들을 지배한다오. 그리고 명심할 건 그 한가운데에 여자들이 있다는 거요! 기술이 뛰어나기로 정평이 난 프랑스 탐정들도 범죄에서 여자와 관계된 요소를 발견하기 전까지는 결코 나서지 않는다오. 절도든 살인이든 사기든 간에 범죄에는 늘 여자가 있다고 생각하기 때문이오. 필리모어 테라스 강도 사건이 미제로 남은 이유는 그 사건에 어떤 식으로든 관련된 여자가 없어서 그럴 거요. 반면에 영국 프로비던트 은행 절도범이 아직까지 처벌받지 않는 것은 영리한 여자가 경찰의 눈을 피했기 때문이라고 확신하오."

남자는 장황하면서도 아주 오만하게 말을 이어갔다. 그 남자가 짜증 나면 어김없이 무례해지며 그럴 때 본인이 가장 힘들었다는 것을 알기에 폴리 버튼 양은 감히 반박하지 않았다.

"내가 늙어서 더 이상 할 일이 없어지면 아예 경찰이 될까 싶소. 경찰이 배워야 할 게 많으니까."

쭈글쭈글한 인간이 신경질적이고 머뭇거리는 목소리로 지껄이는, 자기 만족적이고 비정상적이며 자만심에 가득 찬 발언보다 더한 망발이 어디 있을까? 버튼 양은 아무 말 없이 주머니에서 예쁜 실을 하나 꺼냈다. 남자가 수수께끼를 풀 때 그런 물건들로 매듭을 만드는 습관이 있다는 것을 알고 있기 때문이다. 버튼 양은 탁자 맞은편에 있는 남자에게 실을 건넸다. 순간 남자는 당황한 기색이 역력했다.

"생각에 도움이 됐으면 해서요." 버튼 양이 구슬리듯 말했다.

남자는 젊은 아가씨가 애태우듯 코앞에 놓아둔 아주 귀한 장난감을 바라보았다. 그런 다음 억지로 시선을 돌려 카페 안을 휘 둘러보았다. 버튼 양과 여자 종업원에 이어 판매대에 쌓아 놓은 허연 빵들을 차례로 쳐다보았다. 하지만 무심결에 남자의 연푸른색 눈은 다시 그 기다란 실을 향했다. 남자는 실을 정겹게 내려다보았다. 그의 장난기 어린 표정을 보니 벌써 안달하며 줄줄이 매듭들을 묶고 푸는 모습을 상상하는 게 틀림없었다.

"영국 프로비던트 은행 절도 사건 얘기 좀 해주세요." 버튼 양이 은혜라도 베풀 듯 말했다.

남자는 전대미문의 범죄를 공모하자는, 어딘가 수상쩍은 제안이라도 받은 것처럼 여자를 쳐다보았다. 그리고 마침내 남자의 가느다란 손가락들이 실 끝을 잡아 끌어당겼다. 곧 남자의 얼굴이 환해졌다. 잠시 행복에 젖어 매듭을 짓던 남자가 입을 열었다.

"문제의 그 절도 사건에는 좀 비극적인 구석이 있는데, 대다수 범죄의 비극적인 면과는 완전히 달랐다오. 내가 영원히 입을 다물어야겠다고 생각할 정도의 비극 말이오. 내 말 한 마디면 경찰이 수사 방향을 제대로 잡을 텐데 그걸 못 하겠다니까."

"제가 볼 때 선생님의 입은 참을성 많고 무능한 우리 경찰 나리들 앞에서는 대개 꾹 닫혀 있던데요, 그리고…"

버튼 양이 빈정거리는 투로 말하자 남자가 차분하게 말을 자르고 들어왔다.

"아가씨만큼은 그 일로 불평하면 안 될 텐데. 아가씨는 벌써 30분째 본인 입으로 '황당무계'하다고 했던 내 이야기를 아주 즐겁게 듣고 있으니까 말이지. 물론 아가씨도 알다시피 영국 프로비던트 은행은 옥스퍼드 스트리트에 있는 바로 그 은행이오. 당시 삽화식 신문들에 거기 스케치가 많이 실렸더랬지. 이건 거기 외관 사진이오. 며칠 전에 내가 직접 찍은 거요. 좀 더 뻔뻔하거나 운이 좋았더라면 살짝이라도 내부를 찍을 수 있었을 텐데 아쉬울 따름이오. 하지만 아가씨도 알고 있듯이 은행 사무실에는 나머지 건물과 떨어진 별도의 출입구가 있다오. 이런 경우 예나 지금이나 늘 그렇듯 나머지 건물에는 지점장과 그의 가족이 살고 있지요. 당시 지점장은 아일랜드 씨였소. 지점장이 된 지 채 6개월이 안 됐을 때였다오. 아일랜드 씨는 아내와 은행원인 아들 그리고 그보다 나이가 어린 두세 명의 자녀와 함께 은행 사무실 위층에 살았소. 사택의 실제 크기는 이 사진보다 작지요. 내부가 깊이라고는 전혀 없어서 각 층에 거리 방향으로 방들만 죽 붙어 있고 사택 뒤편에는 달랑 계단밖에 없소이다. 그래서 아일랜드 씨와 그의 가족이 그 공간을 전부 썼다오. 은행 구내로 말할 것 같으면 그때나 지금이나 흔한 양식이라오. 사무실에서 사무직원들과 출납원들이 줄지어 배치된 책상에 앉아 일을 보고, 그 뒤로 보이는 유리문 너머에는 육중한 금고를 비롯해 책상 등이 있는 지점장의 개인 집무실이 있는 구조 말이오. 개인 집무실에는 사택 현관으로 이어지는 문이 있어서 지점장은 출근할 때 거리로 나올 필요가 없었지. 1층에는 응접실 공간도 전혀 없고 사택에도 지하실이 없다오. 무미건조하고 재미없는 이야기처럼 들리겠지만 내 주장을 확실히 하기 위해서는 어쩔 수 없기에 아가씨 앞에서 이렇게 건축물 상황까지 자세히 말하는 거요. 밤이 되면 당연히 은행 창구는 외부에서 출입하지 못하도록 빗장을 질러 잠그는 데다 추가 예방책으로 항상 야간 경비원까지 세워둔다오. 앞서 말했듯이 은행 창구와 지점장실 사이에는 유리문밖에 없소. 잊지 못할 그날 밤에 야간 경비원이 들리는 말을 전부 주위들어서 우렁잇속 같은 사건을 더욱 알 수 없게 만드는 데 지대한 역할을 한 것도 바로 그런 구조 때문이었지. 아일랜드 씨는 대개 매일 아침 10시 조금 전에 집무실로 들어갔다오. 하지만 그날은 어찌 된 영문인지 아침을 먹기도 전인 9시경에 내려갔소. 아일랜드 부인이 나중에 말하기를, 남편이 돌아오는 소리가 나지 않아 아침 식사가 식는다고 알려주러 하인을 내려보냈다더군요. 그런데 하인의 비명이 들려서 큰일 났다는 생각부터 들었다더군. 아일랜드 부인은 서둘러 아래층으로 갔소. 1층 복도에 도착해보니 남편 집무실 문이 열려 있고 집무실 안에서 하인이 비명을 지르며 이렇게 외쳤다더군. '마님, 주인님이… 불쌍한 주인님이… 돌아가셨어요. 마님… 돌아가신 게 분명해요!' 집무실 바깥쪽에 있던 부인은 유리문 칸막이를 세차게 두드리며 '소란 피우지 말고 문부터 열라'고 흥분해 소리쳤지. 아일랜드 부인은 어떤 상황에서도 평정심을 잃지 않는 그런 여자라오. 이런 사실은 그 부인이 사건 조사와 관련해 여러 힘든 상황을 겪는 내내 몸소 입증했지. 아일랜드 부인은 남편의 집무실을 한눈에 보고 상황을 파악했소. 안락의자에서 고개를 뒤로 젖힌 채 눈을 감고 있는 아일랜드 씨는 의식을 잃은 게 분명했지. 갑작스럽게 엄청난 충격을 받아 신경이 손상되면서 잠시 정신을 잃은 게 틀림없었소. 뭣 때문에 충격을 받았는지는 금방 알 수 있었고 말이야. 금고 문이 활짝 열려 있는 것으로 미뤄 아일랜드 씨는 필시 열린 금고에서 어떤 끔찍한 사실을 발견하고는 그대로 비틀거리다가 기절했던 거요. 바닥에 있던 의자에 기대어 간신히 몸을 가누고 있다가 결국 안락의자로 쓰러지고 만 거라오."

구석에 앉은 남자는 이어 말했다.

"그런데 명심할 것은 설명하는 데만도 이만큼 시간이 걸리는 이 모든 상황을 아일랜드 부인은 번개처럼 단 1초 만에 파악했단 거요. 부인은 서둘러 집무실 안쪽에 있던 유리문 열쇠를 돌려서 경비원인 제임스 페어베언의 도움을 받아 남편을 위층 침실로 옮긴 뒤 곧바로 경찰과 의사를 불렀소. 아일랜드 부인의 예상대로 지점장은 심각한 정신적 충격을 받아 완전히 의식을 잃었던 거였소. 의사는 절대 안정해야 한다며 당분간 모든 성가신 질문들도 삼가라는 처방을 내렸지. 환자는 나이가 적지 않은 데다 아주 약하긴 하지만 뇌에 울혈이 생길 정도로 충격을 심하게 받은 상태였소. 따라서 생명에 지장은 없더라도 정신이 쇠약해져 있었으니 혼절을 불러온 상황을 떠올리게 하는 것만으로도 아일랜드 씨의 정신 건강에 중대한 지장을 줄 수 있었다오. 그러니 경찰은 수사를 천천히 진행할 수밖에 없었소. 사건의 주요 관련자 가운데 한 사람에게 아무런 도움도 받을 수 없으니 사건을 맡은 형사는 불리할 수밖에 없었소. 우선, 강도(혹은 강도들)가 은행 창구 구역을 통해 지점장실로 들어가지 않았다는 것만큼은 분명했지. 제임스 페어베언이 전등을 환히 켠 채 밤새 경비를 섰기 때문에 누구든 창구가 있는 구역을 지나가거나 단단히 빗장을 채워 잠근 문을 열었다면 그가 모를 리 없지. 지점장실로 들어가는 나머지 경로는 사택 현관을 통하는 것이었소. 그런데 아일랜드 씨는 극장이든 클럽이든 밖에 나갔다 집에 들어올 때면 언제나 직접 그 문에 빗장을 걸어 잠갔던 모양이오. 본인 외에는 누구에게도 절대 그 일을 맡기지 않았다더군. 매년 지점장이 가족과 함께 휴가를 떠나 있는 동안에는 대개 그의 아들이 부지점장과 함께 은행에 남아 책임지고 문단속을 했다오. 그들은 밤마다 10시 정각이 되면 어김없이 문에 빗장을 걸어 잠가야 한다는 것을 누구보다 잘 알고 있었소.

이미 설명했듯이 은행 창구와 지점장실 사이에는 유리 칸막이 하나밖에 없소. 제임스 페어베언의 설명에 따르면, 밤에 경비를 설 때는 아주 희미한 소리까지도 듣기 위해 당연히 그 문을 늘 활짝 열어 놓았다더군. 그리고 대개 지점장실은 불을 꺼놓았소. 제임스 페어베언은 창구 쪽 구역에 이상이 없다는 걸 확인하는 즉시 지점장실 쪽에서 사택 현관으로 이어지는 문에 빗장을 걸어 잠근 다음 야간 순찰을 시작했다오. 지점장실과 창구에 설치된 비상벨은 아일랜드 씨의 침실은 물론이고 아들인 로버트 아일랜드 씨의 침실과도 연결돼 있었소. 또한 비상시에 '경찰'을 불러달라는 암묵적인 신호를 보낼 수 있도록 가장 가까운 지구의 통신소와 직통으로 연결되는 전화도 있었다오. 아침 9시에 첫 번째 출납원이 출근하자마자 지점장실을 청소하고 빗장을 푸는 것도 야간 경비원의 업무였소. 경비원은 그 일을 모두 마치면 퇴근해서 아침을 먹고 휴식을 취할 수 있었다오. 아가씨도 알겠지만, 영국 프로비던트 은행에서 제임스 페어베언의 직책은 굉장한 책임감과 신뢰가 요구되는 자리요. 하긴 모든 은행과 기업 건물에는 그와 비슷한 직책을 맡은 사람들이 있소. 그들은 대부분 확실하고 믿을 수 있는 사람들로 성실하고 바른 이력을 갖춘 퇴역 군인인 경우가 많다오. 제임스 페어베언은 건실하고 건장한 스코틀랜드 사람이라오. 영국 프로비던트 은행에서 15년째 야간 경비원으로 일하고 있었는데 당시 나이는 마흔 서넛 정도였소. 근위병 출신으로 신발을 벗고도 키가 190센티미터나 됐지. 당연히 당시 가장 중요했던 건 그의 증언이었소. 그런데 경찰이 그렇게 신경을 썼는데도 어찌된 일인지 그의 증언 내용이 세상에 알려지면서 은행업계와 기업계에 난리가 났었지 뭐요. 제임스 페어베언은 3월 25일 저녁 8시에 은행 건물의 모든 덧문과 뒤편 부지로 나가는 문까지 빗장을 걸어 잠근 뒤 평소대로 지점장실 문을 걸어 잠그려던 참이었소. 그런데 그때 아일랜드 씨가 위층으로 부르더니 11시에 집에 와서 잠깐 지점장실에 다시 들를 수 있으니 그 문을 열어두라고 했다는 거지. 제임스 페어베언이 전등도 그대로 켜두어야하는지 묻자 아일랜드 씨가 '아니, 끄게나. 필요하면 내가 켤 수 있다네'라고 대답했다고 하고. 영국 프로비던트 은행의 야간 경비원에게는 담배를 피울 권리가 있었고 난로를 때거나 배를 채울 음식과 맥주 한 잔 정도는 언제든지 허용되어 있었소. 제임스 페어베언은 난로 앞에 자리를 잡고 파이프에 불을 붙인 다음 신문을 꺼내 읽기 시작했다오. 그러다가 문득 9시 45분경에 바깥 출입문이 열렸다가 닫히는 소리가 들리는 것 같기에 아일랜드 씨가 클럽에 가려고 나왔나보다 생각했소. 그런데 9시 50분쯤에 지점장실 문이 열리는 소리가 나는가 싶더니 누군가 들어가서 곧장 유리 칸막이 문을 닫고 열쇠를 돌리는 소리가 들렸소. 그는 당연히 아일랜드 씨일 거라고 생각했지. 페어베언이 앉아 있는 곳에서는 지점장실이 들여다보이지 않았지만 전등이 켜지지 않은 걸 보고 지점장이 불을 안 켜고 예비용 성냥만 켰나보다 생각했다오. 제임스 페어베언이 그러더군, '그러다 순간 뭔가 잘못된 것 같다는 생각이 퍼뜩 들더군요. 그래서 신문을 내려놓고 지점장실 맞은편 유리 칸막이 문으로 가봤지요. 지점장실은 그때까지도 아주 깜깜해서 안이 제대로 보이지 않았어요. 하지만 사택 현관과 이어진 문이 열려 있어서 그쪽으로 빛이 들어오더군요. 칸막이 문에 가까이 가자 문간에 아일랜드 부인이 서 있는 게 보였어요. 그리고 부인께서 아주 놀란 목소리로 '루이스, 한참 전에 클럽에 간 거 아니었어요? 도대체 이렇게 어두운 곳에서 뭐 하는 거예요?'라고 말하는 소리도 들었지요.' 제임스 페어베언은 이어 말했소. '루이스는 아일랜드 씨의 세례명이죠. 지점장님이 대답하는 소리는 못 들었지만 아무 일 없어서 안심이 된 저는 파이와 신문이 있던 자리로 돌아왔지요. 그리고 거의 곧바로 지점장님이 집무실을 나와 바깥 출구로 나가는 소리를 들었어요. 지점장님이 나가고 나서야 그분이 유리 칸막이 문을 열어놓는 걸 잊는 바람에 제가 들어가서 평소대로 사택 현관과 이어지는 문에 빗장을 걸어 잠글 수 없다는 사실이 떠올랐답니다. 결국 제가 그 빌어먹을 도둑놈들을 막지 못한 것도 바로 그 때문이겠지요.' 대중들이 제임스 페어베언의 증언을 곱씹어볼 수 있을 무렵에는 은행 내부는 물론이고 사건을 담당한 우리 수사진 사이에서도 어떤 불안과 근심이 일기 시작했다오. 신문들도 이 사건을 아주 신중하게 다루는 기색이 역력했소. 너나 할 것 없이 자사 독자들에게 이 슬픈 사건의 전모가 더 드러날 때까지 기다리라고 경고할 정도였으니 말이오. 영국 프로비던트 은행 지점장이 그처럼 건강이 위태로운 상태로 누워 있으니 문제의 도둑이 실제로 얼마나 훔쳐갔는지 정확히는 알 수가 없었다오. 허나 수석 출납원이 추정한 바로는 피해액은 금화와 지폐를 합쳐 약 5천 파운드에 달했소. 물론 이 액수는 아일랜드 씨가 해당 금고에 본인의 돈이나 귀중품을 넣어두지 않았다는 가정하에 추정한 것이었지. 그런데 그 무렵 대중은 사경을 헤매고 있을지도 모를 가여운 환자에게 동정심을 보이면서도 한편으로는 기이하게도 진작부터 의혹의 시선을 보내고 있었다오. 이 시점에 섣불리 의혹이라는 말을 꺼내는 것은 지나친 처사겠지만. 당장은 누구도 의심하거나 의심받지 않았으니까. 제임스 페어베언은 자신이 겪은 일을 말하면서 도둑이 위조 열쇠로 사택에서 집무실 내부로 통하는 문을 열고 몰래 침입한 게 틀림없다고 단언했소. 아가씨도 기억하겠지만, 대중의 폭발적인 관심은 전모가 드러나길 기다리는 동안에도 전혀 누그러지지 않았소. 우리 모두 야간 경비원의 단독 증언의 진위를 따져보고, 더 자세한 경위가 밝혀지길 기다리면서 아파서 누워 있는 지점장을 점점 더 측은하게 여기는 마음을 억누를 겨를도 없이, 이 수수께끼 같은 사건의 가장 놀라운 면모가 결국 전혀 예상치 못한 특이한 한 가지 사실에서 드러났소. 아일랜드 부인은 온종일 지치지 않고 남편의 병상을 지킨 뒤 마침내 담당 형사를 만나 간단한 몇 가지 질문에 대답할 수 있었소. 수사진은 아일랜드 씨를 쓰러지게 하고 부인을 격정의 나락으로 빠트린 미궁의 사건을 푸는 데 아일랜드 부인의 증언이 어떻게든 도움이 되지 않을까 생각했을 거요. 아일랜드 부인은 어떤 질문에라도 기꺼이 대답하겠다고 공언했다오. 그러고 나서 제임스 페어베언이 그날 밤 10시에 문간에서 자신을 보았고 목소리까지 들었다고 한 걸 보면 그 경비원이 꿈을 꾸었거나 졸고 있었던 게 틀림없다고 아주 단호하게 주장했지. 그 바람에 수사진은 그야말로 기함했다오. 부인은 자신이 그 시각에 현관에 내려갔을 수도 있겠으나 설령 그랬다 하더라도 어디까지나 마지막으로 배달된 편지가 있는지 보러 갔을 뿐이지 문제의 그 시간에 남편을 보거나 말을 건넨 적이 결코 없다고 했소. 아일랜드 씨는 이미 한 시간 전에 외출한 상황이었고 그녀가 직접 정문에서 배웅까지 했다면서 말이지. 아일랜드 부인은 이 놀라운 진술을 단 한순간도 번복하지 않았소. 형사가 지켜보는 가운데 경비원과 대질심문을 하는 자리에서도 자신은 아일랜드 씨를 본 적도 없고 그에게 말을 건넨 적도 없으니 경비원이 착각한 게 틀림없다고 했소. 경찰은 다른 한 사람도 심문했다오. 바로 지점장의 장남인 로버트 아일랜드 씨였소. 로버트 아일랜드라면 아버지의 사정을 잘 알고 있을 테니까. 그즈음 담당 형사는 불운한 지점장이 재정적으로 큰 어려움에 처해 회사 돈을 얼마간 유용할 마음을 먹었지 않겠냐는 심증을 굳히고 있었다오. 그러나 정작 로버트 아일랜드 씨 입장에서는 말할 게 별로 없었소. 아버지가 사적인 일까지 전부 말해줄 만큼 신뢰하는 아들이 아니었기 때문이오. 하지만 분명한 건 집에 돈이 궁했던 적은 한 번도 없는 데다 아들이 아는 한 아일랜드 씨는 사치와 무관한 사람이라는 점이었소. 로버트 아일랜드 씨는 문제의 그날 밤 친구와 밖에서 저녁을 먹은 뒤 함께 옥스퍼드 음악당에 갔다고 했다오. 그리고 밤 11시 30분경에 은행 문 앞에서 아버지를 만나 함께 집으로 들어갔소. 아들의 주장대로라면 당시 아일랜드 씨에게 별다른 점은 없었던 게 분명했소. 전혀 흥분한 기색 없이 아들에게 아주 유쾌하게 잘 자라는 인사를 건넸다고 하니까."

구석에 앉은 남자는 시간이 갈수록 눈에 띄게 흥분하며 말을 이어갔다.

"허나 그들의 진술에는 아주 놀라우면서도 특이한 문제가 있었소. 아주 아둔할 때가 많은 대중 눈에도 똑똑히 보였다오. 그러니 곧바로 모든 사람들이 아일랜드 부인이 거짓말을 하고 있다고 자연스레 결론을 내릴 수밖에. 고귀한 거짓말이라는 둥 자기희생적인 거짓말이라는 둥 사람들이 좋아하는 온갖 미덕으로 덧칠해도 거짓말은 거짓말일 뿐이오. 아일랜드 부인은 남편을 구하려다가 잘못된 길로 들어섰던 거요. 결국 제임스 페어베언이 보고 들었다고 말한 것들이 전부 꿈일 리 없었던 거요. 누구도 제임스 페어베언의 말을 의심하지 않았소. 그럴 만한 여지가 전혀 없었으니까. 무엇보다도 그 경비원은 어디로 보나 아일랜드 부인처럼 이상한 이야기를 꾸며낼 재주라고는 전혀 없는 육중한 덩치의 스코틀랜드 남자였다오. 더구나 페어베언에게 은행이 발행한 지폐는 훔쳐봐야 티끌만큼의 쓸모도 없는 거였소. 하지만 아까 말했듯 문제가 있었소. 그걸 발견하지 못했다면 대중의 마음은 벌써 재활의 희망도 없이 위층에 누워 있는 그 환자를 범인으로 지목했을 거요. 모두가 이 사실을 떠올리고 아차 했다오. 아일랜드 씨가 야간에 벌어진 절도 사건처럼 위장하고 은행 금고에서 5천 파운드 상당의 금화와 지폐를 빼낼 작정으로 밤 9시 50분에 집무실로 들어갔다고 칩시다. 그런데 갑자기 아내가 나타나 범행이 들통났다고 가정합시다. 그래서 남편을 설득해 돈을 도로 갖다 놓는 데 실패하자 과감하게 남편의 편을 들기로 한 아내가 아주 서투르게나마 남편을 곤경에서 구하려고 했다고 칩시다. 그 상황에서 남편인 아일랜드 씨는 왜 다음 날 아침 9시에 자기가 회삿돈을 유용한 현장을 보고 쓰러져 의식을 잃고 뇌에 울혈까지 생겼을까? 사람이 기절한 척할 수는 있지만 고열과 울혈까지 꾸며낼 수는 없잖소. 제아무리 평범하고 얼떨결에 불려온 의사라도 그 정도 꾀병은 금방 발견할 테니 말이오. 제임스 페어베언의 증언에 따르면 아일랜드 씨는 도난 사건이 일어난 직후에 외출했다가, 한 시간 반 후에 아들과 함께 집으로 들어가 조용히 잠자리에 들었고, 아홉 시간 동안 기다린 후에 자신이 저지른 범죄 현장을 보고 기절해 쓰러진 게 틀림없었다오. 그런데 아가씨도 알다시피 말이 안 되잖소. 안타깝게도 가여운 당사자께서는 그날 밤에 일어난 비극적 사건에 대해 한 마디도 설명할 수 없는 처지였소. 지점장은 여전히 몹시 쇠약한 상태라 강한 의혹을 받는 용의자임에도 의사의 지시에 따라 본인에게 불리한 방향으로 점차 커가는 엄청난 혐의를 까맣게 모르고 있었다오. 지점장은 곁에 오는 이들에게 하나같이 수사 결과를 물으며 범인들을 빨리 잡을 수 있는지 등등 온갖 질문을 했다오. 하지만 모두가 의사의 지시를 철저히 따른 탓에 경찰이 아직까지 어떤 단서도 찾지 못했다는 대답만 해줬소. 아가씨도 느끼겠지만, 설령 자기를 변호할 기회가 있다 해도 너무나 압도적인 증언에 맞서 속수무책으로 당할 수밖에 없는 불행한 지점장의 처지를 모두가 애처롭게 여겼다오. 그래서 계속 대중이 지점장을 동정했던 게 아닐까 싶소. 그러나 남편이 범인임을 아는 상태에서 그가 건강을 회복해서 빠르게 증폭되고 있는 의심과 의혹에 공개적인 비난까지 맞닥뜨려야 하는 순간을 초조하게 기다리는 아내의 입장을 생각하면 참담하기 이를 데 없었지. 거의 6주가 지났을 무렵, 마침내 의사의 심문 허가가 떨어졌소. 환자는 그제야 그렇게 오랫동안 자신을 쇠약한 지경에 몰아넣었던 중대 사건에 관여할 수 있었던 거요. 그동안 이 수수께끼 같은 사건 때문에 직접적으로나 간접적으로 곤욕을 치른 사람들이 많았는데, 그중에서도 가장 많은 동정을 받고 진심 어린 공감을 받은 이는 다름 아닌 지점장의 장남 로버트 아일랜드 씨였소. 아들이 은행 직원이었다는 거, 아가씨도 기억할 거요. 그러니 아버지가 의혹을 받는 순간 은행에서 아들의 입지가 불안정해지는 것은 당연한 순서였소. 그래도 모두가 아들에게 친절했던 것 같소. '루이스 아일랜드 씨가 유감스러운 일로 자리를 비운 동안' 지점장 대행을 맡고 있던 서덜랜드 프렌치 씨는 이 젊은 직원에게 최선을 다해 호의와 동정을 베풀었다오. 하지만 사건을 대하는 아일랜드 부인의 태도가 세상에 알려지자 로버트 아일랜드 씨는 지점장 대행에게 더 이상 은행을 다니지 않겠다는 결심을 조용히 전달했소. 그의 결심에 지점장 대행을 비롯한 그 누구도 놀라지 않았지. 당연히 지점장 대행은 로버트 씨가 언제든 사용할 수 있도록 최고의 추천장을 써주었소. 로버트 씨는 아버지가 완전히 회복하는 대로 런던을 떠나 해외에서 직장을 얻으려고 했던 것 같소. 로버트 씨가 새롭게 식민지가 된 나라들에서 헌병 업무를 맡을 신규 의용대를 조직한다는 말을 했다더군. 그게 아니더라도 사실, 그가 런던 은행계를 떠나고 싶어 한다고 비난할 사람은 아무도 없었다오. 그런데 아들의 그런 처신은 아버지에게 분명 도움이 되지 않을 거였지. 본인 가족조차 가련한 지점장의 결백을 더 이상 믿지 않는다는 게 만천하에 알려진 셈이니까. 그럼에도 지점장은 전적으로 무죄였소. 가련한 그 양반이 직접 말을 하면서 그 사실이 아주 명백해졌다는 걸 아가씨도 명심해야 할 거요. 게다가 그 양반이 말을 잘한 덕도 있었다오. 아일랜드 씨는 예나 지금이나 음악을 좋아했소. 문제의 그날 저녁에 클럽에 앉아 일간지를 보다가 퀸즈홀에서 굉장히 매력적인 연주회가 열린다는 소식을 알게 됐지. 당시 연주회에 갈 만한 복장이 아니었지만 매력적인 연주를 조금이라도 듣고 싶은 마음에 연주회장으로 갔소. 그런 알리바이는 대개 입증하기가 아주 어려운데 이번 경우에는 묘하게도 운명의 여신이 아일랜드 씨의 편을 들어주었소. 그동안 가차 없이 가했던 역경에 대한 보상이었는지도 모르지. 어쨌든 연주회장에 간 아일랜드 씨는 자리 때문에 조금 곤란한 상황에 빠졌던 모양이오. 매표소에서 표를 사서 들어간 자리인데 어느 단호한 부인이 잘못 차지하고 앉아 비켜주지 않았기 때문이지. 결국 진행 요원들을 부를 수밖에 없었소. 당시 안내원들은 해당 사건뿐만 아니라 무고하게 언쟁에 휘말렸던 신사분의 얼굴과 차림새까지 기억하고 있었다오. 아일랜드 씨는 말을 할 수 있게 되자 맨 먼저 당시의 일과 목격자들을 언급했소. 마침내 그 목격자들이 그의 신원을 확인해주자 프로비던트 은행 지점장이 보나 마나 유죄일 것이라고 쉽게 단정했던 경찰과 대중은 깜짝 놀랐지. 더구나 알고 보니 아일랜드 씨는 아주 부자였소. 유니온 은행에 잔고도 넉넉했고 수년간 알뜰하게 살아온 덕분에 개인 재산도 많았다오. 따라서 정말 그날 밤 은행 금고에서 사라진 5000파운드가 급히 필요했다면 한 시간 안에 그만한 액수의 두 배를 마련할 수 있을 만큼의 증권을 보유하고 있다는 게 입증된 셈이오. 생명보험도 전액 불입한 상태였소. 빚이라고 해봐야 5파운드짜리 한 장이면 충분히 갚고도 남을 만큼 적었거든. 아일랜드 씨는 운명의 그날 밤에 경비원에게 집무실로 통하는 문에 빗장을 걸지 말라고 이른 것도 분명히 기억하고 있었소. 외출하고 돌아와 편지를 한두 통 정도 쓸 수도 있었기에 그랬던 건데 정작 나중에는 까맣게 잊었던 모양이오. 연주회가 끝나고 돌아오다가 바로 집 앞인 옥스퍼드 스트리트에서 아들을 만나고 나서 집무실 생각은 더 이상 안 했던 거요. 문도 잠겨 있고 보통 때와 다름없어 보였기 때문이지. 아일랜드 씨는 제임스 페어베언이 '루이스, 여기서 도대체 뭐 하는 거예요?'라고 말하는 아일랜드 부인의 목소리를 들었다고 확신했던 그 시간에 본인은 절대 집무실에 없었다고 펄쩍 뛰었다오. 따라서 제임스 페어베언이 지점장 부인을 보았다는 것은 단순한 착각일 가능성이 아주 높아졌지. 아일랜드 씨는 영국 프로비던트 은행 지점장 자리를 내놓았소. 아일랜드 씨와 그의 부인은 아마 자신들의 이름을 둘러싸고 소문과 비방이 넘쳐나자 은행에 좋을 게 없다고 생각한 것이 틀림없소. 더구나 아일랜드 씨의 건강이 예전만큼 좋지 않았다오. 이제 아일랜드 씨는 시팅본에 있는 예쁜 집에 살면서 틈틈이 꽃과 나무를 키우며 여생을 즐기고 있지. 그렇다 보니 런던 사람들 중에 이 불가사의한 사건과 직접 관련된 사람들을 제외하고는 오로지 나 혼자만 이 수수께끼 같은 사건의 진실을 알고 있는 셈이라오. 영국 프로비던트 은행의 전 지점장님께서는 그 진실을 얼마나 알고 있을지 궁금할 때가 많다오."

구석에 앉은 남자는 한동안 아무 말도 하지 않았다. 남자의 이야기가 시작될 때만 해도 폴리 버튼 양은 남자가 개괄적으로 풀어놓는 사건 내용과 관련 증언을 하나도 빠짐없이 잘 듣고 핵심을 놓치지 않겠다고 다짐했다. 주제넘게도 그러면 나름의 결론을 도출해서 총명한 자신이 쉰내 풀풀 나는 이 허수아비의 허를 찌를 수 있을 것이라 생각했기 때문이다.

결론이 뭔지 감을 잡지 못한 폴리 버튼 양은 아무 말도 하지 않았다. 그 사건은 여론이 아일랜드 씨의 정직함을 의심했던 순간부터 그의 진실성이 한 점의 의심도 없이 밝혀졌던 순간까지 모두를 어리둥절하게 만들었고 시시각각 놀라게 했다. 한두 사람 정도가 아일랜드 부인이 실제 범인이 아닐까 의심했지만 얼마 안 가 그런 생각도 없어졌다.

아일랜드 부인도 필요할 때 얼마든지 쓸 수 있을 만큼 돈이 많았다. 6개월 전에 도난 사건이 일어나고 나서 단 한 장의 지폐도 그녀의 호주머니로 흘러들어 가지 않았다. 더구나 그날 밤 지점장실에 또 다른 사람이 있었기 때문에 아일랜드 부인이 범인이라면 반드시 공모자가 있어야 했다. 그런데 지점장실에 있던 바로 그 사람이 공모자라면 제임스 페어베언이 나타났을 때 큰 소리로 말해서 공모자를 배신하는 위험한 수를 둘 리 없었다. 그냥 전등을 꺼서 사택으로 이어지는 현관을 깜깜하게 만들면 훨씬 더 간단할 상황이었기 때문이다.

순간 예리한 목소리가 끼어들면서 이런 버튼 양의 궁금증에 직접 답을 했다.

"아가씨는 전혀 엉뚱한 길로 들어섰소. 완전히 헛다리를 짚었단 말이오. 아가씨가 내 귀납법을 익혀서 추리력을 높이고 싶다면 내 추리 체계를 그대로 따라야 하오. 가장 먼저 반박의 여지가 전혀 없는 한 가지 확실한 사실을 생각해보시오. 출발점을 정했으면 가정의 늪에서 허우적거리지 말아야 하오."

"하지만 확실한 사실이 전혀 없는걸요."

폴리 버튼 양이 짜증을 내자 남자가 차분하게 되물었다.

"정말 없소? 3월 25일 밤, 11시 30분 전에 은행 금고에서 5천 파운드가 도난당했다는 사실은 확실한 게 아니고?"

"맞아요, 그거 하나 확실하네요…."

남자가 다시 차분하게 끼어들었다.

"금고에 자물쇠가 그대로 붙어 있어서 제 열쇠로 금고를 연 게 틀림없는데, 그건 확실한 사실 아니오?"

"그것도 맞네요. 그래서 모두가 제임스 페어베언이… 그랬을 리 없다고 여긴 거고요."

폴리 버튼 양이 뻐딱하게 대답했다.

"그리고 또 제임스 페어베언이 그랬을 리 없다는 건 확실한 사실이 아닌가? 유리 칸막이 문이 안쪽에서 잠겨 있었다는 걸 알잖소. 게다가 아일랜드 부인이 열린 금고 앞에서 의식을 잃고 쓰러져 있는 남편을 보고 손수 제임스 페어베언을 남편 집무실로 들어오게 했잖소. 그러니 당연히 그것도 확실한 사실인 거지. 따라서 그 금고를 열쇠로 열었다면 절도는 바로 그 열쇠에 접근할 수 있는 사람만 가능하다는 것도 생각할 줄 아는 사람이라면 누구나 입증 가능한 확실한 사실이잖소.”

“하지만 집무실에 있던 그 남자는….”

“바로 그거요! 집무실 안에 있던 그 남자 말이오. 자, 이제 그 남자와 관련된 중요한 사실들을 하나하나 말해봅시다.”

웃기게 생긴 남자가 본인이 가장 좋아하는 매듭을 하나하나 만들면서 말했다.

“그 남자는 그날 밤에 지점장이나 그 부인의 의심을 사지 않고도 금고 열쇠를 손에 넣을 수 있는 사람이면서 동시에 아일랜드 부인이 터무니없는 거짓말로 감싸줄 만한 자요. 중산층 이상의 영국 여성이 위증까지 하면서 지킬 남자가 많을 것 같소? 천만에! 남편을 위해서라면 그럴 수 있소. 그래서 대중도 그렇게 생각한 거요. 하지만 아일랜드 부인이 아들을 위해서도 그럴 수 있다는 생각은 전혀 못 했던 거지!”

“아들이요?”

버튼 양이 외치듯이 되묻자 남자가 신명 난 듯 큰 소리로 말을 계속했다.

“아! 그 어머니는 현명한 여자였소. 그렇게 용감하고 침착한 여자는 내 평생 처음 봤소. 자기 전에 마지막으로 배달된 편지가 있는지 확인하기 위해 아래층으로 뛰어 내려갔는데 남편의 집무실 문이 약간 열려 있는 걸 보고 문을 활짝 열었다, 순간 누군가 하고 놀라 허둥지둥 성냥을 그었는데, 칙 하고 켜진 성냥 불빛에 열린 금고 앞에 서 있는 도둑이 보였고, 어머니는 단박에 그 도둑이 아들임을 알아봤던 거지. 그런데 바로 그때 경비원이 유리문 쪽으로 다가오는 소리가 들린 거라오. 아들에게 경고할 틈도 없이 말이지. 유리문이 잠겨 있다는 걸 몰랐던 어머니는 제임스 페어베언이 전등을 켜서 지점장 금고를 털고 있는 현장을 목격할 것이라 생각했소. 그 순간 경비원을 안심시킬 방법은 한 가지밖에 없었지. 그 야심한 시각에 거기 있을 권한이 있는 사람은 단 한 명밖에 없으니까. 그래서 어머니는 주저 없이 남편 이름을 부른 거라오. 뭐랄까, 나는 당시 그 가련한 여인은 그저 시간을 벌고 싶었을 뿐이고 아들이 양심에 어긋나는 큰 죄를 지을 기회가 없기를 간절히 바랐을 거라고 확신하오. 어머니와 아들 사이에 무슨 말들이 오갔는지 알 길이 없지만 그 젊은 악당은 약탈품을 가지고 내빼면서도 자신의 어머니가 결코 배신하지 않을 것이라 믿은 게 분명하오. 불쌍한 여인 같으니! 그 어머니가 그 밤을 어떻게 보냈을지 안 봐도 훤하오. 하지만 어머니는 영리했고 멀리 내다봤지. 여인은 남편의 성격상 부인이 벌인 일을 감당하지 못하리라는 것을 알았소. 그래서 여인은 아들을 아버지의 노여움에서 구할 단 한 가지 방법을 택한 뒤 과감하게 제임스 페어베언의 진술을 부인하고 나섰다오. 물론 아일랜드 부인은 남편이 쉽게 혐의를 벗을 수 있다는 것을 잘 알고 있었소. 설령 최악의 상황이 닥친다 해도 남편이 유죄라고 생각해서 그를 구하려고 했다고 하면 될 일이었소. 아일랜드 부인은 본인이 절도 사건의 공모 혐의를 받더라도 머지않아 결백이 밝혀지리라고 확신했던 거지. 이제는 모두가 그 사건을 거의 다 잊었소. 경찰이 아직도 제임스 페어베언의 직장 생활과 아일랜드 부인의 씀씀이를 예의주시하고 있을 뿐이오. 아가씨도 알다시피, 지금까지 그 부인에게는 단 한 장의 지폐도 흘러들어 가지 않았소. 되레 그때 도난당한 지폐 두어 장이 영국으로 되돌아왔다오. 외국의 소규모 환전소에서 영국 지폐를 얼마나 쉽게 환전할 수 있는지 아무도 몰랐던 거요. 환전상들이야 기꺼운 마음으로 쉽게 바꿔준다오. 그 사람들이야 진짜 지폐인 이상 어디서 나온 돈이건 무슨 상관이 있겠소? 더구나 1~2주가 지나면 환전상 양반들은 누가 어떤 지폐를 가져왔는지 기억도 못 할 거요. 아가씨도 알다시피, 젊은 로버트 아일랜드 씨는 해외로 갔으니 언젠가 부자가 되어서 돌아올 거요. 이게 그 작자 사진이오. 그리고 이 사람은 그 어머니라오. 지금 생각해도 정말 현명한 여자 아니오?"

폴리 버튼 양이 미처 대답할 틈도 없이 남자는 가버렸다. 정말이지 그렇게 빨리 사라지는 사람은 처음 봤다. 하지만 남자는 항상 흥미로운 흔적을 남겼다. 그가 떠난 자리에는 구석구석 매듭을 지어놓은 실 한 줄과 사진 몇 장이 놓여 있었다.

대리살인

M·M·보드킨

Murder by Proxy

대리 살인

후덥지근한 8월 12일 2시 정각, 사람 좋은 미남 청년 에릭 네빌은 한가로이 유리문을 지나 연철 계단을 내려가서 버클리 영지에 있는 아름답고 고풍스러운 정원으로 걸어갔다. 윤이 흐르는 검은머리에 챙이 넓은 파나마모자(파나마모자풀이라는 천연섬유를 가지고 손으로 짜서 만든 모자로 가볍고 통풍이 좋아 주로 여름에 많이 씀 – 옮긴이)를 쓰고 흰색 플란넬 양복을 입은 자태가 눈부셨다.

영지의 저택 뒤편에 있는 남쪽 담을 기점으로 활짝 피어나는 꽃들과 익어가는 과일들로 화사한 정원이 2킬로미터 가까이 펼쳐져 있었다. 햇살이 퍼지는 그맘때면 대저택의 숨을 틔워주려는 듯 모두 활짝 열어놓은 창문을 통해 향기 가득한 공기가 솔솔 들어왔다.

에릭의 말끔한 황갈색 구두가 마지막 연철 계단을 딛고 내려서자 정원의 넓은 자갈길이 이어졌다. 45미터 남짓 떨어진 곳에서는 수석 정원사가 복숭아를 돌보고 있었다. 정원사의 담뱃대에서 피어오른 연기가 더위에 질린 듯 바람 한 점 없는 대기에 연푸른 안개처럼 자욱했다. 정원사가 있는 곳에 다다른 에릭은 너무 나른해서 입도 안 떨어지는지 손만 내밀어 복숭아를 청했다.

수석 정원사는 햇볕을 피해 촘촘한 빗살무늬 잎사귀들 아래로 발그레한 얼굴을 애써 감추고 있던 큼지막한 복숭아 쪽으로 말없이 팔을 뻗었다. 그러고는 마음에 쏙 드는 듯 단번에 따서 청년의 손에 살며시 놓아주었다.

에릭은 장밋빛에 초록색과 호박색이 감도는, 솜털이 보송한 껍질을 벗겼다. 그렇게 복숭아를 둘러싸고 껍질이 너덜너덜 늘어질 때까지 다 벗겨낸 다음 뾰족하고 새하얀 치아로 잘 익어 즙이 담뿍 밴 과육을 베어 물었다.

탕!

가까이서 느닷없이 들려온 충격음에 두 사람은 어안이 벙벙했다. 한 남자는 들고 있던 복숭아를 떨어트렸고 다른 한 남자는 담뱃대를 떨어트렸다. 두 남자는 너무 놀라 동그래진 눈으로 서로를 바라봤다.

"도련님, 저기 좀 봐요."

정원사가 두 사람의 머리 바로 위쪽에 있는 창문에서 몽글몽글 피어오르는 연기를 가리키며 말했다. 후끈한 대기에서 화약의 알싸한 맛이 느껴졌다.

"삼촌 방이잖아요. 조금 전에 소파에서 깊이 잠드신 거 보고 나왔는데."

숨이 턱 막힌 에릭은 황급히 몸을 돌려 사슴처럼 자갈길을 달려 연철 계단을 오른 뒤 집 안으로 통하는 유리문을 밀었다. 나이 지긋한 정원사도 류머티즘이 허락하는 한도 내에서 날쌔게 그 뒤를 따랐다.

에릭은 유리문을 열어둔 채 응접실을 지나 카펫이 깔려 있는 널따란 계단을 한 번에 네 칸씩 뛰어올라 갔다. 곧이어 오른쪽으로 급히 방향을 돌려 널찍한 복도가 나오자 문이 열려 있는 삼촌의 서재로 곧장 뛰어들어 갔다.

그렇게 빨리 달려왔지만 그보다 먼저 도착한 사람이 있었다. 키가 크고 다부진 체격에 올이 성긴 트위드 정장을 입은 남자가 허리를 숙인 채 몇 분 전만 해도 에릭의 삼촌이 잠들어 있던 소파를 내려다보고 있었다.

에릭은 그 넓은 등과 갈색 머리를 단번에 알아보았다.

"형님… 존 형님, 무슨 일이에요?"

에릭의 남자답게 잘생긴 얼굴은 창백하게 질렸고 입술마저 새파랬다. 에릭의 사촌은 그를 돌아보고는 머뭇머뭇 대답했다.

"에릭, 무슨 이런 끔찍한 일이 다 있는 거지. 삼촌이 살해당했어… 총에 맞아 돌아가셨어."

"아니, 말도 안 돼요. 그럴 리 없어요. 방금까지 곤히 주무시는 걸 봤단 말이에요."

그러면서 계속 무슨 말을 하려던 에릭은 소파에서 꼼짝도 하지 않는 삼촌의 모습을 보고 말문이 막혀버렸다.

대지주 네빌은 얼굴을 벽 쪽으로 둔 채 누워 있었기에 건장하고 단단한 풍채의 윤곽만 알아볼 수 있었다. 총에 두개골 하부를 맞은 듯했다. 백발에 온통 피가 튀었고 끈적거리고 뜨듯한 핏방울이 아직도 카펫 위로 천천히 떨어지고 있었다.

"하지만 누가 감히….."

에릭은 공포로 숨이 막혀 제대로 말을 잇지 못했다.

"분명 삼촌 총으로 그랬을 거야. 내가 들어왔을 때 그 총이 저기 오른편 탁자 위에 있었는데, 그때까지도 총열에서 연기가 났으니까."

"설마 자살하신 건 아니겠죠, 그렇죠?" 에릭이 잔뜩 겁에 질려 낮게 물었다.

"그건 거의 불가능하다고 생각해. 총 맞은 데를 봐."

"하지만 너무 순식간에 벌어진 일이라. 총소리를 듣자마자 뛰어왔는데 형이 먼저 와 있었어요. 누구 본 사람 없어요?"

"사람 그림자도 없었어. 텅 비어 있었다고."

"그럼 살인자는 어떻게 달아난 거죠?"

"창문으로 뛰어나갔겠지. 내가 왔을 때 열려 있었으니까."

"그리는 못했을 겁니다, 존 도련님. 총소리가 났을 때 저와 에릭 도련님이 바로 저 창문 아래에 있었으니까요." 문 쪽에서 정원사가 말했다.

"심프슨, 그럼 대체 그자는 어떻게 사라진 걸까?"

"소인이 어찌 그런 걸….."

존 네빌은 날카로운 눈으로 방을 살폈다. 고양이 한 마리도 숨을 데가 없었다. 오크 장식 판자로 최대한 간소하게 꾸민 방은 총과 낚싯대 몇 개만 걸려 있어 전반적으로 고리타분해 보였지만 그 만듦새나 재질은 아주 고급스러웠다. 모퉁이를 차지한 작은 책장만이 그 방이 삼촌의 '서재'임을 말해주고 있었다. 그 방의 가구라고는 시체가 누워 있는 대형 가죽 소파와 방 한가운

데를 차지하고 있는 큼직한 원형 탁자, 그리고 묵직한 의자 몇 개가 다였다. 그 방의 모든 것들에 먼지가 수북했다. 맹렬한 햇살이 방 저편으로 널따랗게 흘러들었다. 방안은 한낮의 열기와 알싸한 화약 연기로 숨이 막힐 지경이었다.

존 네빌은 사촌이 새파랗게 질려버린 것을 알아챘다. 존은 동생을 보호할 의무가 있는 형답게 에릭의 어깨를 다독이며 부드럽게 말했다.

"자자, 에릭. 우리가 여기 있는 건 전혀 도움이 안 돼."

"샅샅이 본다고 봤는데, 우리가 뭐 놓친 건 없는 거죠?"

에릭이 그렇게 물으며 손을 뻗어 문제의 총을 만지려 하자 존이 막으며 다급하게 소리쳤다.

"안 돼, 그러지 마. 전부 처음 발견한 그대로 놔둬야 해. 마을로 사람을 보내 워들을 데려오고 런던에 전보를 쳐서 탐정을 불러야겠다."

존은 사촌 동생을 달래 방에서 데리고 나온 뒤 방문을 잠그고 열쇠를 호주머니에 넣었다.

"전보를 누구한테 치는 게 좋을까?"

존 네빌은 책상에 앉아 종이를 펼친 뒤 연필을 잡고서 사촌에게 물었다. 에릭은 두 손으로 머리를 감싸 쥔 채 대형 탁자 앞에 앉아 있었다.

"약삭빠르면서도 전적으로 이 일에만 매달릴 수 있는 사람이어야 하는데."

"그런 쪽으로는 아는 사람이 전혀 없어요. 아니다, 있어요. 호주 남부에서 오팔 광산을 한다는 그 공작을 찾아낸 사람이요,

이름이 좀 별났는데… 아, 벡이라고 했지. 런던의 웨스트 센트럴 손튼 크레센트에 가면 그 사람을 찾을 수 있을 거예요."

존 네빌은 이미 작성해둔 전보에 이름과 주소를 마저 적었다.

'즉시 오길 요망. 살인 사건. 비용 불문. 도싯의 버클리 영지, 존 네빌.'

이때까지만 해도 에릭은 자신이 자세히 알려준 그 사람에게 자신의 생사가 달리게 되리라고는 상상도 하지 못했다.

기차 시간표를 집어 든 존 네빌이 잎사귀들을 헤치고 바삐 들어서며 말했다.

"유감이구나, 에릭. 그 사람은 최대한 빨리 와도 한밤중은 될 것 같다. 하지만 어쨌거나 워들 씨가 벌써 왔으니 됐다. 참 빠르기도 하시지."

그 지역 경관인 워들은 빈틈이 없고 말수가 적은 사람이었다. 바쁜 걸음으로 저택의 널찍한 진입로에 들어선 그는 쉰을 훌쩍 넘긴 나이에도 강건하고 팔팔해 보였다.

존 네빌은 서둘러 사건을 전하러 문 앞까지 마중을 나갔다. 하지만 이미 마부가 살인 사건에 대해 말해준 모양이었다.

워들이 존과 함께 서재로 들어섰다. 그때까지도 서재에 앉아 있던 에릭은 두 사람이 들어오는 것도 모르는 눈치였다.

"문을 잠근 건 잘하신 겁니다. 전보도 딱 맞는 사람한테 제대로 치셨더군요. 요전에 이 지역에서 이런 사건으로 벡 씨와 같이 일한 적이 있습니다. 말을 유쾌하게 하고 운도 좋은 사람이지요. 그분이 제게 그럽디다. '워들 씨, 급할 거 없어요. 괜한 소란 떨 필요도 없고요. 아무것도 건드리지 마세요. 시체와 관련된 것들에는 늘 나름의 사연이 있지요. 털어놓게 멍석만 깔아주면 돼요. 그래서 나는 항상 맨 먼저 그것들과 잠시 조용히 이야기를 나눈답니다.'"

그래서 그런지 경관은 입을 다물고 양손도 가만히 둔 채 눈과 귀를 이용했다. 그러는 사이 대저택에는 소문이 퍼져갔다. 여기저기서 쑥덕거렸고 그런 쑥덕거림에 살이 붙으면서 어느새 하나의 이야기가 완성됐다. 서서히 존 네빌을 둘러싸고 음흉한 의혹이 일기 시작하더니 구름처럼 부풀어 올랐다.

그런 의혹의 파장은 조금씩 이상한 방식으로 서재의 닫힌 문을 파고드는 것 같았다. 존은 안절부절못하며 서재 안을 서성였다.

잠시 후 그 큰 방이 참을 수 없이 좁게 느껴졌다. 존은 이 방 저 방을 정처 없이 돌아다녔다. 급기야 연철 계단을 내려가 삼촌의 방에 달린 그 창문을 멍하니 쳐다보다가 다시 널따란 복도로 돌아가 문이 잠긴 그 방 앞을 지나갔다.

워들은 치밀할 정도로 무심한 척 굴면서도 존의 일거수일투족을 계속 주시했다. 하지만 존은 지나치게 자기 생각에만 빠져 있는 탓에 눈치채지 못하는 것 같았다.

존은 곧바로 서재로 돌아왔다. 에릭은 문을 등지고 가만히 앉아 있었다. 의자 높이 때문에 에릭의 머리 위쪽만 보였다. 생각에 잠겨 있거나 잠을 자는지 꼼짝도 하지 않았다.

하지만 존이 팔을 살짝 건드리자 에릭은 비명을 지르며 벌떡 일어섰다. 공포로 얼굴이 하얗게 질려 있었다.

"에릭, 산책이라도 할까? 이렇게 아무것도 안 하면서 눈을 부릅뜨고 기다리는 건 정말 죽을 맛이야. 더 이상 못 참겠다."

"미안하지만 별로 그러고 싶지 않아요. 진이 다 빠진 것 같아요."

"저런, 신선한 공기라도 마시면 좋아질 거다. 네 얼굴이 말이 아니란다."

에릭이 고개를 저었다.

"그럼, 나 좀 나갔다 올게."

"열쇠를 주고 가시면 탐정이 도착하는 대로 제가 전해줄게요."

"그 사람은 한밤중에나 도착할 거다. 난 한 시간 뒤에는 돌아올 테고."

존 네빌은 뒤도 돌아보지 않고 서둘러 저택의 진입로를 걸어 내려갔다. 워들은 적당한 거리를 유지한 채 그의 뒤를 조용히 밟았다.

곧이어 네빌은 돌연 숲속으로 방향을 틀었다. 워들도 조심스럽게 그를 따라갔다. 나무들이 적절한 간격을 두고 높이 뻗어 있어 그늘을 뚫고 비스듬히 비쳐든 햇살이 생생한 초록빛으로 부서져 내렸다. 네빌을 뒤쫓던 워들이 머리 위로 햇살이 비쳐드는 지점에 들어서자 청명한 초록빛에 그의 검은 그림자가 길게 떨어졌다.

눈앞으로 그 그림자가 스쳐 가는 순간 존 네빌이 홱 돌아서서 추적자 쪽을 바라보았다.

경관은 그 자리에 꼼짝 않고 서서 정면을 노려보았다.

"이런, 워들 씨, 지금 뭐 하는 겁니까? 바보처럼 거기 서서 경찰봉만 만지작거리지 말고 뭐라 말 좀 해봐요. 나한테 원하는 게 뭐죠?"

경관이 더듬거리며 대답했다.

"보신 그대로입니다, 존 도련님. 저는 개인적으로 그런 말 안 믿습니다. 도련님을 안 지 어언 21년인데… 그러니까 제 말은 도련님이 태어났을 때부터 알았다고요. 그래서 그런 말 안 믿습니다. 단 한 마디도요. 하지만 임무가 임무인지라, 저로서는 철저히 조사를 해야 합니다. 사실이 사실인지라… 도련님과 영주님께서 어젯밤 이야기를 나눈 데다 에릭 도련님이 그때 그 방에서 도련님을 맨 먼저 발견했다니까…."

존 네빌은 처음에 당황했지만 잠자코 듣기만 했다. 그러다 문득, 자신이 이번 살인 사건의 용의자가 될 수 있다는 생각이 들었는지 갑자기 불같이 화를 내기 시작했다.

존은 사나운 짐승처럼 경관에게 달려들었다. 떡 벌어진 가슴과 굳센 팔다리를 가진 존이 분노로 무섭게 돌변하자 경관에게는 벅찬 상대였다. 주먹을 불끈 쥔 존의 근육은 부들부들 떨렸고 희고 튼튼한 이는 쥐덫처럼 앙다문 채였다. 갈색 눈은 붉게 변해 이글이글 타고 있었다.

"네 놈이 감히, 어떻게 감히!"

존은 격노해 숨이 막힌 듯 씩씩댔다. 팔팔한 거인이 깨어난 듯 위험해 보였지만 워들은 위축되지 않고 존의 분노한 눈을 똑바로 쳐다봤다. 그리고 달래듯 말했다.

"존 도련님, 이래 봤자 아무 소용없습니다. 굉장히 힘든 상황이란 거, 저도 압니다. 하지만 제 잘못이 아니잖습니까? 이런 식으로 해봐야 득 될 게 없습니다."

휘몰아치던 분노가 언제 그랬냐는 듯 순식간에 사그라지는 것 같았다. 잘생긴 얼굴이 밝아지더니 화난 티 하나 없이 멀쩡한 목소리로 존이 대답했다.

"당신 말이 옳아요, 워들, 옳고말고요. 이제 뭘 하면 되죠? 자수라도 할까요?"

"그러지 않는 게 좋습니다, 도련님. 감옥에 가면 할 수 없는 일들을 처리해두세요. 그런 것까지 막고 싶진 않습니다. 저하고 약속 하나만 하면 그걸로 충분합니다."

"약속이라니, 뭘요?"

"수배가 떨어질 때까지 여기 있겠다고요."

"그러니까 당신은 내가 유죄든 무죄든 바보처럼 도망가는 일은 없을 거라고 생각하는군요. 오, 하느님! 살인죄로 도망이라니!"

"도련님, 지금 이럴 때가 아닙니다. 알다시피, 런던에서 사건을 해결할 사람이 오고 있다고요. 약속하는 거죠?"

"약속할게요."

"도련님은 집으로 돌아가는 게 좋을 것 같네요. 안 그래도 지금 하인들끼리 수군대고 난리가 아니니까요. 전 알아서 피해 갈게요. 그럼, 우리가 무슨 말을 했는지 아무도 모를 겁니다."

저택 진입로에 절반쯤 올라갔을 무렵 빠른 속도로 달려오던 이륜마차가 존 네빌을 앞지르는가 싶더니 갑자기 멈춰 섰다. 어찌나 급히 섰는지 말발굽에 굵은 자갈이 튀어 올랐다. 곧이어 좀 전까지 마부와 살갑게 이야기를 나누고 있던 살집 있고 땅딸막한 남자가 뛰어내렸다. 체형에 비해 몸놀림이 아주 날렵했다.

"혹시 존 네빌 씨 아닙니까? 전 벡이라고 합니다. 폴 벡이요."

"아, 벡 씨! 자정이 돼서야 도착할 줄 알았는데요."

"특별 열차를 탔죠. 전보에 '비용 불문'이라고 했잖습니까. 이런 사건들이 터졌을 때는 시간이 중요하죠. 뭐 안락함도 비슷하게 중요하고요. 그래서 특별 열차를 탔고 여기 이렇게 도착한 겁니다. 허락하신다면 마차를 보내고 함께 집까지 걸어갔으면 하는데요. 네빌 씨, 이번 사건은 심상치 않은 것 같더군요. 마부가 그러는데 총에 맞아 죽었다면서요. 혹시 의심 가는 사람이라도 있나요?"

"내가 의심을 받고 있소."

존 네빌이 거의 쏘아붙이듯 대꾸했다. 은근히 호기심이 발동한 벡은 전혀 놀란 기색 없이 잠시 존을 쳐다보았다.

"그걸 어떻게 압니까?"

"워들이라고, 이 동네 경관이 내 면전에 대고 그렇게 말합디다. 즉시 체포하지는 않겠다는 특별한 호의를 베풀면서요."

존 네빌 옆에서 열 걸음 남짓 떨어져 걷고 있던 벡이 아주 간사한 목소리로 다시 물었다.

"괜찮으시다면, 선생께서 의심받는 이유를 정확히 말해주시겠습니까?"

"말해주다마다요."

대답을 듣자 탐정이 재빨리 이어 말했다.

"내 말 잘 들어요. 난 선생께 어떤 주의도 주지 않고 약속도 하지 않을 겁니다. 진실을 밝히는 게 내 임무니까요. 진실이 선생께 도움이 된다고 생각하면 날 도와줘야 할 겁니다. 물론 이런 경우는 흔치 않지만 뭐, 상관없어요. 네빌 씨, 선생도 알다시피 한 사람이 범죄자로 기소될 때는 그 사람이 유죄인지 아닌지 알고 있는 증인이 한 명쯤 있게 마련이죠. 그리고 대부분은 딱 한 명만 있지요. 영국의 법이 진실을 밝혀내기 위해 가장 먼저 하는 일이 바로 진실을 알고 있는 그 딱 한 명의 입을 막아버리는 겁니다. 허나 그건 내 방식이 아니에요. 난 무고한 사람에게 자기 이야기를 털어놓을 기회를 주는 걸 좋아하지요. 그리고 죄를 범한 자를 주저하지 않고 곤궁한 처지로 몰아넣는답니다."

벡은 말하는 내내 존 네빌의 눈을 똑바로 바라보았다. 그리고 준 대로 고스란히 되받았다.

"무슨 말인지 알 것 같군요. 그래, 뭘 알고 싶으시죠? 어디서부터 시작할까요?"

존 네빌은 잠시 주저했다. 벡은 또 그것을 놓치지 않고 기억해뒀다.

"제가 시비를 건 게 아닙니다. 그분이 제게 싸움을 건 거죠. 사정은 이랬습니다. 삼촌과 이웃에 사는 페이턴 대령은 서로 감정의 골이 아주 깊었어요. 영지가 붙어 있다 보니 사냥을 둘러싸고 다툼이 잦았지요. 삼촌께서는 성격이 아주 괄괄해서 페이턴 대령을 '천박한 밀렵꾼'이라고 부르곤 했지요. 전 두 분 싸움에 끼지 않았어요. 다툼이 있고 난 뒤 처음 대령님을 만났을 때 되레 부끄러워 혼났지요. 삼촌이 오해해서 그런다는 걸 알았으니까요. 하지만 대령님은 더없이 친절하게 말을 거셨어요. 그분이 그러시더군요. '존, 자네랑 내 사이까지 틀어질 이유가 전혀 없네. 이건 정말 어처구니없는 일일세. 이 상황에서 벗어나려면 내 영지에서 가장 좋은 사냥터를 내주는 수밖에 없다네. 요즘에는 남자들끼리 결투를 벌일 수도 없고 그렇다고 신사들이 입이 건 여자들처럼 상스럽게 욕을 할 수도 없잖은가. 내가 싸움을 싫어한다고 해서 사람들이 날 겁쟁이라고 부르지는 않을 테지.' 그래서 제가 '설마 그럴 리가요'라고 말했죠. 대령님은 열두 번의 교전에서 공을 세운 분이세요. 책상 서랍에 빅토리아 십자 훈장도 고이 모셔뒀다니까요. 루시가 일전에 제게 보여줬답니다. 아, 루시는 대령님이 애지중지하는 외동 따님입니다. 아무튼 그러고 나서 대령님과 저는 계속 좋은 친구로 지냈습니다. 제가 그분을 좋아해서 그 집에도 자주 가고 그랬죠. 하지만 우리가 친하게 지내는 것을 알고 삼촌이 불같이 화를 냈습니다. 저는 틈만 나면 밤늦게 대령님 집에 가곤 했는데 삼촌이 어느 날 그 소리를 들었던 거지요. 삼촌은 어젯밤 저녁 식사 자리에서 저 들으라는 듯 페이턴 대령님과 그분의 딸에 대해 막말을 했답니다. 그래서 제가 두 사람 역성을 들었지요. 그랬더니 삼촌께서 '이 무례한 놈, 네가 대체 뭔데 이따위로 내게 건방을 떠는 거냐?'라며 마구 소리치더군요. 그래서 저도 사실대로 말했죠. '삼촌, 페이턴 씨네 가족도 우리 가족 못지않게 좋은 분들입니다. 그리고 제가 뭔데 그러느냐고 하시니 말씀드리는 건데, 루시 페이턴 양은 영광스럽게도 장차 제 아내가 돼주기로 약속한 사람입니다.' 그 말이 끝나기가 무섭게 삼촌은 아주 격노하여 폭발하고 말았습니다. 삼촌이 대령님과 그 따님에게 했던 말은 차마 입에 담기 힘들 정도였지요. 돌아가셔서 저기에 누워 계신 지금까지도 그 말이 용서가 안 됩니다. 삼촌은 제가 그 집과 혼인 관계를 맺어서 자기 얼굴에 먹칠을 하면 두 번 다시 저를 보지도 않고 말도 섞지 않을 거라고 맹세하더군요. 그러고도 분이 안 풀리는지 씩씩대며 이러셨죠. '재수 없게도 한사상속(피상속인의 의사와 상관없이 다음 상속인을 미리 정해놓는 것을 뜻함 – 옮긴이)을 파기할 순 없지만 내가 시퍼렇게 살아 있는 한 널 거지로 만들고 백 살까지 살면서 두고두고 앙갚음을 할 테다. 그 밀렵꾼이 너랑 무슨 거래를 했던 내 알 바 아니다. 가서 재주껏 비싸게 널 팔아보시든가. 원하면 지금 당장에라도 처가 재산에 빌붙어 살던가.' 거기서 전 더 이상 참을 수가 없어 삼촌께 솔직하게 말했습니다."

"그래서 그때 뭐라고 말했나요? 중요한 대목이니까 잘 떠올려보시죠."

"저는 삼촌에게 받은 모욕감을 그분 면전에서 그대로 되갚아주겠노라고 말했답니다. 그러고는 나는 루시 페이턴을 사랑하며 앞으로도 그녀를 사랑할 것이고 필요하다면 그녀를 위해 죽을 것이라고 말했죠."

"그리고 '그분이 영원히 살 수 없어서 다행'이라고 말했나요? 알다시피 당신들이 싸운 내용은 여기저기로 퍼져나갔답니다. 마부가 내게 말해주더군요. 한번 잘 생각해봐요, 정말 그런 말을 했나요?"

"그런 것 같습니다. 이제 와 생각해보니 분명 그렇게 말했어요. 하지만 전 그때 너무 화가 나서 무슨 말을 하는지도 모를 지경이었답니다. 맹세코 절대 그런 뜻으로 말한 게 아닌데…."

"그렇게 두 사람이 싸울 때 그 방에 또 누가 있었죠?"

"사촌 동생 에릭과 집사뿐이었어요."

"그럼 혹시 그 집사가 소문을 퍼트렸을까요?"

"그런 거 같습니다. 에릭이 그랬을 리는 없으니까요. 그 광경을 보고 저만큼이나 많이 괴로워했거든요. 당시 에릭이 말려보려고 했지만 삼촌 화만 더 돋우고 말았죠."

"선생은 삼촌분께 용돈을 얼마나 받았나요?"

"1년에 1000파운드요."

"삼촌분이 마음만 먹으면 그 돈을 안 줄 수도 있었겠네요?"

"물론이죠."

"하지만 영지에 대한 권한은 그분께 없었죠. 선생께서는 한사상속에 따른 법정 추정상속인이라 지금 이 순간 버클리 영지의 소유주시죠?"

"그렇군요. 하지만 장담하건대 탐정님이 말하는 순간까지 전혀 생각도 못 하고 있었습니다."

"선생 다음 차례 상속자는 누구죠?"

"제 사촌 동생 에릭이요. 그 애가 저보다 네 살 어리거든요."

"그다음은요?"

"먼 친척이요. 저와는 안면이 거의 없는 사람이지요. 하지만 그 사람은 평판이 나빠서 그런지 삼촌과 서로 앙숙이라고 알고 있어요."

"동생분과 삼촌은 어떻게 잘 지냈던 거죠?"

"그렇게 잘 지낸 건 아니랍니다. 삼촌은 에릭의 아버지를 미워했지요. 친동생이고 막내인데도 말이죠. 삼촌은 가끔 에릭을 모질게 대했습니다. 아들 앞에서 돌아가신 아버지를 비정하고 배은망덕하다는 등 욕을 하곤 했으니까요. 불쌍한 에릭은 그것 때문에 종종 힘들어했답니다. 물론 삼촌은 저와 마찬가지로 에릭한테도 돈은 후하게 쓰셨지만요. 그래서 이 저택에도 살게 해주고 원하는 건 뭐든 들어주셨죠. 하지만 이따금씩 심한 욕을 하거나 신랄하게 비웃어서 그 가엾은 애에게 상처를 줬지요. 그런데도 에릭은 삼촌을 좋아하는 것 같았습니다."

"이제 살인 이야기로 들어가죠. 선생은 그날 밤 더는 삼촌을 보지 않았다 그 말이죠?"

"살아 계신 모습을 본 건 그때가 마지막이었죠."

"삼촌분이 다음 날 뭘 하셨는지 아나요?"

"전해 들은 것밖에 없는데요."

"전해 들은 증거가 일급 증거일 때가 많죠. 법은 그렇게 생각하지 않지만 말입니다. 그래, 뭘 하셨다고 그러던가요?"

"삼촌은 사냥 문제로 화가 많이 나 있었죠. 참, 페이턴 대령님과 다투신 게 사냥 때문이라고 얘기했던가요? 삼촌은 여기서 약 20킬로미터 정도 떨어진 곳에 있는 들꿩 사냥터를 임차하여 쓰고 계셨는데 사냥 첫날에는 꼭 참석하셨죠. 삼촌은 해 질 녘에 사냥터지기 레녹스와 함께 집을 나섰대요. 제가 같이 갔어야 했는데 그러질 못했죠. 그런데 그날은 여느 때와 달리 정오쯤에 돌아오셔서 곧장 삼촌 서재로 들어가셨답니다. 당시 제 방에서 편지를 쓰고 있던 터라 방문 앞을 지나가는 그분의 육중한 발소리를 들었지요. 나중에 에릭이 그 방에 들어갔을 때는 커다란 가죽 소파에서 주무시고 계셨대요. 에릭이 나가고 5분쯤 지난 뒤 전 총소리를 듣고 그 방으로 달려 들어갔죠."

"시체를 발견한 후에 방 안을 샅샅이 살펴봤나요?"

"아뇨. 에릭은 그러고 싶어 했지만 제 생각에는 그러지 않는 게 나을 것 같았지요. 그래서 제가 그냥 방문을 잠그고 탐정님이 올 때까지 그 방 열쇠를 호주머니에 넣어 보관하고 있었죠."

"자살일 가능성은요?"

"그럴 리 없다고 봐요. 총이 머리 뒤쪽을 쐈으니까요."

"삼촌분께 원한을 갖고 있는 사람은 없었는지요?"

"밀렵꾼들이 삼촌을 싫어했답니다. 그 사람들에게 가차 없었거든요. 한번은 밀렵꾼이 삼촌에게 총을 쏘자 삼촌이 응사해서 그 사람의 다리를 산산이 조각낸 적도 있지요. 당시 삼촌은 우선 그자를 병원에 보내 치료를 받게 한 다음 곧장 고발해서 2년 형을 받게 했죠."

"그렇다면 밀렵꾼이 그분을 살해했다고 보시나요?" 벡이 단조롭게 물었다.

"그럴 가능성은 희박해 보이는데요. 당시 저는 같은 복도에 있는 제 방에 있었거든요. 삼촌 방을 오가는 유일한 길은 제 방문 앞을 지나가는 건데, 제가 총소리를 듣자마자 뛰어들어 갔을 때 아무도 못 봤으니까요."

"살인자가 창문으로 뛰어내렸다면요?"

"에릭 말이 당시 자기와 정원사가 그 방 창문 아래쪽 정원에 있었대요."

"그렇다면 네빌 씨, 선생 생각에는 누가 범인일 거 같나요?"

"생각해본 적 없는데요."

"선생께서는 어젯밤에 화가 나서 삼촌분과 헤어졌죠?"

"그랬죠."

"그런데 다음 날 그분이 총에 맞았고 이후 곧바로 그 방에서 선생이 발견됐다는 거죠. 붙잡혔다는 표현은 안 쓰겠습니다."

순간 존 네빌의 얼굴이 확 붉어졌다. 하지만 그는 곧 꾹 참고 말없이 고개를 끄덕였다.

두 사람은 말없이 함께 걸어갔다.

대저택이 지척이었다. 존 네빌의 소유인 그 집은 붉게 물든 황혼을 배경으로 잎이 울창한 나무들 위로 우뚝 솟아 있었다. 탐정이 다시 입을 열었다.

"네빌 씨, 현재로서는 상황이 선생께 아주 불리하다는 말씀을 드릴 수밖에 없군요. 워들 경관은 선생을 체포했어야 했어요."

"아직 늦지 않았습니다. 저쪽 모퉁이에 경관이 있으니 당신이 그러더라고 제가 전해드리죠."

네빌은 성큼성큼 걸어가다가 벡이 부리나케 불러 세우는 통에 휙 돌아봤다.

"그 열쇠는 어쨌습니까?"

존 네빌은 잠자코 열쇠를 건네줬다. 말없이 열쇠를 받아든 탐정은 혼자서 출입문으로 이어지는 커다란 돌계단을 올라가며 살며시 휘파람을 불었다.

에릭이 마부에게서 탐정이 왔다는 소식을 듣고 문 앞에 마중

나와 있었다.

"벡 씨, 아직 저녁 안 드셨죠?" 에릭이 정중하게 물었다.

"일이 먼저고 즐거움은 그다음이죠. 기차에서 간단히 먹었습니다. 사냥터지기 레녹스 씨를 5분만 볼 수 있을까요?"

"그럼요. 여기 서재에 계시면 곧 보내겠습니다."

팔다리가 길쭉하고 어깨가 쑥 올라간 노인 레녹스가 겁먹은 듯 어기적거리며 안으로 들어왔다. 런던에서 온 탐정을 보고 잔뜩 긴장한 표정이었다.

"앉아요, 레녹스 씨. 어서요."

벡이 친절하게 말했다. 탐정의 편안하고 싹싹한 목소리 덕분에 사냥터지기는 긴장이 한결 풀린 것 같았다.

"자, 이제부터 왜 오늘 아침에 사냥터에서 그렇게 일찍 돌아왔는지 말해보십시오."

"나리, 그러니까 그게 이리된 겁니다요. 밖에 두 시간 정도 있다가 영주님께서 제게 '레녹스, 이 어리석은 짓거리도 진절머리가 난다. 집에 갈란다' 하고 말씀하시더란 말이죠."

"사냥감이 없어서요?"

"새들이 득시글거린 데다 종다리들처럼 가만히 있었는데요, 뭘."

"그럼 사냥꾼이 없어서?"

"나리, 지금 우리 영주님을 두고 그렇게 묻는 겁니까?"

영주를 비방하는 말에 발끈한 레녹스는 아까의 겁먹은 모습은 온데간데없이 소리쳤다.

"근방에서 그분만 한 사냥꾼은 없었습죠. 암, 없고말고요. 그분은 옛 방식을 고집하는 진짜배기셨지요. 사람들이 집 꿩들을 잡으라고 말씀드리자 그분이 그러셨습죠. '차라리 네놈들 농장을 털라고 해라.' 그분은 꼭 당신 개들로 당신 새들을 몰았습죠. 그분은 사냥 가실 때 개를 안 데리고 가느니 차라리 총을 두고 가는 게 낫다고 하셨답니다. 그리고 항상 마지막까지 구식맨틀 전장총(총구로 탄약을 집어넣어야 하는 구식 소총 – 옮긴이)을 고집하셨죠. 영주님은 소인에게 자주 그러셨죠. '레녹스, 꽉 잡고 똑바로 조준해. 조준경에 보이는 것보다 더 세게 그리고 더 멀리 날아갈 거네. 두 발을 쏜 뒤 꼭 닦아주지 않으면 녹이 슬어 조준이 안 될 걸세.' 젊은 친구들은 공이치기가 보이지 않는 너도밤나무 재질의 장총을 철컥거리며 '영주님, 장전하기 편한 총을 쓰시죠'라고 말하곤 했습죠. 그때마다 영주님은 이렇게 되받아치셨어요. '그래 봐야 자네들 개만 헛고생시키는 거라고. 닭이 모이를 쪼듯 그렇게 빨리 장전할 수 있는데 개에게 사냥감 모는 법을 가르쳐봐야 뭔 소용이 있겠나?' 영주님은 백발백중이셨지요. 허둥거리지만 않으면 빗나가는 법이 없었답니다. 소인은 영주님께서 결국 자살하실 때 쓰신 그 구식 전장총으로 잘난 척하던 그치들의 코를 납작하게 만드는 걸 여러 번 봤습죠. 소인은 여러 번….″

"그분은 어제 왜 그 재밌는 사냥을 하다 말고 오신 겁니까?″

벡이 사냥터지기의 추억담을 끊고 들어가 물었다.

"그게 그러니까, 무엇보다 징글징글하게 더워서 그랬습죠. 헌데 그게 꼭 그렇지만도 않은 게, 영주님이 사냥을 계속하기로 했다면 그 극악무도한 총격으로 그분의 명이 끊어지진 않았을 테니까요. 그날따라 유독 오전 내내 불같이 화가 나 계셨는데, 사냥하는 사람에게는 화만큼 치명적인 게 없습죠. 플로라가 새 떼를 몰아 날아오르게 했습죠. 아, 플로라는 어린 암컷 개랍니다. 그런데 그 개 잘못이 아니었답니다. 바람이 일어 새 떼 쪽으로 분 거니까요. 하지만 영주님께서는 플로라를 쏘려고 했습죠. 5분쯤 후에 개가 또 다른 새 떼를 발견하고 돌처럼 가만히 있더군요. 그놈들은 건초 더미처럼 큼지막한 몸으로 까마귀처럼 느릿하게 일어났죠. 그런데 그만 영주님께서 사방에 깔린 그놈들을 놓쳐버렸지 뭡니까. 깃털 하나 못 만져봤다니까요. 소인이 요만할 때부터 따라다녔지만 그분이 그러시는 건 처음이었어요. 영주님이 성이 나서 총을 제게 던지시고는 장전하라면서 그러시더군요. '개가 아니라 날 쐈어야 했어.' 소인이 총구를 막고 흔들어서 화구로 화약이 들어가게 했습죠. 그때 영주님이 욕을 하시며 그만하고 가자고 하시더군요. 그러고는 곧장 길을 건너 덫을 놓은 곳까지 가셨습죠. 발밑에 새들이 우글거리는데도 총 한 방 안 쏘고 바로 집으로 오셨답니다. 그래서 제가 집에 도착하자마자 총을 가져다가 빼 놓으려고 했죠. 그러니까 그게 화약을 빼놓으려 했다는 말입니다. 헌데 영주님께서 저더러 그냥 가라시더니 장전된 총을 그분 서재로 가져가시는 것 같더군요. 그 방은 특별히 부르시지 않으면 아무도 못 들어가는 곳인데 말이죠. 아무튼 그러고 나서 한 시간쯤 지난 후에 그 맨튼의 총성을 들었습죠. 천 번의 총성이 들렸어도 그 총소리를 알아들었을 겁니다. 소인은 득달같이 그 방으로 달려갔습죠…"

그때 느닷없이 에릭이 흥분해서 벌겋게 상기된 얼굴로 들어왔다.

"백 탐정님, 해괴망측한 일이 벌어졌습니다. 이 동네 경관인 위들 씨가 형님에게 삼촌을 고의로 살해했다는 죄목을 씌워 체포해갔습니다."

백은 흥분한 에릭의 얼굴을 빤히 쳐다보면서 진정시키려는 듯 커다란 손을 내저었다.

"자자, 진정하세요, 네빌 씨. 마음이 물론 상하겠지만 흥분해봐야 아무런 도움이 안 됩니다. 그 경관은 자기 할 일을 한 것뿐입니다. 알다시피 증거가 아주 확실하잖아요. 이런 경우에는 절차대로 진행하는 게 모두한테 최선입니다."

백은 이어 존 네빌이 체포당했다는 소식에 너무 놀라 눈을 동그랗게 뜨고 입을 벌린 채 멍하니 서 있는 레녹스에게 말했다.

"이제 가도 됩니다."

곧이어 백은 다시 에릭을 바라보며 아주 조용하게 말했다.

"네빌 씨, 그럼 이제 시체가 있는 방을 좀 보고 싶은데요."

탐정의 더없이 차분한 태도는 어린 도련님에게 효과가 있었다. 소년티를 벗지 못한 에릭은 소동을 잠재우듯 흥분을 가라앉혔다.

"열쇠가 형님에게 있습니다. 가서 가져올게요."

열쇠를 가지러 서재를 나서는 에릭을 백이 불러 세웠다.

"그럴 필요 없습니다. 열쇠는 저한테 있으니 괜찮으시다면 방까지 안내해주시겠습니까?"

에릭은 놀란 가슴을 누르며 위층으로 올라가 복도를 지난 뒤 잠긴 방문 앞까지 벡을 안내했다. 그러고는 반은 무의식중에 탐정을 따라 방 안으로 들어가려던 찰나 벡이 에릭을 멈춰 세웠다.

"네빌 씨께서 친절하게 저를 살펴주려는 마음 저도 잘 압니다. 하지만 저는 혼자 있어야 더 자세히 보고 더 현명한 판단을 내릴 수 있답니다. 네빌 씨한테 무안을 주려는 게 아니라 그냥 제 습관이 그런 거니 이해해주십시오."

벡은 말만큼이나 점잖게 문을 닫고 안에서 잠근 뒤 열쇠를 그대로 꽂아두었다.

비로소 혼자인 것을 확인한 순간 벡은 온화한 가면을 벗어던졌다.

탐정의 입은 굳게 닫히고, 눈은 반짝였으며, 근육은 흥분으로 뻣뻣해졌다. 마치 사냥감에 다가가는 사냥개 같았다.

벡은 시체를 보자마자 자살이 아님을 직감했다. 적어도 이 부분만큼은 존 네빌이 진실을 말한 셈이었다.

가까운 각도에서 이뤄진 강력한 격발로 머리 뒤쪽은 말 그대로 날아간 형상이었다. 백발은 진득거린 상태로 엉겨 붙어 있었고 작은 하얀색 뼈 귀퉁이들이 튀어나와 있었다. 카펫에 검붉게 고여 있는 피 웅덩이에서 악취가 진동했다.

탐정은 총이 있는 탁자로 다가갔다. 잘빠진 구식 전장총의 총구는 여전히 시체 쪽을 향한 채였다. 하지만 정작 탐정의 시선을 빼앗은 것은 커다란 물병이었다. 투명한 유리공처럼 생긴 그 물병은 물이 거의 가득 찬 상태로 어떤 책 위에 놓여 있었다. 그런데 그 책이 있는 곳에서 조금 떨어진 지점에 총이 있어서 결과적으로는 총과 창문 사이에 책이 있는 형국이었다. 벡은 탁자에서 물병을 내린 다음 혀끝으로 물맛을 봤다. 이상하게 신선도가 좀 떨어지는 게 살짝 데운 맛이 나긴 했지만 이질적인 맛은 느껴지지 않았다. 방 안에는 먼지가 가득했지만 물병을 올려놓은 책 겉면에는 거의 티끌 하나 없었다. 곧이어 벡은 책장 세 번째 줄에서 그 책을 빼낸 자리를 찾아냈다.

벡은 방 안을 빠르게 훑어본 뒤 창가로 걸어갔다. 그런데 그곳에 있는 작은 탁자 위에서 두껍게 쌓인 먼지 위로 선명한 원이 보였다. 그리고 물병의 둥근 바닥을 그 원에 가져다 대보자 정확하게 들어맞았다. 또한 창가에 서 있는 동안 우그러뜨려 구석에 찔러 넣은 작은 종잇조각들을 찾아냈다. 그 종잇조각들을 집어 들어 반듯하게 펴보았더니 신기하게도 타서 작은 구멍이 몇 개 생긴 상태였다.

벡은 돋보기로 그 구멍들을 자세히 살펴본 뒤 종잇조각들을 한데 접어 조끼 주머니에 찔러 넣었다.

벡은 창가에서 다시 총이 있는 데로 돌아와서 이번에는 총을 자세히 살펴보았다. 그 결과 오른쪽 총열은 최근에 격발된 데 비해 왼쪽은 아직도 장전돼 있다는 것을 알아냈다. 그런데 더 놀라운 사실은 양쪽 총열 모두 안전장치가 반쯤 당겨져 있다는 것이다. 왼쪽 총열의 화구에서 광택이 나는 작은 구리 뇌관이 반짝거렸지만 오른쪽 총열의 화구에는 뇌관이 없었다.

살인자는 어떻게 뇌관이 없는 오른쪽 총열이 격발되도록 했을까? 그자는 어떻게, 그리고 왜 살인을 저지르는 와중에 공이치기를 원래 자리로 안전하게 되돌릴 시간을 확보한 걸까?

벡 탐정은 과연 이 문제를 풀었을까? 그가 어딘가를 바라볼때 입가에 감도는 냉혹한 미소가 더욱 짙어지고 눈빛이 험악해졌다는 것은 미지의 살인범에게는 나쁜 징조였다. 마침내 벡은 창가로 총을 가져가 돋보기로 꼼꼼하게 살펴봤다. 나무로 된 개머리판을 따라 마치 새빨갛게 달군 바늘 끝으로 자국을 낸 것처럼 가느다랗고 검은 선이 조금 이어지다가 오른쪽 화구에서 멈춰 있었다.

벡은 총을 다시 탁자에 살며시 올려놓았다. 조사를 모두 마치는 데 10분도 걸리지 않았다. 벡은 소파에 가만히 누워 있는 사람을 한 차례 쳐다본 다음 밖으로 나와 열쇠로 방문을 잠갔다. 그러고는 10분 전에 들어올 때와 똑같이 쾌활하고 침착한 모습으로 복도를 걸어 나왔다.

계단 앞에서 에릭이 벡을 기다리고 있었다. 이윽고 탐정을 보자마자 에릭이 물었다.

"그럼…?"

에릭의 말을 못 들은 척하며 벡이 말했다.

"그럼, 검시는 언제 할까요? 다음 절차로 들어가야 하는데 빠를수록 좋답니다."

"원하신다면 내일이라도 하시죠. 형님께서 검시관인 모건 씨에게 사람을 보냈습니다. 모건 씨께서 거리가 10킬로미터밖에 안 되니 내일 정오에 도착하겠노라고 기별을 주셨습니다. 마을에서 배심원들을 모으는 것도 어렵지 않을 겁니다."

"좋아요, 좋아. 빠르고 조용히 처리할수록 더 좋은 결과를 얻는 법이니까요."

"그리고 방금 형님을 대리할 이 지역 변호사도 부르러 보냈습니다. 그런데 별로 똑똑하지 않다고 하니 걱정입니다. 하지만 당장 와줄 수 있는 사람이 그 사람뿐이라서요."

"동생분 입장에서는 아주 적절하고 사려 깊게 조치한 겁니다. 아주 사려 깊고말고요. 하지만 이런 경우에는 변호사들이 할 수 있는 게 별로 없답니다. 우리가 판단 근거로 삼는 건 바로 증거입니다. 그런데 애석하지만 이번 사건의 증거는 아주 명백하니까요."

벡은 이어 그런 유쾌하지 못한 주제는 그만 잊어버리자는 듯 예의 그 큰 손을 휘휘 내저으며 더 경쾌한 목소리로 말했다.

"저녁 식사를 대접해주신다니 무척 기쁠 따름입니다."

벡은 고인이 마지막으로 사냥해온 들꿩 두 마리와 잘 익은 포도주 덕분에 정말 맛있는 저녁을 먹었다. 탐정은 내내 아주 기분이 좋아서 디저트를 즐기며 에릭에게 탐정 일을 하면서 겪은 몇 가지 놀라운 사건 이야기까지 들려주었다. 삼촌을 여읜 슬픔에 사촌 형 때문에 걱정이 많은 그 앳된 청년의 기분을 조금이나마 풀어주려는 것 같았다.

한편 그날 밤 존 네빌은 자기 방에 갇힌 신세가 되었다. 문밖에서 경관이 지키고 있었던 것이다.

검시는 다음 날 12시 30분에 서재에서 열렸다.

몸집이 크고 낯빛이 불그레한, 붙임성 좋은 검시관도 서둘러 업무를 시작했다.

배심원단은 징그러운 광경에 침울한 쾌락 같은 것을 느끼며 침착하고 꼼꼼하게 '시체를 검사'했다.

어쩌다 보니 벡은 스스로 나서서 법원의 배석판사처럼 그 의식을 관장하고 있었다.

"그 총은 가지고 내려가는 게 좋을 겁니다." 모두들 방을 나설 때 벡이 검시관에게 말했다.

"그럼요, 물론이죠." 검시관이 대답했다.

"그 물병도요." 벡이 덧붙였다.

"독이 들었거나 그런 건 아니겠지요?"

"어떤 것도 당연시하지 않는 게 최선이죠."

벡이 훈계조로 말하자 검시관이 굽실대며 대답했다.

"선생께서 정녕 그렇게 생각한다면… 경관, 이 물병 좀 가지고 내려가게."

넓은 서재가 동네 사람들로 북적였다. 대부분 버클리 영지의 소작농들이거나 이웃 마을에서 온 소상인들이었다.

검시관을 위해 탁자를 서재 끝으로 끌어다 놨다. 그리고 어디나 빠짐없이 등장하는 그 지역 신문기자를 위해 그 앞에 자리를 내주었다.

바퀴와 말발굽이 우지직거리며 자갈길을 지나 이륜마차가 현관 앞에서 급정거할 때, 배심원단도 마침 시체를 검사하고 서재로 돌아온 참이었다.

잠시 후 군인처럼 보이는 잘생긴 남자가 아가씨와 함께 서재 안으로 들어왔다. 자신의 팔짱을 꼭 끼고 있는 그 아가씨를 애지중지 챙기고 보호하는 남자의 모습은 정말 감동적이었다. 그 아가씨는 낯빛이 창백했지만 굉장히 사랑스럽고 매력적이었다. 뺨을 붉히자 들장미처럼 연분홍빛으로 물들었고 눈망울은 아기 사슴 같았다.

벡은 누가 말해주지 않아도 그들이 페이턴 대령과 그 딸이라는 것을 알 수 있었다. 존 네빌이 두 손으로 머리를 감싼 채 앉아 있는 탁자 곁을 지날 때 그 아가씨가 수줍어하면서도 애처로움과 사랑이 담뿍 담긴 표정을 짓는 것을 보았기 때문이다. 벡 탐정은 중대한 목적을 품고 있는 탓에 잠시 얼굴이 어두워졌지만 이내 습관처럼 굳어진 그 온화하고 유쾌한 표정을 되찾았다.

검시관은 그 집 정원사와 사냥터지기와 집사를 간단히 조사했다. 그리고 에릭이 사려 깊게도 사촌 형의 변호를 맡기기 위해 데려온 왜글스 변호사가 다소 서툴게 그 세 사람에게 반대 신문을 했다.

존 네빌에게 불리한 주장이 점차 그를 확실한 유죄로 몰아가는 듯하자 저 멀리 구석에서 지켜보던 아가씨의 낯빛이 백합처럼 하얗게 변했다. 아버지가 곁에 없었다면 금방이라도 쓰러질 것 같았다.

검시관은 전날 밤 다툼이 있었다고 증언한 집사의 마지막 진술을 기록한 뒤 물었다.

"존 네빌 씨가 직접 조사에 답변하는 겁니까?"

왜글스가 대답했다.

"아닙니다, 검시관님. 제가 피고인 존 네빌 씨의 변호를 맡았으며 저흰 답변서도 준비돼 있습니다."

"전 정말이지 이미 말한 것 말고는 더 할 말이 없습니다." 존 네빌이 조용히 덧붙였다.

그러자 왜글스 변호사가 젠체하며 말했다.

"네빌 씨, 이제부터는 저한테 전적으로 맡겨주십시오."

그때 검시관이 "에릭 네빌 씨!" 하고 불렀다.

"이분이 마지막 증인인 것 같군요."

에릭이 탁자 앞으로 걸어 나와 성경에 손을 얹었다. 하얗게 질린 표정이었지만 조용하고 침착했다. 음울한 눈빛과 부드러운 음성에서 슬픔이 꾸밈없이 드러났고 이는 거기 모인 모든 이들의 심금을 울렸다. 딱 한 사람만 빼고.

에릭은 짧고 분명하게 진술했다. 사촌 형을 감싸주려는 간절한 마음이 드러났다. 하지만 그런 마음과 달리 그의 진술은 존 네빌에게 걷잡을 수 없이 불리한 증거가 돼버렸다.

검시관은 에릭에게서 존의 유죄를 증명할 만한 질문들을 던졌고 그야말로 원하는 답변을 끌어냈다.

에릭은 누가 봐도 마지못한 표정으로 전날 밤 저녁 식사 자리에서 벌어진 싸움을 진술했다. 검시관이 물었다.

"사촌 형님은 화가 많이 났었나요?"

"그런 말을 듣고도 화를 안 낸다면 사람이 아닐 겁니다."

"사촌 형님이 뭐라고 하던가요?"

"전부 기억나진 않습니다."

"사촌 형님이 삼촌분께 '그래도 뭐, 삼촌이 영원히 사실 건 아니니까요'라고 말했나요?"

에릭은 대답하지 않았다.

"이보세요, 네빌 씨, 증인은 진실만을 말할 거라고 맹세했다는 걸 명심해야 합니다."

에릭은 거의 들리지 않을 만큼 작은 소리로 "네, 그렇게 말했어요"라고 대답했다.

"힘들게 해서 미안합니다만, 저도 맡은 임무를 해야 해서요. 증인은 총소리를 듣고 삼촌 방으로 곧장 달려갔다고 했습니다. 그 거리가 46미터쯤이라고요?"

"네, 그 정도 됩니다."

"방에 도착했을 때 고인을 내려다보고 있던 사람이 누구였나요?"

"형님이었습니다. 저로서는 형님이 몹시 슬퍼하는 것 같았다는 말도 꼭 해야겠습니다."

"하지만 그밖에 또 본 사람은 없었죠?"

"네."

"사촌 형님께서 네빌 영주의 재산을 상속받았으니까 이제 영지의 주인이겠네요?"

"그럴 겁니다."

"이상입니다. 증인은 물러가도 좋습니다."

이런 질문과 답변이 오갈 때마다 존 네빌의 목에 걸린 밧줄이 점점 더 조여오는 것 같았다. 서재에 가득 모인 사람들은 하나라도 놓칠세라 숨죽인 채 열심히 귀를 기울였다.

마침내 조사가 끝나자 깊은 한숨이 새어 나왔다. 긴장감은 사그라진 듯했으나 흥분은 가라앉지 않았다.

에릭이 탁자에서 물러나려는 순간 벡이 벌떡 일어섰다. 보나마나 에릭에게 질문을 하려는 것이었다.

"증인은 사촌 형님이 삼촌의 상속자일 거라고 말했습니다. 그렇다면 그 사실을 몰랐다는 말입니까?"

이때 다시 기회를 잡게 된 왜글스 변호사가 끼어들어 검시관에게 말했다.

"검시관님, 이의 있습니다. 이건 굉장한 반칙입니다. 이 사람은 이럴 자격이 없는 사람입니다. 누구의 대리인도 아닙니다. 저 사람에게는 당사자적격(해당 소송사건의 원고가 될 수 있는 자격 ─ 옮긴이)이 전혀 없습니다."

벡은 원칙적으로 자신이 그곳에서 말을 할 자격이 없다는 것을 누구보다 잘 알고 있었다. 하지만 고요하면서도 확신에 찬 그의 표정과 이것이 자신의 명백한 권리인 양 침착한 태도를 보인 덕분에 검시관의 환심을 사는 데 성공했다.

"벡 씨는 이번 사건을 의뢰받고 런던에서 특별히 파견된 분이라고 알고 있습니다. 하여 저분은 묻고 싶은 게 있다면 얼마든지 질문할 수 있습니다."

"감사합니다, 검시관님."

벡은 명백한 권리를 승인받은 사람답게 말한 뒤 증인에게 다시 물었다.

"증인은 존 네빌이 버클리 영지의 다음 상속자라는 걸 모르고 있었습니까?"

"아뇨, 당연히 알고 있었습니다."

"그럼 존 네빌이 교수형을 당하면 증인이 영지의 주인이 되지요?"

아주 담백하게 던진 질문에 깔린 무자비한 의도에 모두가 기겁했다. 왜글스 변호사는 흥분해 안절부절못했지만 에릭은 여느 때와 다름없이 차분하게 대답했다.

"참으로 천박하고 잔인한 말씀이네요."

"하지만 사실이잖습니까?"

"네, 사실이죠."

"그 얘기는 그만하고 화제를 돌려보죠. 증인은 살인이 일어나고 난 뒤 그 방에 들어갔을 때 총을 살펴봤나요?"

"총을 집으려고 했지만 형님이 말렸습니다. 한 마디 꼭 덧붙이자면, 형님은 방 안에 있는 모든 걸 만지지 않고 그대로 두는 게 좋을 거라고 생각해서 그리 말한 겁니다. 형님은 방문을 걸어 잠그고 열쇠를 가져갔습니다. 그 후 전 그 방에 들어간 일이 없고요."

"그 총을 자세히 살펴봤나요?"

"그렇게 자세히는 안 봤는데요."

"양 총열의 안전장치가 반쯤 당겨져 있다는 걸 증인은 눈치챘나요?"

"아뇨."

"그때 막 발사된 오른쪽 총열의 화구에 뇌관이 없다는 건 알았나요?"

"당연히 몰랐죠."

"그러니까 증인은 그런 걸 몰랐다, 이 말인가요?"

"네."

"증인은 나무 개머리판에 가늘게 탄 선이 오른쪽 화구 쪽으로 조금 이어지다가 말았다는 걸 알았나요?"

"아뇨."

벡은 에릭의 손에 그 총을 쥐여주며 물었다.

"자세히 보세요. 지금은 그게 보이나요?"

"지금 처음 보는 겁니다."

"증인은 그게 왜 그런지 설명할 수 없다, 그 말이죠?"

"네."

"정말요?"

"맹세코 정말요."

서재에 있는 모든 이들이 이 이상하고 목적도 없어 보이는 반대신문을 숨죽이며 흥미롭게 지켜보았다. 그러면서 질문의 숨은 뜻이 뭘까 이리저리 더듬어봤지만 헛수고였다.

증인은 침착하고 분명하게 답변했다. 하지만 유심히 본 사람들은 에릭의 아랫입술이 파르르 떨리고 그 젊은 도련님이 침착함을 잃지 않기 위해 엄청나게 애쓰고 있다는 것을 눈치챘다.

벡의 부드러운 목소리와 침착한 태도에서 엿보이는 미묘한 적대감이 증인의 신경을 자극하는 것 같았다. 벡이 다시 말했다.

"이쯤에서 다른 이야기로 넘어갑시다. 총성이 있기 전에 삼촌 방에 들어갔을 때, 증인은 왜 책장에서 책을 뽑아 탁자 위에 둔 거죠?"

"그와 관련해서는 정말 전혀 기억이 안 납니다."

"증인은 왜 창가에 있던 물병을 가져다가 그 책 위에 올려놓은 겁니까?"

"물이 마시고 싶었나 보죠."

"하지만 조금도 물을 마시지 않았던걸요."

"그럼 볕이 강해서 다른 데로 옮겨놨나 보죠."

"헌데 탁자에서도 볕이 강하게 드는 곳에 놓아뒀던데요."

"정말이지 그런 사소한 것들은 기억이 안 난다니까요."

마침내 에릭의 자제력이 무너지고 있었다.

"그렇다면 다른 이야기로 넘어가 보죠."

벡이 세 번째로 그 말을 했다. 그러고는 조끼 주머니에서 타서 구멍이 뚫린 작은 종잇조각들을 꺼내 증인에게 건넸다.

"이건 뭔지 알겠습니까?"

잠시 아무 말이 없었다. 에릭은 갑작스럽게 발작적인 통증이 밀려온 듯 입술을 앙다물었다. 하지만 대답은 아주 분명했다.

"전혀 모릅니다."

"증인은 화경(불을 일으키는 거울이라는 뜻으로 볼록렌즈를 뜻함–옮긴이)을 갖고 놀아본 적이 있나요?"

단순해 보이는 이 질문이 총알처럼 느닷없이 증인에게 날아들었다.

"이런 세상에, 이건 법정을 우롱하는 것밖에 안 됩니다." 왜글스가 끼어들었다.

"벡 씨, 정말이지 별 관련이 없는 질문 같군요." 검시관이 가볍게 항의했다.

"검시관님, 증인을 보십시오. 당사자는 관련 없는 질문이라고 생각하지 않습니다."

벡이 단호하게 말하자 법정에 있는 모든 이들이 에릭의 얼굴에 시선을 고정했다.

에릭 네빌의 얼굴과 입술이 붉으락푸르락해지며 오만 가지 색깔을 드러냈다. 어린 도련님은 자기도 모르게 입을 벌린 채 극심한 공포가 서린 눈으로 벡을 노려봤다.

벡은 계속해서 사정없이 밀어붙였다.

"증인은 화경을 갖고 놀아본 적이 있습니까?"

아무런 답변이 없었다.

"증인은 이렇게 생긴 물병이 훌륭한 화경이 된다는 것을 알고 있습니까?"

여전히 아무런 답변이 없었다.

"증인은 화경이 요전까지 대포를 발사하는 데 이용되었다는 걸 알고 있습니까?"

이 질문에 마침내 에릭의 목소리가 터져 나왔다. 평소와 달리 크고 귀에 거슬리는 데다 발음까지 또렷하지 않은 것으로 보아 의지와 상관없이 튀어나온 것 같았다. 에릭은 옛날 고문실에서 점점 조여오는 고문대의 압박에 못 이겨 내지를 법한 목소리로 소리쳤다.

"야, 이 악마 같은 탐정아! 콱 뒈져라. 그래, 내가 졌다. 자백한다, 자백해. 내가 살인자다!"

곧이어 에릭 네빌은 정신을 잃고 쓰러졌다. 벡이 여전히 차분하게 말을 이었다.

"여기 증인은 햇빛을 자신의 공범으로 만들어버린 겁니다!"

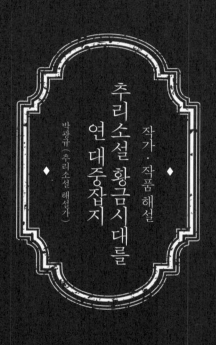

추리소설 황금시대를
연대중잡지

작가·작품 해설

박광규 (추리소설 해설가)

Popular magazines that
opened the Golden Age of Mystery novels

추리소설 황금시대를 연 대중잡지

　지난 1권에서 '단편 추리소설의 황금시대는 셜록 홈즈에서 시작되어 1차 세계대전이 끝날 무렵 막을 내렸다'는 줄리안 시먼스의 견해(《블러디 머더Bloody Murder》 중)를 언급한 적이 있다. 시먼스는 '단편 추리소설의 황금시대'라는 다소 제한된 표현을 썼지만, 그보다는 추리소설의 독자층이 형성되었던 시기라는 표현이 더 적절할 것이다. 물론 이른바 황금시대 이전에도 추리소설은 존재했고 윌키 콜린스의 《월장석The Moonstone》이나 찰스 디킨스의 《황폐한 집Bleak House》 등 인기를 끌었던 작품도 있었지만, 그것이 추리소설이었기 때문이 아니라 작가의 능력과 인기에 힘입은 바가 훨씬 컸다. 이렇게 추리소설이 자리를 잡기까지 복합적 요소가 다양하게 작용했지만, 그중 가장 큰 공헌을 한 것은 단연 당시 발간되던 대중잡지였다.

　황금시대가 열릴 무렵인 19세기 후반, 영국 런던은 인구 400만에 육박하는 대도시였다. 그러나 실제 런던에 거주하는 인구보다는 교외에서 통근하는 사람들이 훨씬 많았는데, 이들은 주로 요금이 저렴한 철도를 이용했다. 이렇게 대중의 철도 여행 시대가 열리면서 승객들이 좌석에 앉아 무료하지 않게 시간을 보낼 방법은 단 한 가지, 뭔가를 읽는 것이었다. 마침 1870년부터 교육법 실시로 초등교육이 의무화되어 문맹률이 크게 낮아진 덕분에, 과거보다 독서를 즐기는 사람들이 많아졌다. 역내 서점에서는 신문과 잡지, 쉽게 읽을 만한 책이 인기 품목이었는데, 이때 잡지에는 1회 게재로 완결되는 단편소설이 많이 실렸다. 풍부한 삽화를 곁들인 이 잡지들은 내용도 재미있고 가격도 저렴한 편이어서 순식간에 많은 독자를 얻었으며 막 태동하던 추리소설을 대중화시키는 데 큰 역할을 했다.

그중 대표적인 잡지로는 1891년 1월 창간한 〈스트랜드〉를 들 수 있다. 발행인 겸 편집장이었던 조지 뉴니스는 10년 전인 1881년, 신문에 실린 재미난 읽을거리를 모아 편집한 주간지 〈팃 빗츠〉를 발간해 크게 성공을 거둔 경험이 있었다. 뉴니스는 더 나아가 영국 중류층을 대상으로 저렴한 월간지를 창간하겠다는 기획을 내놓았다. 그의 세심한 지시 아래 허버트 그리너프 스미스가 편집 실무를 맡아 탄생한 〈스트랜드〉는 고급스러운 화보와 재미있는 소설, 유명 인사 인터뷰와 독자의 흥미를 끌 만한 보도 기사, 익살스러운 만화 등으로 구성되었다. 창간호로 30만 부를 찍었던 〈스트랜드〉는 6개월 후 '셜록 홈즈 시리즈' 연재를 시작하면서 50만 부 이상을 발간했으며, 이런 성공을 발판 삼아 〈스트랜드〉 미국판도 창간되었다.

〈스트랜드〉의 대성공을 목격한 출판 관계자와 편집자들은 경쟁하듯 대중잡지를 발간하기 시작했다. 〈아이들러〉, 〈윈저 매거진〉, 〈피어슨즈 매거진〉, 〈캐셀즈 매거진〉, 〈로열 매거진〉,

〈그랜드 매거진〉등이 대표적이며, 이들 잡지에는 거의 빠짐없이 '셜록 홈즈 시리즈'에서 영향을 받은 단편 추리소설이 실려 있었다.

잡지명	발행 기간	수록 추리 작가
스트랜드	1891~1950	그랜트 앨런, E. C. 벤틀리, 아서 모리슨, 도로시 세이어즈, 에드거 월리스, 조르주 심농 등
아이들러	1892~1911	로버트 바, M. B. 로운즈, 코난 도일, W. H. 호지슨, 이든 필포츠, 이즈라엘 쟁윌 등
윈저 매거진	1895~1939	아놀드 베넷, 레슬리 차터리스, 에드거 월리스, 휴 월폴 등
피어슨즈 매거진	1896~1939	클리퍼드 애쉬다운(R. A. 프리먼), E. P. 오펜하임 등
캐셀즈 매거진	1896~1932	가이 부스비, 윌리엄 르 큐, L. J. 비스튼, 아서 모리슨, 로버트 바 등
로열 매거진	1898~1930	W. H. 호지슨, 가이 부스비 등
그랜드 매거진	1905~1940	바로네스 오르치, E. P. 오펜하임, 에드거 월리스, 애거서 크리스티 등

추리소설을 실었던 주요 대중잡지

공공 도서관이 보급되고 1930년대 염가판 책(페이퍼백)이 등장하자 소설을 읽기 위한 매체로써 잡지가 지닌 인기는 차츰 수그러들었다. 그러나 이 약 반세기에 걸친 시간 동안 셀 수 없을 만큼 많은 추리소설이 대중잡지를 통해 등장했다. 걸작으로 꼽히는 작품들도 있지만, 사람들의 기억에서 사라진 작품이 훨씬 많다. 그러나 이 모든 작품들은 당시만 해도 개념 자체가 희박했던 추리소설을 독자의 뇌리에 깊이 각인시키는 역할을 했다. 또한 추리소설을 게재하는 매체로써 그 역할이 차츰 약해졌지만, 1930년대 이후 미국에서 펄프 잡지로 새롭게 등장해 하드보일드 스타일의 작품을 보급했다는 점에서 잡지는 추리소설 발전사에서 커다란 비중을 차지하고 중요한 역할을 해왔다.

• 〈거브 탐정, 일생일대의 사건〉

E. P. 버틀러Ellis Parker Butler, 1869~1937

미국 아이오와 주 매사추세츠 출신인 엘리스 파커 버틀러는 펄프 잡지 전성시대에 활약했던 인물이다. 그는 약 40년 동안 200개 이상의 잡지에 소설과 시, 에세이를 발표했으며 30여 권의 책과 단편, 수필을 통틀어 2000여 편을 남겼다. 이렇게 왕성한 창작 활동을 했지만, 놀랍게도 버틀러는 전업 작가가 아니라 은행에서 근무하는 직장인이었다. 그는 지역 사회 활동에도 활발하게 나섰다. 이런 버틀러의 대표작으로는 유머러스한 단편소설 〈돼지는 돼지다Pigs is Pigs〉(1906)를 꼽을 수 있다.

그가 창조한 아마추어 탐정 파일로 거브는 마을 도배 기술자로 라이징 선 탐정 사무소의 통신교육 강좌를 수료한 뒤 당당히 사설탐정 사무소를 개업한다(사무소 벽에는 '수강 수료증' 액자가 걸려 있다). 위대한 탐정 홈즈의 열성 팬인 거브는 홈즈처럼 항상 가운을 입고 고풍스러운 사냥 모자에 파이프를 물고 있지만 공통점은 단지 그것뿐이다. 일단 사건이 일어나면 가장 먼저 현장에 달려가지만 언제나 소동만 일으킬 뿐이다. 또 자신이 변장의 명수라고 생각하지만 변장한 그가 거브라는 것을 못 알아보는 사람은 아무도 없다. 거브는 명탐정이라기보다는 마을 최고의 기인奇人으로서 사람들에게 친숙한 존재이다.

'파일로 거브 시리즈'는 1913년부터 1915년까지 잡지〈레드북〉에 연재되면서 대단한 인기를 누렸다. 엘러리 퀸은 파일로 거브를 가리켜 '한 세대에 한두 번 나올까 말까 한 웃기는 탐정'이며 유머 미스터리의 걸작이라고 평가했다.

이 책에 수록된〈거브 탐정, 일생일대의 사건〉에서 거브는 꿰맨 자루 속에 담긴 채 강에서 익사체로 발견된 남자의 괴상한 죽음을 둘러싼 수수께끼에 도전한다. 그는 다양한 가설을 떠올리며 사건에 접근하던 중, '해결하기 아주 어려운 사건을 맡았을 때는 탐정 스스로 예상되는 범죄 행동을 가능한 한 가장 똑같이 재연해보는 것도 많은 도움이 된다'는 통신교육 교재에 나오는 내용에 의거, 멋지게 사건을 해결한다.

●〈두 개의 양념병〉

로드 던세이니Lord Dunsany, 1878~1957

영국의 극작가이자 소설가로, 본명은 에드워드 존 모어턴 드랙스 플런킷이다. 던세이니 남작의 아들로 런던에서 태어난 던세이니는 이튼 스쿨을 졸업했으며 아버지가 사망한 1899년 남작 작위를 물려받았다. 보어전쟁과 1차 세계대전 등에 참전했고 전역 후 집필 이외에는 사냥, 여행, 크리켓 등 스포츠 활동을 하며 생애 대부분을 보냈다. 체스 실력도 뛰어나서 당시 체스 세계 챔피언이었던 호세 라울 카파블랑카와 접전을 벌였던 경력도 지니고 있다. 처음에는 극작가로 문필계에 데뷔했지만 차즘 소설에 전념했다. 1905년 환상소설 단편집인 《페가나의 신들The Gods of Pegāna》을 발표해 호평을 받았으며, 기묘하고 섬뜩한 느낌을 주는 단편소설 〈두 개의 양념병〉(1934)을 비롯해 환상적이고 독특한 작품들을 남겼다.

던세이니의 작가 활동은 크게 세 시기로 나뉜다. 첫 번째 시기에는 현실과는 전혀 다른 세계를 무대로 한 신화·우화적인 단편을 많이 발표했다. 두 번째 시기인 1920년대에는 장편에 주력하며 환상 세계와 현실 세계가 교차되는 작품을 발표했다. 이 시기까지의 작품들은 J. R. R. 톨킨, H. P. 러브크래프트 등 훗날의 환상·공포소설가들에게 큰 영향을 주었다.

세 번째 시기인 1930년대 이후에는 지금까지의 환상적인 요소를 배제하고 리얼리즘 수법으로 현실 세계를 그렸다. 이 책의 수록작인 〈두 개의 양념병〉은 이 시기에 발표한 작품으로, 청년 신사 린리와 각지를 여행하는 방문판매업자 스메더스가 등장하는 시리즈 중 첫 번째 작품이다. 스메더스는 런던의 아파트 집세를 절약하기 위해 린리와 함께 살면서 린리가 날카로운 추리력으로 해결한 사건들을 기록하는 역할을 한다(마치 홈즈와 왓슨의 관계를 방불케 하는 설정이다). 〈두 개의 양념병〉에서는 한 여성이 행방이 묘연해진 사건을 둘러싸고 용의자가 보이는 유별난 행동을 통해 끔찍한 진상을 파악하는 린리의 모습을 묘사하고 있다. 모두 아홉 편의 시리즈 중에서 가장 유명한 이 작품은 던세이니의 단편 중 가장 대표작이라 할 수 있는 걸작이다.

• 〈백작의 사라진 재산〉, 〈모래시계〉

로버트 바Robert Barr, 1849~1912

스코틀랜드 글래스고에서 태어난 로버트 바는 4살 때 부모와 함께 캐나다로 이주하여 토론토에서 성장기를 보냈다. 바는 사범학교에서 교육을 받고 온타리오 지역의 학교에서 교사 생활을 시작했다. 여가 시간에 개인적인 경험을 토대로 한 단편소설을 써서 〈디트로이트 프리 프레스〉 신문에 기고해오던 그는 교직을 떠나 아예 신문사에 입사해 루크 샤프라는 필명으로 기자로도 활동했으며 나중에는 편집 책임자가 되었다.

이후 바는 1881년 런던으로 이주하여 〈디트로이트 프리 프레스〉의 영국판 주간지를 창립했다. 1882년에는 소설가 J. K. 제롬과 함께 잡지 〈아이들러〉를 창간했다. 매년 대중소설을 한 권씩 출간했으며, 편집진에서 물러난 1895년 무렵에는 영국 인기 작가 중 한 사람으로 자리 잡았다. 코난 도일과도 절친한 사이였던 그는 '셜록 홈즈 시리즈'의 첫 번째 패러디인 〈셜로 콤즈의 모험The Adventures of Sherlaw Kombs〉(1892)을 〈아이들러〉에 발표하기도 했다.

바는 사설탐정 외젠 발몽을 주인공으로 한 단편 추리소설도 발표했다. 전 프랑스 경찰국 경감이었던 발몽은 고국을 떠나 런던 임페리얼 저택에 거주하며 친구인 스코틀랜드 야드의 스펜서 헤일 경감의 조언자로 활동하는 인물로, 영국 추리소설 사상 최초의 외국인 사설탐정이다. 발몽은 당당한 체격과 풍모를 가진 것으로 묘사되지만 경력이나 분위기 면에서 훗날 애거서 크리스티가 창조한 에르퀼 푸아로와도 매우 흡사하다. 단일곱 편의 단편소설에만 등장했을 뿐이지만 발몽은 여전히 많은 독자들이 이름을 기억하는 주인공이다.

이 책에 수록된 〈백작의 사라진 재산〉에서, 발몽은 한 청년에게 조건부 의뢰를 받는다. 의뢰인의 삼촌인 백작은 엄청난 부자였지만 그가 세상을 떠나자 재산은 오간 데 없이 암호 같은 유언장만 남는다. 발몽은 이에 흥미를 갖고 백작의 숨겨진 재산을 찾는 작업에 뛰어든다.

한편 골동품상에서 사온 약간 독특한 '모래시계'를 두고 벌어지는 사건을 다룬 〈모래시계〉는 환상적인 분위기를 풍기는 작품으로, 탐정이 등장하지는 않지만 그의 색다른 작품 세계를 보여준다.

• 〈일곱 명의 벌목꾼〉, 〈유령 저택의 비밀〉

헤스케스 프리처드Hesketh Vernon Hesketh–Prichard, 1876~1922

K. O. 프리처드Kate O'Brien Ryall Prichard, 1851~1935

인도에서 태어난 헤스케스 프리처드는 군인이었던 아버지가 출생 6주 전 세상을 떠나는 바람에 태어나자마자 영국으로 귀국했다. 프리처드는 옥스퍼드대학교를 졸업하고 육군에 자원했지만 2미터 가까운 키와 좋은 체격에도 불구하고 심장에 결함이 있는 것으로 밝혀져 입대를 포기해야 했다. 19세이던 1891년, 스페인에서 포르투갈, 모로코를 경유하는 긴 여행 중에 '플랙스먼 로우'가 등장하는 작품을 구상해 초고를 쓰기 시작했다. 귀국 후 어머니와 합작으로 〈콘힐〉 등의 잡지에 로맨스 소설을 발표해오던 프리처드는 1897년 인생의 전환점을 맞이한다. 그해 2월 〈콘힐〉 주최 만찬에 참석한 프리처드는 '셜록 홈즈'의 작가인 코난 도일과 〈피어슨스 매거진〉의 아서 피어슨을 만난 것이다. 도일은 프리처드의 작가 활동을 격려했고, 이에 고무된 프리처드는 1년 전 창간한 〈피어슨스 매거진〉에 그동안 구상해왔던 '플랙스먼 로우 시리즈'를 발표할 기회를 얻었다.

프리처드는 어머니 케이트 오브라이언 프리처드와 함께 'E&H 헤론'이라는 필명으로 〈피어슨스 매거진〉 1898년 1월호부터 6월호에 걸쳐 '플랙스먼 로우 시리즈'를 연재했다. 매회 삽화와 사진 등이 함께 수록되어 공포스러운 분위기를 더했던 이 시리즈를 통해 프리처드 모자는 오컬트 탐정의 선구자로서 널리 이름을 알렸다.

잘생긴 얼굴과 운동선수 같은 풍모로 신뢰감을 주는 플랙스먼 로우는 지옥의 존재를 믿는 심령 연구가로 평소 여러 가지 유령 현상을 연구하는 인물이다. 이 책에 수록된 〈유령 저택의 비밀〉은 플랙스먼 로우가 등장하는 첫 작품이다. 스패니어즈 저택에서 벌어진 기괴한 유령 사건을 의뢰받은 플랙스먼 로우는 침착하고 냉정하게 사건을 조사하고 그 원인을 훌륭히 밝혀낸다. 해결 과정 자체는 추론에 의거한다는 점에서 특별할 것이 없지만, 초자연현상을 다룬다는 점에서 일반적 추리소설과는 약간 다른 감각을 보여준다. 독자들의 호평을 받은 이 시리즈는 이듬해인 1899년 1월부터 6월까지 다시 연재되었으며, 단편집 《유령들Ghosts》도 같은 해 출간되었다.

'플랙스먼 로우 시리즈'로 인기 작가가 된 프리처드는 다시

피어슨의 요청으로 대중잡지 〈데일리 익스프레스〉에 외국을 무대로 한 여행기를 연재했다. 캐나다 산지를 여행했던 경험을 바탕으로 창조한 인물인 숲속의 명탐정 노벰버 조가 새롭게 인기를 끌었다. 캐나다 삼림지대에서 사슴 사냥 가이드로 일하는 노벰버 조는 '숲속의 셜록 홈즈'라는 별명을 가진 총명한 인물이다. 숲이 낳은 부산물이라고 할 만큼 뛰어난 사냥꾼일 뿐만 아니라 퀘벡 지역 경찰에 협력하는 명탐정이기도 하다. 11월에 태어났다는 것만 알 뿐, 가족도 친척도 없는 혈혈단신인 노벰버는 사건을 해결하는 도중 한 젊은 미국 여인과 사랑에 빠지기도 한다. 이 책에 실린 〈일곱 명의 벌목꾼〉에서 노벰버는 흔적 하나 없이 벌목꾼들의 주머니만 털어가는 악당 '검은 가면'의 연속 강도 사건 해결을 의뢰받는다. 수사 의도를 숨긴 채 벌목꾼 숙소로 들어간 노벰버는 다시 사건이 일어나자 현장을 살펴보고 금세 진상을 파악해낸다. 노벰버가 대자연을 무대로 사건을 해결하는 시리즈는 모두 아홉 편이다.

• 〈레이커 실종 사건〉, 〈바다 건너온 살인자〉

아서 모리슨 Arthur Morrison, 1863~1945

저널리스트 겸 미술품 전문가이자 소설가인 아서 모리슨은 영국 켄트 주에서 태어났다. "코난 도일의 스타일을 가장 솜씨 있게 모방한 작가"라는 평가로 잘 알려져 있다.

모리슨이 창조한 탐정 마틴 휴잇은 1894년 〈스트랜드〉를 통해 처음 소개되었다. 약간 살찐 듯 보이는 체격에 둥근 얼굴에서 늘 사람 좋은 웃음이 떠나지 않는 서생書生 같은 이 명탐정은 셜록 홈즈의 전통을 이어받으면서도 기인奇人형 탐정에서 벗어난 첫 번째 인물이다. 비록 도일의 인기를 넘어서지는 못했지만, 유머와 인간미가 넘치는 이 인물은 '셜록 홈즈를 이은 수많은 후계자들 중에서도 가장 뛰어나다'라는 S. S. 반 다인의 평가를 받기도 했다. 휴잇은 25편의 단편에서 활약했는데, 작품들은 네 권의 단편집으로 출간되었다. 그는 이스트 엔드의 빈민가를 취재해 좋은 평판을 얻었는데, 작품에는 당시 경험이 생생하게 묘사되어 있다. 이 책에 수록된 〈레이커 실종 사건〉에서, 자문 탐정인 휴잇은 거액을 들고 사라져버린 젊은 은행 직원 레이커를 찾아달라는 의뢰를 받는다. 모두가 횡령범으로 레이커를 의심하는 가운데, 휴잇은 그들과 다른 방향으로 심증을 굳히고 조사에 나선다.

한편 마틴 휴잇만큼 알려지지는 않았지만, 모리슨이 창조한 또다른 인물로 호러스 도링턴이 있다. 〈바다 건너온 살인자〉에서는 그런 모습이 보이지 않지만, 도링턴은 여느 주인공들과는 달리 아주 정의롭지는 않다. 오히려 반영웅적인 성격을 지닌 인물이기도 하다. 모리슨은 동양 미술에 관심과 조예가 깊어 일본 풍속화에 대한 연구서를 출간하기도 했는데, 〈바다 건너온 살인자〉에는 그런 지식이 유감없이 발휘되어 있다.

● 〈그날 밤의 도둑〉

바로네스 오르치 Emmuska Baroness Orczy, 1865~1947

이름 없는 탐정 '구석의 노인The Old Man in the Corner 시리즈'와 18세기 프랑스혁명 시대를 무대로 대활약을 벌이는 《스칼렛 핌퍼넬 The Scarlet Pimpernel》을 발표한 에무슈카 맥돌나 로잘리아 마리아 요세파 바르바라 오르치는 헝가리에서 태어났다. 남작의 외동딸이라는 이유로, 그녀의 이름을 남작부인 혹은 여성 남작을 의미하는 바로네스라고 부르는 경우가 많다.

오르치는 브뤼셀과 파리에서 교육을 받은 뒤 런던의 헤덜리 미술학교에 입학한다. 어린이용 책을 쓰고 삽화가로서도 인정을 받았다. 1890년대 말부터 단편소설을 써서 대중잡지에 발표하기 시작했는데, 1901년 〈로열 매거진〉에 '구석의 노인'을 처음 등장시켰다. '구석의 노인'은 추리소설 사상 최초로 등장한 이름 없는 탐정으로 이름은 물론이고 경력, 직업, 나이 또한 전혀 알려진 것이 없다. 그러나 경찰의 수사력을 우습게 여길 정도로 날카로운 통찰력을 발휘하는 인물이다. 그의 이야기를 들어주는 역할을 하는 여성 신문기자 폴리 버튼이 사건의 진상을 기록할 뿐이다. 오르치는 '구석의 노인' 시리즈 이외에도 스코틀랜드 야드의 여성 형사 레이디 몰리, 나폴레옹시대의 비밀요원 페르낭, 자유분방하고 부도덕하기까지 한 변호사 패트릭 멀리건 등을 주인공으로 한 작품을 발표했다. 오르치 최고의 성공작은 1902년에 남편과 함께 쓴 《스칼렛 핌퍼넬》로, 프랑스혁명을 무대로 한 이 작품은 영국의 국민 문학으로 현재까지도 사랑을 받고 있다.

이 책에 수록된 〈그날 밤의 도둑〉에서 구석의 노인은 증인들의 엇갈리는 증언 속에 미궁에 빠져버린 '프로비던트 은행 절도 사건'의 진상을 알려주면서, '내 말 한 마디면 경찰이 수사 방향을 제대로 잡을 텐데'라는 자부심을 드러낸다.

- 〈대리 살인〉

M. M. 보드킨 Matthias McDonnell Bodkin, 1850~1933

마티어스 맥도넬 보드킨은 아일랜드에서 의사의 둘째 아들로 태어났다. 더블린대학교를 거쳐 20대 후반부터 법조계에 발을 들여놓은 그는 영국 최고 등급의 법정 변호사인 칙선 변호사가 되었다. 한때 정치계에 뛰어들어 하원의원을 지내기도 했으나, 변호사 시절만큼 수입을 얻지 못하자 재정적 여유가 없다는 이유로 임기가 끝난 후 정계를 떠난다.

이 무렵 보드킨은 첫 추리소설인 《경험 법칙 탐정 폴 벡Paul Beck, The Rule of Thumb Detective》(1898)을 발표하며 자신의 주인공을 탄생시켰다. 손튼 크레센트에 사무실이 있는 젊은 사립탐정 폴 벡은 명탐정 셜록 홈즈와는 대조적으로 직관보다도 상식을 중요시하며 '나는 경험 법칙에 따라 최선을 다해 사건을 풀어 나갈 뿐이다'라고 말하는 인물이다. 연한 갈색 곱슬머리에 불그스름한 얼굴의 외모 역시 탐정보다는 우유 배달부처럼 보이기도 하지만, 뛰어난 통찰력과 재치를 발휘하여 사건을 해결한다.

폴 벡을 등장시킨 지 2년 후, 보드킨은 숙녀 탐정 도라 멀을 등장시킨다. 그는 이 두 명의 탐정을 장편 《포로가 된 폴 벡The Capture of Paul Beck》(1909)에 함께 등장시켜 경쟁하게 만드는 한편, 뜨거운 사이로 발전시켜 결국 두 사람을 맺어지게 한다. 이로써 추리소설 사상 최초의 부부 탐정이 탄생한다. 1902년에 출간한 작품에서는 그 둘 사이에 아들이 태어나는데, 두 사람의 재능을 이어받은 폴 2세는 당연히 탐정의 길을 걸으며 대활약한다. 보드킨은 1907년부터 지방법원 판사로 임명되어 재직하는 와중에도 '폴 벡 시리즈'를 비롯해 꾸준히 작품을 발표했다.

　이 책에 수록된 〈대리 살인〉에서는 한 자산가의 의문스러운 죽음을 다룬다. 피해자는 총에 맞아 살해당했으나, 근처에 있던 증인들은 살인범이 오가는 모습을 보지 못했으며 각각의 알리바이 또한 뚜렷하다. 의뢰를 받고 저택을 찾아온 폴 벡은 세밀한 관찰력으로 교묘한 살인 트릭을 밝혀내는 데 성공한다.

지은이

E. P. 버틀러 전업 작가가 아닌 은행원으로 일하면서 40여 년 동안 30여 권의 책을 저술했으며 200개 이상의 잡지에 약 2000편의 소설과 시, 에세이를 기고했다. 주요 작품으로는 《돼지는 돼지다》 등이 있다.

로드 던세이니 본명은 에드워드 존 모어턴 드랙스 플런킷이나, 필명이자 작위명인 '로드 던세이니'로 더 잘 알려져 있다. 남작 작위를 이어받아 부유한 생활을 했으며, 극작가로 문학계에 데뷔했지만 후에는 소설에 전념했다. 주요 작품으로는 《빛나는 문》, 《일곱 개의 현대 희극》, 《페가나의 신들》 등이 있다.

로버트 바 교사로 생활하며 단편소설을 신문에 기고하다가 기자, 책임 편집자, 잡지 창간인을 거치며 인기 작가로 자리매김했다. 아서 코난 도일의 친구로, 최초의 '셜록 홈즈 시리즈' 패러디인 〈셜로 콤즈의 모험〉을 발표하기도 했다. 주요 작품으로는 《코레아 황제 시카고 공주》, 《위풍당당 명탐정 외젠 발몽》 등이 있다.

헤스케스 프리처드 탐험가이자 크리켓 선수로도 활동한 작가로, 〈콘힐〉 등의 잡지에 어머니와 합작한 로맨스소설을 발표하기도 했다. 아서 코난 도일, 언론인 아서 피어슨과 만난 후 어머니와 함께 E. 헤론 & H. 헤론이라는 필명으로 추리소설 시리즈를 발표했다. 주요 작품으로는 《유령들》 등이 있다.

K. O. 프리처드 헤스케스 프리처드의 어머니로, 아들과 함께 E. 헤론 & H. 헤론이라는 필명으로 로맨스소설, 추리소설 등 여러 작품을 발표했다.

아서 모리슨 저널리스트이자 소설가로, 일본 미술품에 대한 조예가 깊어 관련 책을 발표하기도 했다. 모리슨이 창조한 탐정 마틴 휴잇은 잡지 〈스트랜드〉에서 셜록 홈즈가 사라진 자리를 대체하며 많은 사랑을 받았다. 주요 작품으로는 《자고의 아이》 등이 있다.

바로네스 오르치 본명은 에무슈카 맥돌나 로잘리아 마리아 요세파 바르바라 오르치로, 엠마 오르치 혹은 남작 부인이라는 뜻의 바로네스 오르치로 불린다. 결혼 후 생계를 위해 글을 쓰면서 추리소설 최초의 무명 탐정을 탄생시켰다. 주요 작품으로는 남편과 함께 쓴 《스칼렛 핌퍼넬》 등이 있다.

M. M. 보드킨 영국 최고 등급의 법정 변호사부터 하원 의원, 지방법원 판사를 역임했으며, 뛰어난 통찰력과 재치를 가진 탐정 폴 벡, 숙녀 탐정 도라 멀 그리고 두 사람 사이의 아이 폴 2세라는 추리소설 최초의 탐정 가족을 창조했다. 주요 작품으로는 《포로가 된 폴 벡》 등이 있다.

옮긴이

이정아 숭실대학교 영어영문학과를 졸업하고, 동대학원에서 영어영문학과 석사과정을 마쳤다. 현재 번역에이전시 엔터스코리아에서 출판기획자 및 전문번역가로 활동 중이다. 옮긴 책으로는 《1984》, 《음모는 없다》, 《쌀의 여신 1, 2》, 《핫하우스 플라워》, 《와일드 싱》, 《촘스키의 아나키즘》, 《소크라테스와 유대인》, 《서양 철학 산책》 등 다수가 있다.

기획 및 해설자

박광규 추리소설 해설가로 〈계간 미스터리〉 편집장, 월간 〈판타스틱〉과 한국어판 〈엘러리 퀸 미스터리 매거진〉 등의 편집위원으로 활동했으며 '한국추리작가협회' 사무국장 등을 지냈다. 'Black Cat 시리즈' 등의 추리소설에 해설을 집필했으며 《주간경향》, 〈스포츠투데이〉 등에 칼럼을 연재했다. 저서로는 《미스터리는 풀렸다!》, 《일본 추리소설 사전·공저》, 역서로는 《세계 추리소설 걸작선·공역》 등이 있다.

세계 미스터리 걸작선 2
모래시계 외

1판 3쇄 펴냄 2023년 10월 31일

지 은 이   로버트 바 외
옮 긴 이   이정아
기획·해설   박광규
펴 낸 이   하진석
펴 낸 곳   코너스톤
주   소   서울시 마포구 독막로 3길 51
전   화   02-518-3919
I S B N   979-11-87011-76-7 04800